겨울을 그리다

겨울을 그리다

1판 1쇄 찍음 2019년 5월 23일
1판 1쇄 펴냄 2019년 5월 30일

지은이 | 훈
펴낸이 | 고운숙
펴낸곳 | 봄 미디어

기획·편집 | 김민지, 김지우
표지 디자인 | 김수진

출판등록 | 2014년 08월 25일 (제387-2014-000040호)
주소 | 경기도 부천시 원미구 길주로 64, 1303(굿모닝 오피스텔)
영업부 | 070-5015-0818 편집부 | 070-5015-0817 팩스 | 032-712-2815
E-mail | bommedia@naver.com
소식창 | http://blog.naver.com/bommedia

값 9,000원

ISBN 979-11-5810-718-5 03810

겨울을 그리다

훈 장편 소설

Contents

SAVE ME : 구해 줘

"어디서 고개를 빳빳이 들어!"

던져진 사기그릇이 보기 좋게 깨졌다. 고개를 숙인 채 앉아 있는 재희의 귀로 씩씩거리며 소리를 지르는 노파의 목소리가 들렸다. 나이는 아흔이 다 되어 가는데 목소리는 어쩜 저리 카랑카랑한지.

이미 한바탕 손맛을 본 뒤라 재희의 머리칼은 어지럽게 헝클어져 있었고, 교복 앞섶 또한 흐트러져 있었다.

"이래서 머리 검은 짐승은 거두는 게 아니라더니, 이년이 배때기가 불렀구나. 등 따숩게 사니까 네가 뭐라도 된 것 같던?"

"……."

"넌 그냥 이 집에서 쥐 죽은 듯이 처박혀 있다가 적당한 자리로 시집이나 가면 돼. 어딜 감히 싫다, 좋다 의견을 내!"

"아무리 그러셔도 전 그 결혼, 하지 않을 거예요."

"이년이!"

노파의 늙은 손이 재희의 머리를 향해 날아갔다. 숨죽이고 있던 재희가 팔을 들어 노파의 손을 잡았다.

"저도 할머니 손녀예요. 출처도 불분명한 여자의 딸년이지만 저도 서문도 씨의 딸이라고요!"

노파를 노려보는 재희의 눈에 핏발이 섰다. 더는 참기 힘들었다. 이년, 저년 폭언에 맞고, 머리채 잡히고, 멍들기가 수차례였지만 참고 참았다. 하지만 이젠 한계였다.

"어머님, 노여움 푸세요. 그 어미에 그 딸 아니겠어요."

"넌 속도 좋다. 저런 년 뭐가 예쁘다고 거둬 키워! 그러게 내가 처음부터 받아 주면 안 된다고 했잖아!"

"원래 저런 애들일수록 사고를 치지 않게 옆에 두고 항상 감시해야 해요."

"아범이 귀신에 씐 게 틀림없어. 그렇지 않고서야 어떻게 저런 년을……."

"얼굴 보세요. 남자 유혹하려고 작정하면 어떤 남자가 넘어가지 않겠어요. 그이 탓이 아니에요. 넌 거기 그러고 있지 말고 올라가. 뭘 잘했다고 대들어? 오냐오냐 해 주니 아주 눈에 뵈는 게 없구나."

무섭게 노려보는 채 여사를 보자 저절로 몸이 떨려왔지만 애써 두 손을 다잡았다.

"저도 좋아서 이 집에 있는 건 아니에요. 제 발로 들어온 것이 아니라고요. 절 데려온 건 아버지잖아요. 그런데 왜 제게 이런 걸 강요하세요?"

"넌 그저 사업에 필요할 때가 있을 거라 데려오신 거야. 애초에 네 의견 따위는 필요 없어."

"의견이 없어도 권리는 있어요. 그런 말도 안 되는 결혼은 서재현이나 하라고 하세요."

"그 입 닥쳐!"

노파가 어느새 다가와 재희의 뺨을 후려갈겼다. 눈앞이 핑 돌 정도로 센 힘에 눈가가 저절로 붉어졌다.

"그 더러운 입으로 우리 장손 이름 꺼내지 말거라. 우리 재현이가 너랑 같아!"

부들부들 떨리는 노파의 모습에서 금방이라도 재희를 없앨 정도로 살기가 느껴졌다. 재희는 욱신거리는 뺨을 매만지며 일어섰다.

그것 봐. 자기 손자는 절대 그렇게 결혼시키지 않을 거잖아.

"제 신분은 제가 알아서 정할 테니까 할머니는 이제 그만 참견하세요."

밖으로 나오자 재희의 눈에서 눈물이 쏟아졌다. 제가 저지른 잘못이 아니더라도 자신은 혼외자식이니 이 집에서 겪는 모든 수모는 받아들여야 한다고 생각했다. 그런데 이제는 손찌검도 모자라 얼굴도 모르는 남자에게 자신을 팔아 버리려고 한다. 그것이 애초에 자신을 거둔 목적이었다는 것처럼.

아버지는 어릴 때 자신을 집으로 데려온 뒤 부모로서의 책임은 하지 않고 방관했다. 그래서 할머니한테 폭행을 당해도, 본처와 그 아들에게 구박을 당해도 속으로 참고 삭힐 수밖에 없었다.

어머니는 아버지와의 하룻밤에 자신을 가졌고, 그 남자의 발목을 잡았다. 그렇게 하면 남자가 결혼을 하지 않을 거라는 순진한 생각을 했나 보다.

하지만 남자는 정혼자와 결혼을 하였고 어머니는 혼자 아이를 낳았다. 그리고 죽었다. 재희는 기억도 하지 못하는 어머니에 대한 이야기였다.

떨리는 목소리가 가냘프게 흘러나왔다.

"나 좀 구해 줘."

❄ ❄ ❄

교문 앞에서 발을 멈춘 재희는 지난 밤 할머니에게 맞아 검푸르게 부어오른 뺨을 비비며 옅은 숨을 내쉬었다.

고3인 그녀는 여름방학에도 보충 수업과 자율 학습을 위해 어김없이 등교했다. 오히려 다행이었다. 감옥 같은 그곳에서 잠시라도 나올 수 있다는 것만으로도 숨통이 트였다.

교실로 들어오자 세나가 반갑게 손을 흔들었다. 하지만 곧 얼굴을 굳히고 재희의 얼굴을 살폈다.

"뭐야. 또?"

세나는 재희의 집안 사정을 알고 있는 유일한 친구였다. 다들 재희를 부유한 가정에서 부족함 없이 지원을 받는, 걱정거리가 없는 애라고 생각했다. 학교에서 부모를 볼 일도 없거니와 실제로 그의 아버지는 이름만 대면 아는 회사의 사장이니 부유한 가정임에는 틀림없었다.

고1 때 짝꿍이던 세나가 우연히 재희의 목덜미에 시퍼런 멍을 발견하고 꼬치꼬치 캐물어 알게 되었을 뿐, 재희는 학교에서뿐만 아니라 그 누구도 제 상황을 눈치채지 못하도록 철저히 자신을 숨겼다.

그건 자존심이었다. 다른 사람이 동정하는 걸 견딜 수 없었고, 이상한 시선으로 바라보는 것은 죽기보다 싫었다. 그래서 머리는 항상 길러 상처 부위를 가렸고, 어쩌다 얼굴에 흉터가 나거나 멍이 들어도 그것이 맞아서 난 상처라고는 생각하지 못하게 행동했다. 부딪치고, 긁혔다고.

"너 그냥 그 집에서 나오라니까. 미성년자라도 그런 상황이면 나오는 게 백 번 맞아. 네 아빠한테 말씀드려. 나가고 싶다고."

"괜찮아."

"이 바보야. 괜찮긴 뭐가 괜찮아! 어휴, 내가 이 노인네를 그냥! 학대로 신고할까 보다."

"세나야. 나 진짜 괜찮아. 어젠 나도 네 말 듣고 할 말은 했어."

"그랬더니 뭐래."

"표정 관리가 안 되더라."

살며시 웃는 재희의 미소에 세나의 심장이 아파 왔다. 매번 참고 또 참는 예쁘고 착한 친구가 가여워서 목이 메었다. 세나는 그녀가 여리고 약하다는 것을 알았다. 그 약함을 감추려 더 차갑고 도도하게 행동하는 것 또한 모르지 않았다.

처음에 이 사실을 알았을 때는 가정 폭력으로 곧장 신고를 하라고 했고, 재희가 못 하겠다면 자신이라도 하려고 했다.

하지만 그때마다 그녀가 한사코 막았다. 벼랑 끝에 내몰려 바닥으로 떨어지기 직전인 저를 아무도 구해 주지 않으리라, 재희는 확신하는 듯 고개를 저어 보였다.

그때마다 언뜻언뜻 보이는 그녀의 상처가 깊어 세나는 함부로 행동할 수 없었다.

"너무 심한 날엔 우리 집에 와. 재워 줄게."

"덕분에 힘이 난다."

힘없이 웃어 보인 재희는 세나의 손을 꼭 잡았다.

그렇게 한참 수학 문제를 풀던 재희는 창가에 스며드는 햇살에 잠시 시선을 돌렸다. 평소 여름 햇살이 따갑게 느껴졌는데 오늘은 맞은 뺨으로 허해진 마음 때문인지 유독 따뜻하게 다가왔다.

햇살을 느끼던 그녀가 운동장으로 시선을 내렸다. 운동장을 지나가는 사복을 입은 남자의 등을 무심코 바라보던 재희의 눈동자가 커졌다.

이선?

같은 3학년이지만 이선은 유망한 야구 선수였기 때문에 학업보단 운동을 우선시했다.

지금 야구부 전국 대회 나가지 않나?

고교 야구 전국 대회 시즌인 이 시기에 야구부 메인 선수가 학교에 있는 것도, 더군다나 운동복도 아니고 슈트를 입고 있어 의아했다.

"반장, 나 이것 좀 풀어 줘."

옆에서 들려오는 소리에도 재희의 시선은 여전히 교문 밖을 나가는 선의 등에 꽂혀 있었다.

"재희야, 나 이 문제 좀 알려 달라니까."

"어, 어?"

세나의 목소리는 그 모습이 완전히 사라지고 나서야 귀에 들어왔다. 고개를 돌렸다.

"뭐라고?"

"밖에 뭐 있어? 뭘 그렇게 넋 놓고 봐."

"아, 아니야. 뭐라고 그랬어?"

"이 10번 문제 말이야. 아무리 풀어 봐도 답이 틀려서."

세나가 문제지를 재희의 책상으로 밀어서 보여 주었다.

"어디 봐."

재희는 문제를 읽고 나서 바로 연습장을 꺼내 설명했다.

"넌 진짜 천재야. 어떻게 생각할 시간도 없이 풀어."

재희는 그저 웃으며 고개를 슬쩍 창밖으로 돌렸다. 그는 진작 사라지고 없었다.

"에고, 지겹다 지겨워. 이 지겨운 수험생 생활은 언제쯤 끝날까."

세나는 기지개를 켜며 몸을 좌우로 돌렸다. 같은 반 친구들, 아니 경쟁자들은 열심히 공부를 하고 있었다. 교실 안은 정적이 흘렀다. 늘 그랬다. 한여름의 무더위 속에서 지칠 법도 한데 3학년 1반 학생들은 언제나 바른 자세로 앉아서 장시간이고 공부에 열중했다.

재희가 다니는 고등학교는 명문고로 이름이 나 있었고, 그중에서도 1반은 상위권에 든 학생들만 모아 둔 반이었다. 명문고라 진학한 건 아니고 그저 집에서 최대한 먼 곳으로 벗어나고 싶어 지원했는데 아무 소용이 없었다. 어차피 학교가 끝나면 다시 끔찍한 곳으로 돌아가야 했다.

아까부터 창밖을 바라보는 재희가 이상해서 세나는 그녀가 보는 곳으로 몸을 밀착시켰다.

"어디 남자라도 숨겨 놨어? 뭘 그렇게 봐?"

"지금 야구부 애들 대회 나갔지?"

"전국 대회 시즌이잖아. 1, 2학년 여자애들 이선 보겠다고 지방까지 쫓아갔다는 소리도 있더라."

"그래. 이선이 여기 있을 리가 없지."

"너, 드디어 이선한테 넘어가는 거구나? 그래. 열 번 찍어 안 넘어가는 나무가 없지, 암."

"무슨 소리야. 그린 거 아니야."

"얼씨구. 그런데 환영까지 보이고?"

공부엔 완전히 흥미를 잃어버렸는지 세나는 본격적으로 재희를 놀릴 준비를 했다. 재희는 친구의 장난을 가볍게 넘기며 문제집으로 시선을 내렸다.

"사실 그동안 네가 꽤 도도하게 굴긴 했지. 3년 동안 대놓고 쫓아다니는 애한테 매몰차게 대했잖아. 게다가 이선이 어디 보통 애냐. 아는 사람만 안다는 고교 야구 경기를 아이돌 콘서트로 만드는 애잖아."

"관심 없어. 내가 누굴 만날 형편이니. 알면서."

"그럴수록 누군가에게 의지해야지, 안 그러면 너 진짜 병든다."

재희는 고개를 절레절레 흔들며 세나를 살짝 흘겼다.

"내가 싫은 거야? 난 너만 있으면 되는데."

"네가 또 언니의 심장에 불을 지르는구나."

세나는 재희의 어깨에 팔을 두르며 꼭 안았다.

"나도 널 사랑하지만 우린 이루어질 수 없는 관계잖아. 하지만 이선은 널 그렇게 좋다고 하는데 왜 마다해?"

"마다가 아니야. 내가 누굴 만난다면 그건 그 사람에게 예의

가 아니지."

"또 못된 말 한다. 너처럼 완벽한 애는 아무나 만나지 않겠다는 말을 반어법으로 표현하는 거니?"

"윤세나."

세나가 재희의 귓가에 속삭였다.

"본능에 솔직해져. 이성에게 관심을 가지는 건 지극히 정상이야."

"너희 둘 다 좀 조용히 할래?"

뒤에 앉은 여자애가 날 선 목소리로 내뱉었다.

"미안, 미안. 공부해."

세나는 뒷자리 애를 보며 웃었다. 수능이 얼마 안 남아 다들 예민한 시기였다. 재희는 다시 펜을 고쳐 잡았다.

이선. 교내를 넘어 전국적으로 알려진 고교 야구 에이스 투수에, 이미 프로 구단에서도 러브콜이 쇄도하고 있는 유망주였다. 거기다 구김살 없는 서글서글한 성격까지 뭐 하나 빠지는 게 없었다.

자신에게 애정 공세를 하는 여자들만 상대해도 충분할 텐데 관심도 주지 않는 여자가 뭐가 좋은지 이해가 되지 않을 정도로 이선은 틈만 나면 재희를 찾아왔다. 덕분에 그의 관심을 받는 재희 역시 여기저기 입방아에 오르내렸다.

심지어는 도대체 서재희가 누구냐며 이웃 학교에서도 찾아오곤 했다. 그리고 그녀의 얼굴을 보고 나면 씩씩대며 할 말을 못하고 돌아갔다. 외모가 가히 독보적이라는 게 그들 사이의 평가였다.

자율 학습까지 끝내고 학교를 나오자 하늘은 어둑어둑해졌다. 집에 들어갈 생각을 하니 다시 한숨이 나왔다. 재희는 잠시 고민하다 독서실로 발걸음을 옮겼다.

독서실을 가는 중에 먹을 것을 사려고 편의점에 들어갔다.

"시원하다."

편의점 안으로 들어오자 에어컨 공기가 재희를 맞이했다. 음료수를 집으려 냉장고 문을 열던 재희는 삽삭스럽게 다가오는 커다란 손을 보았다. 그 손은 곧 재희에게 음료수를 건넸다.

"이거 마셔. 이게 더 맛있어."

이선? 재희의 눈동자가 커졌다. 낮에 환영을 본 것이 아니었다.

그는 낮에 봤던 슈트 차림이었다. 다부진 몸매와 키 때문인지 슈트까지 잘 어울렸다. 모델을 보는 것 같았다. 그 때문인지 편의점 안의 시선들이 계속 그에게 머물렀다.

"네가 어떻게……. 너 여기 있어도 돼?"

냉장고 문을 닫은 선은 재희를 돌아보며 웃었다.

"그래도 내가 뭐 하고 다니는지는 알고 있나 봐. 기분 좋다."

"그게 아니라 너 지금……."

"오늘은 경기 없어. 다른 애들은 다 청주에 있는데 나만 몰래 나온 거야."

선의 눈동자가 그녀를 내려다보았다. 커다란 키에 재희의 고개가 꺾였다.

"너 보려고."

그리고 빙그레 웃는 이선.

"너 미쳤구나. 다른 애들이 뭐라고 생각하겠어. 얼마나 욕하겠니."

"지금 나 걱정해 주는 거야? 내가 감독님이나 친구들에게 욕 먹을까 봐."

"넌 이 상황에도……."

"이거 뭐야."

선이 갑작스럽게 재희의 머리카락을 들어올렸다. 그녀의 뺨이 드러났다. 아침보다는 붓기가 가라앉았지만 여전히 검붉게 물들어 있었다. 재희는 황급히 그의 손을 쳐냈다.

"뭐 하는 거야."

"맞았어?"

정곡을 찌르는 말에 재희는 있는 힘껏 그를 노려보았다.

"무슨 소릴 하는 거야. 넘어졌어."

"넘어졌다고?"

시선을 회피하는 재희를 보던 선이 느릿느릿 말을 이었다.

"가. 또 독서실 가서 공부하려면 바쁠 것 아냐."

선은 먼저 걸음을 옮겨 계산대로 갔다. 그의 얼굴이 굳어졌다. 넘어진 것과 맞은 건 확연히 달랐다. 그런데 그걸 믿으라고 하는 말인가. 표정 관리도 못 하면서.

하지만 더 이상 묻지 못했다. 얼굴 한 번이라도 보려 힘들게 왔는데 이 시간을 인상 쓰며 고민하고 싶진 않았다. 그에겐 짧게나마 재희와 만날 수 있는 지금이 간절했다.

"저기 뒤에 음료수까지 같이 계산할게요."

급히 다가온 재희가 선의 팔을 쳐냈다.

"네가 내걸 왜 계산해."

"그냥 한 사람이 내면 안 돼? 아는 사람끼리 같이 내고 그러면 좋지, 뭐."

"따로 계산해 주세요."

점원은 둘의 눈치를 보다가 얼굴이 확 굳어 있는 재희의 표정을 보고 그녀의 손에서 지폐를 가져갔다. 몸을 휙 돌려 편의점을 나오는 재희의 뒤를 선이 따라왔다.

"독서실까지 데려다줄게."

"싫어."

"야박하네."

그러면서도 선은 재희를 따라왔다. 뒤가 자꾸 신경 쓰였지만 그녀는 한마디도 하지 않을 생각으로 앞만 보고 걸었다.

더운 날씨 때문인지 선은 셔츠 자락을 흔들었다. 그러다가 앞에서 걷는 재희의 가방을 홀렁 벗겨 가져왔다. 그제야 몸을 휙 돌리고 노려보며 손을 뻗는 그녀를 가볍게 따돌리고 제 등에 가져갔다.

"내놔."

"어이구, 무거워라. 집 나왔어? 가방에 뭐가 들었기에 이리 무거워."

"줘!"

"독서실 앞까지만 들어다 줄게."

돌려줄 생각이 없는 듯한 선을 보던 재희는 옅은 숨을 내쉬고 앞으로 걸어갔다. 다시 그녀의 뒤를 따라가는 그의 입가에 살며시 미소가 생겼다.

"걱정 마. 오늘은 집안일 때문에 정식으로 허락 받고 나온 거니까."

재희는 대꾸하지 않았다.

"다시 내려가야 해. 오늘 할머니 팔순이라 가족 모두 점심에 시간을 내야 했거든. 아까 오후엔 네가 생각나서 잠깐 학교에 갔어. 날씨가 너무 더워서 금방 나왔지만. 부담 주긴 싫었는데 내가 도저히 안 되겠더라고. 너무 보고 싶어서. 근데 오기 잘했어. 만나서 욕만 먹더라도 네 목소리 듣는 게 더 좋다."

재희의 대답을 들을 생각이 없는 건지 그는 혼잣말을 하며 길을 걸었다.

"공부를 어떻게 그렇게 잘해? 전교 1등 하려면 역시 보통 머리로는 안 될 거야. 너 정도는 되니까 하는 거지."

"……."

"너는 공부도 잘하면서 왜 예쁘기까지 하냐? 그건 너무 불공평하잖아. 얼굴도 예쁘면 세상 사람들 어떻게 살라고."

"……."

"그런데 사실 난 네가 예뻐서 좋으니까 불공평해도 어쩔 수 없네."

재희는 걷던 걸음을 멈추고 선을 돌아보았다. 언덕길이라서 그녀의 시선이 그와 수평을 이루었다. 재희는 그의 어깨에 걸려 있는 가방을 힘주어 빼서 가져왔다. 옅은 숨이 나왔다.

"선아. 제발 이러지 마. 난 너랑 만나고 싶은 생각이 없어. 그리고 이후에도 널 만날 생각은 더더욱 없고."

선의 얼굴이 살짝 굳어졌지만 재희는 멈추지 않았다.

"너 좋다는 여자들 찾아봐. 난 관심 없으니까 자꾸 찾아와서 이렇게 방해하지 마."

"방해? 내가 방해해?"

재희는 말 대신 그를 보았다. 이렇게 심한 말을 내뱉지 않으면 선은 간이고 쓸개고 빼 줄 것처럼 행동할 터였다. 제 상황을 벗어날 수 없기에 그녀도 고심 끝에 내뱉은 말이었다. 선은 허탈한 웃음을 짓더니 잠시 생각하는 듯 재희를 바라보았다.

"그것도 걱정 마. 방해할 생각 없으니까. 내가 너를 좋아하는 건 꼭 만나자고 그러는 게 아니야. 나도 그렇게 개념 없는 놈은 아니고. 날 이렇게 싫어하는데 뭘 바라고 그러겠어?"

"그럼 대체 뭐야. 왜 이러는 거야."

"그냥 밀어내지만 말라고. 아무것도 하지 말고 지금처럼 화내도 좋으니까 얼굴만 보여 달라고."

"이선."

선이 빙그레 웃었다.

"난 그거면 돼."

할 말이 없다. 뭐라고 맞받아쳐야 하는데 그의 말에 아무 말도 할 수 없었다.

"갈게. 또 보고 싶으면 찾아올 거야. 아, 물론 방해하지 않을 거니까 걱정 마."

선은 뒤편에 독서실이 있는 것을 확인하고 손을 흔들었다. 곧 몸을 돌리고 왔던 길로 되돌아갔다. 그러던 그가 다시 뒤를 돌아보았다.

"상처 잘 소독해. 덧날 수도 있으니까."

자기 볼을 톡톡 두드린 선이 등을 돌려 사라질 때까지 그의 모습을 지켜보았다. 옆에서 재잘거리던 녀석이 사라지자 순식간에 고요해졌다.

이선을 만나면 현실이 아닌 판타지를 걷는 느낌이 들었다. 현실 속에 갇혀 있다가도 이선이 나타나면 동화 속 주인공이 되는 것 같았다. 그런 비현실적인 상황이 그녀를 더욱 차갑게 만들었다.

※ ※ ※

오전에 아버지가 보낸 문자를 본 재희는 교문을 나오며 깊은 숨을 내쉬었다. 지난 밤, 집에 들어갔을 때 아버지를 붙잡고 성토를 하는 할머니를 보았다. 그러더니 결국 이런 문자가 왔다.

〈학교 끝나고 잠깐 회사로 와라.〉

비서의 안내를 받고 사장실 안으로 들어간 재희는 업무를 보고 있는 문도를 보았다. 불러서 왔는데 그는 아무런 말도 하지 않았다. 그녀도 그대로 서 있었다.

"결혼은 내년 3월. 너 고등학교 졸업하는 대로 할 거다."

"아버지."

"더 이상 토 달지 말도록. 이건 집안끼리 정한 사안이다."

눈도 마주치지 않고 할 말만 내뱉는 문도를 보는 재희의 눈에 눈물이 고였다. 있는 힘껏 주먹을 쥐었다.

"저 아직 고등학생이에요. 스무 살도 되지 않았다고요. 그런데 누군지도 모르는 사람이랑 어떻게 결혼해요."

"네 의사 따위가 중요한 게 아냐!"

문도가 책상을 치며 일어섰다.

"넌 어른이 시키는 대로 하면 돼. 회사 사정에 따라서 거래로도 쓰일 수 있는 거다. 애초에 네가 이 집안에 있는 목적도 그거니까."

죽어도 울기 싫었는데 자신도 모르게 눈물이 흘러내렸다.

"싫다면요. 제가 그러기 싫다면요."

문도의 눈매가 무섭게 변했다.

"그땐 너의 모든 지위와 누리고 있는 것, 학교까지도 사라지게 되겠지. 이 집안과의 인연이 끊어진다면 넌 바로 길거리에 나앉게 될 거다. 너에겐 어떠한 재산도 없으니까."

그의 말이 구구절절 옳아 재희는 기가 찼다. 무슨 말을 한들 그의 귀에 들어갈까.

"아버지, 단 한 번이라도…… 절 딸로 생각하신 적이 있으세요?"

문도의 시선이 재희를 내려다보았다. 무표정한 아버지의 머릿속이 무엇을 생각하는지 알 수 없었다.

"너의 결혼은 기업 합병 차원의 일이니까 감정을 논할 문제가 아니다. 아들이라도 다를 것 없어."

"하지만 재현이는 그렇게 결혼시키지 않을 거잖아요. 재현이는 하고 싶은 거 다하고, 의견도 물어보고, 싫으면 하지 않을 수도 있잖아요."

잔잔하게 흘러나오는 재희의 목소리에 문도는 몸을 창밖으로 돌렸다.

"그만큼 눈치가 빠르다면 네가 어떻게 처신해야 하는지도 알겠지. 이만 나가 봐."

널찍한 문도의 등이 마치 단단한 벽처럼 꿈적도 하지 않을 것 같았다. 알고 있었다. 아버지는 자신에게 어떠한 애정도 갖고 있지 않다는 것을 매 순간 느꼈으니까. 그저 핏줄로 이어졌기에 거둔 남보다도 못한 존재였다.

더 이상 말을 해도 듣지 않을 것 같은 문도의 모습에 재희는 몸을 돌렸다. 문을 닫고 나오자 비서가 일어서 인사를 했지만 그저 앞으로 걸었다. 부들부들 떨릴 정도로 주먹을 꽉 진 재희는 건물 밖을 나올 때까지 있는 힘을 다해 울음을 참았다.

"내가 뭘 바라겠어. 내 태생 자체가 불완전한데……. 이렇게 살 운명인 거지."

그렇게 생각해도 문드러지는 속을 달래지 못했다. 지독한 외로움과 비참함이 영영 끝나지 않을 것 같았다.

❄ ❄ ❄

2학기가 시작되고 학교 안은 다시 시끌벅적해졌다. 고3 교실 복도도 오랜만에 생기가 돌았다. 뭐든지 새로 시작하는 건 사람을 설레게 하는 일이다. 그게 무엇이든.

"재희야, 점심 먹고 잠깐 교무실로 와라."

수학 수업이 끝나고 담임이 건넨 말이었다. 아마 대학 진학 문제 때문일 것이다.

교무실로 온 재희는 자리에 앉아 서류를 뒤적이는 담임을 보았다.

올해 새로 부임한 젊은 여선생님은 모든 일에 의욕이 넘쳤다. 첫 부임에 고3 담임까지 맡았으니 더더욱 그럴 것이다.

"선생님."

"어. 왔니."

담임은 재희를 향해 몸을 돌리며 활짝 웃었다.

"점심 잘 먹었어?"

"네."

"요새 살이 더 빠진 것 같다. 공부도 좋지만 체력 관리 잘하고."

"네."

"네 성적이면 지원하는 대학, 원하는 과에 안정적으로 지원할 수 있을 것 같다."

"네. 알아요."

"과는 정했니?"

"아니요."

담임은 재희의 간결한 답변에 그녀를 지그시 바라보았다. 예쁘고 완벽한 학생이지만 항상 큰 벽에 부딪히는 듯 다가가기 힘들었다. 그동안 벽을 허물어 보고자 노력했지만 소용없었다.

재희에게 적극적으로 다가가고 관심을 보일수록 그녀는 더욱 자신을 감추고 철저히 경계했다. 그런 그녀가 안타깝고 속이 상해 담임은 할 수 있는 방법은 다 해 보려고 했다. 생활기록부 상에 적힌 그녀의 부모에게 전화를 해 보았지만 매번 바쁘다고 하며 학교에 오지 않았다.

거기서 멈추지 않고 그녀의 담임을 맡았던 선생님들에게도 물어보았지만 다들 본 적이 없다고 했다. 그들 말로는 성적도 좋고 학교생활을 알아서 잘하는 학생이기 때문에 굳이 상담을 해야 할 필요도 없었다고.

"재희야, 무슨 문제가 있다면 말해도 좋아. 혼자만 끙끙 앓지 말고."

"네."

"그래…… 가고 싶은 과가 없더라도 이젠 정해야 할 때야. 잘 생각해 보렴."

"알겠습니다."

"그래. 가 봐."

오늘의 대화도 이렇게 실패로 끝났다. 등을 보이며 나가는 재희를 보는 담임은 씁쓸함에 미간을 구겼다.

교무실을 나온 재희는 다시 교실로 들어가기가 힘겨워 옅은 숨을 내쉬고 교정을 걸었다.

점심시간이라 몇몇 학생들이 모여 앉아 이야기를 하는 것이 보였다. 가능한 사람들이 보이지 않는 곳으로 걸었다. 오늘 유난히 어두운 얼굴에 세나도 아침부터 걱정했는데 담임도 눈치를 챈 것 같다.

어제부터였다. 유난히 숨이 쉬어지지 않은 것은. 전날 재현이 방으로 들어와 친절하게도 결혼할 상대에 대해 알려 주었다.

"참 좋겠다. 그 나이에 벌써 사모님 소리도 듣고."

매번 깐족대고 신경을 긁지만 재희는 무시하는 것이 가장 좋은 방법인 걸 알았기에 항상 그렇게 재현을 상대했다. 그러면 그는 더욱 흥분하여 목소리를 높였다.

"야. 네가 결혼하는 남자가 어떤 놈인지는 알아야 할 거 아냐. 궁금하지?"

그녀의 얼굴 가까이에 제 얼굴을 밀어대며 연신 약을 올렸다. 드디어 재희가 눈을 마주쳐 오자 재현의 한쪽 입꼬리가 올라갔다.

"완전 양아치란다. 아직 마흔도 안 됐는데 벌써 이혼을 두세 번 한 망나니. 이 바닥에 소문이 파다하더라. 어디서 널 봤는지 마음에 든다고 아버지한테 연락해 왔네. 아주 간곡히 부탁하더란다. 회사까지 협박하면서."

드디어 재희의 눈빛이 흔들리는 것을 본 재현이 승기를 잡은 듯 더욱 크게 웃었다.

"재주도 좋다. 개변태도 너 한 번 안아 보겠다고 난리잖아. 이 얼굴이 그렇게 끌리나 보지?"

재희는 그녀의 턱을 잡아 올린 재현의 손을 쳐냈다.

"난 이렇게라도 쓸모가 있는데 넌. 성적은 좀 올렸니? 고3인데 그래도 대학은 가야지. 그래야 낙하산으로 회사에 들어가더라도 덜 창피할 거 아냐. 아, 지방 대학도 갈 수 없는 성적이던가?"

순식간에 흥분한 재현이 재희의 앞섶을 잡아 올렸다.

"죽고 싶어?"
"죽어."

눈 하나 꿈적하지 않고 말하는 재희를 잡은 손이 부들부들 떨렸다. 그러다 뭔가 떠올랐는지 손을 놓곤 입꼬리를 올렸다. 재현의 미소가 끔찍했다.

"뭐 하러 내 손에 피를 묻혀. 할머니가 알아서 해 주실 텐데. 그럼 결혼, 잘해 봐."

재희는 재현이 방을 나가자 쓰러지듯 주저앉았다. 부들부들 떨리는 손을 다잡고 찌르는 듯한 가슴 통증을 막아 보려 가슴을 두드렸다.

뜬눈으로 밤을 새고 집을 나서는데 문 앞에서 마주친 아버지는 그저 통보하듯 말하고 차에 올라탔다. 이번 주말에 대신그룹에서 만나자고 연락해 왔으니 준비하고 있으라고.

통증이 다시 살아나 길을 걷던 재희가 주저앉았다.

"하아, 하아……."

얼마간 앉아 있자 통증이 사라지는 것 같아 서서히 일어섰다. 휴식을 마치는 종소리가 들려 재희는 몸을 돌렸다. 그러다 눈앞에 서 있는 남자의 모습에 눈동자가 흔들렸다. 하지만 곧 얼굴을 굳히고 고개를 돌렸다.

"이젠 미행도 해?"

"너 괜찮아?"

그의 목소리가 다정해서 눈물이 날 것만 같았다. 주먹을 힘껏 쥐었다.

"괜찮으냐고."

"대답할 가치도 없어."

선은 곧 죽을 것 같은 얼굴을 하고도 독한 목소리를 내는 재희를 물끄러미 바라보았다. 산책로를 걷는 재희를 발견하고 선은 저절로 발걸음을 옮겼다. 그러다 방해하지 말라는 말에 멈추기도 했다. 하지만 그보다 끌리는 마음을 거부할 수 없어서 따라갔다. 사르륵 곁을 지나가는 재희의 팔을 잡았다.

"그렇게 미운 말만 하면 아프지 않아?"

역시 죽일 듯이 노려보는 재희를 내려다보며 선은 그녀의 팔을 놓았다.

바닥에 주저앉아서 한참을 괴로워하는 그녀를 보자 선은 그냥 지나칠 수 없었다.

3년을 지켜보며 그녀의 손끝 하나, 표정 하나까지도 눈에 담고 있던 그는 재희의 슬픔을 느낄 수 있었으니까. 모르는 척 넘어가려고 했지만 요즘 유난히 힘들어하는 그녀를 보자 선도 속이 상했다.

"너 이러는 거 무서워. 내 일거수일투족 감시하면서 시도 때도 없이 나타나. 스토커 같아."

"그만해도 돼. 그렇게 말하지 않아도 알아. 그러니까 그만하라고. 스토커처럼 행동해서 미안하다."

"그럼 미안한 짓 하지 마! 대체 왜 그래! 다들 나한테 왜 그러는 거야!"

소리를 지르는 재희의 얼굴이 금방이라도 울 것 같았다. 그녀를 안아 주고 싶지만 가까스로 참았다.

"화내. 소리 지르고 싶으면 질러. 다른 사람 앞에서 하기 힘들면 나한테 해. 다 받아 줄 테니까."

"네가 뭘 알아! 네가 나에 대해 뭘 아냐고! 아는 체 하지 마. 역겨워."

"재희야."

"내 이름 부르지 마."

"그냥 힘들 때 기대면 돼. 전화해. 언제든, 어디든 달려갈게."

한마디만 더해도 눈물이 쏟아질 것 같아 재희는 빠르게 길을 걸었다. 좀 전에 쥐어짤 듯이 아프던 심장이 그의 목소리에 규칙적으로 뛰었다. 정말 기대고 싶을 정도로 다정해서 한시도 같이 있고 싶지 않았다.

❄ ❄ ❄

매일 악몽을 꾸면서 하루를 시작하길 몇 차례, 오지 않기를 바랐던 주말을 맞이했다. 불면증으로 약을 먹고 겨우 잠들면 악몽에 놀라 깨기 일쑤였다.

그렇게 힘들게 일어났는데 아침부터 사람들이 들락거리더니 재희의 방으로 옷이며 신발, 액세서리가 줄지어 들어왔다.

"그래. 원하는 대로 해 줄게. 그러면 되잖아."

남자의 취향을 담았는지 드레시한 느낌에 몸매가 그대로 드러나는 옷이었다. 거울에 비친 모습에 실소가 나온 그녀는 밖에서 들리는 소리에 문을 열고 나왔다.

채 여사는 현관에서 계단을 내려오는 재희를 보며 미간을 찌푸렸다. 제 어미를 쏙 빼닮았다.

"밖에 차가 왔다. 그거 타면 알아서 데려다줄 거야."

"이야, 변태 취향 알 만하다."

옆에서 히죽거리며 웃는 재현을 지나쳐 밖으로 나왔다. 대문까지 가는 길이 유난히 길었다. 대문을 나오자 고급 세단이 그녀를 맞이했다. 재희가 차에 올라타자 곧 출발했다.

그렇게 한참을 달려 차가 멈춘 곳에 내린 재희는 직원이 안내하는 곳으로 향했다. 고급 호텔에 단독 룸으로 일반 손님은 들어오지 못하는 곳이었다. 직원이 문을 열자 재희는 덤덤히 안으로 들어갔다.

"어서 와."

남자는 재현의 말대로 30대 후반으로 보였다. 그녀와는 스무살 가까이 차이 나는 그는 노골적으로 재희를 위아래로 훑었다. 여물대로 여문 볼륨과 잘록한 허리, 매끄러운 살결이 그대로 드러났다. 고혹적이며 아름다운 외모가 고등학생으로 보이지 않았다. 남자는 비릿하게 웃었다.

"역시 생각한 대로군. 앉아."

재희는 그의 시선을 온몸으로 받으며 마주앉았다. 테이블 아래로 내린 손을 꼭 맞잡았다.

"놀라지 않는 걸 보니 다 듣고 왔나 보군. 하긴, 말한다고 한들 뭐가 달라지겠어."

재희는 눈앞의 남자를 똑바로 바라보았다. 눈매가 날카롭게 휘었고 매서웠다. 적당히 큰 키와 다부진 체격이 여성의 시선을 홀리기에 적합해 보였다. 그러니까 이혼을 여러 번 했겠지.

"이리 와 봐."

"오늘은 얼굴을 보러 온 자리라고 들었어요."

"그랬지."

"그러니까 그리로 갈 이유가 없어요."

"당돌하군. 그래. 튕기는 것도 나쁘진 않지."

말할수록 힘이 빠지는 대화에 재희는 옅은 숨을 내쉬었다.

"아무리 생각해도 저와 결혼하려는 이유를 모르겠어요. 전 고등학생이에요."

"내게 도덕성을 바라나. 그렇다면 날 너무 좋게 봤군."

남자는 몸을 당겨 재희에게 가까이 다가왔다. 그녀의 턱을 손끝으로 들어올렸다.

"너희 집안에서 널 팔아먹은 거야. 그런데 이런 상황에서 도덕성을 운운하는 건 좀 어이가 없네."

남자의 손가락이 재희의 얼굴을 쓸어내렸다. 그러자 온몸에 소름이 돋았다.

"그렇다 해도 절 선택한 이유가 있겠죠."

"이유? 없어. 이유가 있어야 여자를 취하나?"

"부사장님."

"난 갖고 싶은 건 꼭 가져야 성미가 풀려."

재희는 고개를 저으며 제 손을 힘주어 잡았다.

"갖고 싶다고 다 가질 수 있는 건 아니에요."

"아직 돌아가는 상황을 잘 모르나 본데, 넌 거절할 입장이 아니야. 그저 내게 팔려 온 거야."

아버지에게도, 집안사람들에게도, 심지어 낯선 남자에게도 자신은 물건이었나 보다. 팔린다는 표현이 저렇게 쉽게 나오는 걸 보면.

"대체 절 팔면서 저희 집안은 무얼 얻은 건가요."

"신도시 아파트 준공 입찰을 따냈지."

"그래요."

"이제 네가 어떻게 행동해야하는지 알겠나. 튕기는 건 한 번으로 족해."

남자는 자리에서 일어서 재희에게 다가왔다. 그녀의 매끄러운 어깨를 손으로 잡으며 등받이에 붙였다.

"조금 일찍 남자를 알아도 되잖아. 어차피 내 여자가 될 건데."

"저기요, 손 내려 주세요."

남자가 웃음을 터트렸다. 몸 상태와 차가운 목소리가 영 어울리지 않았다. 가녀리게 떨면서도 고개를 빳빳이 드는 모습이 정욕을 끓어오르게 했다.

"싫다면?"

재희가 눈을 치켜뜨며 남자를 보았다. 그리고 팔을 쳐내며 일어섰다.

"어차피 기대하지도 않았지만 이제야 확실히 깨달았어요. 이 미친 짓, 더는 하고 싶지 않아요."

남자는 바지 주머니에 손을 넣으며 재희가 하는 양을 지켜보았다.

"거부하겠다는 건가."

"네."

"네 집안이 불리해져도?"

"하, 상관없어요. 망하든 말든. 이 결혼은 하지 않을 거예요."

재희가 몸을 돌려 나가려 하자 남자가 팔을 잡아당겼다. 순식간에 당겨진 몸이 남자의 팔 안으로 들어왔다. 그리고 그 힘은 상상할 수도 없이 강했다.

"놔요."

"이것 봐라. 재밌네."

벗어나려고 몸부림을 쳐도 끄떡없었다. 등을 쓰다듬은 남자의 손길이 끔찍했고 거친 숨결은 소름 끼칠 정도로 거북했다.

"네 의견은 필요 없다는데 파악이 안 되나. 네가 싫다고 없던 일이 되는 게 아니야."

"싫어요. 싫다고요!"

소용없다는데도 끈질기게 반항하는 여자를 보니 더 갖고 싶어졌다. 반항하는 여자는 간만이었다. 그의 재력과 영향력에 다들 반항 없이 응했는데 눈앞의 그녀는 격렬히 저항했다. 아이러니하게도 이 상황에서 그의 몸은 강렬하게 반응했다.

남자의 거친 숨결이 재희의 목덜미를 훑고 지나갔다. 그리고 느릿느릿 그녀의 몸을 더듬었다. 뱀 같은 손이 가슴께로 다가오자 재희는 저도 모르게 눈앞의 그의 팔을 물었다.

"악."

어디서 힘이 솟았는지 모르겠지만 잠시 그의 몸에 힘이 빠진 틈에 무릎을 구두코로 걷어차며 힘껏 밀친 재희는 바로 문을 열고 나왔다. 그리고 앞뒤 재지 않고 뛰었다. 헝클어진 머리와 흘러내린 끈을 올릴 새도 없이 재희는 앞만 보고 달렸다. 잡힐까 봐 무작정 뛰고 또 한참을 뛰었다.

중간에는 구두가 불편해서 던져 버리고 맨발로 뛰었다. 달리고 또 달렸다. 갈 곳은 없었다. 그저 벗어나고 싶었다.

한참을 달리자 숨이 턱까지 닿아 서서히 속도를 늦췄다. 누군가 따라올 것만 같아 뒤를 돌아보며 건물 구석으로 몸을 숨겼다. 토할 것 같이 숨이 차올라 한참 동안이나 숨을 내쉬었다.

어둑해지는 노을을 바라보던 재희는 건물 벽에 기대어 주저 앉았다. 몸이 드러나는 얇은 드레스는 큰 일교차에 속수무책이 었다. 털들이 쭈뼛 섰다. 박차고 뛰쳐나왔지만 그녀를 받아 주는 곳 또한 없었다.

세나가 생각났지만 이런 몰골을 하고 그녀에게 연락할 수는 없었다. 언제든 도와줄 친구지만 추악한 결혼 이야기까지 꺼낼 생각을 하자 소름이 돋았다.

결혼으로 생각이 흐르자 좀 전에 자신을 만지던 남자가 떠올 랐다. 그 남자, 눈빛이 소름끼치게 싫었다. 충분히 사람을 해하 고도 남을 만큼 위험하다는 것을 직감했다. 그런 남자의 품에 안길 바에야 차라리 죽는 게 나았다.

"하아."

이 절망적인 상황에서 자꾸만 선이 떠올랐다.

휴대폰을 들었다가 내리기를 몇 차례, 재희는 마음 가는 대로 이름을 찾았다. 그의 이름이 있을 거란 생각도 못 했는데 휴대 폰에 번호가 저장되어 있었다. 예전에 편의점에서 라면 먹는데 이선이 옆에 놓은 휴대폰을 막무가내로 집어가더니 자기 번호를 저장했었다.

전화벨 소리가 들리자 재희의 심장도 함께 뛰었다.

—서재희?

"이선."

—이거 정말 네가 전화한 거 맞아?

"이선."

—오늘 무슨 날인가. 정말 재희, 너야?

"선아."

─너 어디야.

"나 좀 데려가 줘. 아무 데나. 나 좀 데려가."

2.

ESCAPE : 벗어나다

전화를 끊고 나서 재희는 자신이 무슨 짓을 저질렀는지 깨달았다. 절대 하면 안 되는 사람에게 전화했다. 그의 마음을 알면서, 그럼 더더욱 흔들면 안 되는 걸 알면서 이용하는 자신이 치졸했다. 하지만 그가 보고 싶었다. 이 끔찍한 세상에 놓인 자신을 위로해 줄 안식처가 필요했다.

그렇게 한참 몸을 숙이고 앉아 있던 재희는 어깨에 둘러진 재킷에 몸을 흠칫 떨며 고개를 들었다.

"왔네."

"정확히 말해야지. 한참 찾았잖아."

"진짜 왔다."

"추운데 웬 청승이야."

"그러게."

드레스 같은 옷 아래로 하얀 발이 보였다. 한참 동안 맨발로 있었는지 군데군데 긁힌 흔적도 보였다.

"맨발 투혼? 운동해?"

"달리기."

힘없이 내뱉는 그녀의 목소리에 선은 심장이 알싸하게 아파
왔다.

"가자."

"어디로?"

"이디든."

"아무도 없는 곳으로. 아무도 없는 곳이면 어디든 좋아."

"그건 또 내가 잘 알지."

선이 내민 손을 잡고 일어선 재희는 선이 이끄는 대로 따라갔
다. 맨발이 신경 쓰였던지 그는 자신이 신던 운동화를 벗어 그
녀의 앞으로 내밀었다.

"난 양말 신었어."

"냄새나. 싫어."

"나 발 냄새 안 나거든. 바닥 더럽다."

답을 들을 새도 없이 선은 무릎을 꿇고 그녀의 발을 들어 운
동화 안으로 넣었다. 두 발을 모두 운동화 안으로 넣은 선은 다
시 그녀의 손을 잡고 끌었다. 긴장이 풀린 재희는 택시를 타고
그의 어깨에 기댄 뒤 기절한 것처럼 잠이 들었다.

재희는 자신을 깨우는 소리에 눈을 떴다. 따뜻한 공간과 조용
한 분위기가 그녀를 감싸 안았다.

"깼어?"

"나 잤구나."

"안고 오는데 꿈적도 안 하더라."

"미안. 기절했나 봐."

"좀 씻을래?"

"여긴 어디야?"

"청주. 내가 좀 유명하잖아. 훈련 가면 숙소에서 생활하거든. 가는 곳마다 날 예뻐해 주시는 관리인 아저씨들이 있어. 깨끗하고 관리도 잘되어 있으니까 지내기 불편하지 않을 거야."

"선수들 숙소면 내가 있으면 안 될 것 같은데."

"지금은 시즌 오프라 아무도 안 와."

그의 말에 안심이 되는지 재희는 다시 눈을 감았다.

"그 옷은 뭐야. 고등학생이 입을 옷은 아닌 것 같은데."

"네가 봐도 그렇게 보이지?"

"응."

"궁금해?"

"음, 궁금하지만 묻지 않겠어. 진짜 궁금하지만 내 역할은 여기까지니까. 너무 궁……."

"이선."

"응."

"고마워."

"뭐가."

"날 좋아해 줘서."

"그게 고마워할 일인가."

"그래도 고마워."

"그래. 고맙다니 기분 좋네. '싫어' 보다는 낫다."

그의 잔잔한 목소리에 재희가 눈을 떴다.

"참 이상하다, 이 상황이. 네가, 또 내가."

"그냥 모르는 척하면 어때. 지금은 그냥 마음 가는 대로 해."

"마음……."

선은 그녀의 손등에 제 손을 대었다. 소중한 보물을 만지듯 조심스러웠다.

"내가 너 참 많이 좋아하고 아껴. 그래서 네 아픔들 내가 대신 거둬 갔으면 좋겠어."

"너 이리는 거 사람들은 아니?"

"당연히 모르지. 내가 이런 오글거리는 말을 다른 사람한테 할 것 같아?"

"아니."

"다른 사람은 절대 모를 거야. 내가 이런 미친놈인 걸."

잔잔하게 들리는 그의 웃음소리가 재희의 마음을 일렁이게 했다.

"나 더 자도 돼?"

"당연히."

"고마워."

"잘 자."

다시 쓰러지듯 잠이 든 재희는 한나절이 지나서야 일어났다. 며칠간의 잠을 모두 다 잔 것 같았다. 불면증으로 밤잠을 못 이뤘는데 약도 먹지 않고 잠을 잤다. 밤이 지나갔는지 창밖은 밝아 있었다.

침대 아래로 느리게 발을 내린 재희는 천천히 방문을 열었다. 주방에서 나는 소리에 걸음을 옮기자 선이 바쁘게 오가고 있었다.

"뭐 해?"

"어? 일어났어?"

선이 빙그레 웃었다.

"보다시피. 요리해."

"부지런하네."

"원래 운동하는 사람은 자기 관리가 철저하지. 넌 잘 모르겠지만 운동하려면 아침 일찍 일어나야 하고, 스스로 빨래도 하고, 몸 관리도 해야 해."

재희는 식탁 의자에 앉아 요리하는 그의 등을 바라보았다.

"뭐 하는데?"

"뭐 좋아하는지 몰라서 그냥 내가 잘하는 거 했어. 오일 파스타."

"좋아해."

그녀의 말에 선이 황급히 돌아보았다.

"뭐?"

"응? 오일 파스타 좋아한다고."

아, 선은 민망해서 다시 고개를 돌렸다. 재희는 얼굴을 붉힌 채 고개를 돌린 그를 보고 선이 다른 뜻으로 들었음을 깨달았다. '좋아해'가 그렇게 들릴 수도 있겠구나. 어쩐지 그가 귀여웠다.

무슨 일 때문인지 뒤돌아보지 않던 그가 갑자기 그녀를 정면으로 보았다.

"그 옷 말이야. 끈이 어깨 아래로 내려온 지 한참인데 모르나봐. 올리든지, 아님 갈아입는 게 어때."

몸을 내려다보던 재희가 제 옷차림을 보고, 다시 선을 바라보았다. 재희의 입가에 언뜻 미소가 스치고 지나갔다.

"옷이 없잖아."

"내가 아침에 사 왔어. 저기 봉지에서 찾아봐."

시선을 회피하는 선이 자꾸만 귀엽게 느껴졌다.

"빨리 갈아입고 올게."

그의 얼굴이 붉어졌다.

"너도 남자구나. 잠시 잊었어."

그 말을 하고 걸어가는 재희를 본 선은 괜스레 머리만 쓸어 올렸다. 아무리 날 좋아하지 않는다지만 남자로 보이지도 않는 다는 말인지 그녀가 야속했다.

방에서 나온 그녀를 보고 선은 심장이 쿵쾅대는 걸 진정시키 느라 애를 먹었다. 나른한 얼굴이 아름다웠고, 헝클어진 머리와 어깨 아래로 내려온 얇은 끈이 아슬아슬했다. 드레스는 굴곡진 몸매를 그대로 드러내어 눈 둘 곳을 찾기 어려웠다. 그런데도 저도 모르게 시선이 가는 것을 막느라 애썼다.

거실에 있는 봉지에서 티셔츠와 바지를 꺼낸 재희는 방으로 들어갔다.

옷은 딱 맞았다. 재희의 몸에 꼭 맞는 티셔츠와 면바지를 사 왔다. 아무래도 이선은 여자를 잘 아는 것 같다. 눈으로 봐도 다 아는 걸까.

"하긴, 주변에 여자가 많잖아."

혼잣말을 내뱉은 재희는 주방으로 나왔다. 식탁에 파스타가 놓여 있었고 선은 의자에 앉아 있었다.

"훨씬 낫다."

맞은편에 앉은 재희는 제 티셔츠로 고개를 내렸다.

"딱 맞아. 내 사이즈 알아?"

"내가 눈썰미가 좋아."

"눈썰미만으로 사이즈를 알 수 있어?"

"그럼."

재희는 그의 주변에 여자가 많을 거라는 생각이 더 확고해졌다. 괜스레 이상한 감정을 떨치려 식탁으로 시선을 내렸다.

포크를 들어 파스타를 말았다. 파스타는 입에 꼭 맞았다.

"너 정말 다시 봤어."

"너만 날 병신 취급하지 다른 사람들은 달라."

"그래. 그런 것 같아."

가만히 선의 얼굴을 바라보았다.

"야구도 잘한다며."

"내 이야기, 귀 기울여 들었나 봐?"

"듣지 않으려고 해도 학교에서 한둘만 모여도 네 이야기를 하니까. 착각하지 마."

"네네."

"졸업하면 뭐 해?"

"하고 싶은 거야 많지. 내 목표는 우리나라 최고의 투수가 되는 거야. 역사에 남을 만한 그런 투수."

원래도 잘생긴 얼굴이었지만 꿈 이야기를 하는 그는 유독 빛이 나고 생기가 넘쳤다. 선의 눈에서 강한 생기를 느꼈다. 그런 그를 보는 재희는 자신과 대비되는 분위기에 심장이 아파 왔다. 조여 오는 심장의 고통에 손을 갖다 대었다.

"전에도 그랬지? 그날, 산책로에서 말이야."

"괜찮아."

재희는 굳은 얼굴로 그를 바라보았다. 동정의 눈빛은 죽어도 싫었다. 그의 걱정스런 얼굴을 보는 것만으로도 끔찍했다. 지그시 바라보는 선의 시선을 피했다. 한참 동안 침묵이 흘렀다.

"집에서는 안 찾아?"

그의 말에 잠시 잊고 있었던 일이 떠올랐다. 조심스럽게 휴대폰을 들었다. 부재중 전화가 여러 통 와 있었다. 문자도 여러 통 와 있었지만 읽지 않았다.

"넌 여기 이렇게 있어도 돼? 외박했잖아."

"괜찮아. 부모님한테 이미 말했어."

"부모님?"

"난 시합 때문에 자주 자리를 비우니까 이런 일은 대수롭지 않게 여기시지. 네 얘긴 안 했으니까 걱정 마."

"미안해. 아무래도 내가 괜히 전화했어."

"무슨 소리. 나한텐 최고의 시간이야."

다시 그의 눈을 보았다. 눈매가 예쁘게 휜 그가 턱을 괴고 재희를 바라보았다.

"너야말로 이제 어떡할 거야? 아무도 없는 곳으로 가자고 해서 오긴 했는데."

허공으로 눈을 돌린 재희는 유리창으로 쏟아지는 햇살을 바라봤다.

"집으로 가진 않을 거야."

그리고 다시 그를 보았다.

"뭘 할지는 모르겠지만 집엔 안 가. 그리고 너한테도 기대지 않아."

"지금은 나한테 기대는데?"

할 말이 없어진 재희는 머뭇거렸다.

"이 신세는 꼭 갚을 거야."

"그래."

"당장은 못 갚아도 꼭 갚을게."

"네네."

그가 놀리는 것 같았지만 반박할 여지가 없었다. 재희는 옅은 숨을 내쉬었다.

"생각해 보니까 나 참 웃겨. 가진 건 하나도 없으면서, 바깥에 나오면 아무것도 못 하면서 뭐가 잘났다고 그렇게 당당했는지."

"우리나라 고등학생은 대부분이 그렇지."

"솔직히 너 무시했어."

"알아."

"그런데 네가 진짜 대단한 사람이었어. 사과할게."

계속 시선을 맞추지 못하는 재희를 물끄러미 보던 선이 그녀의 얼굴을 양손으로 잡아 정면을 바라보게 했다. 커진 눈동자가 그를 보았다.

"사과한다면서 눈도 안 보냐. 비겁하게."

선의 미소가 부드러웠다.

"정말 이상해. 내가 왜 좋아? 아무리 생각해도 이유를 모르겠어."

"예쁘니까 좋아한다고 했잖아."

"단지 예뻐서?"

"음……. 나머진 나가서 얘기하자. 날씨도 좋은데 산책이라도 하면서."

청주 시내로 나온 재희는 옆에서 걷는 선을 힐끔 바라봤다. 거리를 걷던 사람들이 그에게 눈길을 주었다. 쉽게 지나칠 수 없는 외모인가 보다.

"인기가 많긴 하네."

"응?"

"너 말이야. 사람들이 계속 쳐나보잖아."

"아."

대수롭지 않게 여기는 선이 대답했다.

"널 본다고 생각하지는 않아?"

"난 공주병 걸리지 않았어."

"사람은 자기가 보고 싶은 것만 보고, 듣고 싶은 것만 듣지."

"난 객관적인 사람이야."

선이 재밌다는 듯 재희를 내려다보았다.

"이제 보니 너 어린애구나."

"뭐?"

"자신에 대해 모른다고. 하나도 모르고 있어."

"뭐라는 거야."

"너 되게 예뻐. 시선을 압도할 만큼 눈부시다고. 그러니까 내가 반했지. 나 눈 높아."

그런 말을 눈 하나 깜짝하지도 않고 말하는 선을 보자 믿음이 가지 않았다. 재희는 괜스레 민망한 마음에 걸음을 빨리했다.

그런 그녀가 귀여워 선의 입가에 미소가 비쳤다. 그가 긴 다리로 성큼성큼 걸어 재희의 옆에 섰다.

"예쁜 줄은 알았는데 마음도 예쁘다는 걸 알게 됐거든."

"네가 뭘 안다고 그래."

재희의 얼굴이 굳어지는 걸 본 선은 그녀의 어깨에 팔을 둘렀다.

"팔 치워."

"봐주라. 나한테도 이 정도의 지분은 있다고 생각하는데."

"이선."

"1학년 땐가, 야구부 연습 끝나고 교문 나오는데 네가 걸어가는 게 보이더라. 그땐 예쁘다는 건 알았지만 좋아하지는 않았거든."

"……."

"미리 말하지만 방향이 같았던 거지, 스토커 아니었다. 길을 가는데 어떤 꼬마 애가 울면서 너한테 다가가는 거야. 난 네가 그냥 가거나, 아니면 금방 갈 줄 알았어. 싸가지 없는 애라는 소문이 있었거든. 그런데 네가 우는 아이를 달래는 거야. 그리고 한참을 같이 있더라. 나중에 경찰이 오고 그 애가 안 가려고 하니까 네가 경찰차에 같이 타고 갔잖아."

경찰서까지 데려다줬는데도 어린아이가 혼자 있기를 무서워해서 달래 주고 부모가 올 때까지 있어 주었다. 아이의 부모가 사례하겠다고 하는 걸 한사코 거절하고 경찰서를 나왔었다.

"겨우 그거 가지고?"

"그때 꼬마 옆에 있던 네 얼굴이 너무 슬퍼 보였어. 네 말대로 아무것도 아닐 수 있는데 난 그때 널 보고 심장이 뛰었어."

"웃는 것도 아니고 슬픈 얼굴을 좋아한다는 게 말이 돼?"

"너 웃는 건 3년 동안 한 번도 본 적 없다."

재희의 얼굴이 한층 더 굳어졌다.

"그러니까 웃는 얼굴은 기대도 안 해. 그런데 네가 우는 모습, 슬픈 얼굴을 하면 내 심장도 막 찢어질 것처럼 아파. 너무 마음이 아파. 네가 슬프지 않길 바라다 보니 어느새 좋아하는 마음이 생기더라."

재희는 어깨에 두른 그의 팔을 아래로 내렸다.

"아는 척 하지 마. 이선."

선은 앞서 걸어가는 재희를 천천히 따라갔다. 화를 내고 미워하는 것도 그녀의 감정이었다. 이렇게 자신에게 감정을 내비치는 것만으로도 좋았다.

그녀의 앞으로 노을이 비쳤다. 길을 가던 재희가 서쪽으로 붉게 물든 노을을 보며 걸음을 멈췄다. 산 능선 위로 여러 빛깔의 붉은 노을이 장관을 이루었다. 빠져들어 갈 정도로 강렬한 붉은 기운이 시선을 뗄 수 없게 했다.

"예쁘다."

"네가 더 예뻐."

어느새 다가온 선이 그녀를 내려다보며 미소를 지었다.

"넌 참……."

살짝 노려보는 재희를 보던 그가 재킷을 벗어 재희의 위에 덮어 주었다. 별것 아닌 행동인데 그의 행동에 재희의 심장이 진동했다. 추워서 그런 것이라 생각했다.

"추워 보여서."

"너도 춥겠다. 얼른 가자."

재희가 그의 손을 잡고 끌었다. 얼떨결에 따라가던 선의 얼굴이 붉어졌다. 먼저 제 손을 잡은 건 처음이다. 별것 아닌 행동인데 이렇게 심장이 뛴다. 선은 앞을 보며 흐뭇하게 걸었다. 그녀의 손을 애정을 담아 잡았다.

조금씩 어두워진 거리에는 가로등이 켜지고 번화가는 사람들로 북적거렸다. 한참을 그렇게 걷기만 했다.

"어묵 먹어 본 적 있어?"

"어묵?"

"넌 왠지 길거리 음식 안 먹을 것 같아서."

"나 컵라면도 먹어."

"아, 그렇지!"

선은 노점으로 갔다. 그러더니 어묵을 집어 먹었다. 잠시 그가 먹는 모습을 바라보던 재희도 어묵 하나를 집었다. 먹기를 망설이다 한 입 베어 물었다.

"맛있지?"

그의 물음에 고개를 끄덕였다. 또 한 입 먹었다. 오물오물 먹는 재희를 보며 귀여워 죽겠다는 얼굴로 바라보던 선은 떡볶이도 시켰다.

갓 나온 뜨끈뜨끈한 떡볶이가 식욕을 돋웠다. 그는 이쑤시개로 떡볶이를 찍어 재희에게 건넸다. 잡아가려는 손길을 피하고 다시 그녀의 얼굴 앞에 내밀었다.

"아."

"이선."

"아, 하면 줄게."

"싫어."

"나도 싫어. 아, 해야 줄 거야."

"그럼 갈래."

"어허. 어딜 가."

그의 손에 잡혔다. 그리고 놓지 않을 기세로 손을 꼭 잡았다.

"먹어야 놔줄 거야."

"너 완전 심술쟁이구나."

"심술쟁이라니, 애정 표현이야."

못마땅한 얼굴로 볼을 부풀린 재희는 한참을 머뭇거리다가 겨우 입을 벌렸다. 선이 그녀의 입속에 떡볶이를 쏙 넣었다. 활짝 웃은 선이 손을 놔주자 재희는 확 노려보고 걸어갔다.

"어어, 아주머니. 남은 거 다 싸 주세요."

서둘러 포장된 음식을 받아 뒤따라가는 선의 얼굴에 미소가 걸렸다. 미치겠다. 사랑스럽다. 시키는 건 다 하는 재희가 참 예뻤다. 그녀의 옆에 서서 걸음을 맞추었다.

"너랑 이렇게 걸으니까 진짜 좋다. 매번 네 뒤에서 걸었는데. 옆에서 걷는 게 이런 기분인지 몰랐어."

어두워진 밤하늘을 바라본 선은 나지막이 내뱉었다.

"앞으로도 쭉 이렇게 걸었으면 좋겠다."

"안 돼."

재희가 선을 돌아보자 하늘을 보던 그의 시선이 아래로 내려왔다.

"유명한 야구 선수가 되고 싶다며. 그러려면 여자랑 노닥거리고 있을 시간 없어. 네 실력을 증명해야지."

"경기 없는 날 놀면 되지."

"난 네가 훌륭한 야구 선수가 되었으면 좋겠어. 우리나라에서 제일 유명하고 실력 있는 야구 선수. 꼭 그렇게 되었으면 해."

그녀를 바라보던 선도 끄덕였다.

"그래. 멋진 야구 선수가 될 거야. 널 위해 꼭 그렇게."

"날 위해가 아니라 널 위해 하란 말이야."

"바보야. 널 위해가 곧 날 위해야. 네게 조금이라도 잘 보이려면 내가 지금보다 더 노력해야하는데 대충 할 것 같아?"

"그럼 됐어."

"재희야. 하나만 약속해 줄 수 있어?"

"약속?"

"이다음에 내가 그런 선수가 되면, 정말 잘 나가는 선수가 되면……."

"응."

"나와 결혼해 주라."

전혀 예상하지 못한 말에 재희는 대답을 못했다. 그게 무슨 말인지 알았기 때문이다. 심장이 쿵쿵 빠르게 뛰었다. 몸을 휘감아 도는 전율이 발끝으로 향했다.

선은 재희를 한순간도 놓치지 않고 마주 보았다. 그의 눈빛은 진지했다. 지금만큼은 농담이고 싶지 않았다.

재희는 한참을 쿵쿵거리던 심장을 애써 누그러뜨리고 살며시 미소를 지었다. 평생 지어 본 적 없었던 미소가 저절로 지어졌다. 그 미소에 선은 저도 모르게 재희의 손을 잡았다. 저를 보며 처음으로 웃은 재희가 너무 예뻐서 시선을 뗄 수가 없었다.

"사귀자는 것도 아니고 결혼하자는 건 참 많이도 앞서간 말이네. 그래. 그땐 결혼하자."

"정말이다. 무르기 없기야."

그때 가서도 네 마음이 변함없다면, 그때 가서도 네 상황이 바뀌지 않는다면, 그때에는 내가 다른 상황이라면 한 번쯤 고려해 볼 수 있는 일이지 않을까. 어쩌면 그건 현실 불가능한 말이라서 더 쉽게 대답이 나오는지도 모른다. 한 치 앞도 알 수 없는 미래인데 먼 미래를 생각하는 건 너무도 터무니없기 때문에.

"너, 지금 처음으로 웃은 거 알아?"

그가 반나절 전에 기대도 하지 않는다고 했는데 자신이 웃었다고 한다.

"이런 건 기록으로 남겨 놔야 해. 서재희가 처음으로 웃은 날인데. 휴대폰 줘 봐. 저장하게."

"나 휴대폰 없어. 숙소에 놔두고 왔어."

"그래? 그럼 가자마자 저장해. 잊지 말고. 이선에게 청혼 받은 날. 그리고 처음으로 웃은 날."

"싫어. 앞으로 영원히 웃지 않을 거야."

볼을 부풀린 재희의 얼굴이 사랑스러웠다. 살다 보니 서재희의 투정을 들을 날이 오게 될 줄이야. 제게 기적이 일어났나. 도무지 꿈같아서 믿어지지 않았다.

"계속 웃어. 슬픈 얼굴보다 웃는 얼굴에 더 설레. 아니, 슬픈 얼굴은 심장을 아프게 하는데 웃는 얼굴은 심장을 뛰게 해."

"선아."

"난 정말 네가 좋아. 좋아 미치겠어."

붉어진 그의 얼굴이 재희의 눈을 놓지 않았다. 그녀의 심장이 두근두근 뛰었다. 그의 눈빛이 뜨거워서 움직일 수가 없었다. 낯선 감정에 당황한 재희는 시선을 황급히 거두었다.

"가자. 이제 그만해."

사랑해, 이 말이 목 끝까지 차올랐지만 선은 차마 꺼낼 수 없었다. 그 말을 했다간 그녀가 당장 도망갈 것 같아서 참고 또 참았다. 그 대신 재희의 손을 꼭 잡고 놓지 않았다.

그의 손길이 뜨거웠다. 재희는 아까부터 계속 뛰는 심장이 이상해서 톡톡 두드렸다.

"또 심장이 아파?"

모르는 척 좀 해 주지.

"선 넘지 마. 자꾸 나한테 지분 있는 것처럼 행동하는데, 지금 넌 나와 아무런 관계도 아니야. 왜 호들갑이야."

부러 차가운 말을 했지만 그는 전혀 동요하지 않았다. 이젠 독설도 전혀 통하지 않았다.

"좋은 걸 어떡해."

"됐어. 말을 말자."

재희는 아까부터 자꾸만 쿵쾅거리는 심장을 달래느라 애를 먹었다.

"너 먼저 숙소 들어가. 난 뭐 좀 사 갈게."

"그럼 같이 가."

"아냐. 나 혼자 가고 싶어."

"길 알아?"

"나 길눈 밝아. 한 번 간 길은 다 기억해."

"그래. 그럼 나 먼저 들어가 있을게. 폰도 없는데 정말 괜찮겠어?"

"괜찮다니까. 나 어린애 아니야."

그러면서 재희는 선의 등을 밀었다. 사실 그와 같이 있다간 감정에 휘말려서 컨트롤할 수 없는 상황이 올 것 같았다. 그래서 황급히 그를 보냈다.

하지만 그의 말을 들었어야 했다. 심장이 쿵쾅거려 고장이 나더라도 선과 함께 있어야 했다. 그를 지켜야 했다.

마트에 들어온 재희는 천천히 먹을 것을 골랐다. 사실 집는다기보다는 무심결에 넣는다는 표현이 더 맞았다. 코너를 돌며 무의미하게 진열대를 보다 보니 어느새 30분이 지났다. 선이 기다릴 것 같아 계산을 하고 발걸음을 재촉했다.

오늘 하루 그와 있었던 일이 주마등처럼 지나갔다. 하루 동안 많은 변화가 일어났다. 그저 귀찮고 부담스러웠던 선이 제 마음을 떨리게 하는 남자로 변했다. 단 하루인데 그 시간이 그녀에겐 1년보다 길고 소중했다. 그건 분명했다. 그는 어느새 멋진 남자가 되었다. 그녀의 심장을 송두리째 흔들 만큼.

이런저런 생각을 하며 숙소 앞에 도착했을 때 날카로운 비명 소리가 들렸다.

"도망가!"

선의 목소리가 들리는 동시에 낯선 남자들이 재희를 막아섰다. 퍽, 맞는 소리가 들리자 신음 소리가 퍼져 나갔다. 불안한 재희의 눈동자가 선을 찾았다.

"누구를 찾지?"

등 뒤에서 들리는 소리에 재희의 등골이 오싹해졌다. 서서히 뒤를 돌아보자 대신그룹 조형철이 보였다. 그녀의 손에서 힘이 빠져 비닐봉지가 떨어졌다. 그 아래로 과일들이 굴렀다.

"잘도 이런 곳에 숨어 있었군."

"여, 여긴 어떻게……."

"어디 숨었나 했더니 저 새끼랑 붙어 있었나."

"어떻게 찾았냐고요."

"어려울 거 있나. 우리나라 IT 강국인데. 좁은 땅덩어리에서 찾고자 하면 못 찾을 게 뭐 있겠어."

재희는 눈을 질끈 감았다. 설마 휴대폰 위치 추적을 했다는 말인가. 왜 그렇게 안이하게 생각했지. 이렇게 집요하게 찾을 거라곤 상상도 못했다.

"말했지. 난 갖고 싶은 건 꼭 가져야 직성이 풀린다고."

형철이 서서히 다가왔다. 그러더니 재희의 뺨을 후려갈겼다. 남자의 손힘에 저절로 눈물이 흘렀다. 뺨이 욱신거렸다.

"안 돼!"

등 뒤에서 선이 소리쳤다.

"때리지 마! 그 애한테 손대지 마, 나쁜 자식아!"

"그 새끼 데려와."

잠시 뒤 재희의 앞에 끌려온 선은 이미 제 몰골이 아니었다. 머리를 맞았는지 피가 계속 흘러내렸고 눈 부위며 입술, 어디 하나 멀쩡한 곳이 없었다. 옷은 핏자국에 물들어 얼룩져 있었다. 엉망이 된 그의 모습에 재희는 저절로 눈물이 쏟아졌다.

"부사장님 제발, 그만하세요."

부들부들 떨리는 몸을 간신히 부여잡은 재희는 힘겹게 말을 이었다.

"이 애는 잘못 없어요. 제가, 제가 데려온 거예요. 이 애는 놔 주세요."

"이 새끼가 뭐라도 돼?"

형철이 선의 머리채를 끌어당기자 그가 고통스럽게 신음했다.

"제발! 애는 놔줘요."

"서재희! 나…… 괜찮아. 그러니까…… 헛소리 하지 마."

선이 숨쉬기도 힘든 목소리로 쥐어짜듯 소리쳤다. 재희는 차마 바라볼 수 없었다. 심장이 욱신거려 숨이 가빴다. 조금 전만해도 철없이 웃고 장난치던 모습이었는데 자신 때문에 이렇게 다친 걸 보니 괴로워 미칠 것 같았다.

"나한테는 세상 도도한 요조숙녀처럼 굴더니 이 새끼랑 붙어 있으면서 더러운 짓은 다 했나 보군."

"그런 거 아니에요."

형철이 비열하게 웃었다.

"그런데 이 새끼는 아나? 네년이 나랑 결혼하기로 한 사이라는 거."

"그만해요."

"아니지. 네 집안이 널 팔았지. 혼외 자식에다 온갖 학대를 받고 자란 불쌍한 년 내가 거둬 주겠다는데, 도망을 가?"

주먹을 있는 힘껏 쥐었는데도 떨림이 멈추지 않았다.

"당신하고는 절대로 결혼 안 해요."

형철의 웃음소리가 귓가를 울렸다. 그는 옆에 있던 남자가 들고 있는 각목을 뺏어 선에게 후려쳤다. 각목에 맞는 소리와 재희의 비명 소리가 허공을 울렸다.

"제발 그만해요!"

"전부터 느꼈는데 넌 상황 파악이 참 느린 것 같아. 네가 지금 그런 소리를 지껄일 때냐 말이야."

"재……희야. 절……대 들어……주지 마……."

눈을 들어 보지도 못하는 그가 겨우 말을 이었다. 눈물이 쉼 없이 흘러내렸다. 그의 얼굴에 흘러내리는 피가 제 심장으로 파고드는 것 같았다.

"하, 이 새끼 끈질기네. 야. 잡아."

형철이 외치자 두 남자가 선을 꽉 잡고 팔을 바닥으로 뻗게 했다. 각목을 어깨 위에 올리고 노려보던 형철이 재희를 보며 입꼬리를 올렸다.

"이 새끼가 야구 선수라네. 검색하면 바로 나오더군. 장래가 창창한 유망주. 그런데 손이 잘못되면 죽고 싶겠지? 아니, 널 증오할지도 모르겠군."

아연실색한 재희가 벌벌 떨리는 몸으로 무릎을 꿇었다. 그리고 두 손을 싹싹 비볐다.

"죄송해요. 제, 제가 생각이 짧았어요. 뭐든지 시키는 대로 할게요. 제발 저만 상대하세요. 걘 아무 잘못이 없어요."

"서재희!"

선의 외침이 심장을 파고들었다.

"시키는 대로 한다?"

"네. 시키는 대로 할게요. 당신 따라 갈게요. 그러니까 제발…… 아량을 베풀어 주세요."

"좋아. 네가 그렇게 애원하니 이번은 봐주지. 이년 끌고 가."

또 다른 곳에 서 있던 남자가 재희를 끌고 차로 갔다. 뒤를 돌아본 재희는 바닥에 쓰러진 선이 꿈틀거리는 걸 보았다.

이만큼이라도 다행이야. 더 이상 다치지 않아서, 널 보호할 수 있어서. 미안해. 미안해, 선아.

"가지 마. 재희야……. 가지……, 마."

"이 새끼야. 여자 잘 만나야지. 여자 잘못 만나면 신세 망치는 건 순간이거든."

형철이 눈짓을 하자 남자는 각목을 잡고 선의 손을 사정없이 내려쳤다.

"아악!"

"꺄아아아!"

여러 번 내리친 각목에 핏자국이 낭자한 손을 형철이 구둣발로 짓밟고 짓이겼다.

"안 돼! 놔! 약속했잖아! 선아! 으흐흑. 선아!"

제희는 남자의 팔을 벗어나려고 안간힘을 썼지만 꽉 잡은 남자의 힘을 감당할 수 없었다.

"아악!"

재희의 비명 소리가 끝없이 울렸다. 그러다 축 늘어졌다. 형철은 선의 손을 밟던 발을 떼고 차로 다가왔다.

"차에 태워. 저 새끼는 알아서 마무리하고."

실신한 재희의 옆에 탄 형철은 그녀를 보며 앙칼진 고양이가 떠올랐다.

"길들이는 것도 재밌겠군."

눈을 뜬 재희는 차 안에 있었다. 옆으로 고개를 돌리자 형철이 앉아 있었다. 앞엔 운전자와 동승자, 총 네 명이었다.

다시 눈을 감았다. 선이 떠올랐다. 그를 생각하자 또다시 눈물이 솟아올랐다. 자신 때문에 엉망이 된 그가 심장을 쓰리게 했다. 어떻게 됐을까. 살아는 있을까. 손은 괜찮을까.

형철을 얕보았나 보다. 철없는 어린애의 행동으로 그의 무서움을 예상하지 못하고 선을 끌어들였다.

눈을 떠 창밖을 보았다. 밤이라 아무것도 보이지 않지만 그래서 더 좋았다. 여기서 끌려가도 어차피 지옥이었다. 그럴 바엔 죽어서 지옥을 가는 게 나았다.

형철은 자는지 눈을 감고 있었다. 재희는 잠금장치 쪽으로 슬쩍 손을 뻗었다.

마지막 기회였다. 죽을 수 있는 단 한 번. 하나, 둘, 셋.

잠금장치를 여는 동시에 문을 열고 뛰어내렸다.

3.

CHANCE : 야근

10년 후.

"아메리카노 한 잔, 카푸치노 한 잔이요."

"8천 원입니다."

주문을 하고 기다리던 남자들은 테이블에 앉아 수근거렸다.

"진짜 예쁘지 않냐."

"매일 우리 여신 보러 온다. 내 월급 여기다 전부 쏟는 거 같다니까."

"그러면서 내일도 올 거잖아."

"당연하지. 내 하루의 낙인데."

"얼굴에 저 흉터만 없다면 진짜 최고인데."

"그게 옥에 티지. 어쩌다 저렇게 길게 흉이 났는지, 우리 여신도 속상했겠어."

남자들은 카운터의 직원을 두고 이런저런 말들을 했다. 진동벨이 울리자 굳이 둘이 같이 나와 커피를 받아 갔다.

매장은 항상 사람들로 북적였다. 대형 프랜차이즈 카페가 아닌데도 커피와 디저트가 맛있다는 입소문을 타고 찾아오는 사람들로 빈자리가 나는 일이 드물었다.

무엇보다 이 카페에서 일하는 직원의 미모가 맛집 블로그를 타고 화제가 된 상태였다. 눈을 떼기 힘들 정도로 예쁜데 이마부터 턱까지 길게 난 흉터가 부자연스러우면서도 아름다움을 배가 시키는 특징이 있었다. 기다란 속눈썹을 가로지르는 흉터는 여전사 같은 날카로움도 담았고, 볼을 타고 내려오는 흉터는 눈물처럼 아련했다.

가릴 수도 없겠지만 애초에 가릴 생각도 하지 않을 생각으로 묶어서 드러냈다.

"재희야."

재희는 카운터로 다가온 여자를 보고 웃었다.

"왔어?"

"오늘도 사람 많네. 나도 회사 때려치우고 카페나 할까 봐."

"또 부장이 힘들게 했나 보네."

"어디 부장이 사람 미치게 만드는 게 하루 이틀이냐."

세나는 제 머리를 헝클이며 한숨을 내쉬었다.

"그럼 무슨 일이 또 우리 세나를 흔들리게 했을까?"

"그냥. 수능 보고 대학 가서 취업까지 아등바등 살았는데 가끔 허무해지네."

"난 네가 잘하고 있는 것 같아. 자랑스러워."

이제는 웃는 게 자연스러운 친구 재희를 보며 세나는 쓰린 심장을 애써 무시하고 양팔을 들어 오른쪽으로 기울였다.

"그래? 그렇담 또 이 언니가 열심히 뛰어 주지!"

재희의 미소에 세나도 마음이 놓였다.

"태주 씨는 출장 가서 언제 돌아온대?"

"일주일 정도 걸릴 것 같아. 마음 같아선 같이 가고 싶은데 이목도 신경 쓰이고 나도 바쁘고."

세나는 다니고 있는 회사 회장의 아들인, 태주와 사내에서 비밀 연애 중이었다. 여행지에서 운명적으로 만난 인연이 회사까지 이어진 것이다.

"일 끝날 시간이지? 그럼 같이 저녁 먹자."

세나의 물음에 대답하려는데 손님이 들어왔다. 재희는 세나에게 알겠다고 눈짓을 하고 손님을 보았다. 또 남자 손님들이었다. 세나가 본 것만도 열 손가락이 넘었다. 그녀의 얼굴을 보려고 오는 남자들이 대부분이고, 매장이 남성들로 들끓는 것도 진기한 풍경이었다.

그녀의 얼굴에 난 흉터를 볼 때마다 10년 전의 일이 어제 일처럼 생각나서 저도 모르게 얼굴이 굳어졌다. 사고 후 재희가 살아온 날들이 한스러워서 눈시울이 붉어졌다. 그녀가 눈치챌까 봐 세나는 뒤돌았다. 흉터를 보면 아직도 눈물샘이 제 말을 듣지 않는 터였다.

애써 고개를 돌리던 세나는 카페 안으로 들어오는 남자를 보았다.

"대표님 왔어요?"

이미 세나와도 많이 친밀한 듯 남자는 손을 들어 웃었다.

"넌 어째 이리로 출근 도장 찍는 거 같다."

"이 카페 커피가 그렇게 맛있다고 해서 지나칠 수가 없네요."

"그런데 계산은 한 거냐?"

"에이, 우리 사이에 너무 야박한 거 아니신가요?"

"난 맺고 끊는 건 확실해."

성준은 세나의 말을 받아치며 재희를 보고 싱긋 웃었다.

"수고했다. 가서 쉬어. 요 앞 사거리에 촬영이 있는지 복잡하더라."

"네. 잠깐 기다려. 옷 갈아입고 올게."

세나가 눈짓하자 재희는 앞치마를 벗어 곱게 접고 안으로 들어갔다.

카페 '향, 그리움, 커피'는 서울, 청주, 대전, 거제, 부산에 지점을 갖고 있었다. 그중 서울은 세 번째 지점이었지만 매출은 제일 좋았다. 작은 가게였던 카페가 직영점을 가지고 있는 제법 큰 커피 전문점이 된 데에는 재희의 공이 컸다.

처음 청주에서 1호점을 냈을 때 재희를 만났고 그 뒤로 쭉 두 사람은 함께해 왔다. 재희가 점장으로 있는 서울 지점은 순조롭게 운영되고 있어 굳이 그가 매장 운영에 뛰어들지 않아도 됐다. 하지만 성준은 지점들을 챙기는 와중에도 재희와 교대를 하며 일했다.

"대표님, 재희에게 고백은 했어요?"

갑자기 물어보는 재희의 질문에도 성준은 당황하지 않았다. 컵을 씻는 동작을 멈추고 세나를 보았다.

"재희에게도 말했니?"

"아니요. 그걸 제가 왜 말해요."

"말하지 마라. 재희가 부담스러워하는 거 보고 싶지 않아."

"하지만 눈치는 챘을 걸요? 재희, 쟤가 둔해 보여도 나름 눈치 빨라요."

"그땐 내가 아니라고 하면 그만이지만 일단 내 감정이 밖으로 드러나면 그건 다른 문제니까."

세나는 괜히 못마땅하여 볼을 부풀렸다. 그 모습을 보던 성준이 그녀의 이마에 꿀밤을 놓았다.

"내 나이가 몇이냐. 바랄 걸 바라."

"나이가 무슨 상관이에요."

하지만 곧 세나는 입을 다물었다. 열두 살 나이 차이가 무슨 상관이냐고 하기엔 재희가 예전에 겪었던 일이 비상식적이라 쉽게 생각할 수만도 없는 문제였다.

"난 그냥 재희 옆에 있어 주련다."

잠시 그릇을 씻던 성준이 혼잣말을 내뱉었다.

"얼마나 갈진 모르겠지만."

옷을 갈아입고 나온 재희는 목발을 집고 걸었다. 세나가 부축하려고 하자 그녀는 손을 빼며 제지했다.

"도움 없어도 돼."

"그래."

카페를 나가는 동안 카페 안 손님들의 이목이 재희에게 집중되었지만 그녀는 신경 쓰지 않았다. 늘 있는 일이라 새롭지도 않았다.

"요즘 신기해. 다치고 나서 걸을 수 없다더니 걷게 되었고, 계속 걷는 게 부자연스러웠는데 요 며칠은 목발 없이도 걸을 수 있을 것 같아. 아직은 무서워서 목발이 좋지만."

"다행이야. 더 좋아지려나 보다."

재희의 밝은 얼굴을 보고 세나도 덩달아 웃었다. 가엽지만 예쁜 친구, 슬프지만 아름다운 친구가 사라질 것 같아 얼른 그녀의 팔에 팔짱을 꼈다.

"뭐 먹으러 갈까?"

"내가 요즘 수집하는 디저트가 있는데 굉장히 맛있대."

"좋아. 근데 저녁으로 괜찮겠어?"

"그 집에 메인 메뉴도 나와."

"오케이. 가자."

날씨가 제법 쌀쌀해져 트렌치코트 깃을 여몄다. 색색이 낙엽도 하나둘 떨어졌다. 얼마쯤 가니까 성준의 말대로 거리가 붐볐다. 마침 인도를 가로질러야 하는데 전부 막고 빙 둘러싸여 있었다.

"누군데 저러지?"

"연예인인가 봐."

가까이 다가갈수록 방송 진행자의 목소리가 점점 크게 들렸다.

"네. 지금까지 세계적인 야구 선수 이선 씨와의 데이트 즐거웠습니다. 마지막으로 응원해 주는 분들께 전할 말 있으세요?"

"응원해 주시는 분들 모두 감사합니다. 세계적이라는 말은 여전히 과분하고 부끄럽지만 더욱 열심히 하라는 의미로 받아들이겠습니다."

"아유, 말도 어쩜 이렇게 멋지게 합니까. 전 세계 팬들의 심장이 두근거릴 것 같네요. 앞으로도 계속 좋은 성적 내주시길 응원하겠습니다."

방송이 마무리되고 리포터와 선은 서로 인사를 했다. 경호원이 선을 안내하여 그는 인파 속을 헤치고 차량으로 걸어갔다. 흡사 연예인을 보는 것처럼 함성이 그칠 줄 모르고, 졸졸 쫓아가는 인파로 움직이기도 힘들 정도였다.

너무 놀라 주저앉은 재희는 혹여나 그의 눈길이라도 닿을까 싶어 서둘러 뒤로 돌아앉았다. 심장이 빠르게 뛰어 숨소리도 따라서 거칠어졌다. 제 심장을 주먹으로 두드렸다.

"또 아파?"

세나는 거친 숨을 내쉬며 고개를 들지 못하는 재희를 보다 인파 속으로 고개를 돌렸다. 조금만 가면 닿을 거리에 있지만 차마 달려가지 못했다. 이미 차를 타고 가 버린 곳을 바라보던 세나는 재희를 부축했다.

"가자. 다 갔어."

걷는 내내 말없이 목발을 집고 걷던 재희가 한숨 섞인 미소를 지었다.

"정말 다행이야. 잘돼서. 살아서 알 수 있는 일 중 가장 좋은 일이야."

"이선은 뭐든지 잘할 놈이야. 학교 다닐 때도 그랬잖아. 사실 야구를 해서 그렇지 성적도 좋았어. 못하는 게 없는 놈이었지."

못하는 게 없다는 말이 맞았다. 선은 정말 뭐든지 잘했다. 그와 있었던 하루 사이에 그에게 마음을 온통 빼앗겼으니 보통 재주는 아니었다.

10년 전 그날 이후 선이 살아 있는지, 손은 어떻게 됐는지 소식조차 몰라 재희는 숨 쉬는 모든 순간이 괴로웠다.

그렇게 6년을 버텼는데 4년 전, 그가 미국 메이저리그 뉴욕 구단에 투수로 데뷔한 것을 봤다.

국내에서는 유명하지 않았지만, 재희는 스포츠 기사에서 그의 이름을 본 순간 펑펑 울었던 것을 생생히 기억한다.

미안함, 고마움, 그리고 그리움…….

선은 그 뒤 완벽한 데뷔를 했다. 선발 투수로 방어율 1점대의 기록을 하고, 타석에서도 3할 이상의 초 기록을 세웠다. 한국 선수가 메이저리그에서 대기록을 세운 것도 신기한데 잘생긴 외모와 다부진 체격으로 미국 내에서도 인기 스타로 발돋움하였고 국내에도 이름을 날렸다.

데뷔 때 반짝하는 일회성 기록이 아니라 꾸준히 실력을 보여 줬고, 3년 동안 내리 팀 내 선발로 자리했다. 이젠 걱정을 하는 게 민망할 정도로 잘되어 그의 기사를 볼 때마다 더는 슬프지 않았다.

하지만 그 후에도 선의 소식은 꼬박꼬박 챙겨 보았다. 그리고 그가 더욱 잘되길 기도했다. 눈을 뜨고 잠이 드는 순간까지 행복을 빌었다. 그게 그녀가 해 줄 수 있는 전부였다.

음식점 안으로 들어가던 재희는 살짝 뒤를 돌아보았다. 언제 그랬냐는 듯 평온한 거리가 쓸쓸해 보였다. 재희가 추천해서 간 곳은 브런치로 유명한 집이었다. 직접 먹어 보니 메인 메뉴보다 케이크와 마카롱이 맛있었다.

"요즘 마카롱 연구하는데 신기한 게 집집마다 맛이 다 달라."

"그래? 난 다 똑같은 거 같던데."

"처음엔 나도 그랬는데 계속 먹어 보니까 다른 점을 찾을 수 있었어. 그래서 나도 나만의 마카롱을 만들어 보려고. 대표님께 보여 주고 괜찮으면 시판도 해 볼 생각이야."

"와, 저번에 와플 내놓은 것도 반응 좋았잖아."

"시행착오를 거쳤지만 그래도 지금은 꽤 팔려서 다행이야. 그때 대표님이 큰맘 먹고 허락해 줬어."

세나는 달콤한 마카롱을 입에 넣으며 웃었다. 요리를 하는 서재희가 아직도 어색했다.

"난 네가 요리에 취미가 있는 줄은 몰랐어."

"그러게. 나도 내가 요리를 좋아할 줄 몰랐어. 아마도 네가 한 음식이 너무 맛있어서 자극 받았나 봐."

"그럼 이 스승님이 또 가르쳐 주마. 나중에 나 먼저 시식하게 해 주기다."

"당연하지."

디저트를 다 먹고도 두 사람은 한참을 떠들었다. 그렇게 하늘에 달빛이 높이 비추고 있을 무렵 자리에서 일어나 세나의 차를 얻어 탔다.

재희를 집까지 데려다준 세나는 손을 흔들어 보이곤 이내 사라졌다. 언제나 재희 자신보다 자신을 더 생각해 주는 고마운 친구. 그녀가 없었다면 재희는 더 버틸 수 없었을 것이다.

엘리베이터를 타고 올라온 재희는 문을 열고 들어갔다. 고요한 집 안에 불을 켜니 아기자기한 공간이 드러났다. 아담한 오피스텔이지만 깔끔하고 모던한 인테리어가 돋보였다. 물건도 많이 없어 전체적으로 깨끗하고 우아했다.

목발을 현관에 내려놓은 재희는 겉옷을 벗어 소파에 걸쳐 두고 침대로 와서 엎드렸다. 똑같은 일상이었는데 오늘은 유난히 피곤했다. 아마 예상하지 못한 인물을 목격해서 그런 것 같다.

"한국 왔구나. 몰랐네."

한참을 엎드려 있던 재희는 옷을 벗으며 욕실로 들어갔다.

피곤함을 물로 씻어 내고 나와 침대에 몸을 뉘였다. 갑작스럽게 본 선의 모습 때문에 그런지 눈을 감고도 생각을 멈출 수 없었다.

그렇게 그녀는 선의 생각을 하며 잠이 들었다.

✼ ✼ ✼

끼이이익.

차에서 뛰어내린 재희는 온몸에 상처가 난 채 피를 흘리며 병원에 실려 왔다. 얼굴은 심하게 찢어져 회복 불가였고, 하체를 움직일 수 없을지도 모른다는 소견이 있었다. 죽으려고 했는데 죽지도 못하고 불구가 되었다.

그렇게 재희는 한 달이 지나서야 의식을 차렸다. 병실에서 본 채 여사는 그녀의 상태에 눈살을 찌푸렸다.

"집안에 도움 좀 되라고 했더니 이 꼴로 나타나? 차라리 죽어 버리지 그랬니."

죽은 사람처럼 꿈적도 하지 않는 재희를 본 재현은 비열하게 웃었다.

"대신그룹 부사장이 너한테 미쳐도 단단히 미친 것 같아. 그 꼴이어도 좋으니 자기한테 넘기래."

그 말에 반응을 보이자 재현은 신이 나서 말을 이었다.

"대체 네 어디가 좋아서 그렇게 매달릴까. 우리 집에선 그저 고맙지. 그렇게라도 사업에 피해 주지 않으면 땡큐니까. 잘 결정해라."

모자가 병실을 나가고 멍하니 누워 있던 재희는 팔에 꽂혀 있는 주삿바늘을 뺐다. 다리가 뜻대로 말을 듣지 않아 침상에서 굴러 떨어졌다. 주변으로 눈을 돌린 재희는 주스가 들어 있는 유리병을 보고 다가갔다. 아니, 팔로 몸을 끈다는 표현이 더 적합했다. 눈에 보이는 건 오직 그것뿐이었다.

힘겹게 병을 잡은 재희는 바닥에 내리친 후 유리 조각을 들어 손목을 힘껏 그었다. 피가 솟는 걸 멍하니 보며 생각했다. 아, 이제 죽나 보다. 이제 쉴 수 있겠구나.

하지만 하늘은 원망스럽게도 재희의 마음대로 움직여 주지 않았다.

환자 체크를 위해 들어오던 간호사가 손목에 피를 흘리며 쓰러져 있는 재희를 발견하고 비명을 질렀다.

눈을 뜨자 또 병실이었다. 죽지 않았다. 차에서 뛰어내려도, 손목을 그어도 죽을 수가 없었다. 어떻게 해야 이 질긴 목숨을 끊을 수 있을까.

병실 밖에는 경호원들이 지키고 섰다. 간호사들은 수시로 들락거렸고 의사마저도 그녀의 상태를 시시각각으로 체크했다.

재희는 죽은 듯이 누워 있었다. 움직일 수 없기도 했지만 움직이고 싶지 않았다. 움직일 필요가 없었다. 의지가 없었다. 살아야 할 이유 또한 없었다.

그러던 중 한밤중에 문도가 찾아왔다. 사고가 난 이후 한 번도 모습을 보이지 않던 그가 딸이 다 죽어 가자 얼굴을 내비쳤다.

"그렇게 죽고 싶은 거냐."

"……."

"너와 우리 집안의 인연을 끊을 거다. 조 사장에게도 말했다. 그럼 결혼은 없던 일로 될 거야."

"……."

"이 순간부터 넌 우리 집안사람이 아니다. 네가 아직 미성년자인 것을 감안하여 살 곳은 마련해 주마."

"필요 없어요. 그냥 절 버려요. 제발…… 잊어버려요."

"걷지도 못하는 애에게 지금 당장 떠나라고 할 수는 없는 노릇이다. 밖에 있는 사람들이 안내하는 병원으로 옮겨라. 거기서 치료 받고 좀 나아지면 내 명의의 집으로 가."

"됐다고요."

"말 들어. 네가 지금 고집 부릴 때냐. 걷지도 못하면서. 집안식구들 누구도 모르는 곳이니 거기서 편하게 살아. 넌 이제 내 호적에서 뺄 터이니."

"이선, 어떻게 됐어요?"

재희는 힘겹게 눈을 떠 아버지를 보았다. 문도의 눈빛이 날카로웠다.

"널 이 지경까지 오게 만든 놈 말이냐. 조 사장이 죽지 않은 것만도 감사하게 생각해라. 자기 거 건드리면 죽이고도 남는 인간이야. 널 봐서 살려 준 거다."

"괜찮은 거예요? 그것만 말해 주세요."

"야구는 못 할 거다. 손이랑 어깨가 부서졌으니까. 의식도 없단다."

할 말을 하고 병실을 나간 아버지의 뒷모습을 보던 재희의 눈꼬리를 타고 눈물이 흘러내렸다.

"하아……."

식은땀을 흘리며 거친 숨을 내쉰 재희가 벌떡 일어났다. 잊을 만하면 꿈을 꿨다. 한번 꿈을 꾸면 온몸이 땀으로 흠뻑 젖을 정도로 고통스러웠다. 손발이 떨리고 심장이 두근거려 재희는 얼른 약을 찾아 먹었다. 아직도 신경 안정제를 먹지 않으면 정신이 불안해서 그냥 있지 못했다.

제 손목을 바라봤다. 선명한 자국을 어루만지던 재희는 다리를 절뚝거리며 책상으로 가 앉았다.

새벽 3시, 땀에 젖은 머리카락을 쓸어 올리며 컴퓨터를 켰다.

컴퓨터 화면의 하얀 백지에 자판을 두드려 글자를 입력했다. 잠이 오지 않을 때나 지금처럼 잠에서 깼을 때 조금씩 글을 쓰던 것이 모여 지금은 책 한 권을 이루는 분량이 되었다.

지금 작업하고 있는 것 외에 이미 출판이 된 시집도 있었다. 처음부터 책을 낼 생각은 아니었지만 개인 블로그에 올린 글이 조회수가 많아지면서 출판사에서 연락이 왔다. 계속 거절했는데도 끈질기게 러브콜을 보낸 편집장 덕분에 출간하게 된 것이다.

시집은 첫 출간작임에도 꽤 많은 부수를 찍었고, 서점에서 베스트셀러가 되었다. 그래서 두 번째 책을 출간하자는 출판사의 요청이 끊이질 않았다. 3년이라는 공백기가 있었지만 꾸준히 연락을 해 와 조만간 두 번째 책을 내게 되었다.

지옥 같던 터널에서 빠져나오니 하고 싶은 일이 많아졌다. 걷지 못하던 자신이 이젠 절뚝거리나마 걸을 수 있다. 공부밖에 모르던 자신이 글도 쓰고 요리도 한다. 성준의 밑에서 배우며 바리스타 자격증도 따고 지금은 제과·제빵 학원도 다닌다. 그렇게라도 하면서 악착같이 삶의 끈을 잡고 있었다.

이선도 그랬을지 모른다. 끝없는 어두운 터널에서 빠져나오려고 이 악물고 버텼을지 모른다.

그리하여 끝내 어둠을 빛으로 바꾼 삶을 사는 것일지도.

✳ ✳ ✳

일찍 가게로 온 재희는 마카롱 만들기에 도전했다. 아직 오픈 시간까지 두 시간이나 남아 시간은 충분했다.

달걀, 슈가 파우더, 설탕, 아몬드 가루를 준비하고 색을 내는 시금치와 블루베리, 오미자를 삶아 걸쭉하게 만들었다.

달걀흰자 세 개를 넣어 거품기로 거품을 내었다. 거품이 생기자 설탕을 넣고 또 거품을 냈다. 이런 과정을 네 번 정도 반복하자 걸쭉한 머랭이 만들어졌다.

그 위에 슈가 파우더를 채반에 걸러 내리고 아몬드 가루도 뿌렸다. 일찍 색을 낸 오미자를 몇 방울 넣어 함께 섞었다. 그리고 짤주머니에 넣고 오븐 판 위에 동글게 뿌렸다.

오븐에서 마카롱이 구워지자 달콤한 향이 가게 안에 가득 퍼졌다. 판을 꺼낸 재희는 꼬끄 위에 오미자잼과 크림치즈, 아몬드 등을 섞어 올리고 다시 덮었다. 그렇게 쉴 새 없이 움직이자 금세 마카롱 열 개가 만들어졌다.

다른 색으로도 해 봐야 하는데 오픈 시간이 다가와 아쉬운 대로 오미자 마카롱을 먹어 봤다. 꼬끄는 바삭하면서 쫄깃하고 속은 촉촉했다. 제법 맛과 모양을 갖춘 것 같아 입가에 미소가 돌았다.

오픈 시간이 되어 서둘러 가게 문을 열자 곧이어 출근하는 사람들로 매장이 북적거렸다. 성준에게 원두를 로스팅 하는 것도 배웠던 그녀는 원두에 따라 로스팅 방법을 다르게 해야 맛과 향이 좋다는 것을 알게 되면서 종류별로 다른 점을 기록했다. 그녀가 메모한 커피 향과 맛이 반응이 좋아 카페에 온 손님들은 메모지를 보며 취향에 따라 원두를 골랐다.

그렇게 몇 년을 해 오자 이젠 그녀가 로스팅 한 날에만 카페를 찾아오는 사람들이 많아졌다.

손님들은 가격이 싼 편은 아니지만 좋은 맛 때문에 꾸준히 들렀다.

10년 전 문도가 병실에서 재희를 빼 준 후 그녀는 청주의 어느 병원에서 치료를 받았다. 그곳에서도 여러 번 죽을 고비를 넘기다 기적적으로 다리를 움직일 수 있게 되었다. 죽는 날 받아 놓은 사람처럼 멍하게 지내던 재희는 우연히 옆 침상에 문병 온 성준을 만나게 됐다. 그때부터였다. 살아가는 것에 의지가 없던 재희가 마음을 조금씩 열기 시작한 건.

처음엔 대꾸조차 하지 않던 재희였지만 남자의 다정한 목소리와 자신을 배려하는 태도에서 문득 선을 느꼈다. 오로지 자신의 건강을 챙겨 주는 인간적인 모습에 눈물을 흘렸다. 그래서 애원하듯 도움을 요청했다.

"여기서 나가고 싶어요."

누군지도 모르는 사람을 붙잡고 무작정 내뱉은 말이었다. 미친 여자 아니냐고 해야 정상인데 그는 흔쾌히 좋다고 했다.

성준은 젊은 여자가 죽을 것처럼 고통스럽게 창밖을 바라보고 있는 것이 신경 쓰였다. 어릴 때 제 어머니의 모습을 보는 것 같은 착각이 일었다. 권위적인 남편과 혹독한 시집살이 때문에 점점 더 빛을 잃어 가던 어머니가 떠올라 못내 발길을 잡았다. 그래서 지인의 병문안을 핑계 삼아 매일 찾아와 말을 건넸다.

성준은 그저 숨어 버리고 싶다고, 자취를 감추고 싶다고 공허하게 말하는 그녀를 붙잡고 싶었다. 어머니처럼 허무하게 보내고 싶지 않았다. 그렇게 재희를 병원에서 데리고 나왔다.

그는 재희에게 머물 곳과 치료비 등을 제공하며 물심양면으로 간호했다. 지극정성이 통했는지 그녀가 차츰 안정을 찾아가자 성준은 같이 일할 것을 제안했다. 그녀는 그의 제안을 기꺼이 받아들이고 차근차근 일을 배웠다.

커피를 배우고 만드는 일만 해도 시간이 바쁘게 흘렀다. 다른 걸 잊기 위해 필사적으로 공부하고 적응했다. 그리고 문도에게 받은 집을 처분하고 그동안 성준에게 받은 집과 치료비 등도 모두 갚았다. 그렇게 6년 동안 조금씩 마음을 다져 나가고 있었다.

아침부터 정신없이 손님을 받다 보니 어느새 성준이 가게로 올 시간이었다. 오늘은 제과·제빵 수업을 수강하러 가기 때문에 다른 날보다 그가 일찍 나왔다. 재희는 아침에 만든 마카롱을 성준에게 내밀었다.

"네가 느끼기엔 어땠는데?"

"전 좋았어요."

머뭇거리던 재희가 잔잔히 미소를 짓자 그의 얼굴에도 저절로 미소가 번졌다.

"그렇다면 느낌 괜찮은데? 까다로운 너도 좋다고 하는 걸 보면."

"그래도 한번 평가해 주세요. 오랜만이라 긴장돼요."

성준은 접시에 놓인 마카롱을 집어 입에 넣었다. 오미자 향이 은은하게 났지만 강하지 않아 먹기 편했다. 겉은 쫄깃하고 안은 촉촉했다. 그 배합이 입안에서 맴돌아 안성맞춤이었다. 솔직히 먹어 본 마카롱 중에 최고라 해도 과언이 아니었다.

하지만 왠지 표정에 드러내기가 싫었다. 일부러 무표정을 하고 있자 재희의 안색이 굳어졌다.

"별로예요?"

"흠."

"아, 별로인가 보네. 난 괜찮았는데."

재희의 얼굴에 아쉬움이 가득했다. 마카롱을 집어 입으로 가져가 한입 베어 물었다.

"내 입이 이상한가. 난 맛있는데."

성준은 그만 놀려야겠다고 생각해 그녀의 머리를 헝클었다.

"나도 맛있어. 출시하자."

그를 빤히 보던 재희의 얼굴이 환하게 밝아졌다. 그리고 성준이 자신을 놀렸다는 것을 알고 흘겨보았다.

"대표님, 이제는 뭐가 진실인지 모르겠어요. 자꾸 그러면 양치기 중년 될 걸요?"

"그냥 너에 대한 애정이라고 생각해 주면 안 될까?"

가볍게 던졌지만 성준은 나름 고심해서 꺼낸 말이었다. 그런데 정작 재희는 진지하게 듣지 않았다.

"애정을 받아 출시할 수 있도록 열심히 준비할게요."

앞치마를 벗은 재희는 그를 보고 살며시 미소 지었다. 저 미소를 보고 어떤 남자가 동요하지 않을까.

성준은 그녀를 세상 밖으로 내놓기엔 너무 위험하다는 생각을 했다. 가만히 있어도 남자들이 모여들었다. 카페 운영을 하면서 그런 모습을 벌써 여러 번 목격했기에 신경이 쓰이고 걱정도 되었다. 무엇보다 그녀를 다른 남자에게 뺏길지도 모른다는 생각을 하면 머리털이 곤두서는 느낌이었다.

그런데도 여태껏 고백 한 번 못 해 봤다. 세나의 말대로 나이 차이가 무슨 문제냐. 재희도 눈치채고 있을 거라는 말에 흔들리기도 했지만 고백해서 멀어질 바엔 지금처럼 관계를 유지하며 곁에 있는 게 훨씬 나았다.

어느새 가방을 가지고 나온 재희는 그를 마주 보고 섰다.

"이젠 알바를 좀 더 구해야겠어요. 대표님이 매일, 그것도 저 없는 날엔 많은 시간을 할애해야 하니까 힘드실 것 같아요."

"내가 언제 편하려고 카페 시작했나. 난 커피 만드는 게 좋다. 그러니까 이 시간이 전혀 힘들지 않아."

"저도 알아요. 그래서 더 존경하고요. 다녀올게요."

재희는 웃으며 성준에게 인사하고 카페를 나왔다. 제과·제빵 학원은 잠실에 있었다. 카페가 있는 광화문에서 잠실까지는 거리가 꽤 멀어 그녀는 버스로 이동했다.

답답한 지하보다는 지상에서 움직이는 게 편안했다. 목발을 짚으면 사람들 눈이 자연스럽게 쏠렸다.

장애인에게 대중교통이 험난하다는 것은 알지만, 그래서 택시 타고 편안히 움직이는 게 좋다는 것도 알지만 굳이 그럴 필요가 있을까. 불편하면 불편한대로, 그러려니 하며 살아왔다. 어차피 외적인 건 아무래도 좋았다. 죽으려고 결심했던 사람이 살아가는 세상은 모든 것이 단색일 뿐이었다.

빈자리에 앉아 하릴 없이 창밖을 바라보던 재희는 버스 정류장에서 올라타는 서재현을 보았다. 이미 자리가 만석이라 재현은 앞에 서서 손잡이를 잡았다.

재현을 보자 재희의 가슴이 다시 욱신거리기 시작했다. 잊었던 과거가 바로 어제 일처럼 떠올랐다. 재희는 손으로 제 얼굴을 가리며 시선을 피했다.

10년 동안 한 번도 본 적 없었다. 재현은 예전보다 많이 초라해 보였다. 잘난 맛에 살던 남자가 버스를 이용하기까지 얼마나 자존심이 상했을지 안 봐도 훤했다.

기사로 접하긴 했다. 도민중공업은 대신그룹 부사장과의 결혼이 무산되자 주주들의 동요가 일어났고 투자자들이 발을 빼며 위기에 처하게 되었다.

신도시 개발권이 무엇보다 큰 가치였는데 목적성 사업이 없어지게 되니 당연한 결과였다. 휘청거릴 정도의 위기가 있었지만 오너 일가의 지분을 다수 내놓으며 회사가 문 닫는 상황은 면했다.

그리고 도민중공업의 최대 주주로 자리하게 된 형철이 회사의 운영권을 손에 쥐며 문도를 사장 자리에서 내렸다. 형철은 정말 무서운 인간이었다. 결혼이 파혼되었다고 회사를 통째로 흔들 만큼 잔인했다.

재벌은 망해도 삼대가 먹고 산다고, 문도가 회사 경영에서 내려와도 집안이 큰 문제를 겪진 않았다. 그리고 채 여사의 집안에서 자금을 보태 주어 큰 어려움에 처하진 않았다.

그런데 재현은 대학 부정 입학 문제, 여자와의 난잡한 스캔들이 기사로 터지면서 회복 불가능한 상태가 되었다. 집안이 나서서 막는다고 악화된 여론이 바뀌진 않았다.

당연히 취업도 어려워졌고 주변 인맥도 떨어져 나갔을 것이다. 그런다고 서재현이 버스를 타고 다닐 위인은 아닌데 저렇게 있는 걸 보면 집안의 지원도 끊긴 상태인 것 같다. 전폭적으로 그를 지원해 주던 할머니가 몇 해 전 돌아가셔서 손 벌릴 곳이 없기도 할 터였다.

처음으로 목발 짚는 제 모습을 들키고 싶지 않았다. 사람들 시선이 집중되면 재현도 돌아볼 것 같아 목적지에 다다랐는데도 내리지 못했다. 결국 어섯 정류장이 지났시 재현이 내린 뒤에야 참았던 숨이 터져 나왔다.

그가 내린 곳에서 몇 정류장이 지났는데도 쉽게 내리지 못했다. 혹시라도 마주칠까 봐 발이 떨어지지 않았다. 재희는 겨우 심호흡을 하며 정류장에 내렸다.

반대편 정류장으로 가려고 횡단보도 앞에 섰다. 그런데 자꾸만 발이 떨어지지 않았다. 주변의 시선이 신경 쓰이고 불편하게 느껴졌다. 발을 내딛다가도 다시 멈추기를 반복할 때 한두 방울 비가 떨어지기 시작했다. 오전부터 흐리더니 비가 오려고 그랬나 보다.

그런 날이 있다. 모든 일이 조금씩 틀어질 때. 어긋난 시간과 상황을 맞추려고 부지런을 떨어도 숨이 가쁘게 일정을 좇아가야만 할 때. 조금씩 변경된 일정에 예상치 못한 일이 기다릴 때.

어쩌면 그런 날은 매우 드물지도 모른다. 이렇게 횡단보도를 건너다 마주친 우연에 인생의 타이밍을 모두 다 써 버린 걸.

재현을 보지 않았더라면, 내릴 정류장을 놓치지 않았더라면, 횡단보도를 일찍 건넜더라면, 그리고 비가 내리지 않았더라면 만나지 않았을 우연. 목발에 우산을 들고 걷는 힘겨운 여자를 보지 않았다면 지나쳤을 우연.

가슴 아프다. 이렇게, 이런 장소에서, 이런 모습으로 만나기엔 슬픈 사연이었다. 너무 아프다.

제 팔을 잡고 있는 단단한 손을 빼려고 했지만 힘주어 잡는 손은 결코 빼 줄 생각이 없어 보였다. 차들이 양 차선을 지나갔고 신호가 바뀌었다. 이젠 벗어날 수도 없었다.

회색 후드티 안에 검정 캡모자를 눌러 쓰고, 청바지를 입고 있는 그의 시선이 그녀에게 꽂혔다. 재희는 눈을 마주치지 않을 작정으로 시선을 꿋꿋이 내렸다. 제 팔을 잡고 있는 손이 파르르 떨렸다.

재희는 어서 신호가 바뀌기를 기다리며 눈을 질끈 감았다.

이렇게 마주치면 안 돼. 왜 여기서. 왜 하필 이럴 때.

"서재희."

기다렸다는 듯이 눈물이 또르르 흘렀다. 목소리에 저절로 반응하는지 그녀의 눈물이 제멋대로 흘러내렸다. 그와 동시에 심장이 저리듯 욱신거렸다. 통증에 미간이 찌푸려졌다.

"사람 잘못 보셨어요."

"사람을…… 잘못 봤다고?"

목소리가 떨렸다. 그때 신호가 바뀌었다. 발을 떼려고 하는데 그가 먼저 재희를 안아 들고 횡단보도를 건넜다. 우산이 손을 떠나 바닥에 굴렀다. 너무 놀라서 소리도 못 내고 돌아보다가 그와 눈이 마주쳤다. 그리고 왈칵 눈물이 쏟아졌다. 그가 울고 있었다. 너무 아프게, 애절하게.

횡단보도를 건너 온 그는 재희를 내려 주고 몸을 당겨 안았다. 그의 품에 안긴 재희는 아득해지는 정신을 붙잡았다. 그의 옷이 빗물에 젖어 들고 있었다. 이제 어떡해야 할지 감이 오지 않았다. 생각도 못한 일에, 상상하지도 않은 일이 일어나서 도무지 판단이 서지 않았다.

하지만 한 가지 확실한 건 있었다.

그와 만나면 안 된다는 것.

그는 놔줄 생각이 없었다. 아니, 자기가 하고 있는 행동이 뭔지도 모르고 있는 게 분명했다. 사람들이 힐끔거리며 보다가 그를 보고 놀라는 건 그가 누군지를 알았다는 것이다.

"꺄아, 이선이야."

"뭐야, 뭐야. 누구야. 무슨 상황인데?"

재희는 점점 사람들이 모여드는 것을 보자 그의 가슴을 밀었다. 곧 상황을 파악한 그가 재희의 손을 붙잡고 빠른 걸음으로 걸었다. 그러다 절뚝거리며 따라오는 그녀를 보고 다시 안아 들었다. 주변에 보이는 택시를 잡아 탄 선은 재희의 손을 놓지 않은 채 말했다.

"기사님, 이 근처 한 바퀴만 돌고 골드힐스에서 내려 주세요."

"골드힐스면 바로 요 앞이잖아요?"

"네. 죄송합니다. 시내 한 바퀴만 돌고 내려 주세요."

"그래요."

앞만 보는 그를 보던 재희가 가방에서 손수건을 꺼내 내밀었다. 손수건을 받은 선은 빗물에 젖은 제 옷을 털어 냈다.

"도망갈 생각 마. 쫓아갈 거니까."

"도망 안 가."

선이 그녀를 힐끔 보더니 다시 미간을 구겼다. 그새 또 눈물이 맺혔다.

"서재희. 대체 무슨 일이 있었던 거야. 잘 살아야지, 이게 무슨……."

끝내 말을 마치지 못한 그가 재희의 머리를 끌어안아 제 품에 묻었다.

선의 집은 매우 넓었다. 고개를 꺾어야 꼭대기를 볼 수 있는 고층 건물에 입구에는 경호원이 지키고 서서 입주민들만 들여보냈다. 아무나 들어올 수 있는 곳은 아닌 것 같았다.

상상했던 것보다 더 잘 사는 모습에 재희도 안도했다. 미국 메이저리그에서 크게 성공했으니 당연한 거지만 그녀는 그가 누구보다 잘 살기를 바랐다. 재희는 선이 젖은 옷을 갈아입는 동안 거실 소파에 앉아 기다렸다. 옷을 갈아입은 그가 수건으로 머리를 털며 나왔다.

"네가 도망갈까 봐 샤워도 못 하겠다."

"도망 안 갈 테니까 샤워해. 비 맞았잖아."

"그럼 너도 해. 비는 너도 맞았잖아."

"아니. 난 됐어."

잠시 그녀를 보던 선은 부엌으로 갔다. 달그락거리는 소리가 나더니 테이블에 김이 모락모락 나는 잔이 내려졌다.

"코코아."

그리고 소파에 앉았다. 예나 지금이나 그는 참 다정한 남자다. 재희는 머그컵을 들어 한 모금 마셨다. 달달한 초코의 맛이 혀끝을 감싸며 몸을 녹여 주었다.

"이 근처 살았구나."

"너도 이 근처 살아?"

"아니. 난 들릴 곳이 있어서 가다가 버스 정류장을 잘못 내려서……."

"하아, 물어볼 말도 많고 하고 싶은 말도 많은데 뭐부터 시작해야 할지 모르겠다."

선은 숨을 크게 내쉬며 바닥으로 시선을 내렸다. 그를 찬찬히 보던 재희는 컵을 내려놓았다.

"훌륭한 야구 선수가 되었네. 축하해."

선이 눈을 들어 그녀를 보았다. 재희가 살며시 미소 지었다.

"멋져."

"재희야."

"난 힘들게 살았어. 보다시피 이런 상태로."

재희는 멋쩍게 웃으며 제 몸을 훑었다. 선은 저도 모르게 그녀의 얼굴로 손이 나갔다. 그러다 흠칫 멈췄다. 깊은 흉터를 감히 만질 수가 없었다. 만지는 순간 자제할 수 없을 것 같았다.

"그런데 잘 살았어. 하고 싶은 거 하면서."

"재희야……."

끝내 선의 손이 얼굴에 닿지 못하고 바닥으로 내려왔다. 손을 비롯한 온몸이 떨리는 게 재희의 눈에도 보였다.

"난 네가 궁금해서 하루도 편히 자지 못했어. 물론 넌 잘 살고 있으리라 혼자 위안을 삼았지만 그러고 간 네가 너무 걱정됐어."

"……."

"그 남자, 위험하잖아."

"이젠 상관없어. 그 남자하고는 결혼하지 않았으니까."

선의 시선이 재희를 향했다.

"뭐, 그에 대한 대가를 받았다고 생각해. 하지만 대가를 받더라도 결혼하는 것보다 백배 나아."

"그래. 하지만 이렇게……."

선은 또다시 시선을 바닥으로 내리며 고통스러워했다.

"네가 이렇게 아플 동안 난 아무것도 모르고 지냈어. 정말. 나만 생각하면서. 찾아볼까 생각했지만 그만뒀어. 그 남자가 또 너에게 무슨 짓을 할지 몰라서. 그런데 찾아볼걸 그랬어. 아니, 내가 죽더라도 널 보내지 말았어야 했어. 그게 너무 속상해서 미칠 것 같아."

"선아."

재희의 부름에 그가 또 눈을 들었다. 여전히 힘들어하는 그를 보자 옅은 숨이 나왔다. 이젠 다른 소원을 빌어야 할까 보다. 제발 그가 나를 잊게 해 달라고. 그가 아프지 않게 해 달라는 소원도 들어주셨으니까, 나에 대한 감정을 지우는 것도 들어주겠지.

"만약 네가 재기하지 못하고, 소식도 들려오지 않았다면 난 살지 못했을 거야. 네가 날 살린 거야. 그러니까 자책하지 마. 넌 그러지 않아도 돼. 정말 너만은 그러지 마."

"재희야."

"이렇게 마주칠 줄 몰라서 진짜 당황스럽다. 이런 모습, 너에게만은 보여 주고 싶지 않았는데."

재희가 소파에서 일어서자 선도 따라 일어섰다.

"이제 가 볼게."

"간다고?"

"그럼 더 얘기할 게 있어? 서로 살아 있는 것 봤고 회포도 풀었으니 가야지."

"안 돼. 가지 마. 못 가."

재희의 눈이 그를 향했다. 그의 눈빛이 강렬했다. 눈빛으로 그녀를 꼼짝 못하게 했다. 벗어나는 게 쉽지 않을 것 같았다. 또다시 독한 말로 그를 밀어내야 하나 보다. 예전하고 바뀐 게 하나도 없었다. 자신은 여전히 그를 밀어내야 하는 존재였다.

"설마 아직도 내게 마음이 있는 거야?"

"뭐?"

"나 남자 친구 있어."

하, 선의 숨이 아찔하게 슬펐다. 심장이 욱신거렸지만 이를 악물고 참았다.

"뭘 어떻게 하지도 말라고 하네."

"그런 게 아니야. 힘들 때 도와준 사람이야. 따뜻하고 고마운 사람."

"……."

"그러니까 너도 그런 사람을 만나. 제발 그랬으면 좋겠어."

"어디 살아?"

재희는 똑바로 마주 보고 서서 그의 얼굴에 살짝 손을 대었다. 마지막으로 한 번만 만져 보고 싶었다. 눈을 똑바로 보고 싶었다. 이제 더는 보지 않을 거니까 지금 모두 눈 속에 담아 두어야 했다.

"살아 있는 것만으로 만족하자. 이번 생은 그렇게 하자. 우리 서로, 이렇게 배웅하고 끝내자."

"서재희."

그가 제 얼굴에 댄 재희의 손을 움켜잡았다.

"그게 쉬워?"

"쉽다고 생각하면 쉬워. 그러니까 더는 궁금해하지 말고 예전 처럼 지내 줘. 부탁이야."

재희는 그의 손을 빼고 현관으로 향했다.

"뒤를 밟는 행동은 하지 않을 거지? 날 생각한다면 하지 말아 줘."

신발을 신고 그를 돌아보았다. 그리고 빙그레 웃었다.

"잘 지내. 늘 응원할게."

문을 열고 나와 황급히 엘리베이터 버튼을 눌렀다. 다행히 그 는 따라 나오지 않았다. 집을 나오자 눈물이 비 오듯 쏟아졌다. 열린 엘리베이터를 타고 닫힘 버튼을 연이어 눌렀다. 내려가는 동안 엉엉 울어 버렸다.

이렇게 그리웠을까. 그를 보고 애써 담담하게 말하기까지 인 내란 인내는 모두 쏟아부은 것 같다. 눈물이 그칠 줄 모르고 흘 러내렸다. 절뚝거리며 걷던 재희는 끝내 주저앉았다.

"미안해. 선아, 미안해."

오열을 하며 한참을 울었다. 그리움과 미안함보다 더 큰 사랑 이 마음속에 갖고 있는 줄 몰랐다. 그를 보기 전까지 자신은 그 저 선에게 미안하고 고마운 마음만 자리하고 있는 줄 알았다. 얼굴을 보고 나니까 알겠다. 그를 참 많이 사랑하고 있었다는 걸.

도저히 걸을 수 없어 택시를 잡아타고 집으로 왔다. 이제 다 시는 보지 않으리라 다짐했다. 이렇게 아픈 건 한번으로 끝내고 싶었다. 심장이 욱신거려 신경 안정제를 꺼내 먹었다. 그런데도 통증이 가라앉지 않았다.

✹ ✹ ✹

　　밤새 끙끙 앓던 재희는 방 안을 가득 채우는 벨 소리에 겨우
손을 올렸다. 누군가 자신의 몸을 무거운 추로 누르는 것처럼
꼼짝할 수 없었다.

　　"아, 오픈 시간 지났다."

　　성준의 전화에 재희는 한숨을 내쉬었다. 이런 목소리를 들으
면 걱정할 것 같아 전화를 받지도 못했다.

　　"미쳤어. 일도 제대로 못 하고 이게 뭐야."

　　재희는 힘겹게 몸을 일으켜 앉았다. 머릿속이 지끈거렸다. 그
때 현관 벨이 울렸다. 인터폰을 여니 성준이 보였다. 가게가 아
니라 제집으로 먼저 왔나 보다.

　　"뭐야. 얼굴이 왜 그래."

　　현관문을 열자 성준이 대뜸 한 말이다. 성준은 안으로 들어오
자마자 재희를 부축해서 침대로 데려가 앉혔다.

　　"문자도 못할 정도로 아픈 거야?"

　　"죄송해요. 오늘 카페를 못 가서……."

　　"지금 그게 문제야! 너 괜찮으냐고!"

　　성준의 목소리가 격양되었다. 가슴이 철렁 내려앉을 정도로
엉망인 재희의 얼굴을 보고 무슨 일이 생겼다는 것을 직감했다.
오랜 시간 곁에서 지켜보다 보니 눈빛만 봐도 느낄 정도였다.
저렇게 다 죽어 가면서도 저를 보고 미소를 짓는 그녀가 미웠
다. 어쩜 저렇게 틈을 주지 않는지.

　　"괜찮아요. 어제 학원을 가다가 예전에 알던 사람을 만나 좀
놀랐어요. 10년 가까이 알고 지낸 사람은 세나밖에 없어서 더 그

94

랬나 봐요."

"아는 사람?"

성준은 재희의 과거에 대해 알고 있었다. 어느 집안 자식인지, 심지어 혼외 자식에 결혼을 강행하려는 양측 집안을 피하려다 다친 것도 알았다. 하지만 이선에 관해서는 몰랐다. 그녀가 한 번도 말한 적이 없기 때문이다.

"집안사람 만난 거냐."

"네. 뭐…… 보기만 했는데도 몸이 반응하나 봐요."

"그래. 그럴 수 있다."

성준은 침대에 걸터앉았던 몸을 일으켜 섰다.

"일주일 동안은 카페 나오지 말고 쉬어."

"아니에요! 내일은 다시 정신 차리고 나갈 거예요. 걱정 마세요."

"아니야. 너 카페 오픈부터 몇 년 동안 제대로 쉰 적 없잖아. 이번 기회에 푹 쉬어. 재충전하고 상쾌한 몸 상태로 나와."

"저 진짜 괜찮아요."

"내 말 들어. 멋대로 나오면 확 자를 거니까."

성준은 휙 돌아서 현관으로 갔다. 말은 저렇게 해도 재희가 걱정되어 나온 말이란 걸 알았다.

문이 닫히자 그녀는 다시 침대에 누웠다. 그러다 벌떡 일어나 욕실로 향했다.

정신을 차려야 한다는 생각에 몸을 씻기 시작했다. 차가운 물이 몸에 쏟아지자 체온이 떨어지면서 소름이 돋았지만 내버려 뒀다.

입술이 파래질 때까지 차디찬 물에 노출된 몸은 공기가 닿기만 해도 움츠릴 정도로 차가웠다.

그녀는 겨우 물을 잠그고 밖으로 나왔다. 힘없이 옷을 집어 입고 책상에 앉아 컴퓨터를 켰다.

얼굴이 하얗게 질린 재희는 출판사에 이번 주까지 주기로 한 원고를 손봤다. 고통스러울 땐 차라리 다른 일을 하는 게 좋은 방법이었으니까.

사흘은 걸릴 원고를 하루 꼬박 새고 나서 완성했다. 기지개를 켜며 시계를 보다 오전 6시인 걸 확인했다. 원고를 메일로 보내고 일어섰다.

하루 동안 쓰러져 잠만 잤더니 날을 샜는데도 몸이 가뿐했다. 천천히 가게에 나갈 준비를 했다.

성준이 일주일은 쉬라고 그랬지만 몸도 괜찮아졌고, 일을 하고 있을 때 그나마 맨정신을 유지할 수 있기 때문에 일찍 가게로 출근했다.

이른 아침인데 카페 문이 열려 있었다. 종소리에 직원 휴게실에 있던 성준이 얼굴을 내밀었다.

"어? 대표님. 여기서 주무신 거예요?"

"넌 쉬라고 했더니 기어코 왔네."

"괜찮은데 뭐 하러 쉬어요. 전 일하는 게 좋아요."

"말은 진짜 안 듣지."

그럴 줄 알았는지 성준은 크게 목소리를 높이지 않았다. 가방을 내려놓고 손을 씻은 재희는 만들려고 했던 재료를 꺼냈다. 성준이 다가왔다.

"오늘은 뭐 하려고?"

"엊그제 오미자 마카롱 괜찮았죠? 오늘은 시금치 마카롱이랑 블루베리 마카롱 만들 거예요."

"나 시금치 싫어한다. 손님들도 싫어할걸?"

"대표님 때문에 시금치 넣는 거예요. 골고루 먹어야지 다 큰 어른이 편식하면 못 써요."

시금치를 씻으며 재잘재잘 말하는 재희를 옆에서 보는 성준의 입가에 어렴풋이 미소가 떴다.

"시금치가 맛있을까? 난 별로."

"한 번 먹어 보고 별로면 안 해요. 그러니까 대표님은 저기 앉아서 기다리기나 하세요."

그 뒤로 재희는 만드는데 열중했다. 성준은 멀찍이 앉아서 그녀의 뒷모습을 지켜보았다. 품 안에 쏙 들어올 것 같은 가녀린 체구와 허리까지 내려오는 기다란 머리카락. 그 속에 손가락을 넣어 보고 싶을 정도로 찰랑거렸다.

"어제 만난 그 사람이랑 다시 만나면 또 그렇게 망가질 거니?"

뜬금없는 질문이지만 그녀는 알아들었는지 대답이 없었다. 그러더니 멈칫했다.

"자신 없어요. 그래서 다신 만나고 싶지 않아요."

오븐에 시금치와 블루베리의 색과 맛을 낸 꼬끄 반죽을 넣고 시간을 맞추었다. 오븐이 경쾌하게 돌아가자 그녀는 마카롱 속을 만들기 위해 덩어리를 낸 시금치 가루와 블루베리 조각에 각각 꿀과 시나몬, 크림치즈 등을 넣어 걸쭉하게 만들었다.

한참 지켜보던 성준이 다가와 재희의 손을 잡아 당겨 그를 보게 했다.

"이제 나랑 살자."

충동을 억제하지 못하고 말을 꺼냈다. 성준은 아차 싶었지만 차라리 잘됐다 싶었다. 지난 밤 아파서 몸져누운 재희를 보자 성준은 이 기다림과 보호가 더는 의미 없음을 깨달았다. 직접 곁에 두고 지켜 주지 않으면 그녀는 계속 홀로 아플 것이다.

그녀를 지켜 주고 싶다. 곁에 두고 싶다.

그런데 재희는 당황하지도 않고 그를 올려다보았다.

"내가 지켜 줄게. 널 힘들게 하는 놈은 가만 안 둬. 그게 누가 됐든 가만있지 않을 거다. 내가 널 지킬 거야."

"대표님."

"너 이렇게 힘든 모습 더는 못 보겠다. 또 마주치지 않으리란 보장도 없는데 그때마다 이렇게 아프면……."

"저 괜찮아요."

"내가 안 괜찮아. 나도 못 버틸 것 같아. 네가 아픈 모습 보는 거 싫어."

성준은 잡은 손에 힘을 주었다.

"나랑 결혼하자."

"대표님."

재희는 옅은 미소를 지으며 성준의 손을 놓았다.

"이미 전 대표님께 소중한 사람이에요. 대표님은 제게 소중한 사람이고요. 꼭 결혼을 한다고 해서 보호해 주는 건 아니에요."

"재희야."

"그 누가 됐든 절 지켜 줄 필요는 없어요. 아시잖아요. 전 그런 도움 싫어하는 거."

"그래. 알아. 하지만 슬퍼하잖아. 힘들어 하잖아."

"그래도 그건 제가 극복할 문제예요. 다른 사람이 함께 나눌 필요는 없어요. 나눈다고 극복될 문제도 아니고."

재희는 몸을 돌려 속을 만들던 막대를 잡았다. 그리고 말을 이었다.

"전 대표님과 이렇게 지내고 싶어요. 앞으로도 쭉."

"그럼 말을 바꿀게. 내가 너 사랑하는 거 더는 숨기기 싫어. 널 사랑하고 싶고 사랑한다고 당당하게 말하고 싶다."

재희는 다시 그를 돌아보았다.

"말하지 않았으면 좋았을 텐데……."

"뭐?"

"대표님이 절 특별하게 보시는 거 알고 있어요. 어떻게 모르겠어요. 이렇게 잘해 주는데."

"재희야."

"그리고 잘 모르는 사람들은 우리 둘이 연인 사이라고 생각할 거예요. 아니, 연인 사이라고 말해 버렸어요."

"재희야."

"하지만 전 대표님과 연인 사이가 아니에요. 앞으로도 아닐 거고요."

"그렇게 확신하지 마."

성준의 목소리가 낮게 깔렸다. 화가 난 것 같았다. 하지만 확실히 해야 했다. 괜히 여지를 주는 행동은 하지 말아야 했다. 그건 정말 나쁜 년이 되는 것이다.

"대표님 말 안 들은 걸로 할게요."

재희는 그에게서 등을 돌렸다. 성준이 다가와 그녀를 힘껏 안았다.

"나 나이 많아. 그래서 너한테 고백하는 것도 힘들었어. 그래도 진심이야. 함부로 대하지도, 어린애 취급하지도 않았어. 단한 번도."

강하게 안은 팔이 재희를 단단히 고정시켰다. 정수리에 느껴지는 그의 숨이 뜨거웠다.

"알아요. 대표님 마음 무시하지 않아요."

"재희야. 네가 사람을 얼마나 미치게 하는지 모른다. 그건 부정하지 않을게. 널 여자로 느끼는 건 죄가 아니라고 생각해."

가만히 있던 재희가 성준의 팔을 잡아 풀었다. 그는 손쉽게 놔주었다. 그녀가 돌아봤다.

"고마워요. 절 여자로 생각해 줘서."

재희는 미소 짓고 속을 마무리했다. 멍하니 그녀가 하는 양을 보던 성준은 제 머리를 거칠게 쓸어 올렸다. 이렇게 끝인가. 어차피 기대를 한 건 아니지만 생각보다 더 씁쓸했다. 바쁘게 오가는 재희의 뒷모습을 보았다. 더 강하게 밀어붙인다면 그녀는 어떻게 나올까. 겁내서 도망갈지도 모른다.

하지만 이대로 아무것도 못한 채 바라보고만 있어야 하나. 저절로 한숨이 나왔다.

알림 소리에 재희가 오븐 문을 열었다. 달콤한 향이 흘러나왔다. 꼬끄를 가져와 잘 버무려진 속을 짜고 다시 꼬끄를 덮었다. 연이어 바쁘게 오가던 손이 멈추었을 때쯤 접시에 카키색, 보라색의 마카롱이 두 줄로 놓여졌다.

"대표님, 이리 와 보세요."

재희는 좀 전의 일은 벌써 머릿속에서 지웠는지 평소처럼 그를 보았다.

"색만 보면 괜찮은 것 같은데. 한번 드셔 보세요."

"먼저 먹어 봐."

"좀 긴장돼서……."

성준은 살짝 불그스름해진 재희의 얼굴을 보고 마카롱을 집었다. 허탈한 웃음이 나왔다. 자신이 고백할 때는 눈 하나 깜짝하지 않더니 겨우 마카롱 따위에게 얼굴을 붉힌다. 내가 마카롱보다 못한 존재란 말인가.

"어때요?"

눈을 빛내며 묻는 재희를 보자 안고 싶은 마음은 더 강해졌다. 성준은 초인적인 힘으로 버텨 내며 고개를 끄덕였다.

"괜찮아."

"에이, 대답이 영 시원찮네요. 시금치 맛을 최대한 줄여 본 건데."

재희는 카키색 마카롱을 집어 한 입 베어 먹었다. 그러더니 곧 얼굴이 밝아졌다.

"신기하다. 시금치 맛이 나긴 하는데 떫떠름하지 않고 상큼한 맛만 나고 꿀과 시나몬 때문에 특유의 향이 없어졌어요."

"맛 평가 한 번 구체적이다. 그래. 딱 네가 말한 그 느낌이야."

"진짜 제가 만들었지만 맛있어요."

그녀를 알고 난 이래 제일 밝은 웃음이 아닐까. 성준도 덩달아 웃었다.

"나 원래 칭찬에 인색한 거 알지? 그런데 이건 나도 인정해. 다음 주부터 출시하자. 재료랑 필요한 물품 주문서에 넣어 놔."

"네!"

재희는 신나는 발걸음으로 어질러진 도구들을 정리했다. 성준은 그런 재희를 보고 옅은 한숨을 내쉬며 인정할 수밖에 없었다. 지금은 제 마음이 먼저가 아니라는 걸, 그녀를 기다려 주어야 했다.

곧 오픈 시간이라 커피를 로스팅 할 준비도 해야 했다. 막 볶은 커피가 바로 나오는 것은 아니지만 향긋한 커피 향은 사람을 끌어당기는 힘이 있었다. 마법에 걸린 사람처럼 발길이 닿게 하는 묘약이었다.

"그럼 난 이따 5시에 출근할게."

"네. 어제 고생하셨습니다."

"그리고 다음 주는 출근하지 못할 것 같다. 다른 지점들 보러 내려가 봐야 해. 지점장 교육이랑 매출 관리 체크하러."

"네. 조심히 다녀오세요."

성준은 손을 들어 보이고 카페를 나갔다. 그가 나가자 재희는 숨을 길게 내쉬며 의자에 앉았다. 성준의 고백을 의연하게 받아치려고 신경을 썼더니 힘이 다 빠지는 기분이었다. 마른세수를 하며 고개를 저었다.

자신이 봐도 그는 좋은 사람이고 결혼하기에 아주 적합한 사람이었다.

나이 차이가 많이 나지만 그건 중요하지 않았다. 아마 자신에게 아무런 문제가 없거나 평범한 집안에서 자란 여자이거나, 하물며 얼굴이라도 멀쩡하다면 받아들였을지 모른다.

하지만 그런 가정이 다 무슨 소용일까. 이미 그녀는 그를 받아들일 여유가 없었다. 한 남자에게 자신을 의지하며 사는 것 자체가 사치이고 부질없는 일이었다.

그래도 계속 좋은 관계로 유지하고 싶은데 현실은 그녀를 놔두질 않았다. 꼭 무언가 선택하길 바라고 결정이 나길 원한다.

성준과 계속 만날 수 있는 사이이길 바랐다. 신뢰하고 존경하는 그를 떠나고 싶지 않았다.

4.

WINTER : 기다림

다친 후, 미국으로 떠난 뒤로 한국엔 6년 만에 들어왔다. 선의 성공에 지인들의 전화와 만나자는 요구가 빗발치자 다시금 재희가 떠올랐다. 그녀에게선 연락 한 통이 없었다. 뭐 당연한 거지만 어렸던 날 그렇게 헤어진 것이 못내 가슴에 남았다.

"지금이라면 지켜 줄 수 있었을 텐데."

미국에서 이름을 날리고 한국에 왔을 때 처음 간 곳이 청주 숙소였다. 숙소 마당과 주변의 풍경을 보며 선은 머리가 지끈거렸다.

그날 그 잔상이 아직도 머릿속에서 지워지지 않았다. 그때 자신도 거의 죽은 것과 마찬가지로 버려졌으니 그 기억이 유쾌하진 않았다. 망가진 몸과 손가락으로 좌절한 건 저뿐만이 아니었다. 부모님은 제 모습을 보고 쓰러지기를 반복했다.

정신을 차렸을 땐 두 달이나 지나 있었다. 움직이는 것도 불편하고 무엇보다 손가락이 말을 듣지 않았다. 그 사실을 인지하고 받아들이기까지 오랜 시간이 걸렸다. 정신을 다잡고 수술에 재수술, 거듭된 재활 훈련으로 손가락을 움직일 수 있게 된 건 기적이나 마찬가지였다.

선은 냉장고에서 맥주캔을 꺼내 땄다. 한 모금 마시고 소파로 와 앉았다.

"후우."

횡단보도에서 마주친 그녀의 모습이 계속 머릿속을 어지럽혔다. 생각할수록 가슴이 미어졌다.

왜. 왜 이런 모습으로 나타난 거야. 왜 이렇게 가슴 아프게 사는 거야. 왜, 그런데도 아름다운 거야.

선은 제 머리를 연신 헝클어뜨렸다. 그래도 따라갔어야 했다. 그녀를 존중하지 못했다는 비난을 받을지라도 제 욕심을 채워야 했다.

재희를 저렇게 만든 남자를 생각하자 선은 벌떡 일어섰다. 피가 거꾸로 솟았다. 왜 찾아볼 생각도 안 했는지. 그 남자는 얼마나 힘이 세기에 재희를 그렇게 대할 수 있는지. 재희의 집안에 대해선 왜 찾아볼 생각을 안 했는지.

선은 휴대폰을 들어 전화 목록을 찾았다. 고등학교 때 같은 반이었던 준호에게 전화를 걸었다. 야구를 하다가 접고 경찰대를 들어가서 형사가 된 친구였다.

—어제 만났는데 그새 보고 싶냐.

"미쳤냐. 나 물어볼 게 있는데."

—뭔데?

"너 서재희 기억나? 1반이었는데."

—누구? 서재…… . 아! 그 예쁜 애?

"응. 혹시 뭐 하는지 알아?"

—서재희 소재 아는 사람은 아무도 없을걸? 걔 수능 보기 전에 갑자기 학교 중퇴하고 연락 두절이었잖아. 맞다! 네가 걔 엄청 좋아했지?

"아는 애가 한 명도 없을까?"

—글쎄, 걔랑 친한 애가 없어서. 아! 같은 반이었던 윤세나는 알지도 몰라.

"아, 그래. 세나가 있었지. 너 윤세나 연락처 알아?"

—아니. 근데 한 번 찾아볼게. 이선 님께서 궁금하다는데 찾아 드려야지.

"고맙다. 꼭 좀 알아봐 줘."

—근데 뭐야. 다시 서재희 만나 보려고? 아직도 못 잊었어?

"꼭 찾아야 돼. 연락 줘."

전화를 끊은 선은 컴퓨터를 켜서 당시 기사들을 검색해 보았다. 인터넷 검색으로는 사건들이 많지 않았다. 고교 야구 선수 이선의 부상과 의혹들을 다룬 기사가 몇 건 있었지만 어디서 맞았고 왜 그렇게 됐는지에 대한 기사는 하나도 없었다.

달깍달깍. 마우스를 누르며 여러 기사를 살펴보았지만 해당되는 기사가 없었다.

"도서관에 가서 찾아봐야 하나."

점점 지치려고 할 때쯤 선은 한 기사에서 멈췄다. 대신그룹 산하 대신산업 조형철 부사장이 도민중공업의 주식을 사들여 최대 주주가 되고 서문도 사장을 해임시켰다는 내용이었다. 조형철 부사장은 그때 승진하여 사장으로 임명되었다.

선은 이 기사가 재희와 관련되었을 거라는 확신이 들었다. 곧

이어 대신그룹을 검색했다. 그룹 지배 서열을 나타내는 표에 여러 계열사가 있었다. 그리고 대신그룹 부회장 직함에 그 남자 사진이 있었다. 자신과 재희를 짓밟았던 그 남자였다.

"대신그룹이었어."

대신그룹의 경영권을 보았다. 국토개발부의 협력 자문과 함께 신도시 조성 계획 사업, 기업 합병과 매각, 채권에도 영향력이 닿아 있었다. 도민뿐 아니라 두세 개의 회사들은 그 남자가 최대 주주 자리에 있었다. 모두 조형철의 전부인들과 관계된 회사였다. 뿐만 아니라, 그는 성폭행 혐의가 있었지만 무죄로 풀려났다.

선은 컴퓨터가 뚫어질 정도로 남자를 노려보았다. 자신을 폭행했음에도 버젓이 활보하고 어린 여자를 억지로 데려갔는데도 아무도 제지를 하지 않았다.

재희의 집안도 그녀를 도와주지 않은 것 같았다. 자식을 둔 부모가 어떻게 그럴 수 있는지 이해할 수 없었다.

도민중공업을 검색했다. 경영권 구조에 서문도의 이름은 없었다. 회사 자문에만 이름이 올려 있었다. 문도의 사진을 보니 재희와 눈매가 닮아 있었다. 이 사진 속 남자가 그녀의 아버지인 것 같다. 머리가 지끈거려 선은 손으로 이마를 짚었다.

그때 준호에게서 문자가 왔다.

〈윤세나 전화번호 010—9999—0000〉

〈고맙다〉

시계를 확인하니, 밤 9시였다. 이 시간에 자진 않겠지. 선은 곧장 세나에게 전화를 걸었다.

—여보세요.

"윤세나 씨 휴대폰 맞습니까?"

—네, 맞는데요.

"아, 나 이선이야."

—누구……. 네?

"갑작스러운 거 알아. 네 전화번호도 주변 사람들한테 물어봤어."

—정말 이선이야?

"그래. 재희 덕분에 몇 번 마주친 적 있었지."

—그런데 웬일로 전화했어? 월드 스타께서.

"단도직입적으로 물을게. 재희, 어디 사는지 알려 줘."

—내가 왜?

"넌 알고 있으니까."

—그러니까 내가 왜?

"나 재희 만나야 해."

—뭔가 착각하나 본데 너랑 재희는 이미 예전에 끝난 사람들이야. 이제 아무런 관련도 없는 사람들이라고.

"알아. 아는데. 그래도 알려 주라."

—싫어. 재희가 원하지 않을 거야.

"그래. 그것도 알아. 그래도 알려 줘."

—왜 이렇게 막무가내야. 이제 와서. 재희가 지금 어떤 상태인지 알기는 해?

"알아. 재희 아픈 거. 몸도 마음도 아픈 거 나도 봤어."

세나에게서 말이 없었다.

"세나야, 부탁한다. 너무 갑자기 만나고 갑자기 헤어졌어. 이건 아니잖아."

―후, 나도 모르겠다. 넌 이렇게 후벼 파놓고 미국으로 가 버리면 그만이겠지만 이제 재희는 다시 회복 불가야. 겨우 살고 있는 애 건드리지 마.

"안 해. 그렇겐 안 해."

―광화문 '향, 그리움, 커피'로 가 봐.

"고맙다."

선은 당장 나가려다 멈추었다. 충동적으로 행동하지 말고 차근차근 계획을 세우자. 그녀를 다시 만난다는 건, 곧 모든 걸 걸겠다는 뜻이었다. 제 야구 인생을 모두 걸어야 할 수도 있는 일이었다.

✳ ✳ ✳

아침 일찍 카페로 간 선은 하루 종일 앉아 있었지만 재희를 볼 수 없었다. 세나가 맞게 알려 준 건지, 아니면 재희에게 미리 언질을 한 건지는 모르겠지만 그녀는 코빼기도 보이지 않았다.

선은 그저 그녀를 기다리며 카페 구석에 앉아 커피 향을 맡았다. 시간이 지날수록 그녀의 향기에 취하는 것 같았다. 선은 보지 않아도 느낄 수 있었다. 그녀가 여기 머문다는 걸.

커피를 만드는 재희는 어떤 모습일까. 이런 일을 하고 있을 거란 생각은 못했지만 그녀는 무슨 일을 해도 어울릴 것이다.

가게 문을 닫을 때까지 앉아 있던 선은 결국 재희를 보지 못하고 나와야 했다. 무슨 일이 있나. 다시 세나에게 전화를 걸어

볼까. 휴대폰을 꺼내던 그는 도로 집어넣었다. 재희에게 다가가는 건 혼자의 힘으로 해야 했다.

다음 날도 선은 오픈 시간도 전에 카페 앞으로 갔다. 문을 열까 말까 망설이다 안에서 움직이는 인기척을 느끼고 들여다보았다. 그리고 재희를 안고 있는 남자를 보았다. 그 남자의 품에 안겨 있는 그녀를 보자 선은 저절로 한 걸음 물러섰다.

다가가기엔 이미 늦은 건 아닐까. 다시 찾아서 무얼 하려고. 그녀를 빼앗으려고? 재희가 물건도 아니고 임자가 있는 여자를 뺏는 짓은 하지 않을 것이다. 그럼 무엇 때문에 그녀를 만나고 싶은 걸까. 무엇 때문에.

선은 카페 문을 잡은 손을 놓고 뒤돌아 나왔다. 때마침 전화가 울렸다. 매니저였다.

"응."

—선아. 광고 촬영 잡혔어. 지금 집이야?

"아니. 회사로 갈게."

선은 카페를 한번 뒤돌아보고 다시 걸어갔다.

광고 계약차 매니지먼트 회사로 들어온 선은 회의실에서 자신에게 악수를 내민 남자를 보고 머리끝부터 발끝까지 분노가 차올랐다. 저도 모르게 그를 노려보았다.

"허허, 우리 이선 선수가 날 싫어하나 보네."

남자는 멋쩍은 듯 제 손을 내려놓았다. 그리고 선을 정면으로 바라보았다. 한쪽 입꼬리가 올라갔다.

"선아. 광고주야. 잘 보여야 돼."

매니저 강우가 선의 귓가에 속삭였다. 선이 보란 듯이 웃었다.

"형. 우리 영산스포츠에서도 연락 왔죠?"

맞은편에 앉은 대신스포츠 대표의 얼굴이 굳어졌다. 그리고 옆에 앉은 그 남자, 조형철은 느긋한 얼굴로 선을 보았다.

강우는 곤란한 얼굴로 웃으며 선의 옆구리를 쳤다. 잘하라는 뜻이었다.

"전 영산스포츠 광고가 더 마음에 듭니다. 광고료가 낮긴 하지만 돈 벌려고 찍는 건 아니니까요. 그럼 이만 실례하겠습니다."

선의 차가운 얼굴 표정이 그의 얼굴선을 더욱 날렵하게 만들었다. 그는 자리에서 일어나 회의실을 나갔다. 형철의 얼굴을 보자 곧바로 주먹이 나가려는 걸 참느라 힘들었다.

선은 화장실로 가서 분노를 대신에 물을 틀었다.

"후우."

"대단한 놈이긴 하네."

곧바로 화장실로 따라왔나 보다. 선이 거울로 그를 보았다. 형철은 옆으로 와 물을 틀어 손을 씻었다.

"처음엔 누군지 몰라봤어. 웬 놈이 날 이렇게 노려보나 했지. 그런데 곧 알겠더군. 네 눈빛."

"······."

"손가락은 무사하나. 그래도 세계적인 투수의 손가락인데 내가 너무 했나 싶었지."

"덕분에. 무쇠 손가락이 됐죠."

선도 정면으로 바라보았다. 형철이 비릿하게 웃으며 그의 어깨를 툭툭 두드리고 작게 속삭였다.

"그 계집애는 잘 있나 몰라. 반병신 됐는데. 아, 넌 모르나."

쿡쿡 웃으며 화장실을 나가는 그를 보며 주먹이 부서져라 부들부들 떨리는 걸 겨우 다잡았다. 주먹이 나가려는 걸 가까스로 참았다.

대표실로 다시 돌아가자 강우가 소리쳤다.

"야, 이 자식아. 광고주를 그렇게 대하는 놈이 어디 있냐. 거기서 대놓고 경쟁사를 말하면 어떡해."

"대신하고는 안 찍어. 난 분명히 말했어."

"조건이 파격적이야. 영산에서 부른 금액의 두 배를 준대."

"형! 내가 돈 보고 거래하는 장사꾼이야? 이럴 거면 매니지먼트인지 뭔지 다 때려치워. 처음부터 형은 내 스케줄 도와주려고 시작한 거야. 본업을 잊지 마."

선은 쏘아붙이고 대표실을 나갔다. 매서운 목소리로 말하고 나가 버린 선을 어이없게 바라보던 강우가 중얼거렸다.

"저게 갑자기 왜 저래. 뭔 일 있나."

선은 주차장으로 와 차에 올라탔다. 그리고 개인 훈련 센터로 페달을 밟았다. 1층 연습장에서 글로브를 끼고 공을 과적에 맞췄다. 분노가 그칠 줄 몰라 공을 분노의 크기만큼 연속해서 던졌다. 한곳에 계속 부딪치자 천이 속도에 못 이겨 찢어졌다..

선은 거친 숨을 토해 내며 울부짖었다. 자리에 털썩 주저앉았다. 그 남자를 보자 저도 모르게 몸이 떨렸다. 자신이 이 정도인데 재희는 어떨까. 얼마나 무서웠을까. 그 남자를 벗어나려고 얼마나 발버둥을 쳤을까. 얼마나 아팠을까.

선은 고개를 숙이고 연신 숨을 토해 냈다. 남자에게 아무것도 할 수 없는 게 끔찍했다. 엄청난 힘 앞에 꼼짝 못하는 제 자신이 싫었다. 아무리 유명한 야구 선수가 되었어도 그를 이기기엔 역

부족이었다.

한동안 움츠리고 있던 선이 다시 고개를 들었다. 이기진 못해도 최소한 그와 비등할 순 있다. 이젠 그럴 수 있었다. 그리고 재희를 건드리지 못하게 할 힘은 있었다. 감히 그녀를 괴롭히게 놔두진 않을 것이다.

❄ ❄ ❄

집으로 온 재희는 피곤한 몸을 소파에 뉘었다. 때마침 휴대폰이 울려 받았다.

"응. 세나야."

―재희야. 너 괜찮아?

재희는 몸을 일으켜 앉으며 휴대폰을 보았다. 자신이 아픈 걸 알았던가. 아닌데. 성준도 말하지 않았을 텐데.

"당연히 괜찮지. 왜?"

―어? 아니. 오래 일하면 피곤할 테니까 물어본 거야.

"괜찮아. 이젠 그렇게 피곤하지 않아. 걱정해 줘서 고마워."

―쉬엄쉬엄해. 하긴, 너 보러 오는 손님들이 많아서 쉬지도 못하겠다.

"질투하는 거야?"

―그래. 질투난다. 나보다 다른 놈에게 정 줄까 봐.

"걱정 마. 난 너뿐이야."

재희는 세나의 질투가 귀여웠다.

―무슨 일 있으면 꼭 연락하고.

"그래. 다음 주에 대표님 지방 내려가면 놀러 와."

—그래. 알았다. 무슨 일 있으면 꼭 연락해! 잠수 타지 말고!

"알았어."

전화를 끊은 재희는 휴대폰을 보고 어깨를 으쓱했다. 안절부절못하는 목소리가 의아했다. 무슨 일이 있는 건 오히려 세나 쪽인 것 같았다.

"진짜 무슨 일 있나."

다시 휴대폰이 울렸다. 출판사였다.

—작가님, 원고 잘 받았습니다. 더 수정하지 않아도 될 듯합니다. 신경 써 주셔서 감사해요.

"네. 고생하세요."

—아, 작가님. 한 가지 부탁드릴 말씀이 있습니다.

"말씀하세요."

—출판사로 작가님 문의가 많습니다. 팬레터도 꽤 왔고요. 집 주소 알려 주시면 택배로 보내 드리겠습니다.

"아, 네."

—그리고 이번에 책을 출간하면 사인회 이벤트를 해 보면 어떻겠습니까?

사인회란 말에 재희는 멈칫했다. 얼굴을 알리고자 글을 쓴 게 아니었다. 어디라도 얼굴을 알리고 싶지 않았다.

"아니요. 그건 싫습니다. 계약할 때 이미 그 조항을 넣은 걸로 아는데요."

—네. 저희도 압니다. 그런데 출간 예고를 알리니까 벌써 독자들이 문의를 넣기 시작해서요.

"사인회가 독자들을 달래는 용도는 아니라고 생각해요."

—좋은 방법 없겠습니까? 독자들도 달래 주고 작가님도 편한

방법이요.

재희는 옅은 숨을 내쉬었다. 책을 읽어 주는 독자들은 고맙지만 얼굴을 드러내고 싶은 마음은 없었다. 거실을 서성이던 재희가 고개를 들었다.

"그럼 제가 직접 카드를 쓰는 걸로 할게요. 어차피 사인회도 인원 한정이잖아요. 책을 구입하신 분 중 추첨을 통해 작가 친필이 든 카드를 보내는 걸로 하죠."

―정말 사인회는 싫으십니까?

가만 보면 출판사에서 제 얼굴을 더 보고 싶어 하는 것 같다.

"네. 출간되면 추첨 명단 보내 주세요. 직접 써서 보내 드릴게요."

―알겠습니다. 그럼 조만간 연락드리죠. 주소는 문자로 알려 주세요.

재희는 고민하다 세나의 집 주소를 보내고 소파에 누웠다. 피곤하다. 사람들과 어울리는 게 어쩐지 불편하고 피하고만 싶다. 세상 앞에 나가는 것이 두렵다.

소파 한쪽에 누워 있던 재희는 옷을 벗으며 욕실로 들어갔다.

❄ ❄ ❄

"아메리카노 한 잔 주세요."

"4,500원입니다."

"오늘은 날씨가 좋네요. 계속 비가 내리더니 이제 그치나 봅니다."

"그러게요. 좋은 하루 되세요."

재희는 아메리카노를 내밀며 미소 지었다. 아침 손님들이 다녀가고 잠시 여유가 생기자 테이블을 정돈한 재희도 창가로 왔다. 바쁘게 오가는 사람들 위로 파란색 하늘을 보았다. 며칠 동안 계속 비가 내리더니 좀 전에 비가 그치면서 구름 사이로 햇빛이 비쳤다.

"무지개다. 예쁘네."

잔잔히 무지개를 바라보는데 잔상이 떠올랐다. 붉게 물들던 노을. 그리고 옆에 서 있던…… 너.

"진짜 예쁘네."

너는 그때에 머물러 있는데 지금 내 앞에 서 있는 너는 누구야. 남자의 목소리에 재희의 얼굴이 옆으로 올라갔다. 창밖을 보고 서 있던 그녀의 몸이 서서히 그를 향해 돌아섰다.

"무지개 진짜 예쁘다고."

그가 싱긋 웃으며 창가를 바라보았다. 환영인가. 재희는 저도 모르게 손을 들어 그의 얼굴을 만졌다. 손끝에 와 닿는 피부에 그녀는 황급히 손을 떼었다. 그리고 고개를 돌리며 손을 내렸다.

어떻게 선이 지금 여기 있는지 당황스러워 그녀는 한 걸음 뒤로 물러났다.

"여기서 일해? 우연히 지나가다가 들렀는데 신기하다."

선의 반가운 목소리에도 재희는 고개를 들지 않았다.

"여기 주문이요!"

계산대 앞에 있는 손님을 보고 재희는 황급히 벗어났다. 굳어졌던 얼굴이 점점 붉어졌다.

"저, 괜찮으세요? 얼굴색이 안 좋아요."

눈앞에 손님이 재희의 얼굴을 보고 안색을 살폈다. 그녀는 가까스로 고개를 끄덕이며 주문을 받았다. 선의 시선이 느껴져 행동이 부자연스러웠지만 최대한 자연스럽게 움직였다.

"카페라테 나왔습니다."

손님이 가고 모자를 눌러 쓴 선이 앞에 섰다.

"아이스 아메리카노 한 잔 주세요."

"4,500원입니다. 드시고 가실 거예요?"

"아니요. 이만 가야죠. 내가 계속 있으면 그쪽이 곧 병원에 실려 갈 것 같아서."

선이 빙그레 웃었다. 재희는 그의 미소를 보다가 곧 고개를 돌렸다. 또 보고 말았다. 그를 보면 안 되는데 어느새 눈길이 가 있었다.

재희가 곧 아이스 아메리카노를 내밀었다. 컵을 받아 든 그는 빨대를 한 입 빨았다.

"와, 미국에서 먹던 맛이네. 커피 맛있다. 내일 또 올게요."

선은 눈썹을 찡긋하고 컵을 들어올렸다. 이내 그가 나가자 다리가 풀린 재희는 바닥에 풀썩 주저앉았다. 두근대는 심장이 멈출 줄 모르고 빠르게 뛰었다.

여길 어떻게 알았을까. 아아, 윤세나. 그래서 무슨 일 없는지 물었구나.

재희는 고개를 무릎에 파묻고 하아, 숨을 내쉬었다. 계속 오면 어쩌지. 미국 시즌 전에는 갈 테니까 그때까지만 참을까. 그런데 내가 계속 참을 수 있을까.

그는 다음 날도, 그다음 날도 매일 같은 시간에 카페에 들렀다. 머문 시간은 아이스 아메리카노를 사는 동안이 전부였다. 하루도 빠지지 않고 출근 도장을 찍었다. 처음 봤을 땐 너무 놀라서 심장 마비가 올 뻔했다. 일주일을 봐도 여전히 나아지진 않았다.

"나는 일을 그만둘 수 없어. 그러니까 네가 그만 와."

아메리카노를 내밀면서 재희가 말했다. 고집스럽게도 눈은 마주치지 않으면서.

"난 오고 싶어."

"제발. 이선. 그만 왔으면 해."

"그럼 다른 곳에서 만나."

그녀가 드디어 눈을 들어 그를 보았다. 노려보는 얼굴도 그저 예뻤다. 선은 활짝 웃으며 말했다.

"내가 네 영업장에 오는 게 싫으면 네가 날 만나러 와."

"싫어. 내가 왜 그래야 돼?"

"나도 그냥 여기 커피가 맛있어서 오는 거야. 설마 카페에 커피도 사 먹으러 못 오는 거야?"

"네 집에서 여기가 커피 마시러 올 거리는 아니잖아."

"그래도 이집 커피가 맛있는 걸 어떡하냐. 나 신경 쓰지 마."

그리고 또 빙그레 웃고는 카페를 나갔다. 허탈하게 그를 보던 재희는 숨을 내쉬었다.

"널 자꾸 보는 게 힘드니까 그렇지. 흔들지 마."

재희는 욱신거리는 심장을 두드렸다. 태연히 그를 마주 보고 있을 자신이 없었다.

바쁜 저녁이 지나갈 무렵, 세나가 택배 상자를 들고 카페로 들어왔다. 테이블에 상자를 올려놓은 그녀는 재희에게 다가왔다. 재희는 세나를 보자마자 눈에 불을 켰다.

"어디 가지 말고 있어."

서늘한 목소리에 세나는 선이 다녀갔음을 짐작했다. 손님이 가고 나자 재희는 세나를 확 째려보았다.

"너, 너는 택배를 우리 집으로 보내냐. 하여튼 치밀해. 이거 뭐야. 출판사 같은데?"

잽싸게 말을 돌리는 세나를 노려보던 재희가 옅은 숨을 내쉬고 테이블로 다가왔다. 맞은편 의자에 앉은 재희는 택배 상자를 풀었다.

"이선 다녀갔어?"

"그래."

테이프를 뜯어 낸 재희가 상자 안에 편지들을 살폈다. 그러더니 다시금 세나를 흘겨보았다.

"고맙긴 한데 일단 한 대 좀 맞자."

"어어, 한 번만 봐주라."

세나는 손가락을 들어 올리며 애교를 부렸다.

"어쩌자고 이선한테 알려 줬어."

"뭐, 그 자식도 알아야지. 네가 어떻게 지내는지."

"알아서 뭐 하게. 다시 미국으로 갈 애한테 미련이라도 주라는 거야?"

"아니. 너 아프지 말라고."

세나가 정색을 하며 재희를 보았다. 눈을 크게 뜨며 저를 바라보고 있는 재희를 보자 세나는 그녀가 불쌍해서 속이 쓰렸다. 아린 마음을 티내지 않으려 했지만 소중한 친구의 처지가 볼 때마다 안 되어 보여서 그냥 지나칠 수 없었다.

이선이 답은 아니지만 그러면 재희의 지친 마음에 생기를 넣어 주지 않을까. 조금이라도 웃게 해 주지 않을까. 아픈 그녀를 조금이라도 보듬어 주지 않을까.

그런데 그녀를 보니 확신이 생겼다. 이선이 올까 봐 노심초사하지만 그 이면에 설렘이 얼굴빛에 드러났다. 그녀는 모르겠지만 그가 나타나고 재희의 눈동자에 힘이 들어갔다. 그거면 된 거 아닌가. 그녀를 살게 해 준다면 세나는 그걸로 만족했다.

"난 네가 아픈 것보다 그 녀석에게 미련을 주는 일이 훨씬 낫다고 생각해."

"세나야."

"편하게 생각해. 고교 동창 만난 거라고. 이제 둘 다 성인이고 거리낄 것도 없잖아. 널 방해하는 인간들도 없고. 그런데 뭘 망설여."

"내 모습을 봐. 이런 나를, 선이 좋아하게 놔둘 수 있어? 왜 그 애가 나 같은 애를 좋아해야 돼. 그 앤 더 좋은 여자를 만날 수 있는데. 그 기회를 날려 버리고 내게 시간을 허비하라고?"

"얘가 또 사람 좌절하게 만드는 소리 하네. 너보다 괜찮은 여자 찾는 게 쉬운 줄 알아? 착하지, 예쁘지, 몸매 죽이지, 못하는 거 없지. 뭐가 더 필요해?"

"그게 아니잖아."

"얼굴? 그 정도 흉터도 없으면 감히 이선에게 주는 것도 아까워. 흉터 정도가 있으니까 이선을 만나 주는 거라고."

"윤세나."

재희는 과하게 자신을 대변하는 그녀가 너무 고마웠지만 서

글펐다. 누군가에게 외적인 리스크를 안고 다가가기엔 재희의 마음이 온전치 못했다. 특히 그게 이선이라면 더 고통스러웠다.

"퇴근하고 뭐 해? 아, 대표님 이번 주 지방 출장이라고 그랬지. 그럼 기다릴 테니까 끝나고 같이 가자. 나 오늘 네 집에서 자고 간다."

"내일 회사 안 가?"

"가야지. 빌어먹을 회사."

"태주 씨랑 싸웠어?"

얼굴을 돌리는 거 보니 싸웠나 보다.

"그래. 나도 오랜만에 같이 자니까 좋다."

재희의 미소에 세나도 덩달아 웃었다.

"그럼 일해. 나도 업무하고 있을게."

가방에서 노트북을 꺼낸 세나는 손을 휘이휘이 저으며 재희를 내몰았다.

둘은 재희의 집으로 와서 치킨이랑 맥주를 시키고 밤늦도록 수다를 떨었다. 태주와의 연애에 불만을 늘어놓던 세나는 평소 주량이랑 다르게 금방 취해서 잠이 들었다. 소파에 잘 눕히고 이불을 끌어다 덮어 주었다.

"잘 자. 세나야. 그리고 고마워. 네가 옆에 있어서 얼마나 다행인지 몰라."

그녀의 자는 모습을 지켜보던 재희는 소파에 등을 기대고 앉았다. 테이블에 놓인 택배 상자가 눈에 들어왔다. 편지를 꺼내 훑어보던 재희는 파란색 편지 하나를 집었다.

희 작가님. 시 잘 읽었어요.

문득 제가 아는 사람이 떠오릅니다.

그 사람도 작가님의 시처럼 마음이 시린 사람입니다.

부디 그 사람과 작가님 모두 행복하길 바랍니다.

— 양철나무꾼

편지를 읽은 재희는 '양철나무꾼'에 시선이 갔다.

오즈의 마법사 속 심장이 없는 양철나무꾼. 이상하게 끌렸다.

편지 더미 속에서 또 다른 파란 편지를 발견했다.

오늘은 작가님의 시가 떠오르는 날입니다.

'한걸음 나아갔는데 제자리였어.

나아갔다고 생각했는데 움직이지 않았던 거야.

움직여 보려고 했는데 깨달았어.

움직이고 싶지 않다는걸.

움직이고 싶다는 건 뭘까?'

일하고 집에 돌아왔는데 아무도 없군요.

매일 같은 일상인데 오늘따라 이상하리만치 외롭습니다.

전 간절히 움직이고 싶은데 갈 수가 없네요.

사실은 움직이고 싶지 않았던 걸까요.

그런데 그 사람을 만나고 싶습니다. 그 사람이 그립습니다.

— 양철나무꾼

그리운 사람이 있는 것 같다. 만나고 싶은데 만나지 못하나 보다.

재희는 이후에도 홀린 것처럼 파란 편지를 찾았다.

작가님, 책이 또 나온다는 소식을 들었습니다.
기다렸던 작가님의 소식이라 벌써 기대됩니다.
그사이 작가님의 마음에도 봄이 찾아왔기를 바랍니다.
오랜 팬으로서 작가님을 응원합니다.

— 양철나무꾼

조용한 새벽에 '양철나무꾼'이 들려준 이야기가 마음을 울렸다. 팬레터라는 것이 또 다른 감동을 주었다. 낯선 사람이 털어내는 이야기 속 삶과 그 사람의 삶을 공감해 주는 작은 주고받음. 이 정도는 괜찮지 않을까.

양철나무꾼이 궁금했다. 선 이외에 처음으로 편지 뒤의 사람에게 관심이 갔다. 편지 세 통에 오롯이 마음을 빼겨 버린 것 같다. 특별할 것 없는 잔잔한 편지일 뿐인데 재희는 그 편지에 눈시울이 붉어졌다. 꼭 저의 이야기인 것 같아서. 양철나무꾼은 또 다른 서재희라는 생각이 들어서.

"양철나무꾼……."

❄ ❄ ❄

선은 고민 끝에 영산스포츠와 아웃도어 광고 계약을 맺었다.

아예 광고를 찍지 않을 생각이었는데 그나마도 강우의 끈질긴 설득 끝에 성사된 것이었다. 대한민국 사람들에게 너의 얼굴을 알릴 기회라는 말에 마음을 바꿨다.

특히 보여 주고 싶은 사람, 존재감을 드러낼 필요가 있는 사람, 그들을 생각하며 찍기로 했다. 강우는 끝까지 대신으로 하면 어떻겠냐고 아쉬워했지만 선은 들은 척도 하지 않았다.

촬영장에 도착하자 영산스포츠 대표와 감독이 직접 선을 마중 나왔다.

"이선 씨, 일찍 왔네요. 역시 시간 약속은 칼 같습니다. 이래서 우리 이선 씨가 세계적인 선수인가 봅니다."

허허 웃는 영산 대표는 시종일관 선을 치켜세워 주었다. 그도 그럴 것이 두 배의 광고료를 제시한 대신을 거절하고 온 것이니 귀인이나 마찬가지였다.

"이선 씨, 오늘 함께 찍을 파트너 채하연 씨입니다."

감독이 선의 앞에 선 여자를 가리키며 말했다. 선이 살짝 고개를 숙였다. 하연은 활짝 웃으며 두 손을 모았다.

"안녕하세요. 저 이선 오빠 팬이에요. 오래전에 고교 야구 시절부터 좋아했어요."

"아, 감사합니다."

선이 미소를 짓자 하연의 얼굴이 붉게 물들었다.

"이야, 이거 선남선녀 커플 탄생하는 거 아닙니까."

영산 대표가 선과 하연을 번갈아 가며 연신 웃음을 날렸다. 선은 그녀에게서 시선을 거두고 콘티를 보았다. 하연이 무안한 얼굴로 바라봤다. 자꾸만 시선이 느껴져 선이 고개를 돌렸다.

"무슨 하실 말씀 있습니까?"

"이렇게 예쁜 여자가 보고 있는데 아무런 느낌이 안 드세요?"

"네?"

"저 아무에게나 좋아한다고 말하는 여자 아니에요. 오빠 팬이었는데 만나서 성덕된 기분이라고요."

"아, 네. 그래서 감사하다고 말했는데."

"아휴."

하연이 숨을 내쉬고 콘티를 든 선의 손을 잡아끌었다.

"좋아해요. 오빠."

거침없는 고백에 선은 말없이 그녀를 내려다보았다. 그러더니 빙그레 웃었다.

"고마워요. 좋아해 줘서."

선의 시선이 돌아가려는 찰나 하연이 다시 힘주어 말했다.

"사귀어요, 우리!"

"하연 씨."

"초면에 보자마자 이런 말 하는 거 실례인 거 아는데요. 그래도 너무 좋아하던 사람이라 놓치고 싶지 않아요."

밝고 유쾌한 성격에 에너지 넘치는 활력이 재희와 정반대의 여자였다. 그녀의 귀여움에 선의 미소도 깊어졌다.

"무슨 뜻인지 아는데 나 좋아하는 사람 있어요."

선은 아무래도 자리를 옮기는 게 좋을 것 같아 발을 떼었다. 등 뒤에서 하연의 목소리가 들렸다.

"저 포기하지 않을 거예요. 오빠가 바라봐 줄 때까지!"

선이 고개를 돌렸다.

"그러지 마요. 봐라봐 주는 걸 기다리는 거 힘든 일이에요. 내가 해 봐서 잘 알아요."

등을 보이고 제게서 멀어지는 선을 보며 하연은 입술을 깨물었다. 완벽한 이상형에 가까운 그는 데뷔 전부터 좋아하던 야구 선수였다. 이런 운명 같은 기회를 그냥 놓칠 순 없었다.

  —눈이 내린 겨울 서로를 찾는 남과 여. 아무것도 없는 황량함 속에서 오직 찾을 수 있는 건 서로의 신호. 그건 바로 남과 여가 입고 있는 아웃도어의 따스한 온기. 마침내 서로를 찾은 두 남녀. 구스다운 프리모어.

  촬영은 순조롭게 진행되었다. 처음해 보는 연기가 쉽지 않을 거라 여겼지만 선은 자연스럽게 소화했다.

  "이선 씨는 모델해도 잘했겠어요."

  감독은 촬영이 순조롭게 진행되어 기분이 좋아 보였다.

  "대박날 것 같은 조합입니다. 영상미랑 색감이 기가 막히게 어울려요."

  촬영이 끝나고 옷을 갈아입는 선에게 강우가 다가왔다.

  "바로 나와. 형제갈비집으로 가자."

  "왜?"

  "못 들었어? 회식 간대."

  "내가 꼭 가야 하나?"

  "그럼 주인공인데 네가 안 가면 누가 가."

  "나 갈 곳 있는데. 기다릴 텐데."

  "누가? 조금만 앉았다가 가."

  선은 조금 생각하다가 고개를 끄덕였다. 하고 싶은 대로만 할 거면 애초에 광고 계약을 하지 말았어야 했다.

조금만 앉아 있다 가려고 했는데 다들 선에게 와서 한 잔씩 따라 주어 일어서지 못했다. 마주 보고 앉은 자리에 있던 하연이 컵에 물을 따라 건넸다.

"물 좀 마셔요. 다들 너무하네. 무슨 술을 스트레이트로 줘."

선이 물을 마셨다.

"오빠가 잘생겨서 다들 말 걸고 싶은가 봐요."

"하연 씨가 그런 건 아니고?"

옆에 앉은 감독이 곁눈질을 했다. 하연은 혀를 쏙 내밀며 헤헤 웃었다.

"들켰다."

"하연 씨 진짜 이선 씨 좋아하나 봐?"

"네. 제 이상형이에요."

"그래 뭐, 잘생겼고 키도 크고 멋지고. 그래도 주변에 남자 연예인들도 많이 있을 텐데 그렇게 좋아?"

"네. 꼭 제 남자로 만들 거예요."

"와, 대범하네. 요즘 한창 주가 오르는데 열애설 나면 괜찮겠어?"

"오빠와의 연애라면 기사 나도 좋아요."

"왜 그렇게 장담하는데. 책임져 준대?"

"아뇨. 오빠를 잘 알거든요."

한 여자만 바라보는 남자라는 거, 마지막 말은 작게 흘리며 술을 마셨다. 그리고 맞은편 남자를 보았다.

한 여자. 고등학교 때도 유명했던 이선의 여자. 도저히 이해되지 않았던 그의 행동. 어떻게 싫다는 여자를 향해 한결같이 마음을 줄 수 있을까. 그땐 그게 이해되지 않았다. 그런데 지금은 알겠다. 그 사랑의 크기를. 그건 선이니까 가능한 것이었다. 하연의 눈매가 깊어졌다.

하연이 자신을 봐 달라는 눈빛을 애절하게 보내고 있을 때, 선은 매니저와 이야기 중이었다.

"야. 채하연 씨 요즘 핫한 배우인 건 아냐."

선이 강우를 힐끔 보더니 대수롭지 않게 말했다.

"알 게 뭐야."

"이것 봐. 싸가지 없는 걸 대중들이 알아야 할 텐데. 요즘 광고계랑 방송가에서 채하연 잡으려고 얼마나 용쓰는데. 그런 여자가 좋다고 대놓고 들이대는데 어쩜 눈길 한 번을 안 주나."

고기를 한 점 먹은 선이 그를 정면으로 바라봤다.

"인기 많고 좋다고 하면 다 눈길을 줘야 해?"

"뭐, 그런 건 아니지만."

"채하연 씨 귀엽고 발랄한 건 알겠는데 내가 워낙 예쁜 여자를 알고 있어서 별로 눈에 안 차."

"눈이 얼마나 높기에 그래."

"나중에 소개시켜 줄 테니까 자꾸 다른 여자랑 엮으려고 하지 마."

"뭐야. 나 몰래 사귀는 여자가 있는 거야?"

"아니."

선이 씁쓸한 웃음을 지으며 고개를 저었다.

"네가 연예인이 아니지만 아무나 만나고 그러지는 마라. 운동선수도 자기 관리는 필수야."

"나도 아무나 만나고 그랬으면 좋겠다. 어떻게 된 게 이 심장은 그 여자한테만 반응하는지 모르겠어."

선은 제 가슴을 툭툭 치며 허탈하게 웃었다.

"너 취했냐."

"아니. 멀쩡해."

선은 활짝 웃었다.

"보고 싶어서 안 되겠다. 얼른 가야지."

그러더니 벌떡 일어섰다.

"야. 벌써 가냐!"

"응. 갈 거야. 보고 싶어."

우울한 듯 표정이 굳은 선이 자리를 둘러보며 말했다.

"저는 먼저 가 보겠습니다."

"어어, 벌써 갑니까? 더 있다 가지."

"약속이 있어서요."

선은 미련 없이 그 자리를 나갔다. 강우가 급히 따라 나왔다.

"진짜 가?"

"응. 마무리는 형이 알아서 해 줘."

"그래. 오늘 고생했다. 내가 데려다줄까?"

"아니. 빨리 대리나 불러 줘."

"알았다. 이놈아."

뒷좌석에 탄 선은 휴대폰 시계를 보았다.

10시. 아직도 있으려나.

잠시 기다리니 대리기사가 운전석에 탔다.

"어디로 갈까요?"

"광화문이요."

차가 출발하려는 찰나 차창을 두드리는 소리에 선이 버튼을 눌러 창문을 열자 하연이 서 있었다.

"오빠, 벌써 가세요?"

"네."

"너무 아쉬워요. 조금 더 얘기 나누고 싶었는데."

"다음 기회에 하죠."

창문을 올리려는데 그녀가 잡고 막았다.

"휴대폰 번호 알려 주세요."

"아무한테나 번호 알려 주지 않아요."

"그러니까 전 알려 주셔도 되잖아요. 아무나가 아니니까."

선이 그녀를 올려다보며 입꼬리를 올렸다.

"나에게 아무나가 아닌 사람은 한 명뿐입니다. 하연 씨는 그 사람이 아니고요. 그럼 이만."

창문을 올리자 그녀가 손을 뺐다. 문틈 사이로 그녀의 목소리가 들렸다.

"그럼 번호는 알아서 받을게요. 전화할 거예요! 받으세요!"

차가 출발하고 선은 이마에 팔을 대었다. 좋아한다며 따라다니는 여자는 많았지만 이렇게 적극적인 여자는 처음이었다.

"네가 이러면 얼마나 좋아."

재희의 얼굴을 떠올리다 깜박 잠이 들었다. 대리기사의 목소리에 깼다. 선이 차 문을 열었다.

"잠시만 기다려 주세요."

차에서 내린 선은 불이 꺼진 가게 앞으로 갔다. CLOSE 팻말이 걸려 있었다.

"벌써 끝났구나."

벌써도 아니지. 11시인데. 유리문 안을 들여다보던 선은 곧 등을 기대고 섰다. 나무가 마지막 나뭇잎 하나까지도 털어내고 밤에는 제법 찬 바람이 부는 것이 곧 겨울이 다가올 조짐을 보였다.

"보고 싶다. 재희야."

번호를 몰라서 전화조차 하질 못한다. 집에는 잘 갔는지, 오늘 하루 별일 없었는지 궁금한 것들이 너무 많은데 묻질 못한다.

선은 한동안 기대어 있다가 차에 탔다.

"기다리게 해서 죄송합니다. 도곡동으로 가 주세요."

고요한 도심의 어둠 속에서 가게 안 창고 문이 열리며 빛이 드러났다. 재희가 커피콩 자루를 들고 나왔다. 내일 로스팅 할 준비를 끝내고 퇴근하려고 들어갔다가 창고 안이 어질러져서 정리를 하고 나온 참이다.

앞치마를 벗어 곱게 접었다. 그리고 가방을 들고 불을 껐다. 이선이 오지 않았다. 매일같이 드나들더니 소식도 없다.

기다렸나 봐. 나도 모르게.

"서재희, 정신 차려. 기다리면 안 돼."

고개를 저으며 외투를 입은 후 유리문을 열었다. 그때 종이가 툭 바닥으로 떨어졌다. 허리를 굽혀 집어 든 재희는 종이를 보고 코끝이 시큰거렸다.

보고 싶다. 네가.

선의 번호와 마음이 적혀 있는 쪽지였다. 재희가 서둘러 그를 찾았지만 그 어디에도 없었다.

눈물이 고여 눈앞이 흐려졌다. 매일 카페를 드나드는 선을 차갑게 내치고 절대로 마음을 보이지 않기로 거듭 다짐했다. 그를 보면 통증과 함께 찾아오는 심장의 울렁임이 더는 깊어지지 않길 기도했다.

어떻게 그를 마주 볼 수 있냐고. 어떻게 그를 보며 아무 일도 없던 것처럼 대할 수 있냐고. 무슨 염치로 웃으며 보냐고 스스로를 질책했다. 선을 다치게 하고 아프게 한 장본인이 자신인데 아무렇지 않게 그를 볼 수 없었다.

그런데 아무 일도 없던 것처럼 찾아오는 선을 보면, 처음인 것처럼 다가오는 그를 보고 나면 애써 다잡은 이성이 한순간에 무너졌다. 그 대신 마음 깊숙한 곳에 눌러 두었던 감정이 고개를 들었다. 그리웠던 만큼 그에게 뛰는 심장 소리 또한 컸다.

그리고 이런 쪽지 하나에 감동하고 벌벌 떠는 자신이 두려웠다. 지금까지 어떻게 버텼는데 다시 그가 떠난다면 더는 못 버틸 것 같았다.

"대체 내가 어떻게 해야 하는 거야……."

그대로 가게 앞에 주저앉은 재희는 오열했다. 심장을 찌르는 통증에 가슴을 두드렸다.

"보고 싶어, 선아."

5.

STAPT : 시작

아침에 일어났더니 눈이 퉁퉁 부어 있었다. 차가운 물로 연신 눈가를 씻었지만 붓기는 좀처럼 가라앉지 않았다.

재희는 붓기 빼기를 포기하고 카페로 와서 오픈 준비를 했다. 정신없이 로스팅을 하고 있는데 휴대폰이 울렸다.

"네. 대표님."

ㅡ종일 가게 보느라 힘들지?

"아니에요. 재밌어요."

ㅡ별일은 없고?

재희는 잠시 머뭇거리다 고개를 끄덕였다.

"네. 그럼요."

ㅡ그래. 나도 일주일 동안 출장 다니느라 힘드네. 모레 올라 갈게.

"네. 조심해서 오세요."

전화를 끊고 다시 원두를 로스팅 하자 향이 피어올랐다.

"향 좋다."

아직 오픈 시간도 아닌데 갑자기 들리는 목소리에 재희가 깜짝 놀라 돌아봤다. 선이 웃으며 서 있었다.

"선아."

"어젠 미안. 왔는데 너무 늦었더라."

"알아."

"어떻게 알아?"

재희가 눈을 들어 그를 보았다.

"쪽지 봤어."

아, 선은 고개를 끄덕였다. 그러더니 또 빙그레 웃었다.

"전화번호도 있었는데."

"그것도 알아."

"그런데 왜 전화 안 했어?"

"해야 돼?"

"그건 아니지만."

"피곤해서 잤어."

얼굴을 내밀고 빤히 바라보는 그를 보자 재희의 얼굴이 급격히 붉어졌다.

"너 울었지."

정말 귀신이다. 예전부터 그는 제 상태를 귀신같이 알아챘다.

"무슨 소리야. 라면 먹고 자서 그런 거야."

일부러 눈을 내리깔고 볶은 원두를 커피 그라인더에 넣었다.

"아메리카노 줘?"

물음에 답이 없어 올려보았다. 눈이 마주치자 재희는 황급히 고개를 돌렸다. 그의 눈빛이 태울 듯이 강렬했기 때문이다.

"울지 마."

눈빛은 날카로운데 말투는 다정하다. 그 말에 또 코끝이 찡해졌다.

"울고 싶으면 내 앞에서 울어. 혼자 울지 마."

"나 안 울었다니까."

"재희야. 우리 연애하자."

오늘따라 말이 많은 그를 다시 보았다. 눈빛은 여전히 뜨거웠지만 피하지 않았다.

"나 남자 친구 있다고 했잖아."

"상관없어."

"이선."

"네가 누굴 만나든 상관없다고. 결혼한 것도 아닌데 뭐 어때."

막무가내인 그가 이상했다. 무슨 일 있나.

"나 어제 여자한테 고백 받았다."

"잘됐네."

"그런데 그 와중에도 네가 떠오르더라."

"왜 그랬어."

"네가 좋으니까. 바보야. 말했잖아. 난 너밖에 없다고. 왜 몰라, 왜 내 마음을 몰라."

눈을 깜박이자 눈물이 툭, 떨어졌다. 그가 재희의 볼을 타고 흐르는 눈물을 손가락으로 닦아 주었다. 그녀의 눈물이 선을 아프게 했다. 가만히 그녀의 손을 잡았다.

"오늘도 밤까지 있지? 이따가 다시 올게."

"아니."

재희의 목소리가 차갑게 흘렀다.

"오지 마. 제발 그만 좀 해."

"네가 나라면 그만할 수 있겠어? 어떻게 다시 만났는데 그만 둬."

화가 난 것 같았다. 그의 목소리에 가슴이 철렁 내려앉았지만 재희는 주먹을 꼭 쥐며 이겨 냈다.

"난 변함없어. 너와 뭔가를 시작하고 싶지 않아. 다신 널 끌어들이지 않을 거야. 가."

재희는 제 할 말을 내뱉고 직원 휴게실로 들어갔다. 부들부들 떨리는 몸을 벽에 기대고 울지 않으려고 온 힘을 다해 참아 내었다. 심장이 욱신거려 톡톡 가슴을 두드리는 게 할 수 있는 전부였다.

아침부터 선과 신경전을 벌였더니 하루가 힘들게 지나갔다. 불을 끄고 가게 문을 닫은 재희는 몸을 돌렸다.

"어?"

첫눈. 소복소복 눈이 내리고 있었다.

손바닥을 들어 내리는 눈을 느꼈다. 가벼운 꽃송이처럼 하얀 눈이 재희의 머리에 내려앉았다.

그녀는 옅은 숨을 내쉬고 걸었다. 목발을 짚는 장애인은 눈 오는 날이 배는 힘들었다. 조심조심 목발을 짚으며 걷는데 옆으로 장신의 남자가 와서 함께 걸었다.

언제부터 있었는지 모르겠지만 선은 그녀가 가게에서 나온 지 얼마 되지 않아 다가왔다.

"우리 같이 첫눈 보는 건 처음이지 않나."

"……."

"누가 그러더라. 비 오는 날 우산 없이 가는 친구에게 해 줄 수 있는 최고의 배려가 뭐냐고."

"……."

"같이 맞아 주는 거래. 처음엔 이해가 안 됐는데 이젠 좀 알 것 같아. 온전히 그 친구의 입장에서 배려해 준다는 건 우산을 씌워 주는 게 아니고 같이 맞고 가는 걸 수도 있다는 걸."

"……가. 난 그런 배려 필요 없어."

"날도 추운데 넌 왜 그러고 다녀."

제 말은 들은 척도 하지 않는 그녀였지만 밉지 않았다. 선은 재희의 팔을 잡아 걸음을 멈추고 제 목에 걸린 목도리를 그녀의 가느다란 목에 감아 주었다. 따뜻한 캐시미어의 부드러움이 그녀를 감쌌다.

재희는 눈을 들어 그를 보았다. 아침의 날 선 대화는 온데간데없었다. 그는 빙그레 웃으며 그녀의 머리에 묻은 눈을 털어 냈다.

"데려다줄게."

"싫어."

다시 발을 떼려는 그녀를 잡아 세운 선이 몸을 구부려 재희의 눈높이에 시선을 맞췄다.

"인도주의적인 배려야. 작업이 아니라."

"택시 탈 거야."

"계속 거부하면 나도 너 따라서 가지 뭐. 차는 저기 있는데 내일 아침에 주차 위반 딱지를 받든, 견인되든 내버려 두고."

"이선."

"추워 보여. 아무 말도 안 할 테니까 집까지만 편히 가."

선이 그녀의 손을 끌어 걸었다. 얼떨결에 따라가게 된 재희는 그의 넓은 등을 보며 저도 모르게 입술을 깨물었다.

재희를 조심스럽게 조수석에 태운 선이 운전석으로 왔다. 따뜻한 차 안 공기가 그의 체향에 어우러졌다.

"집 어디야?"

"홍제동."

주소를 물은 이후 선은 정말로 한마디도 하지 않고 운전했다. 그리고 그 공간엔 라디오 DJ가 선곡한 박효신의 '눈의 꽃'이 흘러나왔다. 첫눈과 잘 어울렸다.

그를 보며 드는 복잡한 감정이 선율에 섞여 재희의 눈시울이 붉어졌다. 창밖으로 시선을 돌린 그녀는 제법 오래도록 내리는 눈을 하염없이 바라봤다.

"다 왔어. 여기서 내려 줘."

어쩌다 집까지 알려 줬지만 그것까지 신경 쓰고 싶지는 않았다. 이 문제 말고도 고민이 많아 머리가 터질 것 같았다. 이 끈질긴 남자를 어찌하면 좋을지 대책이 서지 않아 한숨이 깊어졌다.

차를 세운 선은 차에 탄 후 처음으로 말을 건넸다.

"남자 친구 없는 거 알아. 세나가 말해 줬어."

그녀의 눈동자가 흔들렸다. 선이 다 알고 있었다는 사실보다 이젠 무엇으로 그를 밀어내야 할지 고민하는 일이 더 힘들었다. 괴로워하며 시선을 피하는 재희를 보던 선이 손을 들어 그녀의 머리를 쓰다듬었다.

"괜찮아. 남자 친구 없다는 사실이 날 얼마나 기쁘게 하는지 몰라. 마음 놓고 들이댈 수 있잖아."

"선아."

"아무리 그래도 남친 있는 여자를 무슨 수로 뺏어."

"갈게."

재희는 일그러진 얼굴로 손잡이를 잡았다. 빨리 그에게서 벗어나고 싶었다. 이 이상 같이 있으면 폭발할 것만 같았다. 지금까지 애써 눌러 담았던 감정이 터질지도 몰랐다.

"재희야."

부드러운 목소리에 그녀의 손이 멈췄다. 그의 목소리가 심장을 톡톡 울렸다. 온몸에 전율이 흐를 만큼 애잔해서 숨 쉬기가 힘들었다.

"편하게 생각 해. 그리고 힘들어하지 마."

잠시 멈칫하던 재희는 차 문을 열고 나갔다. 그리고 차 문을 닫으려다 자신을 보고 있는 선을 보았다.

"데려다줘서 고마워. 잘 가."

최선을 다해서 걸었다. 그가 보고 있단 생각에 무너지지 않으려 이를 악물고 걸어갔다.

그때였다. 별안간 차 문이 열리더니 선이 뛰어와 그녀를 와락 안았다.

그의 품에 쏙 들어오는 여자의 등을 소중히 품었다. 혼자 걷는 모습이 너무 가슴 아파서 도저히 가만있을 수 없었다. 당장 달려가 안지 않으면 쓰러질 것처럼 위태로워 보이는 그녀를 홀로 두고 싶지 않았다.

따뜻한 체온이 재희의 몸을 녹여 주었다. 어쩜 이렇게 따뜻한

지 그녀는 다 포기하고 마냥 안기고 싶은 마음이 들었다. 하루에도 수없이 갈등하는 제 자신에게 누군가 돌을 던지는 것 같았다.

그냥 받아들여. 뭐 어때. 그리웠잖아. 사랑하잖아.

어떻게 그래. 내가 어떻게 이 남자를 만나.

"놔 줘. 제발."

그녀의 처절한 목소리에 선은 팔을 풀었다. 그리고 손가락 사이로 기다란 머리카락을 감았다. 사르르 풀어지는 그녀의 머릿결에 선은 제 손을 내려다보았다. 걸어가는 재희의 뒤에 대고 소리쳤다.

"난 포기 안 해. 네가 봐 줄 때까지 계속, 계속 다가갈 거야. 그러니까 너도 그만 아파하고 나한테 와. 그래도 돼."

재희가 걸음을 멈추고 뒤를 돌아보았다. 원망 가득한 눈빛으로 그를 보는 그녀는 눈물을 글썽였다.

"내일도 갈게. 잘 자."

선은 빙그레 웃어 보이고는 등을 돌리고 차로 갔다. 먼저 자리를 떠난 그가 간 곳을 하염없이 바라보던 재희는 결국 주저앉았다.

같이 있다가 홀로 있게 되면 그 외로움은 배가 되어 돌아왔다. 도저히 감당할 수 없을 정도로 처절한 고독감을 느꼈다.

어제처럼 오늘도 눈물로 밤을 지새울 것 같다. 눈물이 계속 흐르면 마르게 될까. 그럼 아프지 않을까. 그럼 고통도 사라지게 될까.

"무서워. 첫눈처럼 왔다가 금방 사라지게 될까 봐 겁이 나."

카페를 나설 때부터 내리던 첫눈은 아직도 온 세상을 하얗게 물들이고 있었다. 땅에 닿으면 바로 사라지는 작은 먼지에 지나지 않는데 어느새 땅을 적셨다.

"너도 첫눈 같아. 내게 넌 영원히 그런 존재야."

재희는 이미 가고 없는 그 자리로 고개를 돌렸다.

❄ ❄ ❄

오픈하기가 무섭게 선이 찾아왔다. 재희는 평소와 다르게 그를 보며 얼굴을 굳히지 않았다. 그는 한결같이 밝게 웃으며 다가왔다.

"아침에 오는 건 괜찮았어? 첫눈 왔다고 날씨가 춥더라."

"그래."

"너 또 가볍게 입고 나왔지."

"네가 준 목도리 가져왔어. 가져가."

재희는 안쪽 정리대 위에 올려놓은 봉투를 가져와 내밀었다. 그것을 보던 선이 다시 재희에게 밀었다.

"이미 내 손을 떠난 물건이야. 이제 네가 주인 해."

눈부시게 웃는 미소에 재희는 아스라이 떨리는 심장 소리를 느끼며 눈을 감았다.

"나 오늘 하나도 안 바빠. 종일 여기 있으려고."

"제발 가."

"저기 구석에서 얌전히 있을게. 너 끝날 때까지."

"하아."

재희는 졌다는 표정으로 고개를 끄덕였다. 그가 카드를 내밀며 웃었다.

"아이스 아메리카노 두 잔. 하난 네 거."

그는 뒤돌아 카페 구석 자리에 앉았다. 정말로 종일 있을 생각인가 보다.

재희는 한숨을 내쉬며 그가 하는 양을 보았다. 의자를 빼고 앉은 선은 긴 다리를 꼬으며 재희를 보고 손을 흔들었다. '일해' 입 모양으로 말하면서. 얼굴만 보면 다 아는 야구 선수인데 저렇게 있어도 되는 건지 모르겠다.

하루는 또 정신없이 흘러갔다. 처음엔 선이 지켜보고 있는 모습이 신경 쓰였는데 어느덧 평소와 같은 시간이 흐르고 있다.

테이블을 닦으러 오던 재희는 벽에 머리를 기대고 앉아 눈을 감고 있는 그를 보았다.

느긋하고 여유가 있는 태도, 그를 보며 갈망하던 자유. 시간이 흘러도 제겐 자유가 없었다. 자유로운 삶을 살고 있지만 모든 것에 얽매어 있었다.

그는 심한 부상을 당했으면서도 여전히 싱그러움을 간직하고 있었다. 사방이 온통 빛으로 둘러싸인 것처럼 그의 주변은 따뜻하고 평화로웠다.

너만은 그것을 간직하고 살길 바랐다. 모든 불행은 저가 가져갈 테니 너는 행복하기를.

그러려면 절대 같이 있으면 안 된다는 걸 알면서도 자꾸 욕심이 솟아올랐다.

자신을 이렇게 좋아하는데 그가 원할 때까지는 함께 있어도 되지 않을까. 그가 떠날 때까지만 욕심내도 되지 않을까. 어차피 떠날 텐데 그때까지만 나도 행복하자고. 그와 행복을 조금 누려 보자고. 그 뒤엔…… 그때 생각하자고.

"왜 자꾸 봐."

그의 목소리에 상념에서 깨어났다. 선은 눈을 감은 채 말을 이었다.

"아까부터 빤히."

"그냥."

그가 눈을 떴다. 서로의 시선이 허공에서 부딪쳤다. 선이 손짓을 했다.

"이리 와 봐."

순순히 따랐다. 그의 앞에 서자 선이 그녀의 손을 잡았다.

"잘생겨서 보는 거야?"

"아니."

"멋져서 보는 거야?"

"아니."

"섹시해서 보는 거지?"

"아니야."

"그럼 좋아서 보는 거야?"

"아니."

"그럼 못생겨서 보는 거야?"

"응."

쿡, 그녀의 입에서 웃음소리가 터져 나왔다. 그가 손을 당기자 몸이 그에게 쏠렸다. 그의 팔이 재희의 등을 안아 가뒀다.

"웃었다."

손에 와 닿는 그의 어깨가 단단했다.

"웃으니까 더 예쁘다."

"야, 나는 못생겼다고 했는데 너는 예쁘다고 하면 어떡해."

"괜찮아. 네가 좋으면 됐어."

말 한마디 한마디에 재희의 심장이 울렸다. 서로를 마주 보고 있는 눈빛을 피할 틈이 없었다. 딸랑. 문을 여는 소리에 선의 팔이 느슨해졌다.

"행복 끝, 고행 시작."

선이 중얼거리며 팔을 뺐다. 재희는 황급히 그를 벗어나 계산대로 갔다. 그의 품을 벗어나기 싫다는 생각이 온 정신을 지배하자 그녀는 고개를 세게 저었다.

마감 시간이 다가오자 재희는 매출을 정리했다. 화장실 다녀오는 것 빼고는 꿈적도 않던 선이 다가왔다.

"뭐 도와줄까?"

"됐어."

재희는 매출 정리를 마치고 창고로 가서 대걸레를 들고 나왔다.

"내가 할게."

"됐다니까."

걸레를 빨아 카페로 가지고 나온 그녀는 평소에 하던 대로 바닥을 닦았다.

어쩜 저렇게 틈을 주지 않는지. 지켜보던 선은 한숨을 내쉬며 다가가 재희가 쥐고 있던 대걸레를 빼앗아 자기가 닦았다.

"고집 센 건 여전하네."

"이선."

갑자기 걸레를 뺏긴 재희는 허탈하게 그가 하는 양을 바라보았다. 선은 의자들을 테이블 위로 올렸다. 그리고 바닥을 닦았다. 각도 있게 걸레질을 하는 그를 보다가 걸음을 옮겼다. 어느 틈에 청소를 끝낸 선이 또 물었다.

"또 뭐 할까?"

차라리 눈에 보이지 않으면 괜찮을까. 자신의 눈앞에서 움직이는 그를 보고 있자니 불편해서 죽을 지경이었다.

"창고에 가서 아까 받아 놓은 재료들 칸 별로 나눠 놓고 메모해 줘. '월요일부터 쓸 것'이라고."

선은 또 잽싸게 창고로 들어갔다. 창고 안으로 들어가 한동안 덜컹거리더니 곧 그가 나왔다.

"끝. 임무 완수."

재희는 그의 말에 창고로 갔다. 세상에. 자신이 정리할 때보다 훨씬 더 깔끔하게 수납되어 있었다. 마카롱 만들 때 쓸 재료에는 태그가 붙어 있었다. '월요일에 만날 애들'.

"더 시킬 건?"

살짝 그를 흘겨보던 재희가 몸을 돌렸다. 그는 잡일까지 완벽하게 해냈다.

"못하는 게 뭐니."

"없다고 봐야지."

그를 돌아봤다. 그의 이마에 땀이 송골송골 맺혀 있었다. 그런 모습이 멋져 보였다.

눈에 이상이 생긴 건지, 그에 대한 마음에 갈피를 못 잡아 혼란스러운 건지는 모르겠지만 땀이 맺힌 그가 섹시해 보였다.

그녀의 심장이 쿵쿵 어지럽게 뛰었다.

"이걸 매일 네가 혼자 했어? 남자가 해도 힘든데."

"매일 하는 일이니까 괜찮아."

"이제 매일 나 시켜. 이 오빠가 다 해 줄게."

능글맞은 선의 말에 재희가 그의 가슴을 퍽 때렸다.

"정말 못 당하겠어. 그런 말은 어떻게 하는 거야."

재희의 말투에 투정이 섞여 있었다. 선이 푸하, 웃음을 터트렸다. 그러더니 재희를 와락 안았다.

"너 왜 이렇게 귀엽냐."

"아! 제발."

재희는 붉어진 얼굴로 제 귀를 막았다. 시원한 선의 웃음소리에 그녀의 속도 뻥 뚫리는 것 같았다. 그의 품은 따뜻했다. 벗어나기 싫었다.

어제 밤, 그리고 오늘 낮에 그에게 안겨 있을 때 들었던 생각이 다시 머릿속을 가득 메웠다.

잠깐은 행복해도 될까.

그러면 안 되는데 저도 모르게 행복을 원하고 있었다. 행복하고 싶다. 그저 본능에 충실하게 그를 마음껏 사랑할까. 그래도 될까.

"연애하자."

참으로 집요하다.

"그래. 그러자."

이젠 몰라.

자신을 안은 그의 팔에 힘이 들어갔다.

"드디어 왔다. 이제야 내 거 됐다!"

선은 재희의 이마에 쪽 소리가 나게 입을 맞췄다. 그러고는 안은 팔을 풀고 그녀의 손을 잡았다. 손수 외투를 입혀 주고 목발을 들어 주었다.

그녀도 그가 이끄는 대로 따라갔다. 불을 끄고 가게를 나와 문을 잠그는 것도 대신해 주었다.

"안아 들고 가고 싶은데 이따 내릴 때 해 줄게."

"됐어. 나 잘 걸어."

"누가 몰라? 그냥 안고 싶으니까 그렇지. 바보야."

선이 그녀의 이마에 제 이마를 콩 맞대었다. 커다란 키 때문에 그의 허리가 자꾸만 구부러졌다.

"그렇게 좋아?"

"응. 좋아 미치겠어."

차에 탈 때까지 선은 손을 놓지 않았다. 날씨가 추워서 금세 그녀의 볼이 빨개졌다. 그는 시동을 걸고 시트에 열선을 깔았다. 차가 출발했다.

"아직도 꿈같아. 내 볼 좀 꼬집어 봐."

그 말이 웃기기도 하고 귀여워서 재희가 그의 볼을 잡아 비틀었다.

"아야! 아파. 꿈 아니야. 이거 꿈 아니라고!"

"그래. 꿈 아냐."

재희의 입가에 옅은 미소가 돌았다. 저렇게 좋을까. 그가 저리 좋아하니까 그녀의 마음도 한결 편해졌다.

"어디 가고 싶은 곳 있어?"

"글쎄, 바다 가고 싶다."

"그럼 가자. 예전엔 택시로밖에 이동하지 못했지만 이제 차도 있겠다, 어디든 갈 수 있어."

"그런데 나 내일도 아침 일찍 카페 와야 해."

"교대하는 사람이 없어?"

"대표님과 둘이서 해. 사람을 한 명 더 둘까 생각 중인데 나도 대표님도 커피 만드는 걸 좋아해서 굳이 사람을 쓸 필요가 없었어."

"그래도 너무 힘들잖아. 매일."

"4시에 끝나. 일하고 오년 쉬는데 뭐. 갈 데도 없고."

"이젠 갈 데 많아. 나랑 자주 다닐 거야."

그가 재희의 손을 잡아 제게로 가져갔다. 그러고는 그녀의 손을 끌어 제 입술에 대었다. 그의 입술이 손등에 닿자 재희의 몸도 달아올랐다. 부드러운 촉감이 전신을 훑었다.

밤이라 그런지 도로에 차가 별로 없었다. 그래서 금세 그녀의 집에 도착했다.

"벌써 도착했네."

말을 하면서도 선은 손을 놔주지 않았다. 잠시 그를 보던 재희가 살짝 웃었다.

"잠깐 집에 들렀다 가."

"그러자."

선은 생각할 것도 없이 건물 주차장으로 내려갔다. 주차한 그는 먼저 내렸다. 그리고 재희가 내리려고 하자 다가와 안아 들었다.

"나 걸어갈 거라니까."

"싫어. 오늘 하루 종일 일어서고 움직이느라 고생했을 텐데 잠깐이라도 쉬어."

선의 팔이 강하게 그녀를 안아 올렸다.

"무겁잖아."

"천만에. 깃털보다 가볍다."

"와. 너 정말 강적이다."

그의 얼굴에 미소가 떠나지 않았다. 재희는 그를 놓칠세라 목을 끌어안았다.

"깃털에게 미안해지네."

"깃털이 너한테 미안해해야지."

"그만해."

쿡쿡 웃는 재희의 웃음소리가 귓가를 울렸다. 듣기만 해도 기분이 좋아졌다.

"몇 층?"

엘리베이터 앞에 선 그가 물었다.

"8층."

집 앞에 도착할 때까지 그는 정말 한번을 내려놓지 않았다.

"비번 뭐야?"

"어······."

"내가 알면 안 되는 거야?"

"19910528."

"19······."

재희가 말한 번호를 따라 누르던 선이 동작을 멈췄다. 그러더니 곧 번호를 눌렀다. 문이 열렸다. 재희는 일부러 눈을 마주치지 않으려고 했지만 선이 문을 열 생각을 하지 않아 고개를 돌렸다.

"아."

얼굴이 붉어진 그가 재희를 내려놓았다. 그녀는 새빨갛게 변한 그의 얼굴을 보며 어쩐지 신기한 느낌이 들었다. 당황하고 부끄러워할 때가 다 있구나.

"별 의미 없어. 내 생일은 노출될 수 있으니까 안 했고 마침 네 생일이 떠올랐을 뿐이야."

재희가 문을 열며 안으로 들어갔다.

"들어와."

따뜻한 공기가 안에서 새어 나왔다. 문 앞까지 거침없이 들어왔던 그는 어쩐지 집 안으로는 들어오기를 망설였다.

"왜?"

머리를 긁적이던 선이 숨을 길게 내쉬었다. 뭐라고 말한단 말인가. 난 이제 어린애가 아니라고? 남자로서의 본능을 숨길 수 없을 것 같다고? 선을 넘을 수도 있다고?

고심하는 듯 생각에 쌓인 선을 보던 재희가 작게 웃었다. 그러더니 그의 손을 잡아끌었다.

그녀의 손에 끌려 들어오던 선이 다시금 재희를 품에 안았다.

"너에게 이렇게 안겨 있다니. 나야말로 꿈같아. 정말 내가 이래도 될까?"

선이 안은 팔을 풀어 그녀의 몸을 돌렸다.

"그래도 돼. 우리 마음 놓고 연애하자. 그동안 힘들었던 만큼 더 사랑하자, 재희야."

그녀의 눈이 금세 촉촉해졌다. 무슨 말만 하면 눈물을 글썽이는 재희가 그의 가슴을 울렸다.

얼굴의 반쪽에 길게 자국이 그어져 있는 그녀의 얼굴에 손을 가져왔다. 손끝이 떨려왔다. 혹시라도 그녀가 아플까 봐 흉터는 만지지도 못했다. 이 흉터의 깊이와 길이만큼이나 고통스러웠을

과거가 눈에 보이는 듯해 선의 눈가에 눈물이 고였다.

"안 아파?"

"응. 이젠 괜찮아."

"만져 봐도 돼?"

그녀가 고개를 끄덕였지만 선은 여전히 머뭇거렸다. 그래서 재희가 그의 손을 잡아 제 흉터에 닿게 했다. 결국 선의 눈에서 눈물이 후드득 떨어졌다. 그 모습을 보자 그녀의 눈에서도 눈물이 흘렀다.

"울게 해서 미안해, 선아. 너는 나보다 훨씬 아팠을 텐데 이정도로 힘들어해서. 나 진짜 괜찮아."

"서재희. 나 키스한다."

사실 대답은 필요 없었다. 그는 재희의 의사를 물으려고 말한 게 아니었다. 그저 제 행동에 대한 외침이 필요했다. 아무라도 들으라고. 이 여자를 얼마나 사랑하는지 지켜보라고.

한 손으로 그녀의 허리를 당기고 다른 한 손으로 얼굴을 쓸었다. 그녀의 입술에 닿았다. 떨리는 마음만큼이나 입술이 떨려왔다. 그리고 입술의 부드러운 촉감을 느끼자 온몸에 전율이 흘렀다.

붉은 입술 끝을 간질이던 그는 곧 입술을 가르며 깊숙이 들어왔다. 물컹거리는 물체가 그녀의 안을 휘젓고 다녔다. 서로 엉키며 타액을 나누는 소리가 귓가를 자극했다. 재희의 숨이 새어나오자 선은 더욱 깊숙이 파고들었다.

눈물과 섞인 키스는 쌉싸름했고 황홀했다. 아랫배가 알싸하니 아파왔다. 다리에 자꾸만 힘이 빠지려고 했다.

"하아."

재희의 입술을 혀끝으로 닦으며 소리 나게 입을 맞추던 선이 그녀의 흉터를 핥았다. 재희의 입에서 웃음이 흘러나왔다.

"강아지 같아."

그는 아랑곳 않고 그녀의 흉을 턱부터 이마까지 정성들여 입 맞추었다.

"네 입술 맛있어."

"그럼 또 해."

그가 다시 입을 맞춰 왔다. 오랫동안 재희의 입술을 놓지 않던 선이 그녀의 목덜미에 얼굴을 묻었다.

"미치겠다. 하면 할수록 끊지를 못하겠어."

"선아."

그를 부르는 부드러운 목소리에 선은 몸을 떨었다. 그리고 얼굴을 들어 그녀를 보았다.

"나 다리 아파."

"아."

집에 들어와서 계속 서 있는 채로 키스를 나눈 걸 깨달았다. 선은 얼른 그녀를 안아 들고 소파에 앉혔다.

"자고 가."

"뭐?"

"응? 늦었으니까 자고 가라고."

되묻는 재희를 보자 선의 얼굴이 급격히 붉어졌다. 그는 고개를 돌리며 제 얼굴을 감췄다. 너무 앞서가는 생각이 부끄러웠다. 어떻게 만나는 건데, 조심 또 조심.

"난 좀 씻어야겠다. 너도 오늘 땀 흘렸는데 씻으려면 씻어."

재희는 기지개를 켜고 일어섰다. 그리고 옷을 하나하나 벗으며 걸어갔다. 욕실에 다다랐을 때는 속옷만 걸쳐 있었다. 그러더니 선을 돌아봤다.

"이상한 생각 하지 마."

그를 살짝 흘겨본 뒤 재희는 싱긋 웃고 욕실 안으로 들어갔다. 선은 그제야 재희가 일부러 저렇게 행동한다는 것을 눈치챘다. 너무 조심할 필요는 없는 건가.

"아, 모르겠다."

그는 한숨을 길게 내쉬었다.

대충 짐작은 했지만 몸매는 가히 환상적이었다. 풍만한 가슴과 잘록한 허리가 대비되었다. 얼굴만큼이나 희고, 보기만 해도 매끄러운 살결이 눈길을 끌었다.

"하아, 또 고행 시작이네."

선은 거듭 한숨을 내쉬며 집 안을 눈으로 훑었다. 이제야 집 안 인테리어가 눈에 들어왔다.

오피스텔이라 방과 거실이 구분 없는 하나의 공간이지만 재희의 체향이 곳곳에 스며 있었다. 소품도 많지 않고 단조로운 구조에 심플한 가구가 전부였다.

선은 집 안을 구경하며 움직였다. 사랑하는 여자의 집은 흥미로웠고 사소한 것 하나에도 관심이 갔다. 그녀가 읽는 책은 뭘까. 좋아하는 작가는 누구일까. 야구는 좋아할까. 무슨 음악을 들을까.

책꽂이에 꽂혀 있는 시집에 눈이 갔다. 〈홀로 서다〉 선이 시집을 꺼내는 순간 재희가 욕실에서 나왔다. 가운을 입고 나온 재희는 선이 들고 있는 시집에 눈이 갔다.

"너도 이 책 읽어?"

"응? 어……."

"나도 이 작가 되게 좋아하는데."

"그래?"

재희가 느리게 다가왔다. 가까이 다가가자 그녀의 체취가 더욱 진하게 풍겼다.

"이 작가 스타일이 꼭 너 같거든. 그래서 시를 읽자마자 펑펑 울었어. 난 진짜 너랑 관련된 일에는 눈물샘이 고장 난 것 같아."

"타지에서 책을 읽을 기회가 있었어?"

"네가 몰라서 그러는데 나 학교 다닐 때 문학 소년이었어. 지금도 신간이나 베스트셀러는 주문해서 읽고 그래."

"그렇구나."

재희는 시집을 가져가 책꽂이에 꽂았다. 이 작가가 바로 나라고 말해 주면 그만인데 어쩐지 말하기가 겁났다. 지금껏 모두에게 비밀로 하며 활동했는데 누군가에게 말하는 것이 두려웠고, 제 이름이 드러나는 것이 힘들었다.

"뭐 좀 마실래?"

재희는 절뚝거리며 부엌으로 갔다. 그녀가 가는 것을 보던 선은 순간 조형철이 생각 나 얼굴이 굳어졌다. 그런 남자와 재희가 결혼할 뻔했다고 생각하자 소름이 돋았다.

"커피는 아까 지겹도록 마셨으니 됐고. 맥주 마실래?"

그녀의 목소리가 밝았다. 선은 냉장고 문을 열며 맥주캔을 찾는 재희에게 성큼성큼 다가가 안았다.

"이젠 진짜 내가 지켜 줄 거야. 그게 누구든 너 건들면 가만 안 둬."

"선아."

"아무도 널 함부로 대하지 못하게 할 거야. 그땐 네가 아파도 지켜볼 수밖에 없었는데 이젠 안 그래."

"나 괜찮아."

재희는 등 뒤에서 저를 강하게 안은 선의 팔을 다독여 주었다. 그는 더욱 힘주어 안았다.

"한시도 내 옆에서 벗어나지 못하게 하고 싶다. 내 시야에서만 움직였으면 좋겠어. 그런데 넌 내 말 안 들을 거지?"

"들을게."

그의 팔을 푼 재희가 뒤돌아 그를 마주 보고 섰다. 그리고 선의 목덜미에 팔을 둘렀다. 발꿈치를 들어 입술에 살짝 입을 맞추었다.

"네가 있는 곳에서만 움직일게. 널 무섭게 하는 일은 하지 않을게."

선이 다시 그녀의 얼굴을 부여잡고 키스했다. 거친 숨결이 그의 심정을 대변했다. 뜨거운 물체는 그의 욕망을 대신했다. 입술이 떨어지자 그녀의 입에서 가쁜 숨이 나왔다.

재희는 그의 목덜미를 당겨 안았다.

만약 오늘도 그를 밀어내고 벗어나려고 했다면 어땠을까. 이 사랑을 받아 보지 못하고 보냈으면 과연 괜찮았을까. 평생 후회한다고 해도 지금 그와 함께 있는 이 시간이 전부이지 않을까. 제 인생에서.

그래서 그를 꼭 안아 주었다. 제 선택이 틀리지 않았음을, 잠깐 동안이라도 행복한 길을 택한 것이 잘못된 것이 아님을 증명하고 싶었다. 더는 고민이 의미 없었다.

"졸려."

그 말에 선은 재희를 번쩍 안아 들고 침대로 가 눕혔다. 그리고 이불을 끌어 주었다. 재희는 그가 하는 양을 지켜보다가 일어서려는 그의 팔을 잡아당겼다.

"가려고?"

"가야지. 늦었잖아."

재희는 잠시 망설이더니 그를 보았다.

"해도 돼. 네가 하고 싶은 대로."

"오늘은 참을게. 우리 사이에 진도는 상관없지만 널 존중하고 싶어."

"옆에서 자는 것도 안 돼? 나 혼자 자기 무서운데."

정말 몰라서 하는 소리일까. 알면서 이러는 걸까.

선은 밤새 고행의 시간을 보낼 걸 알면서도 그녀가 하자는 대로 행동할 수밖에 없었다. 애원하는 눈빛이 그를 붙잡았다. 누구의 명인데 거절할까.

결국 그녀의 옆에 누웠다. 그리고 팔베개까지 해 주어야 했다. 재희가 그의 팔을 가져가 제 머리 뒤로 댔기 때문이다.

"날 죽이려고 작정을 했구나."

"난 잠이 오지 않아서 그런 건데. 뺄까?"

"빼다니. 영광이죠."

그녀의 입가에 미소가 피었다.

"고마워, 선아."

"별말씀을."

재희가 그의 허리를 감아 품 안으로 들어왔다.

"진짜 잠이 오지 않았거든. 불면증이 심해서 수면제를 먹어야 잠이 들곤 했어. 너랑 있었던 그날이 유일하게 편히 잠들었던 날이었어."

"재희야."

"오늘은 진짜 잠이 잘 올 것 같아."

얼마나 힘든 과거였으면 불면증을 달고 살았을까.

선은 가슴 한구석이 알싸하니 아파 왔다. 온몸이 열망으로 부서지는 한이 있어도 그녀가 편히 잘 수 있다면 몇 번이고 죽을 각오가 됐다.

"매일 재워 줄게."

"정말?"

"당연하지."

"고마워."

그녀는 거짓말처럼 곧 잠이 들었다. 새근새근 잠든 모습을 보며 선은 재희의 머리카락을 쓸어내렸다.

오늘 하루를 생각하면 선은 계속 꿈속을 걷는 기분이 들었다. 그리고 어렵게 받아 준 이 여자가 눈물이 날 만큼 고마웠다. 혼자서 힘들어하고 괴로워하는 일, 다시는 만들고 싶지 않았다. 전부, 제가 보듬어 주고 싶었다.

몸에서 사리가 나올지라도 오늘은 참아야 했다. 제 모든 것인 그녀를 위해서 오늘만큼은 기다려 주고 싶었다.

중간에 고비가 몇 번 있었지만 선은 초인적인 인내로 견디며 참아 냈다.

품 안에 쏙 들어온 재희의 이마에 입을 맞추며 눈을 감았다.

"부디 좋은 꿈 꿔."

밤 10시가 넘은 시각. 부회장실 안에 들어간 사내는 아무도 없는 비서실을 통과하고 안쪽 문을 노크했다. 문을 열고 들어간 그는 형철에게 허리를 숙였다.

"알아보라고 한 건 어떻게 됐어?"

형철은 그를 보고 의자에 등을 기댔다. 사내는 제 손에 늘린 서류를 가져왔다. 서류를 연 형철은 '서재희'에 대한 여러 장의 사진과 등기부 등본을 보았다.

"카페? 꼴에 또 카페를 운영한다 이거지?"

"전국에 지점이 여러 개 있는데 대표는 따로 있고 서울에서 점장으로 일하는 것 같습니다."

재희의 사진을 보던 형철의 입꼬리가 올라갔다.

"얼굴이 이 지경인데도 여전히 예쁘군."

등기부 등본을 집은 형철을 보자 사내가 기다렸다는 듯이 말했다.

"그 여자가 사는 집입니다."

그동안 어디 지방 구석에 숨어 살 줄 알았더니 서울 하늘에서 버젓이 다니고 있었다. 잠깐 잊고 있었는데 이선 때문에 다시 생각이 났다. 다시 봐도 탐이 나는 여자였다. 어릴 때에도 탐나는 몸과 얼굴을 지녔으니 지금은 완전히 성숙한 열매가 되었을 것이다.

한참 동안 사진을 들여다보던 형철이 사진을 책상 위에 툭 던지고 천정으로 얼굴을 향했다.

"자. 어떻게 할까."

손가락을 돌리며 생각을 하던 형철이 서 있던 사내에게 말했다.

"도민중공업 서재현 좀 불러."

"네. 알겠습니다."

6.

BLOSSOM : 꽃이 피다

"아악!"

벌떡 일어난 재희가 땀을 흘리며 헉헉 숨을 내쉬었다. 진정이 되지 않는 제 가슴을 주먹으로 힘껏 두드렸다. 창밖이 푸르스름한 걸 보니 동이 트려는 것 같았다.

재희는 욱신거리는 심장과 지끈거리는 머리를 달래려고 황급히 책상으로 가 신경 안정제를 꺼냈다.

욕실에서 나온 선이 불안한 모습으로 약통을 여는 재희를 보고 급히 다가왔다. 입에 약을 넣어 먹고 위태롭게 서 있는 재희를 돌려 마주 보았다.

그제야 재희의 시선이 허공에서 그에게로 돌아왔다. 눈물로 범벅이 된 눈이 선을 보며 괴롭게 흔들렸다.

주르륵, 눈물이 쏟아졌다. 재희가 선을 보자 왈칵 눈물을 흘렸다. 피투성이가 된 선의 잔상이 그녀의 심장을 다시 욱신거리게 했다.

"괜찮아. 재희야. 다 괜찮아. 아무 일 없어."

"네가……."

"나 여기 있어."

재희는 가슴이 답답한지 자꾸만 주먹으로 가슴을 쳤다.

"제발. 재희야."

"내가 널 어떻게 만나. 널 그 지경으로 만들어 놨는데. 무슨 낯짝으로……."

"봐봐."

선은 재희의 얼굴을 양손으로 잡고 자신과 눈을 맞추었다. 자꾸만 눈물을 쏟는 그녀를 보자 선의 심장도 무너져 내렸다.

"다시 또 그때로 돌아간대도 난 같은 선택을 할 거야. 다신 손가락을 쓸 수 없다고 해도 난 널 지킬 거야."

"이선!"

"넌 잘 모르겠지만 나 야구 잘해. 그런데 사람들은 내가 원래부터 잘하는 줄 알더라고."

선이 잔잔한 미소를 지었다.

"아니야. 나 정말 노력했어. 어릴 땐 공도 제대로 던지지 못해서 남들 열 개 던질 때 스무 개 던지며 연습했어. 그렇게 키워 온 거야."

그의 손이 그녀의 눈물을 닦아 주었다.

"다쳤을 때도 마찬가지야. 그 일 이후 병원에서는 선수 생활할 수 없을 거라고 그랬어. 다시 일어나겠다는 생각 하나로 죽어라 재활 훈련 받고 물리 치료 받으며 정신력으로 버텼고 어릴 때보다 더 열심히 연습했어."

"날 만나지 않았다면 그런 일 자체가 없었을 거야. 난 정말 널 보면 심장이 너무 아파."

"그래서 다시 무를 거야?"

선의 목소리가 화난 것처럼 들렸다. 재희가 눈을 들어 그를 마주 보았다.

"어제 연애하자고 해 놓고 오늘 헤어질 거냐고."

눈물이 그렁그렁 고인 채로 그를 보던 재희가 고개를 가로저었다.

"그래. 놓지 마. 꽉 잡고 평생 놓지 마."

"선아."

"난 이제 다치지 않아. 그러니까 나 때문에 아파하지도 말고."

"그게 쉽지 않아. 널 보면 피가 흐르던 네가 자꾸 떠올라서 무서워."

재희는 흔들리는 눈동자로 고개를 숙였다. 숨이 차올라 신음이 흘렀다.

"약속해. 다신 네 앞에서 피 흘리지 않을 거야. 그러니까 과거에 얽매이지 말고 현재를 살아. 난 재희 네가 그만 아팠으면 좋겠어. 이건 내 부탁이야."

그의 절절한 마음이 느껴져 그녀는 눈물을 흘렸다.

"나 한번만 믿고 따라와 줘. 후회하지 않을 거야."

그의 눈을 바라보던 재희가 천천히 눈을 감았다. 숨을 길게 내쉬며 마음을 다독였다.

"하느님한테 소원을 빌었었어. 제발 네가 날 잊게 해 달라고."

"안 들어주시지?"

"응. 하느님이 네 편인가 봐."

"당연하지. 내가 또 신한테 사랑받는 인물이거든."

그의 장난스런 말에 재희의 표정도 차츰 나아졌다.

"더 잘래?"

"아니. 카페 가서 오픈할 준비해야 돼."

"그럼 데려다줄게. 같이 나가자."

재희가 고개를 끄덕였다.

"안 되겠다. 매일 나랑 같이 자야지. 너 이렇게 무서워하는데 혼자 두고 못 가겠어."

"매일 와."

"응. 그럴게."

재희의 몸을 끌어안아 품에 넣은 선이 숨을 길게 내쉬었다.

"하아, 매일 함께하고 싶다."

재희의 얼굴에 마침내 미소가 피었다. 그녀는 얼굴을 들어 그의 입술에 가볍게 입을 맞춘 후 걸어갔다. 욕실로 걸어가는 재희를 보며 선은 좀 전에 위태롭게 떨며 가슴을 치던 그녀를 떠올렸다. 그녀의 아픔을 어떻게든 거두게 하고 싶다. 그녀가 항상 웃게 만들고 싶다. 그녀가 행복해졌으면 좋겠다.

"정말 괜찮아?"

"그렇다니까."

"그럼 나 회사만 다녀올게. 그동안 나 보고 싶어도 조금만 참아."

"응."

재희가 미소 짓자 선은 붉은 입술에 가볍게 입을 맞췄다.

"아무에게나 그렇게 웃어 주지 말고."

선은 손을 들어 보이고 카페를 나갔다.

하루 만에 모든 것이 달라졌다. 그와 함께 있는 하루는 예전에도 그렇고 지금도 매번 특별하고 행복으로 가득했다. 대화를 나눌 때마다 가슴속 응어리가 풀리는 기분이 들었다. 그와 대화를 하면 저절로 정화되는 기분이고 스스로가 가치 있는 사람인 것 같은 착각이 들었다. 그는 제게 그런 사람이었다. 모든 것을 다 주어도 아깝지 않은 사람. 목숨조차도 흔쾌히 내놓을 수 있는 사람.

※ ※ ※

똑똑—

노크를 하고 비서가 들어왔다.

"부회장님, 서재현 씨 왔습니다."

"들여보내."

잠시 후, 재현이 들어왔다. 그는 허리를 깊이 숙여 인사했다.

"안녕하십니까."

"어서 와."

형철이 그를 보며 호탕하게 웃으며 소파로 앉으라는 제스처를 했다. 재현이 다시금 꾸벅 인사를 하더니 소파에 마주 보고 앉았다.

"그래. 지내는 건 어떠나."

"그저 그렇죠, 뭐."

재현은 허허 웃으며 고개를 돌렸다.

"차림새가 그게 뭐야. 그래도 재벌 집 자식이."

"아시잖습니까. 지원 다 끊긴 거."

"그러게 좀 조심하지. 알 만한 사람이 그래."

재현은 민망한 듯 뒷머리를 긁적였다. 형철은 그의 차림새를 훑어보다가 옆 테이블에서 서류를 들어 재현의 앞에 놓았다.

"이게 뭡니까."

"직접 봐."

서류 봉투 안에서 나온 사진을 본 재현의 표정이 단번에 구겨졌다.

"이년 지금 어디 있습니까."

"서류 안에 다 들었으니까 천천히 봐도 돼."

재현은 흥분된 얼굴로 서류 안 주소를 보았다.

"우리 회사가 얼마나 힘들어졌는지도 모르고 잘 살고 있네. 이년이 약속만 깨지 않았어도."

재현은 그녀의 사진 끝을 구기며 힘을 주었다.

"그런데 이걸 제게 왜 주셨는지······."

"글쎄, 왜 줬을까."

형철의 표정을 보던 재현이 알아들었다는 듯 고개를 숙였다.

"10년 전에는 아쉽게 됐지만 난 언제든 재계약할 수 있다고 생각해."

"무슨 말씀인지 알겠습니다."

"이번에 자네가 실력을 보여 주면 우리 회사에 자리를 마련해 주지."

재현이 소파에서 일어서 허리를 숙이며 소리쳤다.

"실망시키지 않겠습니다."

"그래도 피를 나눴는데 살살해. 상태 보니까 가엾더라고."

재현은 봉투를 들고 사무실을 나갔다. 그 모습을 보던 형철은 한쪽 입꼬리를 올렸다.

10년 전, 문도는 계약 해지 서류를 보내면서 딸과의 결혼을 없던 일로 하자고 했다. 형철은 계약이 해지되면 불이익이 있을 거라고 협박했지만 문도는 상관없다고 했다. 평생 딸의 인생을 방관하더니 불구가 된 모습에 가여운 마음이 들었는지 그는 순식간에 마음을 바꿨다.

어느 병원으로 옮겼는지 흔적도 없이 사라진 재희를 도민에서도 찾지 않고 내버려 두었다. 문도는 알고 있을지 모르지만 묻지 않았다. 주지 않겠다고 하는 딸을 억지로 찾을 순 없으니까.

대신에 문도는 대가를 치러야 했다. 신도시 입찰 취소는 물론이고 그를 사장 자리에서 내려오게 만들었다. 덕분에 현재 도민중공업은 형철의 사람이 경영하고 있었다.

사실 시일이 꽤 지난 지금은 서재희에 대한 욕구보단 이선에게 흥미가 일었다. 노려보는 눈빛이 거슬렸고 보란 듯이 다른 회사 광고를 찍는 어린놈의 태도가 불쾌했다. 잘나가는 것 믿고 설치는 것도 우스웠다.

그 어느 누구도 자신을 무시하거나 거부할 수 없었다. 이선처럼 무서운 줄 모르고 덤비는 하룻강아지들에게는 세상의 쓴맛을 알려 줄 필요가 있었다. 더군다나 그 어린놈은 제 여자를 가로챘던 놈이니 이번에 제대로 가르쳐 줄 생각이다. 남의 여자를 빼앗으면 어떻게 되는지.

"잘 지냈어?"

"대표님."

오후 3시. 한참 주문받은 커피를 만들고 있던 재희는 자신을 부르는 소리에 돌아봤다. 성준이 웃으며 다가왔다.

"일주일 동안 혼자 다 하느라 고생했네. 아무래도 사람을 한 명 더 고용해야겠어. 너 힘들어서 안 되겠다."

"괜찮아요. 출장은 잘 다녀오셨어요?"

"응. 마지막으로 오픈했던 거제점도 이젠 자리가 잡혀서 매출도 꾸준히 오르더라."

"다행이네요."

"그런데 무슨 일 있었어?"

성준은 재희의 얼굴을 살폈다. 안 본 사이에 그녀의 얼굴빛이 밝아졌다. 좋은 일이 있었나.

재희는 하던 동작을 멈추고 그를 보았다. 또 한 사람의 마음을 아프게 해야 한다고 생각하자 그녀는 옅은 숨이 나왔다.

"이따 소개할 사람이 있어요."

"누구?"

그녀는 말없이 그를 올려다보았다. 곧 성준의 얼굴도 눈에 띄게 굳어졌다. 눈빛만 보고도 추측할 수 있었다.

"남자 친구요."

성준은 재희가 말을 할 때마다 표정이 일그러졌다. 애써 그녀의 눈을 마주 보았다.

"내가 없는 사이 네게 많은 일이 있었구나. 네 마음을 가진

176

남자가 생겼다고."

성준은 좀처럼 안정을 찾기 힘든지 뜸을 들이기를 수차례, 머리를 쓸어 넘겼다.

"오랫동안 네 곁에서 머물던 나는 네게 어떤 의미였는지 모르겠다."

"대표님께 제일 먼저 소개하는 거예요."

성준은 대답하지 않고 직원 휴게실로 들어가 버렸다. 그가 간 곳을 보며 재희는 한숨을 내쉬었다. 쉽지 않을 것 같다. 성준의 마음을 알고도 이런 말을 해야 하는 제 자신도 마음이 불편했다.

"어서 오세요."

종소리에 유리문을 보던 그녀의 얼굴이 순식간에 창백해지며 저도 모르는 새 다리에 힘이 빠졌다. 남자가 가까이 다가올수록 재희의 발걸음도 힘겹게 뒤로 물러났다. 움직일 때마다 다리에 찌릿한 통증이 느껴졌다. 최대한 벗어나려고 했지만 계산대에서 몇 발짝 떨어지지 못했다.

"서재현."

호주머니에 손을 넣은 채 계산대 앞에 선 재현은 재희를 보며 입꼬리를 올렸다.

"여기 있었네."

사시나무 떨듯 몸을 떠는 재희를 관찰하며 비웃던 그가 카페 안으로 시선을 옮겼다.

"편하게 사네. 너 하나 때문에 집안은 어떤 상황에 있는지도 모르고."

"나가. 신고할 거야."

"신고? 내가 뭘 했는데 신고를 해."

재희는 점점 죄어 오는 심장의 고통을 느끼며 고개를 숙였다. 찢겨질 듯한 아픔은 아주 어릴 때부터 느끼던 것이었다. 처음엔 제 심장이 고장 난 줄 알았다. 그런데 마주치고 싶지 않은 사람들을 만날 때마다 이런 반응을 보였다. 가슴에 손을 얹고 숨을 내쉬며 재희는 최대한 이성을 부여잡으려 노력했다.

"내가 여기 있는 걸 어떻게 알았는지 모르겠지만 10년 동안 가만히 있다가 왜 갑자기 나타난 거야?"

"기회를 주려고."

자꾸만 주저앉으려고 하는 다리를 겨우 버티며 그를 노려보았다.

"기회?"

"네가 집안의 명예를 회복할 기회. 이 꼬락서니로 있는 거 솔직히 너도 우습잖아. 그렇게 도도하던 서재희가 겨우 카페에서 커피나 팔고 있고, 이게 뭐냐. 쪽팔리지도 않느냐고."

"내 일에 신경 꺼."

"나도 그러고 싶은데 얼굴 보니까 옛 감정이 다시 떠올라서 말이야. 가만있을 수가 있어야지."

"하아."

재희는 기가 막혀 실소가 나왔다.

"집으로 들어와. 얼굴이 그 지경이 됐어도 아직 반반하니까 쓸모는 있을 거다. 사모님 소리 들어야지."

"너 정말……."

"서재희. 아무리 그래도 집안 수준이 있는데 이건 뭐. 내가 다 쪽팔린다."

10년이나 지났지만 세월을 무색하게 하는 것들이 있었다. 별 기대는 안 했지만 서재현이 조금은 변했을까 싶었다.

"변한 게 없구나, 넌. 여전히 쓰레기야."

쉽게 분노하는 재현이 재희의 앞섶을 잡아끌었다.

"뭐?"

"예전에도 넌 상종 못 할 인간이었는데 지금은 벌레만도 못한 자식이야. 꺼져."

하얗게 질린 얼굴로 벌벌 떨면서도 재현의 눈을 피하지 않고 똑바로 노려보던 그녀는 제 옷을 잡아당긴 그의 손을 쳐내는 또 다른 손을 보았다. 손의 주인을 본 재희의 눈동자가 거칠게 흔들렸다.

"선아."

재현의 손을 잡은 선이 그를 보았다. 죽일 듯이 자신을 노려보는 남자를 보고 재현은 순간 움찔했지만 팔을 확 쳐내며 피식 웃었다. 선을 위아래로 훑던 재현이 실소를 했다.

"뭐야. 이 자식은. 하, 이 계집애. 그 꼴로도 남자 꼬시나 보네. 대단하다."

선의 눈동자에 핏발이 서며 주먹을 피가 나도록 움켜쥐었다.

"가만 이 자식, 이선 아냐? 서재희. 하여간, 피는 못 속여. 남자 홀리는 건 유전인가 봐."

선이 한 발 다가왔다. 상대를 위협할 정도의 무게감으로 발을 내딛었다. 순식간에 그의 멱살을 잡아 올린 선이 컥컥 대는 재현에게 낮게 으르렁거렸다.

"한 번만 더 나타나면 그땐 죽여 버린다. 당장 꺼져."

"선아. 그만해."

재희가 절뚝이며 급히 다가와 선의 손을 거둬갔다. 순식간에 몸이 풀린 재현이 헛기침을 하며 제 옷매무새를 정돈했다. 선을 막아선 재희가 재현을 보았다.

"잘 들어. 명예 회복은 잘못을 바로잡을 때나 쓰는 말이야. 의미를 모르는 것 같으니까 알려 줄게."

재현을 보는 그녀의 눈동자가 차가웠다. 낮은 목소리에는 상대를 경멸하는 느낌이 담겨 있다.

"그 대단한 집안은 나에게 온갖 학대를 일삼았고 고등학교도 졸업하지 않은 자식을 탐욕스런 남자에게 팔아넘기듯 결혼시키려고 했어. 심지어 자식이 위험에 처했는데도 구경만 했잖아. 그런데 내가 그 지옥을 다시 들어가야 해?"

말을 하면 할수록 기가 차는지 재희는 허탈하게 비웃었다.

"명예 회복? 너야말로 실추된 이미지 회복이나 해. 머리가 있다면 찌질하게 굴지 말고. 다신 오지 마."

"재희야! 무슨 일이야!"

안에 있던 성준이 휴게실을 나오다 위태로워 보이는 재희의 얼굴을 보며 황급히 다가왔다. 그녀의 앞에 서 있는 남자와 그녀의 뒤에 서 있는 남자. 성준은 자신이 안에 있는 사이 무슨 일이 일어났음을 직감했다.

재희는 카페 안 손님들의 시선이 모두 집중된 것을 느끼며 그제야 선이 공인임을 깨달았다.

"대표님, 이 사람 좀 내보내 주세요. 안 나가겠다고 하면 신고해도 좋아요."

성준이 거칠게 팔을 잡으려 하자 재현이 손을 치우며 그를 위아래로 훑었다.

"필요 없어. 안 그래도 갈 거니까."

재현은 재희를 보고 비릿하게 웃었다.

"너 진짜 재주도 좋다. 이놈, 저놈 후리고 다니는 거 비결 좀 알아야겠어. 또 보자."

재현은 씩 웃더니 등을 돌려나갔다. 그가 사라지자 재희는 털썩 주저앉았다.

"재희야!"

힘겨운 눈을 뜨자 하얀 천정이 보였다. 뿌연 시야가 점점 또렷해지며 주변이 눈에 들어왔다. 병원이다. 그리고 실신 전 상황이 떠올랐다.

재희는 눈을 질끈 감았다. 또 오면 어쩌지. 재현을 마주칠 마음의 준비가 되지 않았다.

"괜찮아?"

귓가를 울리는 소리에 재희가 다시 눈을 떴다. 선과 눈이 마주쳤다. 자신을 내려다보는 그의 눈빛에 복잡한 심정이 담겨 있었다. 왈칵 눈물이 쏟아졌다.

"미안해."

"네가 뭐가 미안해. 네가 왜 미안해! 그 자식은 대체 뭐야. 뭔데 널 이렇게 힘들게 해!"

"내 이복 오빠. 나이는 같아."

"그걸 몰라서 묻는 게 아냐. 왜 거길 왔냐고."

재희는 고개를 저었다.

"모르겠어. 어떻게 알았는지. 10년 만에 처음 봤어."

선은 순간 조형철이 떠올랐다. 그를 만나고 도발해 그녀에게 불똥이 튄 것일까. 잊고 있었던 여자를 다시 떠올리게 한 걸까. 그렇다면 그녀를 그냥 놔둬선 안 되었다.

"아무리 사이가 나쁘다고 해도 자기 동생을 그렇게 대해도 돼? 너 진짜 그 집에서 무슨 취급을 받고 자란 거야. 부모님은 어디 계셔! 전부터 묻고 싶었어. 너 진짜 이렇게 될 동안 네 부모님은 뭐 하셨냐고."

재희는 곧 사라질 것처럼 희미한 미소를 지었다. 그건 미소라고 할 수 없었다. 그 미소에 온갖 감정이 섞여 있는 걸 선도 느꼈다.

"난 아버지가 밖에서 낳아 온 혼외 자식이야. 그 애는 본처의 자식이고. 우리 엄마? 나 낳고 얼마 안 되서 돌아가셨대. 어느 시설에 맡겨져 있던 걸 아버지가 데려왔나 봐. 아버지는 내가 집안사람들에게 학대를 받아도 나 몰라라 하며 결국엔 그 남자한테 팔아 버리려고 한 사람이야. 무슨 바람이 불어서 계약을 파기했는지는 모르겠지만 아버지는 나한테 관심도 없었어."

선은 그녀의 쓰린 과거에 할 말을 잃었다. 사람이 겪을 수 있는 고통을 어린 나이에, 한창 예쁨 받고 자랄 나이에 받고 자랐을 그녀가 불쌍하여 아무 말도 할 수 없었다. 그 자신이 들어도 숨이 턱턱 막히는데 재희는 오죽했을지 말하지 않아도 느껴졌다.

"그 사람들을 마주치는 게 난 많이 힘들어. 내겐 가족이 아니야."

"그래. 네가 왜 그렇게 슬퍼 보였는지 이젠 알겠어. 그때 내가 좀 더 일찍 널 데리고 나왔어야 했는데 모르고 방관한 게 한스러워."

"미성년자가 밖에 나와서 뭘 어쩌려고. 네가 아무리 잘나가는 야구 선수래도 그건 못 할 짓이야. 해서도 안 되는 거고."

"그래도 그 집에서 온갖 고통을 받는 것보다는 낫잖아!"

속상한 마음에 목소리가 높여졌다. 재희가 놀란 눈으로 그를 보았다.

"젠장. 거지 같아. 네가 살아온 세상이 정말 엿 같아서 부셔 버리고 싶어. 왜 그렇게 고통스러운……!"

선은 말을 하다 말고 제 고개를 돌려 버렸다. 그리고 거칠게 머리를 쓸어 올렸다.

"후우, 조금 더 자. 영양제 다 맞으려면 조금 더 있어야 돼."

재희는 느리게 고개를 끄덕였다. 그때 응급실 커튼을 젖히며 성준이 들어왔다.

"카페는 어떻게 하고……."

"넌 이 상황에서도 그 걱정이냐. 걱정 마. 마감하고 온 거다."

"아, 벌써 시간이 그렇게 됐구나."

"쉬어라. 그리고 당분간 카페에 나오지 마."

"대표님."

"내 말 들어. 간다. 이선 씨, 잠깐 나 좀 봐요."

성준이 말을 하고 나가자 선도 그의 뒷모습을 보았다.

"잠깐 쉬고 있어."

선이 따라 나갔다. 재희는 그들이 나간 곳을 바라보다가 눈을 감았다. 약 기운이 도는지 자꾸만 졸음이 몰려왔다.

잠이 들었다 깨어 보니 다시 장소가 바뀌어 있었다. 벌떡 일 어나 앉던 재희는 머릿속을 울리는 두통 때문에 이마를 짚었다.

한동안 진정되기를 기다렸다가 눈을 들었다. 방 안인 것 같다. 화이트와 그레이의 투톤으로 침대 커버와 커튼, 장식장이 깔끔하게 자리했다. 넓은 침대로 시선이 돌아왔다. 포근하고 부드러운 매트리스에 시간 가는 줄 모르고 잤나 보다.

느낌만으로도 알 수 있었다. 여긴 선의 집이라는 걸.

방이 어두웠다. 커튼으로 가려져 아침인지 밤인지 구분이 가지 않았다. 재희는 나리를 내려 일어섰다. 그리고 창가로 다가가 커튼을 당겼다.

"아아."

쏟아지는 햇살에 재희는 순간 두 눈이 멀 지경이었다. 빛의 부서짐이 찬란한 가루처럼 온 세상에 흩뿌려진 것 같았다. 온몸을 뒤덮는 것 같은 햇살에 재희는 잠시 이마를 창에 댔다. 높은 고층에서는 눈앞이 온통 고요했다. 평화롭고 잔잔한 시야. 건물들은 하늘과 맞닿은 마천루를 뽐내며 누가 더 으뜸인지 겨뤘다.

제 허리를 감아 오는 촉감에 재희는 창에서 이마를 뗐다. 등 뒤에 탄탄한 가슴이 느껴졌다.

"깼어?"

선은 재희의 목덜미에 얼굴을 묻고 속삭였다.

"장소가 바뀐 줄도 모르고 잤어. 너무 잘 잤나 봐."

재희가 잔잔하게 웃으며 허리를 감은 그의 팔에 손을 얹었다.

"당분간 네 집엔 가지 말자. 아예 그 집을 파는 것도 좋을 것 같아."

"선아."

"불안해서 안 되겠어. 네 이야기 들은 이상 이젠 그 자식하고 마주치게 하면 안 돼. 계속 내 옆에만 있어. 어디 가지 말고."

"카페에 가야지."

"아까 대표 말하는 거 못 들었어? 당분간 나오지 말라잖아."

"그래도 대표님 혼자 하면 힘들 텐데."

선이 그녀의 몸을 돌려 어깨를 잡았다. 그리고 눈을 맞췄다.

"넌 너만 생각해. 카페에 그 자식이 또 찾아오면 감당할 수 있어?"

재희의 눈동자가 금세 흔들렸다. 그녀는 시선을 바닥으로 내렸다. 다시 재현을 보는 걸 생각하는 것만으로도 머리털이 쭈뼛섰다. 재희를 내려다보던 선이 그녀의 흘러내린 머리카락을 쓸며 귀 뒤로 넘겨 주었다.

"재희야. 우리 놀러가자."

"어디?"

"가고 싶은 곳 다."

"다?"

"바다갈래?"

잠시 생각하던 재희는 고개를 끄덕였다. 그가 빙그레 웃었다. 쪽, 입술에 입을 맞춘 그가 재희를 끌어안았다.

"나도 놀러가는 건 10년 만이야. 준비할게."

방을 나가려는 선의 손을 다급히 잡았다. 그가 돌아보았다.

"그런데 기사라도 나면 어떡해. 어제도 카페에서 사진 찍고 그러던데."

"그럼 좋지 뭐. 동네방네 네가 내 여자라는 거 알리는 거니까."

"그런 뜻이 아니잖아."

"벌써 잊었어?"

선이 재희의 팔을 잡아당겨 품에 안았다. 그리고 찰랑이는 머리카락을 소중히 쓰다듬었다.

"기사 나서 저 여자 누구냐고 그러면 내가 아주 많이 사랑하고 아끼는 사람이라고 할 거야. 어떻게 만났냐고 질문하면 내가 첫눈에 반해서 졸졸 쫓아다녔다고 할 거고."

"이선."

재희의 얼굴이 붉어졌다. 그를 보는 눈동자가 부끄럽게 일렁였다.

"넌 네 커리어에 흠집 나는 건 전혀 신경 쓰지 않아? 과거가 의심스러운 여자를 만나는 야구 선수. 난 네가 그런 소리를 듣는 게 싫어."

"음……. 좋아. 그것만 해결하면 돼?"

"뭐?"

"네 마음속 불편함은 그것뿐이냐고. 그게 네 마음을 힘들게 하냐고."

"알잖아. 누가 보더라도 지금 내 모습을 좋게 보진 않을 거야."

"그럼 정식으로 발표할까? 나도 찍혀서 밝히는 것보단 떳떳하게 밝히는 게 좋아."

"……."

"얼굴이 예뻐서 좋아하기 시작했는데 지금은 어릴 때보다 더 예뻐졌다고, 예전엔 빨리 걷는 통에 쫓아가기 바빴는데 이젠 나를 보며 걸어서 더 좋다고."

"선아."

"얼굴에 지울 수 없는 상처가 나고 걷는 게 불편한데도 이렇게 멋지고 아름답게 살아 준 그녀가 존경스럽다고. 기왕 말하는 김에 눈앞에 있는 내 여자의 장점 수백 가지를 공표하지, 뭐."

선의 미소가 눈부시게 멋졌다.

모르겠다. 이젠 그냥 마음이 시키는 대로 하고 싶다. 걱정은 나중에 하고 지금은 그를 마음껏 사랑하고 싶다. 그는 이렇게나 당당하게, 온 마음 다 바쳐 사랑하는데 그의 앞에서 자꾸만 소극적인 모습으로 위축되긴 싫었다. 제 개인 사정으로 그에게 걱정을 끼치는 것도 싫었다. 본능에 충실하고 싶었다.

그를 올려보았다. 눈빛이 따스했다. 그가 좋다.

재희는 그의 얼굴을 잡고 입술에 입을 맞췄다. 그녀의 입술이 선의 윗입술을 빨아들였다. 갑작스러운 그녀의 행동에 선의 몸이 굳었다. 당황하는 모습도 재희에게 느껴졌다. 붉어진 얼굴도 보였다. 참 한결같은 그가 좋다. 그거면 된 거 아닌가.

"안아 줘, 선아."

"재희야."

"바다는 이따 가자. 응?"

"너…… 자신 있어? 나 지금 시작하면 자제 못 해. 그리고 그다음엔 고삐 풀린 욕정으로 주체할 수 없을지도 몰라."

"괜찮아. 나도 원해. 더 이상 마음을 숨기는 건 안 하려고."

그의 몸이 뜨거웠다. 선이 간절히 원하고 있다는 걸 느꼈다. 눈동자가 짙어지는 것도 그런 이유. 좀 전에 따스함과는 거리가 멀었다. 이렇게 금방 몸이 달아오를 수 있을까.

"선아. 부탁이 있어."

"뭔데."

"내가 유혹하게 해 줘."

"뭐?"

"내가 널 기쁘게 하고 싶어."

선은 그녀의 모습에 웃음이 나왔다. 예쁘게 눈동자를 반짝이는 모습이 시선을 끌었다.

"미리 말하지만 나 처음이야. 그래도 널 유혹하려고."

재희는 손을 들어 그의 셔츠 단추를 천천히 풀었다. 단추가 풀릴 때마다 조금씩 드러나는 살결에 그녀는 자신도 모르게 침을 꿀꺽 삼켰다. 운동하는 남자의 몸은 좋을 거라고 상상했지만 이 정도일 줄은 몰랐다. 딱 벌어진 어깨와 탄탄한 가슴 근육, 그 아래로 벽돌처럼 단단한 복근.

재희는 셔츠를 벗길 생각도 못하고 그의 몸을 손가락으로 만졌다.

"너 몸 좋다."

"전부 네 거야."

화르륵, 그녀의 얼굴이 붉어졌다. 별거 아닌 말일 수 있는데 굉장히 야하게 들렸다.

"네가 유혹한다며."

"응. 하고 있잖아."

재희는 그를 힐끔 보다가 급히 시선을 돌렸다. 지금 그의 눈동자는 거의 제정신이 아니었다. 먹이를 앞에 둔 짐승의 눈빛이라는 표현이 어울렸다.

서둘러 바지 버클로 손을 가져갔다. 벨트를 처음 풀어 보는 것도 아닌데 유난히 더디고 손이 엇나갔다. 꼼지락거리며 바지 지퍼를 내리자 좁은 공간에서 비집고 눌려 있던 드로어즈 안 남성이 불룩 나왔다. 곧 천을 뚫을 듯이 튀어나온 모양에 재희는 숨을 혹 들이마셨다.

손을 바지 뒷부분에 넣었다. 벗기려고 하다 그의 둔부에 손이 닿았다. 돌덩이처럼 딱딱한 둔부가 느껴졌다. 눈으로 보고 싶을 만큼 탄탄해서 그녀는 연신 감탄을 했다.

청바지와 드로어즈를 한꺼번에 내리자 그의 위용이 솟구쳐 올랐다. 그 크기에 또 한 번 놀란 재희가 그의 얼굴을 다급히 올려보았다.

"끝?"

선이 다가오려 하자 재희는 손을 들어 막았다. 그리고 한걸음 물러섰다.

"내가 벗을 거야."

재희는 미소를 흘리며 제 옷으로 손을 가져갔다. 매일 입고 다니는 건 셔츠에 청바지, 또는 다리를 가리는 롱 원피스뿐이었 다. 셔츠를 입은 오늘은 원피스보다 손이 더 갔다. 재희는 쏟아 지는 시선을 온몸으로 받으며 단추를 풀었다.

단추가 하나하나 벗겨질 때마다 틈 사이로 그녀의 살결이 보 였다. 시선을 돌리지 않았다. 그녀는 제 셔츠를 벗으면서도 선 의 눈을 피하지 않았다. 등 뒤로 손을 넣어 속옷의 후크도 풀어 버렸다. 넘실대는 가슴이 모습을 드러냈다. 곧이어 청바지와 팬 티도 함께 손으로 벗겼다. 옷가지가 바닥에 떨어졌다.

이미 한 차례 봤지만 실오라기 하나 걸치지 않은 그녀는 상상 했던 것보다 훨씬 아름다웠다. 허벅지부터 발목까지 길게 그어 진 흉이 아름다운 도자기에 흠집을 낸 것처럼 보였지만 마이너 스 요인은 아니었다.

재희가 발을 조금씩 옮겨 그의 앞에 가까이 섰다. 좀 전에 쏟아지던 햇살을 그대로 놔둔 덕에 그녀의 몸이 훤히 잘 보였다. 선의 목을 팔로 감싼 재희가 발뒤꿈치를 들어 키스했다. 입술이 닿을 때 함께 닿은 서로의 몸이 찌르르 전율을 흐르게 했다. 체온이 닿을 때 퍼진 온기를 빼앗기기 싫어 재희는 그의 목을 꽉 안았다.

입속을 유영하던 그녀의 것이 선의 아랫입술을 살짝 핥았다. 키스도 안 해 봤을 테데 그녀는 선의 것을 휘감으며 흥분하게 만들었다. 할짝할짝 고양이가 제 살을 핥듯 재희는 그의 입술을 지분거리며 놓아주지 않았다. 그리고 그의 손을 잡아 제 가슴으로 가져왔다. 가슴에 손이 닿자 그는 힘껏 움켜쥐었다.

"아아."

저절로 탄성이 새어 나왔다. 한 손에 다 잡히지 않을 정도로 풍만하여 움켜쥔 손가락 사이로 살이 삐져나왔다. 그의 손가락이 젖꼭지에 살짝 힘을 싣자 그녀의 것이 우뚝 솟았다.

"너 나 죽이려고 그러는 거지."

"응?"

재희는 벌써 눈빛이 흐려졌다. 겨우 가슴을 만졌을 뿐인데 그녀의 숨이 거칠어졌다.

"유혹한다고 해 놓고 내가 아무 짓도 못 하게 해서 날 말려 죽이려고 그러는 거냐고."

"아니야. 하아, 널 기분 좋게 해 주려고 그런 거야."

선은 재희의 두 손을 잡아 머리 위로 올렸다. 그리고 그녀에게 입을 맞추며 밀었다. 그가 미는 힘에 의해 점점 뒤로 물러나던 재희의 발끝에 침대 모서리가 닿았다.

"이제 내 차례야."

말이 끝나기가 무섭게 그는 재희를 뒤로 눕히더니 위로 올라타며 그녀에게 무게를 실었다. 등에 닿는 폭신한 촉감에 그녀는 이유 모를 쾌감을 느꼈다.

짐승처럼 그녀의 입술을 탐하던 그가 그녀의 젖가슴으로 얼굴을 내렸다. 한 손은 왼쪽 가슴을 만지며 오른쪽 가슴은 그의 입안으로 쉴 새 없이 들어가기를 반복했다.

솟아오른 여자의 젖꼭지는 그의 치아에 잘근 잘근 씹히다가 혀로 다독여지며 더욱 빨갛게 부풀어 올랐다.

왼쪽 가슴으로 입술이 옮겨가며 그의 손이 재희의 잘록한 허리를 훑고 내려와 둔부를 움켜쥐었다. 말랑거리며 출렁이는 촉감과 실크를 입에 무는 듯한 부드러운 살결에 선 역시도 죽을 맛이었다. 정신을 차릴 수 없었다. 거의 짐승의 본능으로 그녀를 탐했다. 엉덩이를 움켜쥐다 살살 어루만지던 손이 사타구니 사이로 넘어와 그녀의 소중한 몸 안으로 들어왔다.

"아홋."

낯선 촉감과 온몸을 휘감는 쾌감에 재희는 저절로 야한 신음 소리를 내었다.

촉촉이 젖은 여성을 느꼈지만 선은 조금 더 그녀의 몸을 탐색하고 싶었다. 복부에 자잘한 키스를 하며 내려오던 선이 옴폭 파인 배꼽에 타액을 묻혔다. 그리고 더 아래로 향했다. 허벅지를 쓸고 내려오던 그는 아까부터 눈에 보인 다리에 흉터를 핥았다. 치유하는 것처럼 사타구니 안쪽부터 발목까지 혀로 핥던 그는 발가락에도 입을 맞췄다.

"아앗, 거긴 더러워. 하지 마."

숨에 헐떡이며 간신히 입을 연 재희가 발을 들어 올렸지만 선은 그녀의 다리를 잡고 놔주지 않았다. 발가락이 그의 입속으로 들어가자 그녀는 부끄러움에 제 얼굴을 막았다.

"난 몰라."

발가락을 하나하나 애무하던 선이 곧게 뻗은 다리를 혀로 핥으며 올라왔다. 점점 더 위로 올라올수록 재희의 숨도 더 거칠어졌다. 얼굴에서 손을 떼지 못하겠다. 도저히 그의 얼굴을 바라볼 수 없었다.

재희의 소중한 곳을 혀로 핥자 그녀의 입에서 탄성이 흘러나왔다. 배고픈 강아지가 우유를 먹는 것처럼 그는 촉촉이 젖은 그곳을 정성스럽게 빨아들였다.

"그만해. 제발."

파르르 떨리는 그녀의 목소리가 흥분된 상태임을 알려 주었다. 선은 얼굴을 가린 그녀의 손을 거두며 눈을 마주 보았다.

"이러면서 유혹한다고 한 거야?"

부드럽게 웃는 그가 좋아 재희는 그의 목을 끌어안았다.

"그렇게라도 널 기쁘게 하고 싶었는데 그것도 쉽지 않네. 나만 유혹당한 거 같아."

선이 그녀의 손을 제 남성에 갖다 대었다. 자꾸만 꿈틀대는 그는 폭발 직전으로 부풀어 있었다.

"이것 봐. 네가 굳이 유혹하지 않아도 난 그냥 너랑 있으면서 매번 유혹 당해. 그러니까 유혹할 필요 없어."

그녀의 젖가슴을 부드럽게 돌리며 주무르던 그가 손을 내려 사타구니 사이를 쓸었다.

"미안한데 나 진짜 참기 힘들거든? 이제 들어간다. 더는 못 기다리겠다."

선은 그녀의 몸 안으로 쿡쿡 찌르며 깊숙이 침범했다. 살을 찢는 고통에 재희는 그의 목을 더 세게 끌어안았다. 신음 소리를 참으려 입술을 깨물었지만 그의 입술에 의해 밖으로 터져 나왔다.

"아프면 소리 질러. 힘들면 때려. 그래도 멈출 생각 없지만 내 몸을 막 대해도 돼."

그의 남성은 그녀의 몸 끝이 어딘지 탐험할 각오로 뚫고 들어왔다. 좁은 길이 그를 꽉 조이며 압박하자 선의 입에서도 낮은 탄성이 흘러나왔다.

선은 눈을 질끈 감은 재희를 보자 희열과 함께 울컥한 마음이 솟아올라 그녀의 눈가에 입을 맞췄다. 따뜻한 그녀의 안이 선의 감각을 일제히 깨웠다. 머리끝부터 발끝까지 짜릿한 전류가 흘렀다.

"눈을 떠 봐."

어렵사리 눈을 뜬 재희와 눈이 마주쳤다.

"다른 데 아픈 곳은 없지?"

그녀는 힘겹게 고개를 끄덕였다. 이미 여러 번 달아오른 재희의 눈빛은 뇌쇄적으로 그를 응시했다. 선이 움직일 때마다 그녀의 눈동자도 덩달아 짙어졌지만 재희는 어린아이처럼 착하게 그가 하라는 대로 눈을 마주 보았다. 몸을 뚫을 것 같은 아픔과 반대로 느껴지는 쾌락에 타락한 몸이 선을 붙잡고 애원하며 갈망했다.

그녀의 표정은 선을 더욱 불붙게 했고 강도를 높여 움직이기를 반복했다.

"아아…… 아웃."

선이 움직일 때마다 풍만한 가슴이 출렁거렸고, 그녀의 음성도 규칙적으로 방 안을 울렸다. 두 손으로 그녀의 양 무덤을 움켜쥐며 둥글게 모아 올렸다. 그리고 입술을 대어 젖꼭지를 빨았다.

"선아, 선아. 나 죽을 것, 같아."

재희가 제 젖가슴을 장난치며 아랫도리를 끊임없이 움직이는 그를 불렀다. 남성을 적시는 애액이 줄줄 흘러나왔다.

자꾸만 제 가슴을 희롱하는 그의 손목을 잡아 멈추게 했지만 그는 제 손을 거둬간 그녀의 손가락을 입안에 넣으며 하나둘 빨았다. 맛있는 사탕을 먹는 것처럼 엄지부터 새끼손가락까지 입속을 탐험했다.

아래는 그의 것이 들어와 있고 위는 그의 안으로 들어가 있는 상황에 재희는 정신이 아득해졌다. 손바닥을 핥으며 내려오던 그가 손목에 불룩 솟은 자국을 보고 동작을 멈췄다. 손목을 가로지르며 길게 나 있는 자국. 그건 누가 보더라도 자상의 흔적이었다.

"절대 나보다 먼저 죽지 마. 머리가 하얗게 변할 때까지 보란 듯이 살아. 내 소원이야."

그녀의 눈을 보며 답변을 재촉했다. 정신없는 와중에 약속까지 받아 내려는 그가 야속했지만 대답을 하지 않으면 곧 자신이 죽을 것 같았다. 고개를 끄덕이자 그가 눈부시게 웃었다. 그리고 상처를 어루만지며 핥았다.

점점 더 휘몰아치는 움직임에 그녀는 숨을 헐떡였다. 그러면서 그를 조이자 선도 거친 숨을 숨기지 않고 입 밖으로 내뱉었다. 정신이 닳아 없어질 것 같은 순간 그가 재희의 몸에서 쑥 빠져나와 사정했다.

쾌락을 내보낸 그가 재희의 몸 위로 엎어졌다. 거친 숨을 내쉬며 숨을 고르던 그가 고개를 들어 그녀의 귓가에 입을 가져갔다. 그의 목소리가 떨렸다.

"사랑한다."

재희는 그의 목소리를 들으며 잠이 들었다.

아릿한 통증을 느끼며 사르르 눈을 떴다. 눈동자를 움직여 주변을 둘러보았다. 이불에 덮인 자신의 몸은 나체 그대로였다.

다시금 주위를 둘러보니 시트가 바뀌어 있었다. 그가 치웠나 보다. 붉게 물들었을 시트를 생각하자니 부끄러움이 몰려왔다. 재희는 제 얼굴을 손으로 가렸다. 그러다 제 배 위로 올라오는 손을 느끼고 화들짝 놀라 옆을 보았다. 그가 눈을 감은 채로 미소를 지으며 재희의 아랫배를 손으로 부드럽게 문질렀다.

"깼어?"

보아하니 자기는 깔끔하게 옷을 입은 상태였다. 왠지 괘씸했다.

"물론 쉽진 않은 거 알지만 셔츠라도 입혀 주지 그랬니."

"싫어. 어차피 또 가질 건데 뭐 하러 입혀."

그는 금세 가까이 다가와 그녀의 목덜미에 숨을 불어넣었다. 그리고 잘록한 허리를 감았다.

"아프진 않아?"

"괜찮아. 이건 질병이 아니니까."

그 말에 선의 손이 그녀의 숲으로 내려갔다. 재희가 다급히 잡았지만 그는 멈추지 않았다.

"나 분명히 말했어. 한 번 시작하면 못 멈춘다고."

"선아……."

그는 제 안으로 손가락을 넣어 몸속을 휘저었다. 손가락이 그녀의 내벽을 긁을 때 재희의 신음 소리도 덩달아 커졌다. 키스하며 움직이던 손에는 이미 애액이 잔뜩 묻었다. 이렇게 쉽게 반응하는 그녀가 눈물이 날만큼 좋았다.

손을 빼내고 제 바지 버클로 손을 옮겨 풀었다. 다 벗을 겨를도 없이 그는 곧 재희의 몸 안으로 들어왔다. 여전히 빡빡한 그녀의 안은 방어 태세를 갖추며 밀어냈지만 그는 굴하지 않고 쳐들어갔다.

"넌 정말 날 미치게 해. 시간이 지날수록 네게서 헤어날 수 없어."

거칠게 위아래로 몸을 움직인 그는 가슴을 희롱하며 멈추지 않고 계속 탐미했다.

"나 사실 하나도 풀리지 않았어. 몇 날 며칠을 해도 모자라."

그도 벅차오르는지 거친 숨을 내쉬지만 멈추지 않았다. 제 아래에서 숨을 헐떡이는 그녀의 흐트러진 모습이 그를 더욱 끓어오르게 했다. 쾌락에 젖은 여자의 눈빛이 교태를 부리듯 그를 응시했다.

마지막까지 피스톤질을 하던 그가 두 번째로 사정했다. 완전히 늘어진 그녀를 안아 욕조에 앉혔다. 물을 틀어 씻기는 그를 가만히 보던 재희가 그의 목을 끌어 안으로 당겼다. 그 바람에 그의 옷도 전부 젖어 버렸다. 그녀의 입가에서 경쾌한 웃음소리가 나왔다.

"쌤통이다."

욕조에 완전히 들어온 것도 아니고 그렇다고 빠져나간 것도 아닌 어정쩡한 상태에 있는 그를 보자 더 괴롭히고 싶었다. 재희는 재빨리 샤워기를 들어 그의 얼굴에 뿌렸다.

"으악, 서재희."

그녀는 그의 옷에도 계속 물을 뿌렸다.

"나만 알몸인 거 억울해서."

"너 후회하지 마라."

선은 그녀가 보는 앞에서 제 옷을 벗었다. 젖은 옷 때문에 쉽게 벗겨지지 않았지만 그는 그녀에게서 눈을 떼지 않고 옷을 벗었다. 그녀도 지지 않고 물을 뿌렸다.

"어어."

점점 불리해졌다. 그가 옷을 다 벗었다. 재희는 사력을 다해 선에게 물을 뿌렸다. 그런데 손쉽게 뺏겼다. 샤워기는 이미 그의 손에 가 있었다.

"꺄아!"

그가 물을 뿌릴 거라고 생각해서 몸을 돌려 얼굴을 막은 재희는 출렁거리며 안으로 들어오는 그를 다시 돌아보았다.

"이리 와."

선은 재희의 허리를 끌어당겨 제 앞에 앉혔다. 허리까지 물이 차올라 그 위로 가슴이 적나라하게 보였다. 눈동자가 짙어진 그가 재희의 가슴에 손을 얹었다. 몸을 빼려고 하는 재희를 벗어나지 못하게 다른 손이 허리를 감고 놓지 않았다.

한 팔에 다 들어오는 그녀의 허리는 조금만 힘을 줘도 부서질 정도로 가늘었다. 그런 사소한 것에도 못내 마음이 아파 그는 팔에 힘을 주어 재희를 꼭 안았다.

"날 봐."

마법에 걸린 것처럼 그를 다시 보았다. 계속 가슴을 지분대던 그가 손을 들어 그녀의 얼굴을 쓰다듬었다.

"물론 여기서도 할 건데 그전에 한 가지만 물을게."

"뭔데."

"원해?"

이글거리는 눈동자를 하고서 원하느냐고 묻는다. 반대로 대답한다면 가만두지 않을 거면서.

재희는 지그시 그의 눈을 들여다보다 손가락으로 눈꼬리를 쓸었다. 그리고 그의 입술에 입을 맞췄다.

"원해."

그녀의 미소가 선의 심장을 울렁거리게 했다. 그는 그녀의 얼굴에 있는 흉터를 손가락으로 문지르며 키스했다. 출렁이는 물결이 재희의 배꼽을 간질였다. 그녀의 둔부를 움켜쥔 그가 제 것을 집어넣었다. 그 위에 앉힌 그녀의 허리가 저절로 뒤로 넘어갔다. 팔로 등을 받친 선이 넘실대는 가슴을 흡입했다.

"힘 빼. 내가 놓치지 않을 테니까 내 팔에 의지해."

허공을 떠도는 그녀의 팔이 갈 곳을 찾다가 그의 목을 끌어안았다. 그가 몸을 움직일 때마다 물살도 함께 출렁였다. 빨라질수록 물살도 거세졌다.

욕실의 불빛이 그들의 정사를 여과 없이 비춰 주었다. 다시 봐도 감탄을 부르는 그의 몸이 그녀의 시야에 들어왔다. 희고 매끄러운 살결과 연약한 어깨 아래로 반전의 몸을 갖고 있는 그녀의 자태가 그의 눈에 비쳤다.

숨 쉴 수 없이 조이는 그녀의 안은 뜨겁고 벅찼다. 제 몸을 태워 버릴 듯 감싸 쥐고 놓지 않는 그녀는 제 행동이 남자를 짐승의 상태로 끌고 간다는 것을 모를 것이다.

깊이 박는 행동을 반복해도 갈증이 사라지지 않았다. 그녀를 안고 또 안아도 욕망의 크기는 점점 더 커져 갈 뿐이었다.

7.

BE LOVED : 사랑받다

　커다란 가운을 입은 그녀가 다시 커튼을 젖히고 창밖을 보았
다. 시간 가는 줄 모르고 사랑을 나누다 보니 어느새 찬란했던
햇빛이 사라지고 은은한 달빛이 제 모습을 드러냈다.

　고층에서 바라보는 풍경은 밤을 밝히는 불빛에 영롱하게 일
렁였다. 자동차의 불빛들이 줄지어 지나가고 가로등이 규칙적
으로 불을 밝혔다. 각양각색의 건물들에 불이 켜져 어둠을 메꿨
다.

　침실에 불이 켜지자 재희가 눈을 찡그리며 뒤를 돌아보았다.
선이 수건에 쌓인 물건을 들고 왔다.

　"그게 뭐야?"

　"이리 앉아 봐."

　재희의 손을 끌어 침대에 앉힌 그가 그녀를 눕히고 수건에 쌓
인 물건을 배 위에 얹어 주었다. 따뜻한 온기가 전해지는 걸 보
니 찜질팩인 것 같다.

"이렇게 하면 통증이 덜하대서."

재희가 그를 올려다보자 선은 멋쩍게 웃었다. 부끄러움을 탄다.

"인터넷 찾아봤어. 아무래도 너 아플 것 같아서."

어쩐지 눈을 맞추지 못하는 그를 보자 웃음이 나왔다.

"고마워."

"응."

그가 빙그레 웃었다.

"더 잘래?"

"아니. 넌 좀 자야 하지 않아?"

"나도 너 잘 때 잤어."

"그럼 우리 지금 바다 갈까?"

"괜찮겠어?"

"걱정 마. 나 몸은 이래도 체력은 약하지 않아."

"그래. 그럼 다행이고."

부드럽게 웃는 그가 재희의 머리카락을 쓰다듬었다.

"웃으니까 정말 눈부시다."

"응?"

"계속 웃어. 아니, 내가 웃게 해 줄게."

"그럴 필요 없어. 그냥 네가 내 옆에 있는 것만으로도 충분히 행복해."

"가자. 지금."

그는 그녀의 볼을 톡톡 두드리며 일어섰다.

선의 차를 탄 재희는 동해 바다로 가자고 했다. 목표는 정동

진. 아침 해돋이를 보는 것. 중간중간 휴게소를 들러 간식도 사 먹고 음악도 들으며 움직였다.

도로에 차가 별로 없어 그들은 예상 시간보다 일찍 도착했다. 재희는 파도 소리가 들리자 시동이 꺼지기도 전에 차 문을 열고 밖으로 나갔다. 아직 새벽의 어둠이 다 가시지 않고 머물러 있어 어두웠다.

바다를 볼 생각에 조급히 움직이던 그녀는 제 다리가 꺾이는 바람에 바닥에 엎어졌다. 손에 닿는 모래가 그녀의 촉감을 자극했다. 어느새 다가온 선이 그녀를 일으켰다.

"다친 거야?"

"아니. 다리가 따라오지 못해서 넘어졌어. 그런데 있잖아. 모래가 신기해."

"모래? 그냥 바닷가에 있는 모랜데."

"나 바다 처음 오거든."

재희는 그를 보며 싱긋 웃었다. 그리고 다리를 절뚝거리며 먼저 걸었다. 그가 재희의 어깨로 네이비 캐시미어 코트를 덮어 주었다. 롱 코트가 재희에게 덮이자 발목까지 내려왔다.

"이젠 바다 바람이 차. 12월이야."

셔츠만 입은 그의 옷이 바닷바람에 흔들렸다. 재희가 다시 벗어 그에게 덮어 주었다.

"너야말로 감기 걸리면 어쩌려고 그래. 운동선수가."

재희는 남자의 어깨 위로 코트를 덮어 주고 그의 팔을 올려 품 안으로 들어왔다.

"이게 더 따뜻해."

그녀는 웃으며 시선을 바다로 돌렸다. 한동안 말없이 그녀를 보던 선이 재희의 몸을 바짝 끌고 정수리에 제 이마를 댔다.

"넌 언제 다시 미국 가?"

"스프링 캠프 훈련 때. 1월 말쯤. 가서 나 훈련하는 거 보여 줄게."

"가면 시즌 끝날 때까진 못 오겠네?"

"그렇겠지?"

"그럼 우리는 많은 시간을 떨어져 있어야 하네?"

"무슨 소리야. 나랑 같이 가야지."

그와 눈이 마주쳤다. 따라간다는 건, 한국에서의 제 삶을 정리하고 그와 계속 함께하자는 말이었다. 그리고 영원히 같이 살자는 뜻이기도 했다. 그가 표현하지 않았지만 재희는 그 말뜻을 알아챘다. 그를 보던 그녀가 다시 고개를 바다로 돌렸다.

"물론 난 너처럼 명확한 직업이 있는 건 아니지만 나름 애착을 가지고 일하는 게 있어. 그것들을 버리고 널 따라가는 게 과연 맞을까?"

"재희야."

"그냥. 잠시 그 생각이 들어서. 나 힘들 때 도와준 대표님도 마음에 걸리고. 애정을 담아 일하던 가게도 눈에 밟히고. 아직 출시하지도 못한 마카롱도 기다리고 있고."

"그렇다고 오랜 시간을 떨어져 지내는 건 안 돼. 그건 내가 싫어. 난 한국에 너 두고 미국에서 경기 잘 치를 자신 없어."

"그건 나도 그래. 널 멀리 보내고 잘 지낼 자신 없어."

재희의 미소가 선을 울컥하게 만들었다.

"정말이지. 가져도 가진 것 같지 않은 여자야 넌. 계속 내 마음을 조급하게 해."

"그러지 마. 난 너뿐이야."

그의 품에서 벗어난 재희가 바다를 보며 모래밭을 걸었다. 그러다 뒤를 돌아 그를 보았다.

"나 잡아 봐라, 하고 싶은데 너무 쉽게 잡힐 것 같아."

"그럼 내가 백을 세고 잡을게."

"어, 오케이. 그럼 세."

선이 수를 세자 재희는 절뚝거리며 벗어났다.

"눈 감고 세."

시키는 대로 얌전히 눈을 감은 그가 계속 수를 셌다. 재희는 얼른 그의 등 뒤로 가 섰다.

"다 셌다. 이제 잡는다."

눈을 뜬 선이 곧바로 몸을 돌려 그녀를 잡아 안았다.

"잡았다."

순식간에 잡혀서 품에 갇힌 그녀가 김빠진 듯 투덜댔다.

"어떻게 알았어?"

"느낌으로."

"치, 거짓말."

"진짜야."

"좋아. 다시 해."

"춥다. 여기 있어."

선은 코트를 감싸 그녀를 안에 가뒀다.

"어, 동 트러나 보다."

재희가 시선을 돌려 바다를 보았다. 하늘빛이 점점 옅어지며 주변이 붉게 물들었다.

"예전에 너랑 같이 노을 봤던 거 생각 나."

"나도 그때 이후로는 못 본 것 같아. 볼 생각도 안 했지만."

"어어, 해 뜬다!"

제 품 안에서 연신 놀라며 태양이 떠오르는 모습을 기쁘게 보는 재희를 보자 선은 가슴이 먹먹해졌다. 이 나이가 되도록 하고 싶은 것도 마음껏 못 하고 억누르며 살아왔을 그녀가 안타까웠다.

"우와."

날이 좋아 구름 한 점 없는 하늘엔 태양이 솟아오르는 게 오롯이 보였다.

"오늘은 날씨도 도와주네."

태양만 하염없이 바라보던 재희가 드디어 고개를 돌려 눈을 맞추었다.

"응?"

"원래 해 뜨는 거 보기 어렵거든. 날씨가 흐리거나 구름에 가려져서."

"그렇구나. 너랑 내가 와서 하늘이 도와주나 봐. 참, 소원 빌었어?"

"소원?"

"난 빌었어."

"뭐 빌었는데?"

"비―밀."

예쁘게 웃는 그녀가 아련하게 느껴졌다. 선은 재희의 몸을 더욱 꼭 끌어안았다. 그리고 귓가에 속삭였다.

"제발 이 여자가 평생 내 옆에 있게 해 달라고 빌었어."

"……."

"결혼해 줘, 재희야."

"선아."

"10년 전에 내가 했던 말 기억하지? 내가 유명한 야구 선수가 되면 나랑 결혼하자고 한 말."

재희는 그의 목소리에 고개를 끄덕였다. 눈빛이 흔들렸다.

"함께 미국에 가고 싶고, 평생 웃게 해 주고 싶어. 내 옆에 없는 널 상상할 수가 없어. 나랑 결혼하자."

하아, 재희는 저절로 한숨이 나왔다. 결혼해 줘, 라는 세상 최고로 달콤한 말을 듣는데 걱정부터 되는 사람은 저뿐일 것이다.

"생각할 시간을 줘. 네가 싫어서가 아니야. 그저, 내 마음을 조금 더 확실히 하고 싶어서 그래."

"그래. 재촉할 생각은 없어. 하지만 이건 알아 둬. 앞으로도 난 너 하나뿐이야."

"응."

"또 운다. 울지 말라니까. 고백 받고 왜 울어."

"미안. 나도 모르게 자꾸 눈물이 나. 나 왜 이러지."

"가르쳐 줘?"

눈물이 그렁그렁 맺힌 채로 자신을 올려다보는 재희를 보던 선이 부드럽게 웃었다.

"날 사랑해서 그래. 날 너무 사랑해서 바라만 봐도 눈물이 나는 거야."

"선아."

"마음껏 생각하고 고민해. 그래도 결국 네 대답은 정해져 있어. 난 확신해."

눈을 깜박이자 그녀의 눈꼬리를 타고 눈물이 또르르 흘렀다.

그리고 그의 허리를 소중하게 끌어안았다. 서로의 체온이 전해졌다.

"추워."

"얼른 차로 가자."

"응."

차 안의 온기에 재희는 몸을 부르르 떨었다. 시동을 켠 그가 히터를 틀었다. 그리고 곧 다가오더니 그녀의 입술에 키스를 했다.

윗입술을 빨아들인 그가 조금 뒤에 아랫입술도 똑같이 물었다. 파랗게 질렸던 그녀의 입술이 점차 붉은색을 되찾았다. 그러더니 입술을 가르며 물컹한 혀가 들어왔다. 뒤엉킨 혀가 서로를 놓지 않고 맞물렸다. 흘러내리는 타액을 핥아 모두 빨아들였다. 그 소리가 차 안을 가득 메웠다.

재희는 발끝이 오그라들며 아랫배로 피가 몰리는 기분이 들었다. 갑자기 그가 제 가슴에 손을 대자 재희는 숨을 훅 들이쉬었다.

"여기서 하려는 건 아니지?"

"안 해."

그러면서도 그는 재희의 셔츠 안으로 손을 넣어 들어왔다. 그리고 손쉽게 속옷을 올리고 젖가슴을 움켜쥐었다. 숨소리가 더욱 거칠어지자 그는 손끝을 세워 젖꼭지를 잡아 비볐다.

"아아, 그러지 마."

그러면서도 목을 끌어안는 말과 행동이 따로 노는 여자다. 선은 제 신체의 반응을 보고 욕설을 내뱉었다. 처음 본 그의 행동에 재희의 눈이 그를 향했다.

"서울까지 못 가겠어."

선은 차를 출발하더니 곧 근처 호텔로 향했다. 아침 댓바람부터 호텔로 들어가는 그가 걱정되었지만 멈추기엔 그의 말대로 서울 가기 전 차 안에서 일을 치를 것 같았다.

그를 따라가다 보니 선은 어느새 프런트 데스크 앞에 있었다. 아니나 다를까. 그를 금세 알아본 호텔 직원들이 그와 재희를 힐끔거리며 바라보았다.

"원하시는 대로 펜트하우스로 배정되었습니다."

"네."

"저, 이선 선수 팬인데 사인 한번만 해 주실 수 있으세요?"

호텔 직원이 머뭇거리며 종이를 내밀자 선은 웃으며 펜을 잡았다. 그리고 입을 열었다.

"제 애인입니다. SNS에 올리셔도 되고 퍼트리셔도 됩니다. 다만, 제가 먼저 발표를 한 이후에 올리시면 더 감사하겠습니다."

선이 빙그레 웃으며 종이를 내밀자 얼굴이 붉어진 직원은 고개를 끄덕였다. 선은 만족한 듯 눈썹을 찡그리며 고개를 살짝 숙이고 재희를 돌아보았다. 그녀의 어깨에 팔을 두른 그가 볼에 살짝 입을 맞췄다.

"가자."

그녀를 이끄는 선의 얼굴은 매우 신나 보였다.

"큰일 났다. 우리 빨리 결혼 발표해야 돼. 저 사람들이 오래 기다리지 못할 거야."

"노렸어."

"들켰네."

엘리베이터에 탄 선은 또 그녀의 입술을 탐했다. 15층까지 올라가는 시간이 멀게만 느껴졌다. 문이 열리자 가까스로 입술을 뗀 선은 그녀를 안아 들고 룸 번호 앞에 섰다. 그가 들고 있던 카드키를 가져간 재희가 입구에 댔다. 철컥, 소리가 나며 문이 열렸다.

"땡큐."

선은 문을 열고 안으로 들어갔다. 쾅, 문이 닫히는 소리에 재희의 심장도 쿵 떨어졌다. 그의 눈빛이 다시 짐승의 것처럼 반짝였다.

그는 곧장 침대로 그녀를 옮기고 제 옷을 벗으며 입술을 맞췄다. 그리고 그녀의 셔츠도 찢을 듯 다급히 벗겼다. 미처 다 벗기지 못하고 속옷을 위로 올린 그가 재희의 가슴을 머금었다. 등 뒤로 손을 넣은 그가 후크를 푸르고 거추장스럽게 놓여 있는 속옷을 치웠다. 다급함이 느껴지는 혀끝으로 젖꼭지를 희롱했다. 우뚝 솟은 그녀의 것이 그의 입안에서 쉴 새 없이 모습을 감췄다.

그녀의 청바지를 벗겨 버리고 제 바지도 벗었다. 조금 급한 마음에 다짜고짜 안에 들어온 선은 이미 젖어서 그를 맞이하고 있는 그녀를 으스러지도록 안았다.

"하아, 미치겠어. 내가 정말 미칠 것 같아."

선은 그녀의 뜨거운 몸 안을 용솟음치듯 쳐올렸다. 움직이는 만큼 그의 아래에 깔린 재희도 함께 출렁였다.

그러다 갑자기 몸에서 쏙 빠져나온 그가 이상해 재희가 숨을 헐떡이며 눈을 떴다. 선이 순식간에 재희를 제 몸 위에 앉혔다. 그리고 그녀가 그의 남성을 쥐게 했다.

212

"네가 해 줘."

위로 앉은 재희는 어쩔 줄 몰라 하며 그의 것을 다시 제 안에 넣었다. 몸 깊숙이 파고드는 남성이 온몸을 가득 채우는 것 같았다. 조금만 움직여도 몸이 으스러질 것 같아 움직이는 게 쉽지 않았다. 잠시 그의 크기를 받아들일 준비를 한 그녀가 천천히 몸을 움직였다.

그의 입에서 탄성이 새어 나왔다. 뜨거운 몸 안이 잔뜩 조이며 그를 압박했다. 그녀는 허리를 뒤로 젖히고 그의 단단한 다리에 손을 대었다. 그의 손이 제 가슴을 어루만지며 손끝으로 젖꼭지를 희롱하자 그녀도 전보다 더 빠르게 움직였다.

"하앙, 아앗……. 아응……."

저도 모르게 신음 소리가 튀어나왔지만 인지하지 못했다. 그것은 거의 무의식에 가까운 본능이었기에 자각하지 못했다.

선은 재희를 다시 눕히고 올라탔다. 퍽퍽, 살을 맞대는 소리가 객실 안을 가득 메웠다. 그 사이에 흘러나오는 것은 그의 것인지 그녀의 것인지 모를 만큼 넘쳤다.

더욱 빨라지는 동작에 재희는 온통 정신이 하얘지는 경험을 했다. 그리고 찌릿한 전율과 함께 오르가슴을 느꼈다. 그녀의 눈꺼풀이 서서히 감겼다.

❄ ❄ ❄

"서재현이 왔다 갔다고요!"

흥분한 세나의 목소리가 카페 안을 울리자 손님들의 시선이 쏠렸다. 재희가 있을 시간에 성준이 지키고 있자 이상해서 물어

본 것이었다.

"목소리 낮춰라."

"그 개자식이 여긴 왜 왔대요."

"모르겠다. 어떻게 알았는지."

성준은 컵을 소독기에 넣고 볶은 원두를 그라인더에 쏟았다.

"그래서 계속 대표님이 카페에 있는 거예요?"

"안 그래도 직원 구하려고. 재희는 나오지 않게 할 생각이
다."

"겨우 마음잡고 커피 만드는 낙으로 살고 있는 앤데."

중얼거리던 세나는 휴대폰을 들었다. 재희에게 전화를 걸었
지만 받지 않았다.

"재희, 지금 집에 있어요?"

성준이 세나를 물끄러미 바라보다가 허탈하게 웃었다.

"세나야. 재희에게 남자가 있더라. 난 10년 동안이나 몰랐는
데 이미 그 아이 마음속에 다른 사람이 있었더라. 난 그걸 이제
야 알았어."

선을 말하는 것을 알기에 세나도 쉽사리 입을 열지 못했다.
그에게 재희가 있는 곳을 알려 준 사람이 바로 자신이기 때문에
성준을 보기가 미안해졌다. 일그러진 그의 표정이 얼마나 힘든
지 말해 주었다.

"그런데 병신같이, 난 또 지켜 주지 못했어. 서재현을 맞닥뜨
리고 있는 시간에도 그 아일 지키고 있던 사람은 그 남자였어."

"대표님."

"둘이 같이 있을 거다."

세나는 고개를 주억거리며 씁쓸한 마음에 숨을 내쉬었다.

214

"대표님이 싫어서가 아니라 그 둘이 특별해서 그래요. 재희가 힘들었을 때 옆에 있어 주던 남자니까요. 그래서 죽으려고도 했지만."

세나는 성준의 마음도 이해했다. 하지만 지금 가장 중요한 건 제 친구의 안위와 마음이었다.

"자. 이제 재희는 어떡할 거래요? 아니다. 내가 직접 물어볼게요. 대표님도 얼굴 좀 펴세요."

그의 어깨를 톡톡 두드린 세나는 카페를 나가며 폰을 들었다. 그녀가 나간 문을 보던 성준은 병원에서 선을 만났던 일이 떠올랐다.

"재희가 만나는 남자가 그쪽인 줄은 몰랐습니다."

병원 휴게실에서 마주 보고 서서 성준이 그를 훑어보았다. 한눈에 알아보았다. 야구에 관심이 없는 사람이라도 다 알 정도로 이선은 세계적인 스타였다.

훤칠하고 잘생긴 외모에 떡 벌어진 어깨, 옷으로도 가리지 못하는 탄탄한 근육이 남자로서의 매력을 배가시켰다. 싱싱한 젊음은 그를 더욱 돋보이게 했다. 어느 누가 보더라도 호감을 가질 남자였다.

"처음 뵙겠습니다. 그동안 재희를 보호해 주셨다고 들었습니다."

선이 고개를 살짝 숙이며 답했다. 자신 만큼 키가 크진 않지만 부드러운 인상에 똑똑한 마스크, 젠틀한 신사 이미지가 느껴졌다. 재희가 그를 좋아해도 전혀 이상하지 않을 남자였다.

두 남자의 시선이 서로를 탐색했다. 기 싸움은 좀처럼 끝날 기미가 보이지 않았다.

"여태 찾아오지 않던 사람이 그쪽이 나타나고 나서 찾아왔다는 게 이상하군요. 재희는 그 집안사람을 보기 힘들어 합니다. 또 보게 할 수 없습니다."

"저도 동감입니다. 그래서 재희, 제가 데리고 있겠습니다."

"뭐요?"

성준의 눈빛이 굳어졌다. 선은 잠시 머뭇거리다가 입을 열었다.

"아마 집도 노출이 되었을 겁니다."

"그래서 그쪽이 데려가야 할 이유가 뭡니까. 내가 데리고 있어도 됩니다."

"이유?"

선은 성준을 보며 입꼬리를 올렸다.

"재희가 절 사랑하니까요."

성준은 제 주먹을 꽉 쥐었다.

216

"조금 있으면 다시 미국으로 갈 사람이 너무 무책임한 말을 하는군요."

"맞아요. 그게 가장 큰 문제죠. 조금 천천히 결혼하고 싶은데 제 시간이 얼마 없어서 조만간 고백할 생각입니다."

"하, 그거 재희도 동의한 겁니까?"

"아니요, 아직. 대표님도 아시겠지만 그 여자가 워낙 정이 많아서요. 결혼하자고 백번은 말해야 겨우 들을까 말까 한 사람이거든요."

선이 빙그레 웃었다.

"보니까 대표님 마음도 알고 있는 것 같고, 자기 처지를 생각해서 결정을 내리지 못할 겁니다."

"사실 재희가 감당하기에 이선 씨는 너무 벅찬 사람입니다. 세상에 드러나기를 무서워하는 재희에게 그쪽은 너무 위험한 존재예요."

성준의 말이 구구절절 옳아 선도 할 말이 없어졌다. 선도 누구보다 잘 알고 있었다. 그녀의 트라우마와 두려움을.

"그렇다고 당신이 가지고 있는 모든 지위를 내려놓고 그녀에게 맞출 수도 없는 노릇인 거 아닙니까."

"네. 제 지위를 내려놓을 생각은 없습니다. 그러지 않고서도 충분히 그녀를 아프지 않게 할 수 있습니다."

선이 그에게 손을 내밀었다.

"전 대표님과 싸울 생각이 없습니다. 재희에게 닥친 위기를 어떻게 해결하면 좋을지 공유하고 싶을 뿐입니다."

자신보다 한참 어린 그는 자신보다 당차고 생각이 깊었다. 그래서 재희가 좋아하는지도 모르겠다.

"나도 마찬가지입니다. 재희를 지킬 방법을 생각해 봅시다."

성준도 그가 내민 손을 붙잡았다. 이건 명백히 제게 불리한 싸움이었다. 하지만 어쩔 도리가 없었다. 자신은 재희의 곁을 지켜 주는 남자로서의 역할이 전부였다. 그 사실에 허탈감이 밀려왔다.

등을 보이며 걸어가는 선을 보는 성준은 어찌할 바를 모르고 그녀를 내주고 말았다. 제 머리를 쓸어 올리며 연신 숨을 내쉬었다.

선과의 대화를 다시금 떠올리니 마음속이 답답했다. 그날 이후 지금까지 재희에게선 전화 한 통이 없었다. 그럴 줄 알았지만 잘 지내는지, 별일은 없는지 안부 정도는 물어봐 줄 수 있는 거 아닌가. 그녀가 야속했다.

카페 손님들은 재희가 단 이틀 동안 출근을 안 했을 뿐인데 벌써부터 어디 아프냐는 둥, 무슨 일 있냐는 둥 궁금해했다. 재희는 모르겠지만 사람들은 그녀를 여기저기서 원하고 있었다. 오늘도 그녀의 빈자리가 허전했다.

❋ ❋ ❋

　재희의 폰이 울렸다. 선은 잠든 그녀를 물끄러미 보다가 침대에서 다급히 일어서 그녀의 폰을 덮었다. 그녀는 곤히 잠들어 있었다. 호텔로 들어와 아침부터 시작된 정사는 늦은 오후가 되어서까지 충동적으로 거듭 이어졌고 그의 욕정을 받아 주던 재희는 완전히 뻗어 버렸다.

　또다시 벨이 울려 선은 발신자를 보았다. 세나였다.

　"여보세요."

　—이선? 네가 왜 재희 전화를 받아.

　"같이 있어."

　—그럼 재희 바꿔 봐.

　선은 침실에서 나와 거실로 향했다. 펜트하우스의 창가에 서자 동해 바다가 한눈에 들어왔다.

　"지금 자."

　—자? 지금 몇 신데……. 너, 너!

　"나 뭐."

　—너 재희한테 무슨 짓을 한 거야!

　"무슨 짓이라니. 말이 좀 심하다."

　—서재현 찾아왔었다며! 그런 애 데리고 뭘 하는 거야.

　"윤세나. 네가 재희를 생각하는 마음은 알겠는데 이건 우리 문제야. 남녀의 문제라고."

　—후우, 그걸 누가 몰라? 그렇게 마음을 어질러 놓고 가 버리면 재희 죽어.

전화기를 뚫고 나올 듯 위협적인 목소리에 선이 잔잔히 미소를 지었다. 불우한 가정환경을 지녔지만 신은 그녀에게 좋은 친구를 주셨다. 재희에게 세나가 있어 얼마나 다행인지 모른다. 이렇게 제 일처럼 걱정해 주는 친구가 곁에 있었으니 마냥 외롭지는 않았을 것이다.

선은 전화기 저편에서 씩씩대고 있을 세나에게 차분하게 전했다.

"저질러 놓고 가 버리지 않아. 나 그렇게 쓰레기 아니야."

—난 모르겠다. 서재현이 또 찾아올지도 모르고 그 남자 아, 입에 담기도 싫은데 암튼 그 인간도 알 것 같아서 불안해.

"알아. 방법을 찾아볼 거야. 그 남자, 가만 둬서는 안 되니까."

—암튼 재희 깨면 전화 달라고 전해.

"알았다."

—적당히 하고!

꼭 재희 엄마 같다. 잔소리를 하며 걱정하는 것이 꼭 엄마가 딸을 대변하는 것 같다. 휴대폰을 다시 침실로 가져가는데 눈을 뜬 그녀와 마주쳤다.

"누구야?"

"어? 네 친구."

"아. 세나가 카페에 왔었나 보네."

재희는 몸을 일으켜 그가 건네는 폰을 받았다.

"그런데 왜 네가 받았어?"

"너 깰까 봐."

"깨우지. 세나가 오해하겠다."

"이미 했어. 그리고 오해 아니라 사실."

재희의 얼굴이 순식간에 붉어졌다. 어린 나이도 아니고 둘 다 성인인데 막상 세나가 알게 되었다니까 부끄러움이 몰려왔다.

그는 씨익 웃으며 재희의 어깨를 톡톡 두드렸다.

"날 죽이려고 그랬어. 너 건드렸다고."

"그만해."

그녀의 얼굴은 점점 더 붉어지며 후끈 달아올랐다. 선은 어쩐지 재밌어서 계속 그녀를 놀렸다.

"적당히 하래."

"야!"

선은 소리를 지르는 재희를 뒤로하고 침실을 나오며 진동이 울리는 폰을 보았다. 모르는 번호였다.

"여보세요."

—이선 오빠?

"누구세요."

—어머, 벌써 제 목소리 잊으신 거예요? 섭섭해요.

단번에 머릿속을 스치고 지나가는 이가 있었다.

"내 번호는 어떻게 알았어요?"

—매니저 분께 졸랐죠.

이 형을 진짜.

—오빠! 우리 CF 오늘 방송에 나간대요. 모니터링 잘하시라고요.

"그래요. 고마워요."

—오빠, 혹시 내일 시간 있어요?

"없습니다."

―그럼 내일모레는요?

"그때도 없어요."

―정말 너무하시네요. 이렇게 좋다고 매달리는데 어쩜 꿈쩍을 안 하세요. 저 나름 매력적인 여자예요.

"하연 씨. 매력은 상대적입니다. 제 기준에서 하연 씨는 그저 함께 광고 촬영을 한 배우일 뿐이에요. 이 일로 더는 전화하지 말아 줬으면 좋겠습니다."

―오빠 그거 알아요? 저 끈질김 하나로 여기까지 왔어요. 오빠 포기하지 않아요.

하아, 선은 저절로 한숨이 나왔다.

"누구야?"

침실을 나온 재희가 가운 깃을 여미며 벽에 기대어 그를 보았다. 선은 뒤를 돌더니 손을 저었다. 가운 아래로 드러난 다리가 가늘었다. 저 가운 안에 아무것도 입지 않은 그녀를 상상하자 선은 다시금 몸이 뜨거워졌다. 이 상황에서도.

―여자예요?

재희의 목소리가 들렸나 보다. 선은 다시 돌아서서 말했다.

"하연 씨, 난 사랑하는 여자가 있고 그 사람을 두고 다른 여자를 만날 생각은 없습니다. 하연 씨가 포기하지 않는다고 해서 바뀌는 건 없다는 걸 알려 주는 거예요. 끊습니다."

선이 전화를 끊자 재희는 시선을 아래로 돌려 제 손을 꼼지락거렸다.

"바쁘네. 여자 전화 받으려고."

어쩐지 화가 난 것 같은 목소리에 선은 애가 닳았다.

"그런 거 아니야. 같이 광고 촬영한 배운데 예전에 내 팬이었다고 해서."

"우와. 그런 인연을 가진 여자가 들이대는데 얼마나 설레었겠어."

재희는 꼼지락거리던 제 손을 털어 내고 창가로 걸어갔다.

"화났어?"

"아—니? 내가 왜 화가 나. 여자한테 인기 많아서 좋겠다는 거지."

바다를 보며 팔짱을 낀 재희를 보자 선은 웃음이 터져 나왔다. 그리고 성큼성큼 다가와 그녀를 와락 안았다.

"너 귀여워."

재희는 그를 밀어내려고 했지만 그것은 의지가 없는 표현일 뿐이었다. 곧 힘이 약해졌다.

"질투하니?"

"아니."

재희는 그의 팔을 거두고 벗어났다. 하지만 금방 그의 품에 간혔다.

"알면서 이러는 건 날 시험하는 거지?"

재희가 그를 힐끗 흘겨보다가 혀를 쏙 내밀었다.

"나도 남자한테 전화할 거야. 내 소식 궁금해하시거든."

"하기만 해 봐. 아무 데도 하지 마."

"싫어. 할 거야."

"하지 말라고 경고했어."

"경고하면 어쩔 건데. 막아 보시든지."

선은 침실로 가더니 그녀의 휴대폰을 가져와 제 바지 주머니에 넣었다.

"이제 전화 못 하지?"

허무하게 폰을 뺏기자 재희는 그를 흘겨보았다.

"들어 봐. 지금 내가 찍은 광고가 나온다는데 그거 볼래. 아니면 한 번 더 할래."

재희가 어이없게 웃었다.

"얘기가 왜 그리로 가."

"빨리 정해."

"넌 지치지도 않니."

"당연하지. 며칠씩 밤을 새고 해도 모자라."

그의 거침없는 고백에 재희는 할 말을 잃었다. 그러더니 얌전히 소파에 앉아 리모컨을 들었다.

"오케이."

선이 소파로 다가와 그녀를 밀쳐서 눕혔다. 눈이 커진 그녀가 그의 어깨를 때렸다.

"너 원래부터 이러려고 했지."

"아니. 원래는 이럴 생각 없었는데."

마침 선이 찍은 광고가 나왔다. 화면 가득 들어찬 그의 잘생긴 얼굴이 무언가를 열심히 찾고 있었다. 그는 곧 자신을 아련하게 보고 있는 여자에게 달려갔다. 서로를 마주 보고 있는 둘의 모습이 잘 어울렸다.

"와. 멋지네."

그의 아래에 깔린 재희가 화면을 보며 속삭였다. 조금 전에 전화한 여자가 화면 속에 있던 여자인가 보다. 예쁘고 상큼한 외모를 가진 사람이었다. 선을 눈에 담은 그녀는 줄곧 진심으로 그를 보고 있었다.

선은 화면에서 눈을 떼지 못하고 하염없이 쳐다보고 있는 재희의 고개를 돌려 저를 마주 보게 했다.

"이것 봐. 또 슬퍼하면서."

선은 그녀의 눈가에 자잘한 키스를 남겼다.

"난 너뿐이야. 믿어 줘."

얼굴에 자국을 남기는 선의 얼굴을 양손으로 잡은 재희가 눈을 보았다. 그리고 밝게 웃었다.

"믿어. 이선은 서재희밖에 모르는 바보인 거 믿어."

"질투하지 않는 거지?"

"그런데 질투는 나. 내 남자가 다른 여자랑 눈을 맞추는 게 싫어."

선이 빙그레 웃었다.

"이하 동문. 내 여자가 다른 남자랑 대화하는 거 싫어."

"대표님은 그런 분 아니야."

"하, 네 대표가 제일 위험한 사람이야."

"너야말로 질투하지 마."

"질투해. 너한테 손대는 놈은 그 누가 됐든 가만 안 둬."

그가 재희의 귓가에 숨을 불어넣으며 혀로 핥았다.

"앗, 간지러워."

재희의 몸이 곧바로 반응했다. 하루에도 몇 번씩 그녀를 안다 보니 어느 곳이 성감대인지 금방 파악했다. 그녀는 몸 전체가 성감대나 마찬가지였다. 선의 손과 혀가 어느 곳을 닿더라도 반응했다.

금세 가운을 젖힌 그의 손이 자연스럽게 맨가슴을 움켜쥐자 그녀에게서 야한 음성이 흘러나왔다. 혀를 옭아매는 그의 것이

능숙했다. 곱절로 불어나는 것처럼 그는 하면 할수록 실력이 배는 늘어갔다.

그녀의 가슴을 희롱하던 손이 배꼽 아래로 내려왔다. 복부에도 정성 들여 키스를 하던 그의 귓가에 배고프다는 소리가 들려왔다.

재희는 놀라서 순식간에 제 입을 틀어막았다. 그가 고개를 들어 재희를 올려보았다. 눈이 마주치자 재희는 제 얼굴을 가렸다.

"배고프다고 왜 말 안 했어."

"그, 그걸 꼭 말해야 알아? 나 여태 아무것도 못 먹었어. 넌 배 안 고파?"

선이 그녀의 팔을 잡아당겨 일으켰다. 헝클어진 머리카락과 그의 애무에 울긋불긋 자국이 생긴 탐스런 가슴이 재희를 사랑스럽게 만들었다. 흐릿한 눈빛과 잔뜩 부풀어 오른 입술은 그녀를 탐한 잔상을 여과 없이 드러내 주었다.

"미안. 내가 너무 심했다. 밥 먹으러 가자."

재희를 꼭 안았다.

"내가 입혀 줄까?"

"됐어."

자꾸만 얼굴을 가리려는 그녀의 손을 내렸다. 그녀의 얼굴이 잔뜩 붉어 있었다. 선은 그녀가 귀여워서 다시금 품에 안았다.

"나 진짜 큰일 났다. 지금 이 순간에도 너랑 하고 싶어."

"이 변태!"

그가 경쾌하게 웃었다. 변태 맞다, 스스로 인정하며.

"맛있어?"

"응. 너도 먹어 봐."

"아니, 난……."

재희는 숟가락을 들던 손을 내렸다. 선이 데리고 간 곳은 순댓국집이었다. 태어나 순대는 처음 사 먹어 봤고 국물 안에 순대를 넣는 건 더욱이 상상할 수도 없는 조합이었다. 맛있게 먹는 그를 보자 재희는 제 것을 들어 그에게 더 부어 주었다. 그녀의 행동에 선은 메뉴판을 돌아보았다.

"그러니까 너 먹고 싶은 곳으로 가자니까."

"난 바깥 음식은 잘 모르잖아. 괜찮아. 너 잘 먹어서 보기 좋아."

"그러지 말고 지금이라도 다른 곳으로 가자."

일어서려는 선을 잡아 앉혔다. 그리고 숟가락을 들어 그의 손에 쥐여 줬다. 예쁘게 웃는 재희를 보자 선은 이 와중에도 그녀를 안고 싶은 마음이 들었다.

결국 선이 순댓국을 맛있게 비울 동안 재희는 아무것도 먹지 못했다. 식당을 나온 선은 곧 간판을 둘러보았다. 바닷가 근처라 시내에 먹을 만한 걸 찾기 쉽지 않았다.

추운 겨울이 시작되려나 보다. 이젠 겉옷에도 두께감이 필요했다. 얇은 겉옷을 입은 재희는 그대로 추위에 노출되었다. 오들오들 떠는 재희를 본 선은 찾는 걸 포기하고 차로 돌아왔다. 곧 히터를 틀었다. 그리고 아침처럼 제 입술로 그녀의 입술을 빨아들이며 따뜻하게 녹여 주었다.

"일단 서울로 가자. 내가 직접 밥해 줄게. 그리고 옷 좀 사자. 너무 얇아."

"집에 잠깐 가면 되는데."

"집엔 나중에 가."

"언제까지 이래야 할까?"

"네가 서재현을 만나도 괜찮을 때까지. 그 자식을 맞닥뜨려도 떨지 않고 무서워하지 않을 때까지."

"하, 평생 집에 못 갈 수도 있겠다."

한숨을 내쉬는 그녀를 본 그가 빙그레 웃으며 그녀의 차가운 뺨에 손을 대어 따뜻하게 감쌌다.

"아니야. 그 누굴 만나도 무섭지 않을 수 있어. 내가 그렇게 만들 거야."

"응. 집에 가자."

그녀의 말에 그는 곧 움직였다. 재희의 손을 잡아 제게로 끌어온 선이 운전을 했다. 시간은 그들을 빠르게 휘감아 지나갔다. 일분일초도 허투루 쓰고 싶지 않았다.

선은 지금 제 행동에 확신했다. 지나치다 싶을 정도로 그녀를 안고 있지만 이 또한 그에게는 절실한 시간이었다. 어느 순간에도 선은 그녀를 놔두고 싶지 않았다. 계속 확인하고 싶었다. 자신이 만나는 여자, 자신이 키스하는 여자, 자신이 사랑을 나누는 여자가 누구인지 각성하며 행동했다. 자신이 만나는 여자가 서재희라는 걸.

서울을 올라가는 차 안에서 잠이 든 여자를 바라보던 선은 그녀에게도 확신을 심어 주어야겠다고 다짐했다.

한밤중에 지지고 볶고, 음식을 만드는 손길은 바빴다. 씻고 나온 재희는 그가 바쁘게 오가며 요리를 하는 모습을 보고 다가

왔다.

"뭐 만들어?"

"그냥 밥."

"우와, 맛있겠다."

재희의 말에 선은 불고기를 볶다가 젓가락으로 한 점 집어 그녀의 입속에 넣어 주었다.

"음, 맛있어. 최고!"

재희는 엄지를 보이며 활짝 웃었다. 그리고 그의 허리에 팔을 감아 안았다. 그의 등에 제 얼굴을 기댔다.

"너무 좋다."

"좋아?"

"응. 내 인생 중 가장 행복한 시간이야."

"그러니까 나한테 잘해."

"응. 너한테 잘할게."

"다 됐다. 이제 식탁에 앉아 봐."

그는 재희의 손을 이끌어 의자에 앉혔다. 식탁에는 뭐 하나 빠짐없는 한 상이 가득 차려졌다. 밥과 된장국에 불고기, 꽁치구이, 여러 가지 나물과 김치 등 밑반찬까지.

"이걸 다 네가 했다고 하지 마."

"왜?"

"무서워지려고 그래. 사람이 아닐까 봐."

"칭찬이지?"

선은 기분 좋은지 활짝 웃었다.

"우리 어머니 솜씨야. 내가 한 건 불에 구은 것뿐이고. 여기 있는 것 모두 어머니가 냉장고에 넣어 놓고 간 거거든. 내가 또 알아서 잘 해 먹으니까 어머니는 조리되지 않은 상태로 주셔."

"그럼 제가 한 번 먹어 보겠습니다."

재희는 긴장된 표정으로 눈앞의 음식을 탐색했다. 뭘 먹어야 좋을지 몰라 한참을 망설였다. 그러다 된장국을 퍼서 입에 가져갔다. 그리고 반복해서 먹었다.

"나 이런 맛 처음이야. 그 집에서 일하던 아주머니가 해 준 된장국도 이런 맛은 아니었기든."

"그래?"

"응. 너무 맛있어. 나중에 꼭 배워야겠어."

재희는 정말 맛있게 먹었다. 첫 끼니라 당연하겠지만 복스럽게 먹는 걸 보니 선도 기분이 좋아졌다. 사랑도 좋지만 밥은 먹여 가며 놀아야 한다는 걸 새삼 느꼈다. 스스로도 제 행동이 어이없어 헛웃음이 나왔다.

"너희 어머니 요리 솜씨 진짜 좋으시다."

마지막 한 톨까지 남김없이 다 먹은 재희는 숟가락을 내려놓으며 탄성을 내질렀다.

"나 너희 어머니 팬 할래. 너무 맛있어."

눈에서 꿀이 떨어졌다. 자신에게도 보이지 않던 눈빛을 하는 그녀를 보자 허탈한 웃음이 나왔다.

"우리 어머니 좋아하시겠네. 평소에 늘 당신 요리 솜씨에 대해 인정받길 원하셨거든."

"나중에 뵈면 꼭 말해야겠어. 팬이라고."

"그러지 말고 이번 주말에 당장 찾아뵙자."

선을 물끄러미 바라보던 재희가 그의 손등에 제 손을 얹었다.

"그래. 찾아뵙고 인사드리자."

미소 짓는 그녀를 보며 선은 손을 꽉 잡았다. 손을 당겨 제 입술에 대었다.

"또 하고 싶어."

"어어, 안 돼. 나 소화도 안 됐단 말이야."

"그게 무슨 상관이야."

재희는 다급히 그의 손을 빼려고 했지만 그가 놔주지 않았다.

"나 좀 봐줘. 잠시만. 내가 설거지하는 동안 넌 좀 쉬고 있어. 계속 운전하느라 힘들었잖아."

재희는 그의 손을 톡톡 두드리고 제 손을 빼내었다. 그리고 그를 일으켜 거실 소파로 데려갔다.

"여기 앉아서 나 올 때까지 기다려. 내가 설거지 끝내고 화끈하게 놀아 줄게."

선은 그녀의 말이 재밌어서 그대로 놔두었다. 어떻게 화끈하게 놀겠다는 건지는 모르겠지만 일단 소파에 앉아서 얌전히 기다리면 상을 주겠다는 뜻 같았다.

"그럼 난 여기서 조용히 있을게."

"바로 그거야."

재희는 아이를 대하듯 그의 머리카락을 손으로 쓸어내리며 볼에 입을 맞췄다. 부엌으로 간 재희를 보며 선은 소파에 머리를 기대어 그녀를 지켜보았다.

한참 동안 설거지를 하던 재희는 바가지에 물을 비우고 앞치마를 벗어 곱게 접었다. 그리고 선반에 올려놓았다. 조용하다 싶어 다가오니 그는 잠들어 있었다.

재희는 욕실로 가 양치질을 하고 다시 다가와 그의 옆에 앉았다. 앉은 채로 잠이 든 선을 턱을 괴고 바라보았다.

날렵한 턱 선과 짙은 눈썹, 잘생긴 이목구비가 언제 보아도 적응되지 않았다. 그리고 그 아래에 자리한 탐스런 몸이 그녀의 심장을 아찔하게 만들었다.

오랫동안 그의 얼굴을 꼼꼼히 관찰하던 그녀는 그의 머리를 조심히 내려 소파에 눕혔다.

"이불 가져와야겠다."

침실 이불을 가져오려고 일어서던 재희는 그녀의 손을 잡아당기는 힘에 의해 그에게 풀썩 엎어졌다.

으아, 얼굴을 든 그녀와 눈이 마주친 선. 그녀를 올려다보는 눈빛이 또 변해 있었다.

"얼굴 감상 잘했어?"

"안 잤어?"

"잤지. 근데 네가 다가오자마자 깼어. 향이 나거든."

선은 그녀의 허리를 잡아 당겨 얼굴을 가까이 좁혔다.

"더 기다려야 해?"

타는 듯한 눈동자를 본 재희는 살짝 고개를 저었다.

"아니."

그 말이 시작이었다. 선은 집어삼킬 듯 그녀의 입술을 덮었다. 물컹한 형체는 그녀의 안을 휘저으며 뿌리가 뽑힐 듯 당겼다.

"하아."

숨이 새어 나오는 그녀의 입술을 빨아들이며 제 혀끝으로 탐미했다. 턱, 목덜미로 내려오는 입술은 셔츠 단추를 빠르게 풀어 버리고 가슴골로 내려왔다. 등 뒤로 손을 넣은 그가 후크를 손쉽게 풀어 버리자 탐스러운 유방이 드러났다.

짐승처럼 달려들었다. 그는 누운 채로, 먹기 좋게 매달려 있는 열매를 할짝거리며 음미했다. 그의 어깨에 손을 얹은 재희의 숨이 점차 거칠어졌다. 그녀의 손도 그의 셔츠를 벗기느라 분주했다. 등에 걸리는 셔츠가 거추장스러운지 선이 그녀를 안고 일어나 앉았다.

서로를 마주 보는 눈빛이 열망에 젖었다. 촉촉이 젖은 눈빛은 서로의 본능을 일깨우며 자꾸만 재촉하게 만들었다.

재희가 그의 허리 아래로 손을 내려 바지를 벗기려 하자 그는 손쉽게 엉덩이를 들어 주었다. 제 바지에 손을 대어 내릴 때에도 그는 재희의 몸에 쉴 새 없이 키스를 했다.

나체의 두 사람은 태초의 남녀처럼 서로의 몸을 맞물렸다. 그녀의 안으로 제 것을 밀어 넣은 선은 제 위에 앉아 있는 그녀의 풀어진 눈동자를 보고 눈가에 입을 맞췄다.

"느껴 봐. 너도 나처럼 네 욕망을 풀어. 날 가지고 놀아. 네가 하고 싶은 대로 몸을 움직여 봐."

그의 말에 마법이 걸린 사람처럼 재희는 제 몸을 흔들었다. 꽉 조이는 그녀의 안은 파르르 떨리며 그를 놓아주지 않았다. 재희는 움직일 때마다 미간을 찌푸리며 숨을 내쉬었다. 온몸을 타고 흐르는 쾌락의 덩어리는 그녀의 숨을 허공에 뿌렸다.

그녀의 한쪽 가슴을 손으로 돌리다가 움켜쥐는 걸 반복하던 그는 반대쪽 가슴에도 손을 뻗었다. 양손으로 그녀의 가슴을 애무하며 젖꼭지를 힘주어 잡았다.

"하앗!"

제 어깨에 풀썩 쓰러지는 그녀는 이미 한껏 느껴 버려 힘을 쓰기 어려웠다. 기다란 머리카락을 쓰다듬던 선이 그녀를 소파 등받이에 기대게 했다. 그리고 그녀의 등 뒤로 앉아 안아 올렸다. 그의 남성의 움직임에 재희의 몸이 들썩였다.

등을 가리고 있는 머리카락을 한 손으로 치우고 등부터 어깨 주변에 자잘한 키스를 하며 젖가슴을 움켜쥔 선은 뿌리 깊이 박아 그녀의 끝까지 제 몸을 밀어 넣었다.

"하앙⋯⋯. 아웃."

교태 섞인 음성이 거실을 울렸다. 선의 움직임이 거칠어 커다란 소파도 제 모습을 갖추지 못하고 삐뚤어졌다.

그대로 그녀를 바닥에 엎드리게 한 그는 무릎을 구부리게 하고 도드라진 둔부를 어루만지며 입술을 살결에 대었다. 혀끝으로 엉덩이 사이의 골을 자극하자 재희의 음성이 자지러졌다.

"선아, 하앗⋯⋯."

우유를 먹는 듯 그녀의 질퍽한 아랫도리를 쉴 새 없이 빨아들이던 선이 다시금 제 남성을 집어넣었다. 퍽퍽, 살갗이 부딪치는 소리가 귓가를 울렸다. 농도 높은 신체의 부딪힘은 그들의 정사를 무르익게 만들었다.

"제발⋯⋯."

"싫어. 아직 더 할 거야."

그는 다시 그녀를 돌려 눕혔다. 그리고 또 들어왔다. 잠시 숨을 고른 선은 눈물이 맺힌 재희의 눈을 보며 손가락으로 닦아 주었다.

"그렇게 좋아?"

원망이 섞인 눈빛도 보였지만 잔뜩 젖은 눈동자는 그를 갈망하고 갖길 원했다. 온전히 그를 탐미하고, 그의 모든 것이 제 것

임을 눈으로 보여 줬다.

이미 붉게 물든 것도 모자라 부르튼 입술과 눈물인지 타액인지 모를 끈적임이 얼굴을 엉망으로 만들었다. 그런데도 그녀는 아름다웠다. 눈물을 일렁이는 모습은 청초했고 붉게 물든 입술은 색기가 흘렀고, 하얀 피부와 대비되는 붉은 낯빛은 당장이라도 과육이 흘러나올 것처럼 침을 흘리게 했다.

그가 몸 깊숙이 박을 때마다 재희는 여전히 살을 찢는 고통이 느껴졌지만 제 몸 구석구석에 그의 흔적을 남기는 것 같아 마다하지 않았다. 이대로 온몸이 찢겨진대도 괜찮았다. 그를 더 제 안으로 가득 채우고 싶었다.

그녀의 젖가슴을 움켜잡은 손에 힘이 들어갔다. 마지막 정열을 불태우듯 그는 몸을 빠르게 움직였다. 헐떡이는 여자의 숨이 곧 넘어갈 듯 아슬아슬했다. 절정으로 치닫는 욕망의 끝을 발견하고자 그는 제 남성을 끊임없이 움직였다. 그녀의 몸에 제 사랑을 흩뿌렸다.

그는 그녀의 몸 위로 쓰러졌다. 거친 숨소리와 들썩이는 가슴이 그의 쾌락을 증명했다. 이미 여러 번 오르가슴을 느낀 재희는 그의 무게와 함께 정신을 잃었다.

❄ ❄ ❄

"아오! 그년이 어디로 숨었지!"

방 안을 서성이며 제 머리를 쥐어뜯은 재현은 집에도 없고 카페에도 나오지 않는 재희를 찾지 못해 초조해졌다.

"그 자식이랑 같이 있는 게 분명한데."

재현은 자신을 위협하던 남자를 떠올렸다. 아, 맞다. 야구 선수랬지. 재현은 팔짱을 끼다가 멈칫거렸다.

"이 자식, 이거 예전에 서재희랑 같이 의식 불명이던 놈 아냐? 오호라, 다시 만난다 이거지. 결혼 파토 내놓고 몰래 만난다? 과연 그럴 수 있을까."

재현은 씩 웃으며 방을 나왔다. 계단을 내려가다 문도가 거실 소파에 앉아 신문을 넘기는 것을 보고 멈칫했다. 문도는 자신만 보면 못마땅한 얼굴로 얼굴을 구겼다. 이번 기회에 집안에서 실추된 제 이미지를 회복해야했다.

재현이 내려오자 인기척을 느낀 문도가 뒤돌아봤다. 아니나 다를까. 그의 미간이 구겨졌다.

"어딜 또 나가는 거냐. 괜히 사고 치지 말고 그냥 집에나 있어."

재현은 주먹을 꽉 쥐었다. 그러더니 문도에게 다가와 소파에 앉았다.

"아버지. 이러고 집에 계시는 거 쪽팔리지 않으세요? 다시 회사 찾으셔야죠."

"네가 지금 나한테 훈계질이냐!"

"제가 설마 아버지한테 훈계를 하겠습니까. 그냥 억울하잖아요. 서재희, 그년 때문에 이렇게 된 게."

문도가 무섭게 노려보았다. 문도는 집안 식구들이 서재희 이름을 꺼내는 걸 극도로 예민하게 반응했다. 결국 재희를 빼돌리고 결혼을 무효로 만든 건 문도 자신이기 때문이다. 그래도 핏줄이 섞였다고 마지막에 가서는 불쌍했나. 하지만 재현이 아는 아버지는 사람에게 동정을 베푸는 사람이 아니었다.

"네 동생한테 그게 무슨 막말이냐."

"누가 동생이에요."

안방에 있던 채 여사가 거실로 나오며 차갑게 내뱉었다.

"난 그런 애 딸로 둔 적 없어요."

채 여사의 말에 문도는 고개를 돌려 버렸다. 재희를 집안에서 내보낸 후 처가 덕분에 회사가 넘어가는 것을 막고 집도 그대로 유지할 수 있었다. 단지 사장 자리에서 물러나는 것으로 형철에게 대가를 치렀다.

그래서 채 여사에게 제 속의 말을 다 꺼낼 수 없었다. 재희를 비난하는 소리에 적당한 대꾸도 하기 어려웠다.

"넌 나가려면 어서 나가."

채 여사가 재현을 보며 손짓했다. 그녀의 말에 재현이 얼른 소파에서 일어섰다.

"아무튼 아버지, 조만간 좋은 소식 있을 겁니다. 제가 아버지 다시 사장 자리에 앉혀 드릴 테니까 조금만 기다려 주세요."

콧노래를 부르며 현관으로 나가는 재현을 바라보던 문도의 미간이 구겨졌다. 또 어디 가서 사고나 치지 않으면 다행이었다.

"좋은 소식?"

재현의 말이 자꾸만 문도의 신경을 거슬렸다.

❋ ❋ ❋

―부회장님. 서재희, 이년이 숨어 버렸습니다.

"실망이군. 재현 씨. 일처리를 이 정도로밖에 못 하나."

―아닙니다. 지금 백방으로 찾고 있습니다.

형철은 소파에 눕힌 몸을 거두며 일어나 앉았다. 그의 위에 올라 있던 여자를 끌어내렸다. 여자는 말려 올라간 원피스를 내렸다. 형철은 제 바지 앞섶으로 손가락을 가리켰다. 손가락만 까닥했는데 여자는 바닥에 무릎을 꿇고 앉아 버클이 풀어진 바지 안쪽으로 손을 넣어 묵직한 남성을 꺼냈다.

"사람은 머리를 써야 해. 숨어 버린 년을 밖으로 불러내려면 어떡해야 할까."

여자가 형철의 것을 입안으로 넣으며 빨았다. 그녀의 머리를 잡아당겨 도망가지 못하게 밀착시켰다. 여자는 남성을 더욱 세게 그러쥐며 머리를 움직였다.

―그년에게 이선이라는 놈이 붙어 있습니다.

"으…… 좋아."

형철은 기분 좋은 소리를 내며 입꼬리를 올렸다.

"이선. 그 자식을 이용하면 좋겠군."

폰을 끊은 형철은 소파 위로 던져 버리고 제 것을 문 여자의 머리를 뺐다. 그리고 원피스를 끌어 올리고 이미 벗겨져서 아무것도 없는 여자의 질 속으로 집어넣었다. 움직일 때마다 가슴 아래로 벗겨진 원피스가 흩날리며 춤을 추었다. 출렁이는 여자의 가슴을 우악스럽게 잡았다. 초점을 잃은 여자는 형철의 움직임에 헐떡였다.

"이것 봐. 나를 만났다면 얘처럼 황홀한 경험을 맛보게 해 줄 텐데 그년은……!"

제 것을 쏟아부은 형철이 아직도 흐릿하게 정신을 차리지 못하는 여자를 소파로 밀쳤다. 여자는 소파로 널브러져 거친 숨을 내쉬었다.

관계가 끝나자 형철은 아무 일도 없던 것처럼 옷매무새를 다 잡았다. 그리고 이마를 드러내며 올린 머리를 가지런하게 쓸어 올렸다. 소파에서 숨을 고르는 여자를 내려다보며 차갑게 뱉었다.

"내일부터는 오지 마라. 지겹다."

형철은 지갑에서 백만 원짜리 수표를 여러 장 꺼내 테이블에 던졌다. 그리고 인터폰을 눌렀다.

"김 실장. 내일 이선 매니지먼트 대표 좀 불러."

—네. 알겠습니다.

형철은 업무용 의자에서 재킷을 들어 걸치고 문을 나갔다.

8.

NORMAL : 나들처럼 평범하게

　휴대폰 진동 소리에 재희는 눈을 떴다. 침실로 옮겨진 그녀는 커다란 셔츠를 입고 있었다. 그의 것인 모양이다. 제 몸은 깨끗한 상태로 덮여 있었다. 그가 정신을 잃은 재희의 몸을 티슈로 닦아 주고 손수 자기 옷을 입혀 준 것 같다.

　눈을 돌리던 그녀는 옆에서 엎드려 자고 있는 선을 보았다. 맨살이 보여 살짝 이불을 들췄다. 바지는 입고 있는 걸로 보아 사이좋게 나눠 입을 생각으로 이렇게 한 것 같았다. 대신 재희에게는 아랫도리를 입히지 않았으니 말이다.

　지난 밤, 사실은 새벽녘에 격정적으로 섹스를 한 그가 생각났다. 둘 다 제정신이 아닐 정도로 욕망에 취해 있었고 본능의 이끌림대로만 행동했다.

　제 행동이 생각나자 재희는 얼굴이 금방 붉어졌다. 대범한 건지, 평소 제 안에 욕망이 가득 차 있었는지는 모르겠지만 그녀는 제 본능과 쾌락이 생각보다 큼직하다는 것을 깨달았다.

자꾸만 울리는 진동 소리에 재희는 침대에서 발을 내려 침실을 나갔다. 걸을 때마다 찌릿한 통증은 다리의 것은 아니었다.

거실엔 햇살이 쏟아졌다. 그의 집은 조망권이 환상적인 위치에 있었다.

"여보세요."

—희 작가님. 출판사입니다.

"안녕하세요."

—작가님 책이 나왔습니다. 내일 출간될 예정입니다.

"아, 감사해요. 고생하셨습니다."

—예정대로 구매 고객 중 몇 명에게 친필 사인 엽서 이벤트를 하려고 해요.

"네."

—한 번 만나 뵙고 직접 전달해야 하는데 한사코 거절하시니 댁으로 보내 드리겠습니다. 엽서에 친필 사인과 간단한 편지를 쓰셔서 저희 쪽으로 보내 주세요.

"네. 배려해 주셔서 감사합니다."

—벌써 반응이 좋아요. 작가님 책 나오길 기다리는 독자들이 많았나 봅니다.

"그런가요."

칭찬을 들으니 기분이 좋은 건 사실이었다. 재희의 입가에 미소가 피었다.

—분위기 좋은데 꾸준히 작품을 내시면 좋을 것 같아요. 이번엔 소설 쪽으로도 생각해 보셨으면 해요.

"전 글쟁이는 아니라 실력이 부족할 거예요."

—작가님, 오랜 시간 출판 업계에서 있어 보니까 글을 화려하

게 쓴다고 해서 좋은 작품은 아니더라고요. 독자의 마음에 심금을 울린다면 그게 좋은 글입니다.

"네. 한 번 생각해 볼게요."

—주소 문자로 보내 주세요.

재희는 전화를 끊고 세나의 집주소를 넣었다. 아무리 선이라도 그녀가 글 쓰는 걸 알게 하고 싶진 않았다. 이상하게 부끄럽고, 자신만의 비밀이고 싶었다. 어차피 드러내려고 시작한 일이 아니었기에 더 그런가.

휴대폰을 탁자에 내려놓고 거실을 돌아봤다. 지난밤의 정사에 흐트러졌을 텐데 말끔한 모습으로 돌아왔다. 부지런하게 그가 다 정리해 놓은 것 같다.

햇살이 셔츠를 통과했다. 그의 옷은 정말 매우 컸다. 셔츠만 입었는데도 무릎 위까지 내려왔다. 그래서 팬티를 입히지 않았는지도 모르겠다. 엉큼하게.

재희는 팬티를 찾아 입고 그의 집을 탐색했다. 넓고 깨끗한 구조는 그의 성격을 말해 주었다. 모던하지만 차갑지 않은 색감도 그의 성격 같았다. 맞은편에 있는 문을 열었다. 벽면 가득 책이 꽂혀 있었고 가운데 커다란 책상이 놓여 있었다.

"우와."

책의 양이 무척이나 많았다. 서재를 둘러보던 재희는 조심스럽게 책상을 쓸었다. 점점 더 그가 대단하게 느껴졌다. 운동하는 선수들은 훈련을 하는 시간이 많아 여가 생활에 어려움이 있다고 들었는데 이 방대한 양은 그의 지적 수준이 왜 높은지 말해 주는 것 같았다.

"이런 널 내가 갖는 게 과연 맞나 모르겠다. 점점 더 욕심이 나서 무서워."

혼잣말로 내뱉은 그녀는 계속해서 책장을 훑었다. 다른 책장과 높이가 다른 독특한 형태의 선반에는 책이 몇 권 없었다. 아마 그가 특별히 아끼는 것들인 것 같다. 그중에 〈홀로 서다〉라는 책이 눈에 들어왔다. 책을 들어 펼쳤다.

"세상에."

책을 펼칠 때마다 그가 메모해 놓은 문구가 재희의 심장을 뛰게 만들었다. 그녀가 쓴 시 아래 제 감상을 덧붙였다.

울지 말아요.

그건 당신 잘못이 아니에요. 인간은 누구나 자신만의 십자가를 갖고 있대요. 그 고통의 크기를 벗어나려고 하기보다 받아들이려는 마음이 더 중요해요.

톡톡, 빗방울이 떨어지네요. 작가님과 동 시간을 깨어 있나 봅니다.

재희는 눈물이 차올랐다. 마치 그녀에게 위로하는 말과 같았다. 그가 써 놓은 구절은 전부 재희에게 하는 말이었다.

어떻게 사랑하지 않을 수 있을까. 제 마음을 모조리 빼앗아 갔는데 그를 보지 않고 어찌 살 수 있냔 말이다. 신은 그녀에게서 모든 걸 거두어 갔지만 대신 그를 내주었나 보다. 그가 어머니이자 아버지, 오빠이자 친구, 사랑이자 두려움이었다.

서재를 나온 재희는 코너를 돌아 안쪽 도어를 옆으로 밀었다.

"여긴 드레스 룸이구나."

그의 옷이 걸려 있었다. 시합할 때 입던 유니폼도 한쪽에 있었고 평소에 입는 셔츠와 바지, 슈트도 가득했다.

마치 선의 시간이 한눈에 그려지는 것 같았다. 어릴 때부터 지금까지의 삶이 이 안에 차곡차곡 정리되어 있었다. 세월의 흔적이 느껴지는 운동복도 그의 삶이었고, 고교 야구 시절 입었던 유니폼도 그의 과거였다. 그리고 자신을 보러 왔을 때 입었던 슈트도 그의 것이었다.

절망적이었던 그 시기의 삶도 옷장 안에 들어가 있었다. 그는 그것을 외면하지 않고 모두 끌어안아 담았다. 이게 이선이었다. 이토록 열심히 살아온 사람이 바로 그였다.

고난과 고통 속에서도 희망을 놓지 않고 삶을 치열하게 사는 그가 재희의 마음을 울렸다. 자신에게 말해 주는 것 같았다. 이제 그만 어둠에서 나와 세상 밖으로 나와도 된다고, 삶은 그 자신이 의미를 부여할 때 비로소 빛나는 것이라고.

집 안 곳곳을 구경한 재희는 다시 거실로 나와 소파에 앉았다. 턱을 괴고 창밖을 하염없이 바라보던 재희는 뭔가 생각난 듯 폰을 들었다. 신호가 갔다.

―서재희!

세나의 목소리가 격앙되었다. 재희는 그녀가 화가 났음을 알았다. 달래 주려면 한참 걸릴 것 같았다.

"잘 지내지?"

―잘 지내냐고? 사람 걱정시켜 놓고 잘 지내냐고!

"미안. 나 무사해. 걱정 마."

―이선, 그 자식이 너 건드렸어?

"어?"

재희의 얼굴이 순식간에 빨개졌다.

"내가 좋아서 한 거야."

세나에게서 말이 없자 재희는 폰을 들어보았다.

"그리고 이선한테 내가 있는 곳 알려 준 사람은 너야."

─야. 그건 네가 아프니까! 에휴, 괜찮은 거지?

"응. 너무 행복해."

─네 입에서 행복하다는 말을 듣는 건 처음인 것 같다.

그런가, 재희는 제가 행복하다는 말을 했나는 것이 낯설었다. 하지만 정말 행복이라는 감정이 있다면 자신이 지금 느끼고 있는 느낌일 것 같았다.

─그래서 이선이 잘해 줘?

"응. 잘해 줘."

─밤일은 잘하고?

"너무 사랑받아서 몸이 아플 정도야."

─잘생긴 놈이 한 여자에게 정착하기 쉽지 않은데 말이야. 천연기념물일세.

재희는 동의의 의미로 웃었다.

─이선 광고 찍은 거 봤어?

"응. 어제."

─대박이야. 기사 봐. 반응이 폭발적이더라.

"그래?"

─너무 높은 곳으로 올라가는 것 같아 걱정되지만 좋은 일이니까.

"응. 난 이 사람이 무얼 하든 다 잘됐으면 좋겠어."

─얼씨구, 그러다 다른 여자에게 가면 어쩌려고.

재희는 생각만으로도 가슴이 무너져 내리는 것 같았다. 하지만 그가 그런다면 어떻게 할 수 없었다. 그의 마음이 떠난다면 그건 잡을 수 없었다.

"그럼 어쩔 수 없지, 뭐."

—사람 좋은 소리 한다! 그럴 땐 사정 봐주지 말고 날려 차야지! 아, 넌 목발로 차!

쿡쿡, 사람 기분 좋게 하는 재주는 여전하다. 재희는 세나가 자신을 위로하려고 하는 말이란 걸 잘 알았다.

—카페는 언제 나오는 거야?

"아, 맞다. 카페. 대표님 혼자서 힘드실 텐데."

—사람 구한다더라. 안 그래도 어제 갔더니 말씀하시더라고.

"응. 그래. 다행이다."

—언제까지 숨어 지낼 수만은 없잖아.

"그렇지. 조만간 나갈 거야."

—네 마음이 강해지기를 기다리는 게 가장 좋지만 때로는 부딪혀야 하는 일도 있는 것 같아.

"응. 그렇게 하려고. 쉽지 않겠지만 이겨 내려고 해."

—자꾸 서재현이 찾아오면 나한테도 말해. 태주 씨가 날려 버린댔어.

"에? 네 남자 친구가 그 앨 어떻게 날려."

—야. 내 남친 회장님 아들이다. 그 정도 힘은 있어.

재희는 세나가 사귀는 남자가 대기업 총수의 아들이라는 것을 자꾸만 잊게 된다.

—재벌들은 다 그런가? 자신감이 대단해. 하긴, 너도 엄청 도도했지.

"자신감보다는 보고 자란 것이 다르니까. 그런데 그들 사이에

날 끼워 맞추는 건 너무 갔다. 난 재벌가에 태어난 자식이었지만 재벌은 아니었으니까."

세나는 그녀의 아픔을 건드렸다고 생각했는지 말을 멈추었다. 재희의 입가에 미소가 피었다.

"그런데 난 지금이 더 좋아. 태주 씨도 힘들 거야. 사람들의 눈이 자신만 바라보고 있는 거."

—야야. 그 사람은 즐기는 것 같더라.

"하하, 성격이 워낙 좋으니까."

태주를 어릴 때 몇 번 본 적 있는 재희는 젠틀하고 당당했던 그의 모습을 떠올렸다.

—태주 씨가 너 많이 생각해. 힘든 일 있으면 말하래.

"응. 그래."

—보고 싶다, 기지배야.

"뭐 어려운 일이라고. 조만간 보자. 또 택배가 갈 거니까 여기로 가져다줘. 친구야."

세나와 몇 마디를 더 나눈 뒤 전화를 끊었다. 재희는 잠시 망설이다가 성준에게 전화를 걸었다. 신호가 가다가 끊어졌다. 다시 전화를 걸었다. 여전히 같은 상황이 반복되었다. 재희는 그가 전화를 받기 힘들어한다는 것을 느꼈다. 잠시 고개를 파묻고 생각하던 그녀는 빠르게 메시지를 작성했다.

〈대표님. 저 잘 있어요. 걱정하실까 봐 전화했어요. 세나한테 들었어요. 일하는 사람 구한다고. 대표님이 절 밀어내려고 한다면 밀려날게요. 그러니 너무 힘들어하지 마세요. 죄송해요.〉

후우, 재희는 한숨을 내쉬고 소파에 기댔다. 그때 침실 문이 열리고 선이 머리를 긁적이며 걸어 나왔다.

"재희야."

잠결에 목이 잠긴 그의 목소리가 허스키했다. 까치집을 만든 머리카락이 잘생긴 얼굴에 장난을 쳐놓았지만 그마저도 멋있어 보이니 눈이 이상해진 게 확실했다.

그는 어린아이처럼 재희에게 다가와 그녀의 무릎에 머리를 베고 누웠다.

"언제 일어났어?"

"아까. 더 자."

재희가 그의 머리카락을 쓰다듬어 주자 그는 다시 눈을 감았다. 머리에 닿는 그녀의 맨살이 부드러워 선은 손으로 다리를 쓰다듬었다.

"네 광고 반응 좋대."

"그래? 누가?"

"세나가."

"그 녀석, 나 엄청 싫어하는데."

"네가 이해해. 세나가 나 아픈 걸 워낙 싫어해서 그래."

"친구가 아니라 엄마 같아."

종아리를 쓸던 손이 점점 허벅지로 올라왔다. 금세 또 재희의 복부로 손을 집어넣어 맨가슴을 어루만졌다.

"너 애정 결핍이지. 스킨십 과다야."

"네 살이 부드러운 걸 어떡해."

"내 핑계 대지 마. 이 변태야."

가슴을 주물럭거리고 잔뜩 솟은 정점을 비틀자 그녀는 금세

251

반응했다.

"팬티 입었네?"

"그것도 변태야."

"오해야. 어차피 벗을 거니까 편하게 있게 해 준 거야."

그는 눈을 감고도 훤히 보이는 것처럼 재희의 가슴을 능숙하게 희롱했다. 재희는 숨을 거칠게 내쉬며 그의 손을 잡았다. 그리고 힘주어 빼냈다. 원래부터 그럴 생각이었는지 그는 손쉽게 옷 밖으로 나왔다.

"나 이따 운동 가야 하는데 너도 같이 갈래?"

"운동?"

"응. 쉬는 동안에도 몸 관리를 꾸준히 해 줘야 하거든. 내 개인 연습장에서 할 거니까 너도 가도 돼."

"좋아. 너 하는 거 구경할래."

"그럼 얼른 씻고 네 옷부터 사러 가자."

선은 그녀를 안아 올려 욕실로 향했다. 그리고 욕실 안으로 들어서자 그녀를 내려놓고 입은 셔츠를 홀러덩 벗겨 버렸다.

"걱정 마. 아무 짓도 안 할 거니까."

선은 잔뜩 굳은 재희를 보며 빙그레 웃었다. 샤워기에 물을 틀어 재희의 몸에 물을 적셨다. 한두 번도 아닌데 그녀는 욕실에서 함께 씻는다는 표현이 왠지 부끄러웠다.

몸을 후딱 씻으며 머리도 함께 감는 그를 보자 재희는 샤워볼을 비벼 거품을 내고 그의 등을 문질렀다. 허리 아래 자리한 탄탄한 둔부가 재희의 시선을 압도했다.

"씻겨 줄게."

선은 샤워볼을 뺏어 빠른 속도로 그녀의 등부터 가슴 배, 다리 사이를 쓱쓱 문질렀다. 손으로 거품이 충분히 묻도록 문질렀다. 민감한 부분을 지나갈 때마다 재희는 계속해서 자극을 받아 반응했다.

"안 되겠다. 네가 좋아하니까 가만있을 수가 없다."

"어어? 무슨 소리야. 그냥 씻을 거야."

이미 젖은 목소리에 변명은 소용없었다. 선은 거품이 묻은 그녀의 몸을 들어 아까부터 쿡쿡 찌르는 그의 남성에 넣었다.

"아아."

선의 몸을 휘감은 그녀는 떨어지지 않으려 안간힘을 썼다. 가벼운 그녀를 위아래로 움직였다. 부드러운 거품 때문에 그녀는 평소보다 배로 흥분했다.

"이런 걸 좋아하는 줄은 몰랐네."

재희는 그의 어깨를 퍽 때렸지만 선은 기분 좋게 웃으며 더 빠르게 제 것을 쳐올렸다

결국 욕실에서도 한바탕 사랑을 나누어 재희는 그야말로 탈진 상태에 빠졌다.

"넌 안 힘들어?"

소파에 앉아 셔츠 단추를 채우며 선을 흘겨보았다. 선은 이미 트레이닝복으로 갈아입은 후 그녀를 기다렸다.

"힘들다니. 에너지 받아 더 쌩쌩한데."

재희는 숨을 들이쉬며 고개를 저었다. 옷을 다 입을 때까지 기다린 선은 팔을 현관으로 안내했다.

"가시죠, 마님. 변강쇠가 모시겠습니다."

그의 행동에 까르르 웃음이 나왔다. 선은 며칠 사이에 웃음이

많아진 그녀가 새삼 놀라워 울컥한 마음이 들었다. 그래서 그녀의 머리를 제 품에 끌어안았다. 소중하게 품었다. 계속 웃게 해주리라 다짐했다. 제 허리에 팔을 두른 재희가 전부였다.

주차장으로 내려온 선은 휴대폰이 울려 받았다.

"어, 형."

―대신그룹 조형철 부회장이 날 보자네?

"왜?"

선은 갑자기 걸음을 멈추고 물었다. 그의 표정이 순식간에 차가워져 재희도 돌아보았다.

―사업차 할 얘기가 있다고.

"만나지 않겠다고 해."

―이미 간다고 했어, 인마.

"왜 그랬어!"

선이 소리치자 강우도 찔끔 목소리를 높였다.

―그럼 무슨 일인지도 모르는데 다짜고짜 안 간다고 하냐!

"형. 누누이 말하지만 난 연예인이 아니야. 엔터 사업 쪽으로 관심 있다면 다른 사람 찾아봐."

―야, 말이 심하잖아! 내가 네 몸값 팔아먹자고 이러는 거야?

"그러니까. 내 야구 실력에 대한 몸값을 높이는 거 외에 다른 건 관심 끄라는 거야. 그 남자, 위험한 사람이야. 조심해."

선은 휴대폰을 끄고 화가 난 마음을 머리를 쓸어 올리는 것으로 대신했다.

"무슨 일 있어?"

재희의 음성에 선은 정신을 차리고 고개를 저었다.

"아니. 매니저 형이 나랑 말도 없이 약속을 잡았대서."

"누구랑?"

"있어."

재희는 그가 말하고 싶지 않은 것 같아 더는 묻지 않았다.

"매니저 분은 어떻게 만난 거야?"

"고등학생 때 나랑 같이 선수 생활 하던 형이야. 그런데 대학 가고 잘 풀리지 않아 야구를 접었거든. 그러다 나랑 만나면서 내 스케줄하고 경기 일정, 운동 관리해 주고 있어."

"선아, 기분 안 좋으면 다음에 가. 너 얼굴 안 좋아 보여."

"아냐. 이럴 때일수록 운동을 해서 정신을 단련시켜야 해. 생각 정리할 것도 있고. 난 복잡할 때 운동을 하면서 머리를 식혀야 정리가 되거든."

재희는 조용히 고개를 끄덕이며 미소 지었다. 선이 그녀의 머리를 흐트러뜨렸다.

"일단 네 옷부터. 계속 선녀와 나무꾼 놀이 할 수는 없으니까."

선은 고급 건물 앞에 섰다.

"백화점은 알다시피 내 얼굴이 드러나서 다니기 힘들 것 같아. 여긴 좀 나을 것 같아서."

선이 데리고 간 숍에는 대여섯 명의 직원이 있었다. 깔끔하고 우아한 내부가 재희의 시선을 압도했다.

"이분에게 어울릴 만한 옷 좀 골라 주세요. 겉옷부터 속옷까지 싹 다."

"네. 알겠습니다."

직원들은 선의 말에 신속하게 움직였다. 그러면서도 그와 재희의 모습을 힐끔힐끔 바라봤다.

잠시 후, 실장이 다가왔다.

"여기 앉으세요."

실장은 그들을 안쪽 넓적한 소파로 안내했다.

"어머니께서는 그때 구매하신 옷들, 마음에 들어 하셨나요?"

"좋아하세요. 저도 마음에 들고요. 그래서 다시 왔습니다."

"이분은……."

"제 애인입니다."

선이 재희의 어깨에 팔을 두르며 웃었다. 아, 실장은 고개를 끄덕이며 알겠다고 말하고 자리를 벗어났다.

"설마 어머니가 입는 옷으로 주는 건 아니겠지?"

"설마."

재희는 그의 말이 엉뚱하여 웃음이 나왔다. 그녀의 웃는 모습에 선은 저도 모르게 그녀를 제 품에 안았다.

"선아, 사람 많은 곳에선 자제하자."

"누가 뭐래? 안는 것도 안 되나."

그러면서도 손을 풀지 않았다. 그렇게 기다리고 있으려니 옷걸이에 실린 옷들이 나왔다.

"취향을 몰라 어울리실 것 같은 옷들로 가져왔습니다. 이중에서 살펴보세요."

재희는 눈앞에 있는 옷들을 보았다. 딱 봐도 평범한 옷은 아니었다. 그리고 속옷조차도 평소 그녀가 입던 재질과는 달랐다. 그 집에서 살 때 걸쳤던 옷도 이 정도의 질감은 아니었다. 아니, 지금은 성인이니까 입는 옷의 수준도 달라지는 게 맞다.

하지만 여기 옷들은, 가격표를 슬쩍 봤다. 저절로 입이 벌어지는 가격에 재희는 선뜻 옷을 고르지 못했다.

"네가 내 성격을 안다면 이 옷을 사 주면 안 되는 거야."

"갚으면 되잖아."

그를 보았다. 그는 태연하게 웃으며 재희를 응시했다. 놀리는 건가. 재희는 살짝 미간을 구기며 옷을 보았다.

"나 안 입을래."

한 걸음 물러난 그녀에게 다가간 선이 그녀의 팔을 붙잡고 대신 옷을 골랐다. 옷걸이를 뒤적이던 그는 살구색 실크 원피스를 골랐다. 그리고 그녀에게 대보았다.

"피부색이랑 잘 어울리네. 또."

이번엔 짙은 남색의 원피스도 골랐다.

"차분해 보인다."

선은 멈추지 않고 옷을 계속 골랐다. 흰색 블라우스에 에이라인 스커트와 통이 넓은 팬츠까지. 그의 손은 쉴 새 없이 옷들을 재희 앞에 대보았다.

"속옷은 이 사이즈로 주세요. 나머지 옷도 블라우스는 44, 원피스는 55 사이즈로 주시면 됩니다."

"어머, 여성 옷 사이즈도 잘 알고 계시네요."

"네. 이 친구에 대해서는 모르는 게 없죠."

천연덕스러운 얼굴로 씨익 웃는 선을 보며 직원은 미소로 화답했다.

"이건 바로 계산하면 될까요?"

"네. 사이즈 전부 찾아서 주세요."

재희는 그가 하는 말에 경악을 하며 입이 벌어졌다.

"못해도 천만 원은 될 것 같아."

"그렇겠지? 갚아, 천천히."

"이선."

재희는 그를 올려다보며 우울한 얼굴로 말했다.

"나 재벌 아니야. 넌 돈 잘 버니까 모르겠지만 이건 일반적으로 입는 수준의 옷이 아니야."

"그럼 갚을 방법은 딱 하나 있네."

그와 눈이 마주치자 선은 눈부시게 웃었다.

"나랑 결혼하자. 그럼 내 것도, 네 것도 다 같으니까."

"넌 기승전결혼이야?"

"어? 얘기가 그렇게 되나?"

뭐가 좋은지 선은 여전히 싱글벙글이었다. 재희는 그가 사 준 옷이 부담스러워 내내 마음에 걸렸다. 하지만 기쁘게 사 주는 옷을 마다할 명분도 없었다. 거기서 자존심 내세우며 이 옷을 왜 받느냐고 하는 것도 힘 빠지는 일이었다.

"갚을 거니까 계좌번호나 불러."

"10원도 놓치지 않고 받을 거니까 다 준비해."

한마디도 지지 않는 선을 노려보던 재희가 먼저 발을 옮겨 나갔다. 선이 다급히 따라가 재희의 허리에 손을 둘렀다.

"평생 무이자로 해서 죽을 때까지 나눠 갚으면 되겠다."

빙그레 웃는 그가 웃기기도 하고 사랑스러워 재희는 발뒤꿈치를 들어 입을 맞췄다.

"사랑해."

뜬금없는 고백이지만 선은 그녀의 속삭임에 얼굴이 붉어졌다. 그에겐 어떤 말보다도 치명적이었다.

직원은 계산한 옷을 커다란 쇼핑백 세 군데에 넣었다. 그리고 그들을 따라 그의 차로 이동했다.

"대박. 이선 선수 여친인가 봐."

"얼굴에 흉은 뭐야. 끔찍해."

"저런 여자를 왜 만나는 거지? 예쁘장하면 뭐 해. 과거가 의심스러운데."

"몰라. 이선 선수도 보는 눈이 의외야. 같이 CF 찍은 채하연이 훨씬 낫던데."

"채하연, 지금 떠오르는 스타인데 열애설이 나겠어?"

"야. 채하연이 인터뷰에서 이선 선수 오랜 팬이라고 그랬대. 좋아한다고 대놓고 고백하더라. 둘이 뭐가 있나?"

"그럼 저 여잔 뭐야. 그냥 데리고 노는 건가."

"모르지 뭐. 하여간 부럽다. 저런 흉터를 가진 얼굴로도 잘난 남자를 만날 수 있어서."

"지금 산 옷만 해도 얼마야. 그냥 만나는 사이는 아닌가 봐."

문을 나갈 때까지 직원들의 속닥거림은 계속되었다. 재희의 귀에도 언뜻 들렸지만 신경 쓰지 않기로 했다. 그가 제 곁에 있기에, 그가 자신을 사랑하기에 다른 말은 아무래도 괜찮았다.

그가 운전하는 차를 타면서 재희는 창밖으로 시선을 돌렸다. 도시의 가로수들은 나뭇잎 대신 전구로 몸을 감싸고 반짝이는 빛을 뽐내고 있었다. 추운 날씨로 거리에는 사람들의 발걸음이 빨라졌다. 보름 뒤면 크리스마스였다.

그동안 재희에게 겨울은 그저 추운 계절이었다. 쓸쓸함만 감도는 삭막한 도시의 전유물. 굳이 의미를 부여하자면 봄을 기다리는 인내심 정도.

하지만 이제 그녀의 겨울이 달라지려고 했다. 보이지 않던 불빛이 보였다. 느끼지 못했던 생동감이 느껴졌다. 들리지 않던 소리가 들렸다. 보고 듣고 느끼지 못해서 제 곁에 있음에도 깨닫지 못한 자연의 정취가 보이기 시작했다. 어둑해진 밤하늘은 화려한 불빛으로 여울졌다.

"따뜻해?"

생각에 잠긴 재희가 그의 말에 대답하지 못하고 창밖을 하염없이 바라보았다. 선은 손가락을 들이 그녀의 옆선을 허공에서 따라 그리며 기다려 주었다. 신호등이 다시 초록불로 바뀌어 그는 다시 출발했다.

생각에 빠졌을 때는 불러도 대답하지 못하곤 했다. 고등학생 때 바깥 벤치에 앉아 있는 그녀를 자주 목격했다. 이름을 여러 번 불렀지만 그녀는 꿈적도 하지 않았다. 그 상상 속에서는 행복한지 얼굴이 밝아 보였다. 그래서 선은 더 부르지 못했다. 지금도 비슷했다. 그녀의 자태가 고와서 깨고 싶지 않았다.

하지만 한 가지, 그녀가 곧 사라질 것처럼 위태로운 건 마찬가지였다. 가만히 그녀의 손을 끌어와 제 허벅지에 댔다. 그러자 재희는 생각에서 빠져나와 손을 내려 보았다.

"옷 따뜻해?"

"아, 밖에 나가 봐야 알지. 그런데 따뜻할 것 같아."

재희는 제가 입고 있는 구스다운 패딩을 훑었다. 그리고 그를 보며 웃었다.

"네가 사 줬잖아."

"당연하지."

선은 그녀의 손등을 어루만지며 쓰다듬었다. 차는 큰 건물 주차장으로 들어섰다.

차를 주차하고 재빨리 내린 선이 조수석 문을 열었다. 그를 따라 내려선 재희는 선의 손을 잡고 건물 안으로 들어갔다.

스포츠 센터 같은 느낌인데 조금 달랐다. 2층 단독 건물로 지어졌고 개인이 혼자 쓴다는 점에서 다른 센터와 달리 특별했다. 2층은 기존 헬스장처럼 트레드밀과 여러 가지 기구가 놓여 있었다. 엘리베이터가 열리자 다양한 기구가 두 사람을 맞이했다.

"보통 여기서 한두 시간 기본 훈련을 하고 내려 가. 심심하면 저기 안에 들어가 있어."

선이 가리킨 곳은 그의 휴게 공간인 듯했다. 재희는 고개를 끄덕이고 일 보라는 듯 손짓을 했다. 선은 패딩을 벗어 옷장에 걸고 러닝화로 갈아 신었다. 그리고 위에 운동복도 벗어 흰 티로 바꾸었다. 그의 멋진 몸을 보고 있자니 저절로 눈이 호강하는 기분이었다.

재희도 물리 치료를 받으면서 훈련을 받긴 했었다. 그래서 선의 센터에 있는 다리 근육을 키우는 기구가 친근하게 다가왔다.

"나도 이거 해도 돼?"

그가 고개를 끄덕이며 트레드밀을 탔다.

재희도 패딩을 벗어 옷장에 걸고 기구로 다가왔다. 기다란 판에 앉아 다리를 들어 올리는 기구는 생각만큼 쉽지 않았다. 아무래도 다리의 힘이 생기지 않는 이유인 것 같다. 그래도 매일 열 개씩, 그리고 조금씩 늘려 가면 힘이 생길 것 같았다. 특히 아픈 오른쪽 다리는 더욱 힘이 필요했다.

신기한 건 요 며칠 그와 잠자리를 하며 다리가 한 번도 아프지 않았다는 것이었다. 눌리거나 한쪽에 무게가 실리면 아팠는데 그땐 아프지 않았다. 고통을 느낄 여유가 없었던 것일까.

한 개를 하는 것에도 온 힘을 다해 운동을 하길 몇 차례, 한동안 다리를 움직였더니 벌써 등에 땀이 흘렀다. 힐끔 그를 보니 그는 뛰는데 집중했다. 무슨 생각을 하는지 인상이 날카로웠다.

아까 매니저랑 통화한 내용 때문인가. 그 사람이라는 건 누굴 말하는 걸까. 위험하다고 했는데. 그를 두렵게 하는 사람이 있는 건가.

재희는 운동하는 선을 두고 1층으로 내려왔다. 1층은 본격적으로 야구 훈련을 하기 위한 도구들이 있었다. 야구장보다 훨씬 작은 실내 공간을 최대한 살려야 하기 때문에 사방을 그물망으로 쳤고 그중 한 곳은 포인트를 두어 두꺼운 천으로 덧대었다. 야구공이 가득 실려 있는 수레를 만져 보았다. 그가 매일 던지고 잡았을 공이었다. 손때가 묻은 것도 있었다.

공을 하나 집어 올렸다. 여러 개의 실밥이 무늬를 이룬 야구공이 특정한 패턴을 그리며 자리했다. 그것을 만지작거리던 재희는 진동 소리에 공을 내려놓았다. 성준에게서 온 문자였다.

〈잘 지낸다니 다행이다. 카페는 걱정 말아라. 일할 사람 구했다. 넌 당분간 다른 생각 하지 말고 편히 쉬어.〉

미안하고 알싸한 마음에 재희는 심장이 욱신거렸다. 그에게서 또 문자가 왔다.

〈널 보는 게 사실 힘들다. 아무렇지도 않게 널 대해야 하는 것도. 나에게도 시간이 필요해. 몇 년을 널 마음에 담아 두었는데 이대로 다른 남자에게 보내야 하는 것도 심장이 무너질 지경이다.

하지만 곧 다잡아야겠지. 네가 날 사랑하는 일은 일어나지 않을 거니까. 난 널 곁에 두기 위해 내 감정을 다스려야 한다. 그래서 지금 널 볼 수가 없다. 보면 나도 내 행동을 장담할 수 없을 것 같아.

멋진 사람인 것 같더라. 네가 사랑한다는 남자. 당당한 행동도, 널 아끼는 태도도. 네가 마음에 둘 정도로 멋있는 남자인 것 같다. 세나에게 들었어. 오래전부터 이어져 온 인연이라고. 잘 만나길 바라.

마카롱 출시해야지. 내 생각 정리되면 부를 테니까 넌 그때까지 마카롱 연구 좀 더 해 봐.〉

문자라기 보단 편지에 가까웠다. 성준의 감정과 마음이 다 담긴 글이었다. 재희는 자꾸만 새어 나오는 한숨을 내쉬며 눈을 감았다.

저를 배려하는 말과 억눌린 감정을 숨기지 못해 털어놓는 속상함, 안부가 그녀의 마음을 울렸다. 좋은 사람에게 이렇듯 상처를 주는 게 어려웠다. 누군가에게 상처 주는 상황을 처음부터 만들면 안 되는데 자꾸만 저의 의지와 상관없이도 그런 일이 생기게 되었다. 부디 성준의 가슴앓이가 짧게 그치기를 기도해야 할 것 같다.

갑자기 제 몸을 감싸 안는 온기에 재희가 눈을 떴다. 땀을 흥건히 흘린 그가 남성미를 돋보이게 했다.

"어디 있나 했더니 여기 있었어?"

"응. 운동 방해하지 않으려고."

"내 앞에서 사라지지 마. 무서워."

"미안. 신기하고 재미있어서 구경 좀 했어."

선은 휴대폰을 들고 있는 재희의 손을 만지며 뺏었다.

"다른 남자 생각하면서 그렇게 예쁘게 울지 마."

재희가 몸을 돌리려 하자 그가 힘을 주어 고정시켰다.

"어떻게 알았어?"

"딱 보면 알지. 한숨 푹푹 내쉬며 속상해할 일이 그것 말고 더 있어?"

"귀신이네."

"남들보다 발달한 육감이라고 하자."

"풀어 줘. 땀 냄새 나."

"거짓말. 나 냄새 안 나."

재희의 입가에 저절로 미소가 걸렸다. 그녀가 웃는 모습을 본 선이 몸을 풀었다.

"예쁘게 웃으니까 봐줬다."

선은 옆에 놓인 수레에서 공을 하나 집었다. 그리고 바닥에 체크되어 있는 부분으로 걸어갔다.

"자 봐. 여기 이렇게 서서 폼을 잡는 거야. 그런 다음에 저 목표물에 맞춰."

선은 눈 깜짝할 사이에 다리를 들어 어깨를 움직였다. 공은 어느새 목표물에 닿고 굴러 떨어졌다. 골프장처럼 경사가 진 그 물망이라 공은 다시 그들이 서 있는 근처로 내려왔다.

"진짜 빠르다. 나도 한번 던져 볼래."

"얼마든지."

재희도 공을 들고 그가 서 있는 자리로 갔다. 그리고 그가 하는 폼을 따라하며 공을 던졌다. 공은 제 발 밑에 냅다 꽂혔다. 쿡쿡 웃는 그를 흘겨보다가 다시 공을 들고 왔다. 이번에도 공은 그녀의 근처에서 맴돌았다. 목표물 근처에는 가지도 못했다.

"이게 어렵구나."

"당연히 처음 던지는 넌 어렵지."

뭐가 그리 웃긴지 선은 웃음을 참지 못하고 말했다. 어설프게 폼을 잡고 던지는 모습이 귀여워 웃음이 사라지지 않았다.

"이렇게 하자. 저기에 맞추는 건 포기하고 나한테 던지는 거야. 내가 받아 줄게."

그녀도 선의 제안이 솔깃했는지 방향을 바꾸어 그를 보고 섰다. 선은 진열장 안에서 글로브를 가지고 나왔다.

"이거 내가 메이저리그에 설 때 끼던 글로브야. 처음 데뷔할 때 꼈던 것. 아무한테도 보여 주지 않았어. 네가 처음이야."

"그런 영광을 내게?"

재희는 빙그레 웃으며 다시 폼을 잡았다. 그는 뒤로 물러서지 않고 바로 앞에 마주 보고 앉았다.

"더 뒤로 가야지."

"어차피 요 앞에다 꽂을 거잖아. 멀리 안 가도 될 것 같은데."

그녀를 놀리는 말에 재희는 볼을 잔뜩 부풀렸다.

"나한테 맞지나 마."

미소를 잔뜩 머금으며 고개를 끄덕인 선이 자세를 잡았다. 재희가 던진 공은 바닥에 구르지 않고 그의 글로브 안으로 들어갔다.

"오, 잘하는데?"

바로 앞에다 던진 공을 잡아 주는 걸 잘한다고 말한다. 바보인 줄 아나. 재희는 다시 또 던졌다. 이번에도 그의 글로브 안으로 들어갔다.

"좋아. 그럼 이번에는 조금만 더 다리에 힘을 주고 팔을 위로 뻗어 봐."

재희는 말 잘 듣는 아이처럼 고개를 끄덕이고 폼을 잡았다. 조금 더 뒤로 물러난 선은 그녀가 던지길 기다렸다. 그가 마법을 부렸는지 재희의 공이 조금 더 멀리 날아갔다.

"잘하네! 조금만 더하면 투수로 데뷔해도 되겠어."

자꾸만 놀린다. 재희는 그를 흘겨보다가 기습적으로 공을 던졌다. 에이, 그런대도 그는 찰떡같이 받아 냈다.

"반사 신경이 좋네."

"재희야. 이게 뭔 줄 알아?"

집게손가락을 아래로 내린 선이 물었다. 재희가 고개를 젓자 선이 설명했다.

"직구. 내가 제일 잘 던지는 구종인데 공이 일직선으로 날아가는 거야. 홈런을 맞을 위험도 큰데 구속이 세면 타자들은 잘 치지 못해."

"또 다른 사인은?"

선은 다른 손가락을 연이어 바꾸면서 내렸다.

"사람마다 사인이 다른데 나는 집게손가락을 직구로 정해. 나머지 손가락도 구종을 정해 놓긴 해. 이건 변화구."

선이 엄지손가락을 옆으로 뻗었다.

"변화구는 말 그대로 공이 변하면서 들어오는 거야. 직구만 던지면 강하게 맞을 수 있으니까 공에 변화를 줘서 타자를 혼란스럽게 만드는 거지. 예를 들어 일직선으로 날아오는 것 같아서 방망이를 휘둘렀는데 눈앞에서 뚝 떨어져. 그게 변화구야."

재희는 고개를 끄덕이며 그의 말에 집중했다.

"변화구는 다시 슬라이더, 체인지업, 커터 등으로 나눠. 그걸 자기 사인으로 만들지."

선은 가운데, 네 번째 손가락을 번갈아 움직였다.

"투수는 포수가 주는 사인을 보고 제 공의 구종을 선택해. 투수들이 마운드에서 고개를 젓거나 끄덕이는 게 그런 거야."

"그럼 나한테 던져 봐. 내가 받아 볼게."

"네가?"

잠시 머뭇거리던 선은 오케이, 하며 뒤로 갔다. 재희는 손에 글로브를 끼고 앉았다. 다리가 조금 아파 왔지만 이 정도는 견딜 만했다.

"그럼 살살 던질게."

선은 야구공을 탱탱볼 던지듯이 가볍게 던졌다. 일부러 재희의 글러브에 맞도록 거리와 방향도 조절하면서 그녀가 공을 잡는 걸 도와주었다.

"이렇게 해서는 훈련이 되지 않겠다. 조금 더 세게 던져 봐."

"싫어."

"왜?"

"다치면 어떻게 해."

"안 다쳐."

"그래도 싫어."

"좋아. 그럼 내가 내는 사인을 보고 공을 줘 봐."

어쩐지 신이 난 재희가 선은 걱정되면서도 맞춰 주었다. 이렇게 눈빛이 초롱초롱한 건 굉장히 오랜만에 보는 것 같았다.

재희는 다리 아래로 사인을 주었다. 여러 가지 사인을 주는데 선이 다 고개를 저었다. 직구 사인을 내리자 그가 고개를 끄덕였다. 그리고 벌린 글로브 안으로 정확히 꽂았다. 그녀가 던진 공을 받은 선은 계속 직구에만 공을 던졌다.

"왜 다른 건 안 던져?"

"공 방향이 바뀌면 네가 맞을까 봐 위험하기도 하고."

그가 천천히 다가와 마주 보고 앉았다. 그녀의 머리를 헝클이며 빙그레 웃었다.

"너한테 변화구로 던지고 싶지 않아. 오직 직구."

그녀의 머리를 끌어오더니 입을 쪽 맞췄다.

"너만 바라보는 직진. 너만 생각하는 직진. 너에게만 바치고 싶은 직진."

재희의 얼굴이 서서히 붉어졌다. 그리고 그만큼 콧잔등도 시큰거렸다. 괜히 눈물을 보이기 싫어 그녀는 벌떡 일어섰다.

"다른 거 하자. 이번엔 치는 거 해 볼래."

그녀의 말에 선은 부지런히 창고로 가서 배트를 꺼내왔다. 재희가 시키는 대로 움직인 그가 배트를 건넸다. 재희는 어설프게 방망이를 잡고 섰다.

"자, 던져 봐."

"네가 야구를 무슨 동네 꼬마들 다방구로 생각하는 것 같은데 공을 정확히 치는 일은 굉장히 어려운 거야."

"그래도 던져 봐."

감히 누구의 명령인데 어길까. 재희가 던지라고 했으니 선은 최대한 칠 수 있게 던지면 되는 것이었다.

선이 힘을 빼고 공을 던지길 수차례, 날아오는 공을 한 번도 맞히지 못한 그녀의 얼굴이 점점 더 붉어졌다. 보다 못한 선이 글러브를 벗고 다가왔다.

"이럴 때를 대비하여 배팅 볼 기계가 있지."

창고에서 배팅 볼 기계를 가지고 나온 선은 날아오는 공을 배트로 쉽게 맞추었다. 공은 멀리 날아갔다.

"우와. 대단한데?"

재희는 계속 감탄했다. 선수 입장에서 별것 아닌 행동을 한 것뿐인데 그녀는 열렬히 호응하며 그의 기분을 좋게 했다. 선은 괜스레 으쓱해져 여러 번 휘둘렀다. 그럴 때마다 공은 척척 맞아서 날아갔고 그녀는 열띤 박수를 쳐 주었다.

"자. 이번엔 네가 해 봐."

날아오는 공이 규칙적이지만 역시나 맞추기 쉽지 않았다. 순간 그녀의 몸을 감싸 안은 그가 팔을 뻗어 재희의 손을 감싸 쥐었다.

"이렇게 잡고. 자, 날아온다."

그가 휘두르는 힘대로 그녀는 따라갈 뿐이었다. 공은 정확히 배트에 맞아 멀리 날아갔다.

"와! 쳤다!"

재희가 눈이 부시게 웃으며 그를 돌아보았다. 깍깍대는 재희를 보자 선은 순간적으로 그녀의 머리를 당겨 키스했다. 입술을 가르고 들어오는 혀가 그녀의 입안 구석구석 헤집고 다녔다. 갑작스러운 스킨십에 재희는 숨을 제대로 쉴 수 없었다. 그의 어깨를 두드렸지만 선은 그녀를 놔주지 않았다.

"하아."

숨을 토해 내는 그녀의 얼굴이 새빨개졌다. 도망 다니는 그녀의 것을 붙잡고 휘감던 덩어리는 입 밖으로 모습을 보였다. 그리고 재희의 입술을 빨아들이며 붉게 물든 색을 더욱 짙게 만들었다. 머리를 잡은 손이 점점 등 아래로 내려와 그녀의 셔츠 안으로 들어왔다. 그리고 순식간에 속옷 후크를 풀었다.

"서, 선아!"

재희는 당황하여 그의 손을 붙잡았지만 그는 입술을 놔주지 않으며 손을 앞으로 옮겨 풍만한 가슴을 잡았다.

"아앗."

가슴을 움켜잡는 힘은 그녀의 호흡을 곤란하게 만들었다.

"내 연습장에서 이러기 싫은데 네가, 하아."

숨을 고른 그가 헐떡이는 그녀의 귓가에 속삭였다.

"너무 귀엽잖아."

재희는 이미 젖은 몸과 마음 때문에 그의 소리가 잘 들리지 않았다. 그저 그의 목을 꼭 안고 제 몸을 밀착시킬 뿐이었다. 다 풀어지지도 않은 셔츠와 복부까지 내려온 속옷이 그녀의 몸에 매달려 흔들렸다.

조용한 센터 안에 그들의 신음 소리가 울렸다. 서로 맞댄 입술은 틈이 보이지 않았다. 서로 맞물린 몸은 땀에 젖어 더욱 질 퍽해졌다. 쾌락은 그들을 관통하며 울렸다. 사랑은 더욱 깊어갔다.

❄ ❄ ❄

형철의 앞에 앉은 강우는 그의 포스에 시선을 이리저리 돌렸다. 마흔이 훨씬 넘었다고 들었는데 형철은 우람한 체격에 잘 가꾼 외모로 나이가 들어 보이지 않았다.

"대표님을 이렇게 모신 이유는."

형철은 제 앞에 놓은 커피를 들어 마셨다.

"제가 이선 선수에게 투자를 하고 싶어서입니다. 물론 야구 선수한테 투자를 한다는 게 생소할 수 있습니다. 하지만 메이저리그에서 우뚝 솟은 우리 대한민국 위상 아닙니까. 그런 사람에게 조금 더 좋은 복지와 프로그램, 서포트를 해 주고 싶은 팬심이 작용했습니다."

허허 웃으며 다시 커피를 한 모금 마신 형철은 눈앞에 앉아 시선을 이리저리 돌리는 그를 꿰뚫어 보았다. 이용하고 다루기 쉬운 사람이라는 평가가 금방 내려졌다.

"물론 이선 씨는 반대할 겁니다. 특히나 나에 대한 감정이 좋지 못하기 때문에 더욱 그럴 거고. 그러니 대표님께서 제가 투자한다는 말은 하지 마시고 전처럼 이선 선수를 보필해 주시면 됩니다."

형철은 테이블에 봉투를 내려놓았다. 강우가 뭐냐는 눈빛으로 형철을 보았다.

"대표님 쓰시라고 작게 넣었습니다. 아무래도 이선 선수 매니저 하려면 여기저기 필요할 곳이 있을 것 같아서요."

봉투를 내려 보기만 하는 강우를 보고 입꼬리를 올렸다.

"부담 갖지 않아도 됩니다. 이건 그저 팬심에서 드리는 선물이라고 생각하면 됩니다."

"넣어 두시죠."

강우는 봉투를 그의 앞으로 내밀었다. 그리고 웃었다.

"팬심으로 받기엔 부담스러운 선물인 것 같아서요. 이거 받지 않아도 저 먹고 살 만합니다. 그리고 제안은 생각해 보겠습니다. 선이에게도 필요한 부분 같긴 하네요. 그 부분은 저도 조금 더 고민해 보겠습니다. 그럼."

강우는 형철에게 고개를 숙이고 일어섰다.

"아 참, 이거 보셨습니까."

형철이 나가려는 강우를 불렀다. 그리고 서류 봉투를 내밀었다. 나가려던 강우는 다시 앉아 봉투 안을 열어 내용물을 뺐다. 봉투 안에는 여러 장의 사진이 있었나. 카페에서 여자를 바라보고 서 있는 선, 매일 다른 옷차림으로 찍힌 사진, 그리고 바닷가에서 여자를 안고 있는 사진, 호텔로 들어가는 사진.

강우가 의미를 묻는 얼굴로 바라보자 형철은 양손을 들어 올리며 씨익 웃었다.

"별 뜻은 없습니다. 이선 선수에게 파파라치가 붙은 것 같습니다. 어딜 가나 이 사진 속 여자와 함께 있더군요. 연예인이 아니니까 상관은 없지만 제가 한 가지 정보를 드리자면 이 여자, 조심하십시오. 돈 많은 남자에게만 접근하는 여자입니다. 이선 선수의 팬으로서 괜히 부정적인 기사가 나면 제가 다 속이 상할 것 같아 언질해 주는 겁니다."

"아아, 그렇군요."

강우는 선이 만난다는 여자와 사진이 찍힌 사실에 놀랐다. 대중들의 관심이 높을 거라곤 생각했지만 파파라치까지 붙을 줄은 몰랐다. 이 자식은 그런 것 좀 신경 쓰지.

강우는 선이 제게도 소개시켜 주지 않고 여자를 만나는 것이 괘씸했다. 그리고 눈앞의 남자보다도 사실을 모르고 있는 것도 섭섭했다.

사진을 보았다. 여자의 얼굴이 자세히 보이지는 않지만 외모가 보통은 아니었다. 충분히 일리 있는 말이었다. 돈 많은 남자를 노리는 여자. 야구만 해 온 선이라면 예쁘고 친절하게 다가오는 여자에게 쉽게 넘어갈 수 있었다.

"주의시키겠습니다."

사무실을 나가는 강우를 보던 형철의 눈빛이 굳었다. 생각만큼 쉽게 넘어오는 남자는 아니었다. 사람을 잘 본다고 생각했는데 강우의 행동은 의외였다. 선에 대한 신뢰도 강했다. 형철은 주먹을 꽉 쥐며 고개를 뒤로 젖혀 소파에 기댔다.

"자. 판을 짜려면 움직여 줘야지."

한참 생각하던 형철은 인터폰을 눌렀다.

"채하연 좀 불러."

"어디로 말씀이십니까."

"알잖나."

"알겠습니다."

인터폰에서 손을 뗀 형철은 소파에서 일어섰다. 그리고 테이블에 놓인 재희의 사진을 들었다. 선의 옆에서 활짝 웃고 있는 재희가 눈에 들어왔다. 사람을 시켜 선의 소재를 파악시켰더니 이런 사진을 받았다. 예쁘게 웃는 재희가 형철의 눈에 밟혔다.

"좋은가 보네. 서재희 양."

형철은 사진을 테이블에 던졌다. 그리고 창밖을 돌아봤다. 서재희를 가지면서 이선을 보내 버릴 방법을 찾아야 했다. 벽에 손을 대고 생각하던 그의 입꼬리가 올라갔다.

9.

INTRODUCE : 남들과는 다르게

"너 진짜 애정결핍이야. 어떻게 거기서 할 생각을 해."

집으로 가는 엘리베이터 안에서 재희는 내내 투덜댔다. 센터에서 관계를 맺을 거라곤 생각도 못 했다. 샤워를 한 그녀의 머리가 젖어 있었다. 선은 그녀의 머리카락을 어루만졌다.

"춥겠다. 머리가 다 안 말랐네."

"말 돌리지 마."

"목덜미로 감기가 들어오는 거래. 꼭꼭 말려."

"이선."

정색하는 재희를 힐끔 보던 선이 그녀의 코에 제 콧등을 맞대어 비볐다.

"그래서 싫었어?"

"뭐?"

"싫으면 싫다고 의사 표시를 해야 돼. 난 서로 좋아서 하고 싶지 억지로 취하고 싶지는 않아. 내가 느끼기에 너도 좋아하는 것 같아서 한 거야. 이의 있어?"

천연덕스러운 얼굴로 자기 합리화를 하는 선을 보자 어이가
없으면서도 부끄러움이 몰려왔다. 그의 말대로 저도 좋았으니까
그를 뿌리치지 못한 것이었다. 이젠 그의 손이 닿기만 해도 몸
이 반응을 했다. 그러니 싫다고 의사 표시할 수가 없었다. 몸은
자동으로 반응하는데 싫다고 말하는 건 앞뒤가 맞지 않은 행동
이었다.

재희는 시선을 돌려 엘리베이터 숫자가 올라가는 것을 올려
보았다.

"그래도 앞으론 자제하자. 이러다 닳아 없어지겠어."

"왜?"

몰라서 묻나. 재희는 알면서 일부러 그러는 그가 얄미웠다.
엘리베이터 문이 열리자 재희가 쏘아붙이고 나갔다.

"네가 자꾸 물고 빠니까 그렇지!"

하하, 그가 따라 나오며 웃었다. 그리고 그녀의 어깨에 팔을
둘렀다.

"걱정 마. 아무리 빨아도 닳아 없어지는 날은 오지 않을 거
야."

비번을 누르고 문을 연 선은 안에서 나오는 여인을 보고 우뚝
섰다. 여인은 그를 따라 들어오는 재희에게로 시선을 옮겼다.
그리고 선이 들고 있는 쇼핑백에 눈이 머물렀다. 재희는 자신을
보고 있는 여인을 보자 고개를 숙였다.

"아들. 누구야?"

"어머니."

그의 말에 재희의 고개가 선에게로 급히 돌아갔다. 그러더니

허리를 숙여 인사했다.

"안녕하세요, 어머니. 서재희라고 합니다."

재희를 훑어보던 영숙은 그녀의 이름을 듣고 깜짝 놀라 선과 그녀를 번갈아 보았다. 그리고 표정이 굳어졌다.

"서재희?"

신발을 벗고 안으로 들어온 선은 재희의 손을 끌어 제 옆에 세웠다.

"그렇지 않아도 인사드리려고 했어요. 재희예요."

아무 말 없이 재희를 뚫어져라 보던 영숙이 인자하게 웃었다.

"아가씨, 미안한데 잠깐 방에 들어가 있어 줄래요? 나 이 녀석하고 이야기 좀 하려고."

"네. 말씀 나누세요."

재희는 영숙의 말대로 방으로 걸어갔다.

거실에 앉은 영숙은 제 앞에 무릎을 꿇고 앉은 선을 한참이나 내려다보았다.

"집에 네 거 말고 다른 칫솔하고 세면도구가 있기에 이상하다 했어."

마침내 입을 연 영숙이 옅은 숨을 내쉬었다.

"결국엔 또 서재희냐. 다른 여자 없어?"

"알잖아요. 나 재희뿐인 거."

"그래. 알아. 지 아버지 닮아서 한 여자뿐이지. 그래도 생각해 봐. 너 그렇게 맞아서 의식도 없는 동안 저 애는 코빼기도 보이지 않다가 이제 네가 유명해지니까 나타나는 거잖아."

"아니야. 그게 아니에요."

선은 고개를 숙이고 눈을 감았다.

"재희는 더 아팠어요. 나도 몰랐는데 저렇게 몸도 마음도 아플 동안 방치한 건 나였어."

"이놈아. 너라고 무사했냐! 너 생각해 봐. 어떻게 해서 그 자리까지 갔어! 매일 피나는 연습하며, 죽어라 고생해서 올라간 거잖아!"

영숙은 속상한 마음에 목소리를 높였다.

"너 의식도 없을 때 나나 네 아버지 둘 다 여러 번 까무러쳤어. 널 그렇게 만든 여자야. 난 솔직히 저 애가 달갑지 않다."

"어머니, 제발. 도와주세요. 이젠 제가 제대로 지켜 주고 싶어요. 난 정말 재희가 없으면 안 돼요. 못 살 것 같아요."

"어휴, 속 터져. 그놈의 서재희, 서재희."

"속상한 거 다 아는데 그래도 재희 예뻐해 주세요. 정말 부모 사랑이 그리운 여자예요. 어머니가 해 준 음식 먹으면서 행복해하고, 어린아이처럼 좋아하던 여자예요. 어머니가 조금만 정을 주면 재희는 정말 잘할 거예요."

고개를 숙이고 고백하는 선을 물끄러미 보던 영숙은 한숨을 푹 내쉬었다. 모르는 것도 아니었다. 선은 고등학교를 들어가더니 어느 순간부터 서재희란 여자애 이름을 달고 살았다. 예쁘다고, 좋다고.

경기가 있는 날에도 끝나면 꼭 학교에 들러 재희를 봐야 했고, 방학에도 연습 핑계로 학교에 가서 재희를 보는 것도 알았다. 눈길도 주지 않는다는데 대체 왜 저러고 있나 싶었지만 영숙은 선을 막을 수 없었다. 아들의 마음이 너무도 확고해서 막을 방법이 없었다.

"아버지 아시면 어쩌려고. 나보다 더 역정 내실 거야."

"아버지한테도 곧 말씀드릴 거예요. 저 미국 가기 전에 혼인 신고 하려고요."

"어휴, 난 솔직히 그래. 나도 딸을 뒀으니까 아들 둔 유세 떨고 싶지도 않고 네가 유명하다고 해서 조건 좋은 여자를 만나길 원하지도 않는다. 하지만 저 애는 너무하잖아. 얼굴 상처는 뭐고, 다리는 또 왜 저래."

영숙은 속상한 마음에 자꾸만 숨을 푹푹 내쉬었다. 선은 그녀의 손을 잡고 톡톡 다독였다.

"어머니, 조금만 이해해 주세요. 재희는 누구보다도 좋은 여자예요. 곧 어머니 마음에 쏙 들 겁니다. 제가 사랑하는 여자잖아요. 제가 마음 주는 여자가 좋은 사람이란 건 어머니도 잘 아시잖아요."

영숙은 이 상황에서도 재희를 지키는 선이 얄밉고 딱했다. 한 여자에게 올곧게 뻗어 있는 그의 마음이 선을 다치게 할까 봐 걱정되었다.

"이제 어쩌려고."

"발표해야죠. 안 그래도 강우 형 만나서 스케줄 잡으려고요."

선의 휴대폰이 때마침 울렸다.

"양반은 못 되네."

선은 영숙에게 휴대폰을 들어 보이고 받았다.

─야! 너 당장 회사로 와!

잔뜩 화가 난 강우의 목소리에 선은 의아해하며 물었다.

"왜 그래. 무슨 일 있어?"

─무슨 일? 일은 네가 하고 있잖아! 당장 튀어 와.

뚝 전화를 끊어 버리는 강우의 전화를 황당하게 바라본 선은 머뭇거리며 침실 문을 바라보았다.

"왜. 강우가 오라든?"

"네. 무슨 일이 있나 봐요."

그러면서도 방문으로 돌린 시선을 떼지 않았다. 급기야 걸어가서 문을 열었다. 마침 서 있던 재희와 눈이 마주쳤다.

"재희야. 나 지금 회사 가 봐야 하는데……."

"아."

재희는 그가 무슨 뜻으로 물었는지 눈치채고 살며시 웃었다.

"다녀와."

"불편하면 같이 갈까?"

"누가 잡아먹는다든!"

영숙의 목소리가 커져 재희의 귀에도 들렸다. 잔뜩 긴장한 얼굴을 한 그녀를 보자 선은 마음이 편하지 않았다.

"괜찮아. 나 집에서 어머니랑 있을게. 일 보고 와."

"그럴래?"

"응."

재희는 먼저 방을 나와 영숙의 앞에 섰다.

"어머니만 괜찮으시면 같이 있어도 될까요?"

영숙은 조심스레 묻는 재희를 올려다보곤 선으로 고개를 돌렸다.

"갔다 와라. 강우 기다리겠다. 재희랑 있으마."

"네. 그럼 얼른 갔다 올게요."

선은 현관으로 가면서도 재희에게서 눈을 떼지 못했다.

"이 녀석아! 운전 조심해! 천천히 일 보고 와!"

선은 민망한지 씩 웃으며 나갔다. 문이 쾅 닫히자 집 안엔 어색한 침묵이 감돌았다. 계속 서 있는 재희가 불편하여 영숙이 먼저 말을 꺼냈다.

"소파에 앉아요."

"네."

재희는 영숙의 맞은편에 앉았다. 영숙은 재희를 찬찬히 훑어보았다. 얼굴의 흉터가 시선을 먼저 잡긴 했지만 확실히 선이 한눈에 반할 만큼 예뻤다. 청초한 것 같다가도 여우같이 보이고, 새침한 것 같다가도 순진해 보였다. 꼴도 보기 싫은 마음도 들다가 불쌍한 마음이 동시에 들었다.

"흉터는 지울 수 없는 거래요?"

"네? 아……."

재희는 깜짝 놀란 눈으로 영숙을 보다가 부끄럽게 웃었다.

"알아보지 않았어요. 지울 생각을 못 해서요."

"예쁜 얼굴인데 속상하잖아요. 다음에 한 번 알아봐요. 요즘엔 기술이 좋아서 없어질 수도 있으니까."

"네. 알아보겠습니다."

"선이 다시 만나니까 좋아요?"

영숙의 표정을 훑던 재희는 살짝 고개를 끄덕였다. 표정이 금세 밝아졌다. 선이 이야기를 하니까 얼굴이 풀리는 걸 보고 영숙도 허탈한 웃음이 나왔다.

"사실 어머니께는 정말 면목 없어요. 무슨 생각하시는지도 알고요. 제가 선을 다시 만나면 안 되는 것도 압니다. 그런데 다시 만나니까 너무 좋아요. 여태 이렇게 행복하게 지내 본 적이 없어서 이 시간이 너무 소중해요."

공부도 잘했다더니 덜덜 떨면서도 말은 청산유수였다.

"그래요. 우리가 아가씨를 어떻게 생각하는지 말 안 해도 알 거예요. 우리 선이 정말 아팠어요."

"죄송합니다."

고개가 떨어지는 그녀를 보자 영숙은 울컥한 마음이 들었다. 저렇게 불쌍한 표정을 지으면 화도 못 낼 것 같았다.

"선이는 결혼까지 생각하던데, 아가씨도 같은 생각이에요?"

재희의 고개가 다시 영숙을 향했다. 눈동자가 흔들렸다. 금세 눈물이 차오르는 재희를 보는 영숙은 당황하여 급히 그녀의 옆으로 다가와 앉았다.

"왜 울고 그래. 내가 뭐랬어?"

"아니요. 죄송해요. 어머니가 무슨 생각하시는지 잘 알아서 저도 모르게 눈물이 났나 봐요."

"무슨 생각? 내가 무슨 생각을 하는데?"

선이와 말투가 비슷한 것 같은 영숙을 보고 재희는 시선을 피했다.

"반대요."

"허, 왜 아가씨 마음대로 생각하고 그래. 누가 반대한다고."

재희의 눈이 다시 영숙을 향했다. 한없이 어렵고 두려워 재희는 말 한마디에도 심장이 저렸다.

"떨지 말아요. 잡아먹지 않을 거니까. 난 아가씨 반대하지 않아요. 선이 녀석이 저렇게 좋아하는데 내가 무슨 수로 반대해. 내가 반대한다고 하면 저 녀석 허락 받을 때까지 달달 볶을 거야."

재희는 여태 자신이 알던 어른들과는 너무도 다른 그의 어머니를 보고 자꾸만 괴리감이 들어 얼굴이 복잡해졌다. 진심으로 말하는 대도 이면의 뜻을 생각하게 되었다.

"제가 밉지 않으세요?"

"밉지. 그런데 미운 건 미운 거고, 싫은 거랑은 다르니까."

갑자기 재희가 팔을 들어 영숙을 끌어안았다. 그리고 눈물을 쏟았다.

"정말 제가 싫지 않으세요? 괜찮으세요? 제가 어머니 마음을 아프게 하지 않는 거예요?"

영숙은 저를 안고 흐느끼는 재희를 황당하게 바라보다가 등을 톡톡 두드렸다. 서럽게 우는 재희를 보자 영숙의 콧등도 찡했다.

"감사합니다. 절 싫어하지 않아 주셔서. 처음이에요. 제게 이런 말 해 주시는 분."

"아가씨, 봐봐."

영숙은 재희의 어깨를 들어 눈을 보았다. 눈물범벅인 재희의 눈이 아프게 젖어 있었다. 괜히 영숙의 마음도 속상했다.

"앞으로 아가씨에게 심한 말 하는 사람 있으면 다 데려와. 내가 혼내 줄 테니까. 인간들이 얼마나 못됐으면 사람이 이렇게 멍들었어."

영숙은 손을 들어 재희의 눈물을 닦아 주었다.

"울지 말아요. 아가씨가 울면 우리 아들이 얼마나 슬퍼하겠어."

재희는 다시 와락 그녀의 목을 끌어안았다. 그리고 서럽게 울었다. 한 번도 보지 못한 엄마가 떠올라서.

보고 싶은 엄마, 그리운 엄마, 엄마.

✳ ✳ ✳

대표실로 들어온 선은 창가에 기댄 채 씩씩대는 강우를 보고 앞으로 걸어왔다.

"대체 무슨 일이야."

"그거 봐라."

강우는 테이블에 사진을 가리켰다. 선은 소파로 와서 앉으며 사진을 들었다. 곧 그의 얼굴이 굳어졌다. 네이비 코트를 입고 재희를 품에 안아 바다를 바라보고 있는 사진이었다. 호텔로 들어가는 사진도 있었다.

"이거 누가 찍었어?"

"내가 묻고 싶은 말이다. 너 도대체 뭐 하고 다니는 거야."

"누가 찍었냐고!"

선의 목소리에 강우도 소파로 성큼성큼 다가와 마주 보고 앉았다.

"이 자식아. 여자 잘못 만나면 선수 생명도 위태로운 거야. 꽃뱀한테 홀리는 줄도 모르고."

"꽃뱀?"

선의 눈이 무섭게 강우를 노려보았다.

"지금 꽃뱀이라고 했어? 누가. 이 사진 속 여자가?"

"그럼 누구야! 돈 많은 남자만 골라서 홀리는 여자라는데. 얼굴 봐. 안 그러게 생겼나."

"형!"

선이 벌떡 일어서며 소리쳤다.

"지금 누구한테 꽃뱀이라고 그러는 거야! 잘 봐, 서재희잖아!"

"서재희?"

강우는 잠시 이름을 상기시키다가 곧 눈이 커졌다.

"그 서재희?"

"후우, 누가 이 사진 보냈냐고."

강우는 놀란 눈을 거두지 않고 선을 올려보았다.

"네가 그렇게 매달리던 서재희 말하는 거야? 다시 만난 거야?"

"형!"

"조형철 부회장이."

하, 역시나. 선은 알고 있었다는 듯 머리를 거칠게 쓸어 올렸다.

"아악!"

분노에 찬 선의 눈에 핏발이 섰다. 강우는 그가 흥분을 주체하지 못하자 걱정이 되었다. 한 번도 이렇게 감정적으로 흔들린 적이 없었다. 미국에서 적응하고 훈련하며 고통스러웠던 때에도 표정은 늘 한결같았다. 그런데 지금 걷잡을 수 없이 포효하는 선을 보자 두려워졌다.

"그 인간이 뭐래. 뭐라고 형을 협박했어?"

"협박한 건 아니고. 파파라치가 찍는 것 같으니까 조심하라고 했지. 네가 이상한 여자를 만나는 것 같다고."

선은 기가 막혀 헛웃음이 나왔다.

"그런데 너 진짜 어쩌려고. 서재희 만나도 괜찮은 거야? 난 사실 좀 걱정돼. 네가 서재희를 어떻게 생각했는지 나도 아는데, 지금 그 여자는 너한테 도움을 주진 못하잖아."

"무슨 도움이 더 필요해. 나 혼자 이만큼 올라왔고 앞으로도 난 내 힘으로 이룰 거야. 도움은 필요 없어."

"후우, 그래. 잘 안다. 네 자존심."

선은 허리에 손을 얹으며 대표실을 서성이며 생각했다. 그러더니 강우를 보았다.

"조형철이 고작 이거 보여 주려고 만나자고 하진 않았을 거고. 또 무슨 얘기했어?"

"어?"

"형 지금 나한테 사실대로 다 말해야 해. 안 그러면 형하고 같이 일 못 해."

"야!"

강우는 얼굴이 붉어졌지만 눈치 빠른 선을 속이고 형철을 만나는 건 불가능하다는 걸 느꼈다. 평소엔 서글서글하며 사람 좋게 행동하지만 일에 있어서는 누구보다 예민하고 날카롭게 대응하여 때로는 강우보다 더 체계적으로 일정을 잡기도 했다.

"너한테 투자하고 싶대. 너엔 대한 복지와 프로그램, 들어가는 비용 등에 대해 지원하고 싶다더라."

"그래?"

"사실 누구나 꿈꾸는 거잖아. 운동선수들 스폰서가 있는 것과 없는 것은 다르니까."

강우가 말하는 것을 듣던 선이 강우를 보고 한쪽 입꼬리를 올렸다.

"받겠다고 해."

"받아?"

강우는 제가 잘못 들었나 싶었다. 선은 강우를 내려다보며 더욱 깊게 호선을 그렸다.

"형은 지금 하던 것처럼 조형철을 대하면 돼. 조형철도 이미 형을 파악했을 거야. 다루기 쉽다고."

"내가 쉬워 보여? 하! 처음 듣는 소리다."

선이 웃으며 소파에 앉아 강우를 마주 보았다.

"당연히 겉만 보고 하는 소리지. 형을 제대로 모르고. 이렇게 하자."

선의 얼굴이 날카롭게 빛났다. 웃는 듯했지만 그의 표정은 어느새 차갑게 굳었다.

엘리베이터에서 내린 선은 문 앞에서 숨을 크게 내쉬었다. 조형철 때문에 감정이 복받쳐 얼굴이 엉망이었기 때문이다. 제 주변 사람에게 접근하고 재희에 대해 헛소리를 일삼는 형철을 어떻게든 결판내야 했다. 그렇지 않으면 그는 계속해서 괴롭힐 것이 뻔했다.

강우에게 1월 안에 결혼 발표를 하겠으니 장소를 마련해 달라고 했다. 확신을 넘어 이젠 신념에 가까웠다. 그녀를 아내로 맞이하는 일.

통보와 같은 대화를 끝내고 영숙과 재희의 일이 걱정되어 부리나케 달려왔다. 그러고 나갔지만 마음이 편하진 않았기 때문이다. 영숙을 못 믿는 것도 아니고, 재희를 너무 약하게 보는 것도 아니지만 갑작스런 만남으로 두 사람 모두 날 서 있을 수도 있었다.

서둘러 비밀번호를 누르고 안으로 들어갔다.

"우와, 맛의 비밀이 여기 있었네요."

"별거 아니야. 간장 양만 잘 조절하면 돼. 그리고 무엇보다 손맛. 인터넷에 올라와 있는 레시피 대로 하면 망하진 않겠지만 그건 딱 그 정도에서 끝이야. 자기 감을 믿고 양을 조절하면 실패할 확률은 높아도 어디서도 맛보지 않은 내 요리가 완성되거든."

"너무 멋있어요, 어머니. 저 매일 가르쳐 주세요."

재희는 연신 엄지를 보이며 눈을 빛냈다. 그녀는 지난번 먹었던 불고기 맛을 잊을 수 없어 가르쳐 달라고 했다. 그리고 영숙이 하는 모습을 보며 눈을 떼지 않고 찬사를 보냈다. 잘 보이려고 하는 행동이 아니었다. 정말 그녀가 요리하는 모습이 신기하고 감동적이어서 나온 무의식의 반응이었다. 영숙도 그걸 알기에 더 친절하게 알려 주었다.

그녀는 어미 새 옆에 있는 아기 새처럼 영숙의 옆에 서서 쉴 새 없이 재잘거렸다. 웃는 자태가 고왔다. 그 모습을 지켜보는 선의 입가에도 미소가 번졌다. 제가 온 줄도 모르고 대화를 나누는 두 여자가 고마워서 울컥한 마음까지 들었다.

"흠흠, 불고기 재워?"

"어? 언제 왔어?"

선의 목소리에 재희가 뒤돌아보며 활짝 웃었다. 선은 다가와 그녀의 어깨에 팔을 두르며 제 품으로 안았다.

"그새 그리워졌냐."

영숙이 선을 흘겨보다가 불고기 재운 것을 커다란 통에 담았다.

"재희가 불고기를 좋아하나 보더라. 좀 넉넉히 했으니까 많이 먹어."

"네. 잘 먹을게요."

영숙은 앞치마를 벗어 곱게 접어 선반에 놓았다. 그리고 거실로 가서 소파에 놓인 백을 들었다.

"난 이만 가 보마."

"어머니 더 있다 가세요."

재희가 선의 품에서 벗어나 영숙에게 다가갔다.

"가야지. 저 녀석이 언제 가나 세고 있잖니."

"아니에요. 더 있다 가세요. 어머니랑 더 같이 있고 싶어요."

"또 오마."

영숙은 재희의 어깨를 톡톡 두드리고 현관으로 갔다.

"모셔다 드릴게요. 밤도 늦었어요."

"됐다. 재희 옆에서 떨어질 수나 있겠냐."

엉거주춤하는 선의 등을 재희가 밀었다. 그녀를 보자 재희는 눈짓으로 어서 따라가라고 말했다. 현관문을 여는 영숙을 보던 선이 운동화를 신었다.

"혼자 있을 수 있대요."

영숙이 재희를 돌아보았다. 두 손을 맞잡고 저를 보고 있는 재희를 보자 영숙은 옅은 숨을 내쉬고 다가가 그녀의 손을 잡았다. 그리고 톡톡 두드렸다.

"앞으로는 그렇게 혼날까 봐 긴장한 얼굴로 서 있지 마. 잘못한 것도 없는데 벌 서는 것도 아니고, 어깨 펴고 당당히 다녀."

"네."

"내가 아까 말했지? 너한테 함부로 하는 인간들은 내가 가만 안 놔둘 테니까 다 이르라고."

"감사합니다."

또 울먹이는 재희의 등을 토닥여 주었다. 영숙도 가슴이 먹먹해져 얼른 문을 열었다.

엘리베이터 앞에 서며 영숙은 선을 돌아보았다.

"혼자 놔둬도 되겠니. 한시도 떨어지기 싫으면서."

"어머니를 못 모셔다드릴 정도는 아니에요."

선은 빙그레 웃으며 엘리베이터 안으로 들어갔다. 선이 나지막이 속삭였다.

"감사해요. 재희, 이해해 주셔서."

"어쩌겠어. 네가 좋다는데. 네 마음을 모르는 것도 아니고. 한두 해 좋아한 것도 아닌데 내가 무슨 힘으로 막겠니."

"그래도 감사해요."

"네 아버지나 잘 설득해 봐. 나보다 아버지 설득하는 게 더 어려울 거다."

"알아요. 내일 찾아가 뵐게요. 아버지껜 말씀드리지 마세요."

선이 운전하는 차를 탄 영숙은 그를 힐끔 보았다. 미국에서 고된 훈련을 받고 인정받을 때에도 그저 어리다고 생각했는데 어느새 결혼할 여자를 소개하는 그를 보자 새삼 아들이 많이 컸다는 걸 느꼈다.

"재희 잘해 줘라. 너무 안됐어."

영숙은 한숨을 내쉬며 앞을 보았다.

"얼굴에 다리까지 저렇게 되고 얼마나 힘들었겠니."

"그래도 난 너무 예뻐요. 그냥 전 재희 모습 자체가 예뻐서 그 정도 흠은 눈에 보이지도 않아요."

"이 팔불출아. 하여튼 지 아버지랑 똑같아."

"보고 배운 게 그건데 어떡합니까."

영숙은 혀를 차면서도 미소를 흘리며 창밖을 보았다. 선이 이렇게 좋아하니 영숙의 마음도 좋았다. 그저 아들이 좋다고 하니 좋았다.

영숙을 데려다주고 집에 도착하니 이미 12시가 한참 넘어 있었다. 혹여나 재희가 잘까 봐 문을 살짝 연 선은 발꿈치를 들고 드레스룸으로 갔다. 트레이닝복을 벗어 빨래통에 넣고 실내복으로 갈아입었다. 당연하게 침실로 들어갔는데 그녀가 보이지 않았다.

선은 갑자기 등골이 오싹해져 집 안 곳곳 문을 열었다.

벌컥—

문을 연 선은 서재 안의 의자에 앉아 책을 읽고 있는 재희를 보았다.

"서재희."

역시나 듣지 못했다. 집중하느라 제 소리도 못 듣는 재희에게 허탈한 웃음이 나왔다.

고등학생 때에도 재희는 집중하면 주변을 인식하지 못하곤 했다. 그래서 그렇게 공부를 잘했는지도 모르겠다. 책상 위에는 몇 가지 책이 쌓여 있었다. 조심스럽게 다가간 선은 책상에 엉덩이를 걸쳐 앉았다.

"악!"

그제야 인기척을 느낀 재희가 기겁을 하며 소리를 질렀다. 저를 내려다보며 웃고 있는 선의 허벅지를 퍽 때렸다.

"놀랐잖아!"

"이미 여러 번 불렀어."

"정말? 나 못 들었는데."

"뭘 읽기에 사람이 부르는 소리도 못 들어."

"그냥……."

재희는 제 책의 앞표지를 보여 주었다. 오즈의 마법사.

"어릴 때 읽고 다시 읽는 건데 느낌이 새로워."

"우리가 어렸을 때 읽었던 책 중에 많은 것들이 어른들을 위한 동화라잖아."

"그런 가 봐. 난 도로시가 너무 좋아. 해결사 같아서. 너도 좋아해?"

"좋아해. 네가 제일 좋아."

능글맞은 그의 말에 재희는 웃음을 터트렸다. 그의 웃음소리도 시원했다.

"난 양철나무꾼이 좋더라고."

재희의 시선이 그를 향했다. 우연인가. 양철나무꾼. 고개를 갸웃하는 그녀를 보며 그는 어깨를 으쓱하고 재희의 얼굴을 쓰다듬었다.

"양철나무꾼이 양철 심장을 받고 나서 하는 말을 잊을 수가 없었거든. 이제 난 사랑을 할 수 있어."

"아, 나도 기억해."

"그 대사가 어릴 때에도 굉장히 와 닿았어."

"너다워."

선이 등을 구부려 재희의 턱을 당겼다.

"내가 제일 좋아하는 말이야. 예전엔 사랑하길 원해서 좋아했고 지금은 마음껏 사랑할 수 있어서 좋아."

"선아."

"사랑해."

선의 입술이 그녀에게 가볍게 닿았다.

"매일 고백할게. 마음껏 사랑할게."

"응."

"내일 아버지한테 인사드리러 가자. 결혼 허락 받으러."

한동안 그를 올려다보던 재희는 선을 보며 부드럽게 웃었다.

"그래. 그러자."

선은 재희의 머리를 쓱쓱 쓰다듬으며 빙그레 웃었다. 재희가 선의 손을 잡으며 말했다.

"갈 때 카페에 먼저 들리자. 대표님 좀 뵙고 싶어."

"왜?"

"오랫동안 자리를 비웠는데 걱정되잖아."

"꼭 가야 돼?"

선이 내켜하지 않자 재희가 의자에서 일어서며 그의 머리에 손을 얹었다.

"들어주세요, 낭군님."

촉촉한 목소리로 자신을 부르고 눈동자를 일렁이는 재희를 보고 어떤 남자가 동요하지 않을까. 매번 시험에 들게 해. 그녀를 너무 자주 안아서 오늘 밤엔 쉬게 해 주려고 했는데 소용없게 되었다. 자꾸만 짐승의 본능이 어느 때고 찾아오는 바람에.

"이건 다 네 탓이야."

선은 재희를 번쩍 안아 들고 서재를 나왔다. 침실로 가는 동안에도 끊임없이 키스했다. 재희도 그의 목을 끌어안았다. 떨어진 입술 사이로 숨결이 새어 나왔다.

"내 탓 할게. 그러니까 미워하지 마."

이미 짐승의 눈빛을 한 남자를 거절하는 건 마음이 허락하지 않았다. 온몸이 닳아 없어져도 그의 몸을 사랑해야 했다. 땀에 젖은 머리카락, 흑요석처럼 짙은 눈동자, 따뜻한 입술 모든 걸 사랑하고 싶다. 그가 제게 해 주는 만큼.

❄ ❄ ❄

아침부터 바쁘게 움직이던 재희는 현관에 설 때까지도 괜찮으냐고 물었다. 선의 집에 인사드리러 간다고 제일 예쁜 옷으로 입고, 평소에 하지 않던 화장도 했다.

제 옷매무새를 살피고 돌아보기를 여러 차례, 급기야 선이 여기서 더 예뻐지면 그건 인간이 아니라는 말을 듣고 나서야 발을 뗐다. 가만 보면 예쁘단 말을 듣고 싶어 하는 것 같아 선도 웃음이 나왔다.

선의 차를 타고 광화문으로 간 재희는 카페 앞에서 심호흡을 했다. 성준을 만나는 것도 용기가 필요하지만 재현을 다시 볼까 봐 두려운 것이 컸다. 그래도 선이 옆에 있어 줘서 견딜 수 있었다.

카페 안으로 들어가자 못 보던 여자가 계산대에 있었다. 새로 고용한 직원 같았다. 재희가 앞으로 다가가자 직원은 밝게 웃었다.

"어서 오세요."

곧 재희 얼굴에 흉터를 본 직원이 허리를 숙여 인사했다.

"대표님께서 알려 주셨어요. 한번에 알아보겠어요."

재희는 제 얼굴에 손을 대며 어색하게 웃었다.

"얼굴에 흉터 있는 여자가 많진 않으니까요. 대표님이 절 이미 소개하셨나 봐요."

"아뇨. 대표님은 흉터 얘긴 안 하셨어요. 굉장한 미인이라고
만 하셨어요."

직원은 싱긋 웃으며 직원 휴게실 안으로 들어갔다.

"거봐. 다들 네 흉터는 관심도 없다니까. 워낙에 예뻐서."

재희는 어깨에 팔을 두른 선을 팔꿈치로 쿡 찔렀다.

잠시 후 성준이 안에서 나왔다. 그는 재희를 보며 얼굴을 굳
혔다. 젠장. 오랜만에 그녀를 보자 성준은 옅은 숨이 나왔다.

"더 쉬라니까 왜 나왔어."

"그러게요. 이렇게 일 잘하는 직원도 뽑아 놓으시고. 벌써 제
흔적을 모두 지운 것 같네요."

"그게 아니라!"

"알아요."

재희의 미소에 성준은 얼굴을 붉힌 채 입을 다물었다.

"마카롱 출시 때문에 왔어요."

"당분간은 못 하지 않겠냐."

"생각해 봤는데 구입해 놓은 재료도 있고, 저도 하루 빨리 출
시하고 싶어서요."

"그래도 나올 생각 하지 마. 어제도 서재현이 왔다갔어. 아마
계속 올 모양이더라."

서재현이라는 이름에 재희의 얼굴이 순간 굳어졌다. 그리고
살짝 고개를 끄덕였다.

"커피가 너무 만들고 싶은데 그건 저도 힘들 것 같아요. 제
트라우마가 생각보다 깊은가 봐요."

"나도 안다."

"그래서 재료를 집으로 가져가서 만들어 오고 싶어요. 이틀에 한 번 마카롱을 만들어 카페로 가져오면 그걸 내놓으면 어떨까 해요."

"그냥 쉬지 뭘 자꾸 하려고 해. 너도 참."

성준은 재희의 성격을 알아서 한숨이 나왔다. 예전에 죽다 살아난 뒤에 카페 차리는 일을 도와줄 때에도 자신보다 더 열심히 생각했다.

걷는 게 부자연스러우니 앉아서 아이디어를 말하면 성준은 그걸 듣고 행동으로 옮기곤 했다. 그리고 재희가 생각해 낸 아이디어들이 운영 방향과도 맞고 손님들의 요구와도 어울리면서 카페가 금방 자리를 잡게 되었다. 뭐든 끝까지 책임지려는 재희를 잘 알기 때문에 성준은 그녀를 말릴 수 없었다.

"그렇게 만들고 싶어?"

재희의 미소가 더 깊어져 성준은 계속 한숨이 나왔다. 그러더니 고개를 끄덕였다.

"좋아. 재료는 넉넉히 사 놨으니까 일주일 만들 분량은 될 거다. 너는 집에서 작업한 걸 가져오고 부족한 재료는 주문서에 넣어놔. 여기 효진 씨가 도와줄 거야."

"네. 감사해요."

재희의 얼굴이 밝게 빛났다. 성준은 재희를 보다가 선에게로 시선을 옮겼다. 그는 시종일관 얼굴을 구긴 채 서 있었다. 그게 고소하기도 하고 부럽기도 했다.

하지만 그것도 잠시였다. 마음대로 재희를 생각할 수 있는 여유를 성준은 누릴 수 없었다.

"잠깐 저 좀 보시죠."

선이 성준에게 눈짓을 하며 밖으로 이동했다. 재희는 성준이 따라 나가는 모습을 걱정되어 바라보았다.

"마카롱 너무 기대돼요."

효진의 목소리에 재희가 얼굴을 돌렸다. 귀엽게 웃는 모습이 재희를 편안하게 해 주었다.

"창고에 재료가 많아서 뭐에 쓰는 거냐고 여쭤봤거든요. 대표 님께서 마카롱 만들 때 쓴다고 하셔서 얼마나 기다렸는지 몰라 요."

"아, 아직 출시도 못 했어요. 저 대신 잘 팔아 주세요. 잘 파 시면 만드는 방법도 알려 드릴게요."

"와. 그럼 좋죠. 그런데 비법을 제게 알려 주셔도 되는 거예 요?"

재희는 잔잔히 웃었다.

"비법이랄 것도 없어요. 그리고 우리 카페가 잘 운영되는데 도움이 된다면 얼마든지 알려 드릴게요."

"네. 감사해요. 이제 매장은 영영 안 나오시는 거예요?"

"글쎄요. 저도 잘 모르겠어요."

그러게. 정말 잘 모르겠어. 뭘 하고 있는 건지. 왜 이렇게 살 아야 하는지.

"손님들이 재희 씨 많이 찾으세요."

"네."

"그동안 손님들이 말하는 걸 들어 보니까 재희 씨가 얼마나 열정적으로 운영했는지 알겠더라고요."

"고마워요."

"그러니까 힘내세요."

재희는 효진을 정면으로 바라봤다. 자신보다 어려 보이는데 생각하는 것도 깊고 무엇보다 삶을 바라보는 자세가 밝아서 눈이 가게 되었다. 빛을 보면 자동으로 끌리는 것처럼 재희는 그녀에게서 선과 같은 따뜻함을 느꼈다.

"같이 온 분은 제가 아는 분 같은데."

"아마 그럴 거예요. 워낙 유명해서."

"멋지시잖아요. 야구 관심 없는 사람들도 이선 씨 외모 보고 아는 사람도 있어요. 방송에서 이선 씨 외모를 굉장히 부각시키거든요."

"그렇구나."

"두렵지 않으세요? 그냥 궁금해서요. 너무 잘난 남자니까요."

"그게 두려웠다면 시작 못 했죠."

재희는 잔잔한 미소를 지었다.

"선을 사랑하기로 했어요. 내가 손 내밀어야 이 남자가 힘들지 않아서요. 서로 사랑하는 것만 생각하려고요. 그게 제가 해 줄 일인 것 같아요."

"재희야. 이만 가자."

문가에서 그녀를 부르는 소리에 재희의 고개가 돌아갔다. 성준이 안으로 들어왔다. 재희는 효진에게 손을 내밀었다.

"마카롱 잘 부탁해요."

"네. 걱정 마세요."

효진은 활짝 웃으며 손을 잡았다.

"재료는 매번 택배로 이선 씨 집으로 보내기로 했다."

"네. 이만 가 볼게요."

재희의 걸음걸이를 본 효진이 성준을 돌아보았다.

"과거가 참 힘겨운 것 같네요. 저분."

"쉽진 않았지."

선의 품에 안겨 밖을 나가는 재희를 보던 효진의 입가에 미소가 생겼다. 절대 약하진 않았다. 내재된 역량은 누구보다 강한 여자라는 걸 한눈에 봐도 알 수 있었다.

"대표님이랑 무슨 얘기 했어?"

그의 차에 타며 재희가 물었다. 손수 안전벨트를 매주던 그가 재희의 입술에 입을 맞췄다.

"내 여자에게 눈길 주지 말라고."

그리곤 장난스럽게 웃는다. 재희는 얼굴이 붉어진 채로 그의 어깨를 쳤다.

"그러지 말라니까. 대표님 상처 주지 마."

"상처는 네가 줘 놓고 왜 나보고 뭐래."

"내가 무슨 상처를 줬다고 그래."

"좋아하는 남자의 고백을 거절하면 상처 준 거 아냐?"

"그거야……."

말을 하던 재희가 눈을 흘기며 창가로 고개를 돌렸다.

"됐어. 말을 말자."

"어허, 고개 돌리지 마."

선이 다시 그녀의 얼굴을 돌려 저를 보게 했다.

"비밀 얘기 했어. 너희 대표님 능력자더라. 알고 있었어?"

"뭘?"

"정말 몰라? 김성준 대표 집안 말이야."

모르는 듯했다. 재희의 말간 눈동자를 본 선은 괜히 기분이 좋아졌다. 그 오랜 세월을 함께 지냈지만 재희는 그 남자의 배경에 관심이 없었던 것 같아 마음이 놓였다. 성준이 이야기하지 않았다면 그녀는 모를 수밖에 없었다.

최근에 강우를 통해 성준의 집안에 대해 듣게 된 선은 그가 집안 어른들의 뜻을 거스르고 인연을 끊다시피 소원했다는 것도 알았다. 그러니 재희는 모를 수 있었다.

선은 10년의 세월 동안 재희의 마음이 바뀌지 않았다는 것을 느끼자 코끝이 찡했다. 그러더니 노골적으로 입술을 내려다보았다.

"립스틱 가져왔어?"

"하지 마. 안 해."

"안 가져왔으면 말아. 지워진 채로 가지 뭐."

"뭐? 너……. 읍!"

다짜고짜 파고드는 입술을 떼어 내려고 했지만 그는 재희를 등받이에 묻은 채 입술을 놓아주지 않았다. 등을 꼬집던 재희의 손이 느려졌다. 입술을 헤집는 상대의 것에 손은 어느새 제 구실을 못하고 그의 머리를 어루만졌다.

"하아."

거친 숨을 토해 내는 재희의 귓가에 숨을 불어넣은 선은 순식간에 얼굴이 붉어지는 그녀를 보며 속삭였다.

"나만 봐. 너는 나만 보면 돼. 다른 남자의 상처 따위는 생각하지도 마."

"못됐어."

"나 원래 되게 못된 놈이야. 그러니까 자극하지 마. 알겠어?"

선의 눈을 본 재희는 저도 모르게 고개를 끄덕였다. 옭아매는 눈동자는 그녀를 꼼짝 못하게 했다. 선은 재희의 입술에 묻은 립스틱 자국을 손으로 문질렀다.

"야해. 서재희."

"내가 뭘."

"이거 봐."

선은 재희의 손을 잡아 제 바지춤으로 가져갔다. 한껏 부풀어 오른 그의 것이 곧 뚫을 것 같았다.

"사람을 이렇게 만드는 건 야한 거야."

"그게 내 탓이란 소리야?"

"그럼 누구 탓이야. 여기 너 말고 누가 있어."

후우, 선은 재희의 목덜미에 얼굴을 묻고 숨을 고르며 내쉬었다.

"욕구를 자제하는 게 이렇게 어려운 일인지 몰랐어. 널 만나고 내가 하루도 힘들지 않았던 적이 없었어. 책임져."

말도 안 되는 이유로 투정을 부리는 선이 그저 귀여웠다. 재희가 그의 목을 끌어안으며 등을 토닥여 주었다.

"책임질게. 그러니까 하고 싶을 때 해."

"진짜?"

"단."

재희가 그의 몸을 떼어 눈을 마주 보았다. 그의 코를 손가락으로 톡톡 두드렸다.

"지금은 안 돼."

실망하는 눈동자를 보였지만 곧 고개를 끄덕인다. 그리고 숨을 크게 내쉬었다. 다시 운전석으로 몸을 일으키는 선이 말 잘 듣는 덩치 큰 개 같았다. 그녀의 입가에 미소가 진해졌다.

선의 본가는 생각보다 평범했다. 단층으로 된 단독주택에 마당이 있는 집이었다. 서울 근교에 지어진 집이라 크기는 컸지만 뽐내려고 지은 집은 아니었다.

마당에는 나무가 우거졌다. 지금은 겨울이라 소나무를 제외한 나무들이 알몸을 드러내고 있지만 한창 잎이 우거진 계절엔 집을 뒤덮을 정도로 풍성할 것 같았다.

재희가 예전에 살던 집에도 나무가 참 많았다. 나름 잘 가꾸어진 묘목들과 꽃이 있었는데 그땐 눈에 들어오지 않았다. 어릴 적, 그녀의 마음에 조금만 여유가 있었다면 그 나무들에게 사랑을 줄 수 있었을 텐데 들여다볼 마음의 공간이 없었다.

"나무가 굉장히 멋지다."

"아버지가 손수 가꾸시는 거야."

재희가 선을 돌아보며 웃었다.

"네가 왜 이렇게 멋진지 알 것 같아."

"에? 갑자기 무슨 소리래."

"너희 부모님 보니까 알겠어. 네가 이렇게 멋진 이유."

앞서 걸어가는 재희를 번쩍 안아 든 선이 대문을 들어왔다.

"내려 줘!"

당황한 그녀가 선의 어깨를 두드렸지만 그는 아랑곳하지 않았다.

"괜찮아. 우리 아버지도 매번 하는 일이야."

"그래도 나 처음 인사 왔어."

"괜찮대도."

그러다 마당에서 나무를 돌보던 남자와 눈이 마주쳤다.

"아버지."

재희는 급격히 얼굴이 붉어지며 얼른 내려 달라고 어깨를 두드렸다. 남자가 다가왔다. 얼굴이 새빨개진 재희는 더 말도 못하고 손으로 얼굴을 가렸다.

"죄, 죄송합니다."

"누구냐?"

"아버지. 일단 안으로 들어가요."

주환은 선이 안고 있는 여자에게 눈길을 주다가 먼저 안으로 들어갔다.

"너 진짜 미워."

재희가 울상인 얼굴로 그의 등을 퍽 쳤다. 그는 현관 안으로 들어갈 때까지 내려 주지 않았다. 그러다 소파에 앉을 때에야 그녀를 내려 주었다. 미리 와 앉아 있던 주환은 둘의 모습을 물끄러미 바라보았다.

"대충 상황 파악은 된 것 같다. 네가 만나는 아가씨냐?"

"네."

주환은 재희를 찬찬히 훑어보았다. 얼굴의 흉터가 제일 먼저 눈에 들어왔다. 그때 부엌에서 영숙이 나왔다.

"당신도 이 아가씨 알아?"

"아뇨. 저도 처음 봐요."

영숙은 소파에 앉으며 주환을 보았다. 남편이 무슨 생각을 하는지 알 수 없었다. 그래서 분위기를 돋우려 밝게 웃었다.

"아가씨가 참 예쁘게 생겼네요."

영숙의 말에 주환이 그녀를 보았다.

"당신보다 예쁜 여자가 어디 있어."

"제발, 그런 소리 다른 데 가서 하면 큰일 나요."

주환은 영숙의 손을 잡고 다시 재희를 보았다. 이유는 알 수 없었지만 어딘가 마음이 불편했다.

"아가씨는 이름이 뭔가."

"서재희라고 합니다."

주환의 얼굴이 급격히 굳었다. 그러더니 선에게로 눈을 돌렸다. 주환의 굳은 표정이 그의 마음을 대변하는 듯했다. 재희는 제 손을 꼭 맞잡았다.

"네. 이 사람을 엉망으로 만들었던 여자예요. 그런데 염치없이 인사드리러 왔습니다."

"이선. 네가 설명해 봐. 이게 무슨 소리야. 서재희? 너 지금 제정신이냐?"

"여보. 선이가 얼마나 좋아하는 아가씨인지 당신도 알잖아요. 그냥 받아 줘요."

"선이를 죽음 직전까지 몰고 갔던 애야! 당신도 그때 생각하면 아직도 악몽 꾸잖아. 우리 그때 얼마나 힘들었냐고. 아니, 선이 이 자식이 얼마나 힘들어 했는지 몰라?"

"알아요. 다 알아요. 그런데 지금은 괜찮아요. 선이도 더 잘됐고요."

"그걸 말이라고 해!"

"아버지. 저한테 재희가 어떤 의미인지 잘 아시잖아요. 전 재희 없으면 죽어요. 그만큼 절실해요. 아버지 말씀처럼 절 죽음 직전까지 몰고 가고 이용했던 여자라면 지금 누구보다 잘 살았어야죠."

선이 재희의 손을 꼭 잡았다. 그녀의 손이 떨렸다.

"하지만 아니었어요. 재희는 저보다 더 힘들게 살았어요. 이젠 제가 지켜 주고 싶어요."

"그게 너랑 무슨 상관이냐. 저 애 사정을 네가 뭐 하러 신경써!"

"사랑하니까요. 아버지, 이 심장이요. 재희가 아니면 반응하지 않아요. 다시 만나기 전까지 그 많은 시간 동안 여자들에게 한 번도 흔들림 없었는데 재희를 만나자마자 반응했어요. 그런데 제가 재희를 만나지 못하면 어떻게 되겠어요."

"이선!"

주환이 벌떡 일어서 소리쳤다.

"될 게 있고 안 될 게 있는 거야. 너와 저 아가씨는 인연이 아니다. 그러니까 그렇게 서로 아팠던 거라고. 좋다고 다 만날 수 있다면 세상 어디에 이별이 있겠냐. 더 볼 것도 없다."

주환은 방으로 들어갔다. 거실에 남은 영숙은 방문을 보다가 선에게 눈을 돌렸다.

"예상했잖니."

"네."

영숙은 재희를 보았다. 재희는 무슨 생각을 하는지 조용히 앉아 있었다.

"어머니."

"그래."

"아버님께 들어가 봐도 될까요. 저만 들어가고 싶어요."

재희의 목소리는 평온했다.

"네가 들어간다고 해도 별수는 없을 거야. 저이가 선이 다쳤을 때의 일을 아직도 가슴에 담아 둬서."

"네. 잠깐만 들어갈게요. 나 그래도 돼?"

영숙에게 공손하게 허락을 구한 재희가 고개를 돌려 선에게도 확인을 받았다. 그의 끄덕임을 보자마자 일어서서 주환이 들어간 방으로 발을 뗐다.

노크한 재희는 문을 열었다. 주환은 허리에 손을 얹은 채 창밖을 보았다.

"아버님."

재희의 목소리에 몸을 획 돌린 주환은 그녀를 보고 다시 창가로 몸을 돌렸다.

"나가라."

"아버님. 잠깐만요. 잠깐만 제 이야기 좀 들어 주세요."

재희는 절뚝이며 그의 앞으로 걸어왔다. 막무가내로 나오는 행동이 어이가 없어 주환은 그녀에게 눈길을 주었다. 그러고 보니 걷는 모습을 보지 못한 주환은 선이 소파까지 재희를 안고 왔다는 것을 알고 더욱 미간을 구겼다. 그를 마주 보고 선 재희는 살며시 미소 지었다.

"무슨 생각하시는지 잘 알아요. 제가 아버님이라도 같은 생각일 거예요."

"난 더 이상 할 말 없다."

"오늘 찾아뵌 건 아버님께 허락을 받으려고 온 게 아니에요. 아버님께서 허락하지 않으셔도 선이라면 혼인 신고를 할 거예요."

그를 똑바로 바라보는 재희를 보자 어이없는 감정이 솟았다. 무슨 자신감인지.

"저도 마음을 정했어요. 결혼을 수도 없이 고민했는데 답은 하나였어요. 그와 끝까지 가자는 것. 이젠 선이 없으면 제가 못 살아요."

"지금 협박하냐."

"아니요. 제 마음을 조금만 알리고 싶어서요. 꿈쩍도 않으시 겠지만 이 보잘 것 없는 마음에도 크기가 있다는 걸 보여 주고 싶어서요."

주환은 문득 재희의 말을 곱씹었다. 보잘 것 없는 마음에도 크기가 있다.

"죽으려고 했어요. 정말로 살고 싶지 않았어요. 선을 그렇게 만들고 제가 무슨 염치로 살 생각을 하겠어요. 차에서 뛰어내 리고 손목을 그었어요. 그런데도 불행히 살았어요. 이런 모습으 로."

"그만해라. 네 얘긴 듣고 싶지 않아. 우리 아들이 그만큼 힘 들지 않았다고 생각하지 마."

"네. 선은 저보다 더 힘들었을 거예요. 온몸이 부서졌고 온 마음이……."

재희는 말을 하면서 고통스러운지 얼굴을 찡그렸다. 주환도 더는 생각하고 싶지 않았다.

"선이 미국에서 투수로 데뷔하고 최고의 투수가 될 때까지도 전 밤잠을 제대로 이루지 못했어요. 매일 불면증에 시달리고 악 몽을 꾸었어요. 다시 선을 만나고 악몽이 사라졌어요. 신기하게 신경 안정제도 끊었어요. 매일 약을 먹어야 겨우 살아갈 수 있 었는데 선을 만난 뒤로 먹지 않아도 마음이 편안해요."

재희는 조심스럽게 주환의 손을 잡았다.

그녀의 손이 차가웠다. 재희의 행동에 주환은 제 손을 내려다

보았다.

"전 선과 결혼하고 싶어요. 절 살게 해 주는 사람이라서 놓고
싶지 않아요. 아버님이 반대를 하셔도 막을 수 없어요."

재희가 나머지 손을 맞잡았다.

"선을 사랑해요. 그 사람과 저는 운명의 실로 연결되었다고
생각해요. 끊어 낼 수 없어요. 부디 아버님이 제 보잘 것 없는
마음을 조금만 헤아려 주셨으면 좋겠어요. 제 마음의 크기를 조
금만 이해해 주세요. 부탁드려요."

재희는 손을 놓고 허리를 깊이 숙이며 주환에게 인사했다.

"매일 전화 드릴게요. 당장은 얼굴 보는 것도 괴로우실 걸 잘
알아요. 대신 목소리로 안부 여쭐게요. 받아만 주세요. 욕을 하
셔도 되고 어떤 비난을 해도 다 들을게요."

재희의 손이 떨어져 나가자 주환은 어쩐지 허전한 감에 제 손
을 꽉 쥐었다. 문을 향해 걸어가는 재희의 모습을 보았다.

"하나만 묻자. 왜 우리 아들이었니. 왜 그날 우리 아들을 불
렀는지 묻고 있는 거다."

재희가 몸을 돌려 그를 보았다.

"모르겠어요. 그냥 선이 생각났어요. 절 구원해 줄 사람이 선
이라는 생각밖에는 없었어요. 그리고 절 구원해 주었어요."

재희가 방에서 나오자 선이 기다렸다가 그녀를 와락 안았다.
그리고 기다란 머리를 쓰다듬었다.

"괜찮아?"

"응. 나 멀쩡해."

"아버지는 조금 더 기다려 보자."

"응. 그럴 거야. 아버님이 허락 안 하시면 결혼 안 해."

그가 더욱 힘껏 안았다. 가는 곳마다 허락을 받는 상황이 속상했다. 재희 자체로는 나무랄 데 없는 여잔데 그녀의 배경과 상황이 그녀를 힘들게 했다. 어쩌겠나. 그런 여자와 함께 가기로 한 것을. 이 여자가 전부인 것을.

10.

TRICK : 악마의 속삭임

똑똑.

노크 소리가 나고 곧이어 문이 열렸다.

"부회장님. 채하연 씨 모셔왔습니다."

"들여보내."

김 실장이 나가고 하연이 모습을 드러냈다. 하연은 형철을 보고 살짝 미소를 지으며 고개를 숙였다.

문을 닫은 하연은 실내 공간을 둘러보았다. 호텔도 아니고 회사도 아닌 공간. 그의 비밀 별장이었다. 단독 건물로 지어진 집은 으리으리하며 위협적일 만큼 호화로웠다. 특히 이 응접실은 화려한 색감과 비싼 장신구로 가득했다. 하연은 느리게 걸어왔다.

"이곳까지 저를 부른 이유를 어떻게 해석해야 할까요?"

"글쎄. 어떻게 해석하고 싶나."

형철은 소파에 앉아 양팔을 등받이에 기댄 채 하연을 느긋하게 바라보았다. 하연은 그의 맞은편 소파에 앉았다.

"두 가지겠죠. 성적인 것을 요구하거나 비밀 대화가 필요해서."

"똑똑하네. 얼굴만 예쁜 줄 알았더니."

형철은 씨익 웃으며 제 머리를 톡톡 두드렸다.

"머리도 잘 돌아가."

"말씀하세요. 원하시는 걸."

"원하는 거라. 난 너를 돕고 싶어서 그래. 인터뷰 봤어. 네가 오매불망 꿈꾸는 이선."

하연의 눈이 순간 빛났다. 어지간히 좋아하는가 보다. 눈동자의 흐름이 한순간에 바뀌다니. 형철은 어딘지 심사가 뒤틀렸다. 모두가 이선에게 호감을 갖지 못해 안달 난 것이 아니꼬웠다. 도대체 그 자식이 뭐기에 여자들이 정신을 차리지 못하는지 화가 났다.

"이선을 네 남자로 만들어 주려고."

"어떻게요?"

"지금 이선 옆에 붙어 있는 여자를 떼어 내야지."

형철이 몸을 앞으로 당기며 하연의 얼굴을 쓰다듬었다. 피부가 매끄러웠다.

"대중을 이용해서."

그가 자신의 얼굴을 만지는 것은 아무 상관없다는 듯 그대로 앉아서 생각하던 하연이 형철과 눈을 마주쳤다.

"각본을 짜라는 소리세요?"

"어떻게 대중을 사로잡을지는 네가 생각해. 그저 도움이 필요할 때 얼마든지 내 힘을 쓰라는 거야."

"이런 제안을 그냥 주진 않으실 테고 원하시는 건 제 몸인가요?"

형철의 입꼬리가 올라갔다. 눈앞에 앉아 있는 하연을 보자 대조적으로 재희가 떠올랐다. 두 사람은 너무나 달랐다. 재희는 미련하리만치 어리숙하고 도도하다면 하연은 약삭빠르고 세상 물정에 익숙한 여자였다. 그런데 두 여자에게서 비슷한 느낌을 받았다. 보통은 아니라는 것.

형철은 하연에게 묘한 승부욕이 흘렀다. 오랜만에 취하고 싶은 여자가 또 생겼다.

"선택은 네가 하는 거야."

하연은 형철을 보다가 시선을 돌렸다. 그가 제안한 내용은 귀가 솔깃한 것이었다. 안 그래도 선이 제 마음대로 따라 주지 않아서 애가 닳던 참인데 그 여자를 떨어뜨리면서 그를 가질 수 있다면 무슨 짓이든 하고 싶었다. 하지만 공짜는 없었다. 그 대가로 저는 눈앞의 남자와 육체적 관계를 맺어야 한다.

그는 돈과 권력으로 여자를 취하는 악마 같은 남자라는 걸 알 수 있었다. 이 남자와 거래를 하면 악마의 족쇄에 갇히게 될 것이다. 동시에 선을 제 남자로 만들 수 있는 힘을 갖게 된다.

"부회장님과 부적절한 관계라는 사실이 언론에 나면 어떡하죠? 전 이미지가 중요한 연예인이에요."

"그건 걱정하지 마. 그런 기사는 나지 않을 거야. 그리고 너는 배우로서 한층 더 높은 단계로 올라서게 될 거고. 너에 대한 지원을 아끼지 않도록 하지."

"약속은 지킬 거라고 믿습니다. 이선, 제 남자로 만들어 주세요. 그게 가장 중요해요."

"물론이지."

하연은 형철을 보며 일어섰다. 그리고 제 블라우스 단추를 하나씩 풀었다. 앉아 있는 그의 앞에 선 그녀는 어느새 블라우스를 벗어 바닥에 떨어뜨렸다. 하얗고 늘씬한 몸이 드러났다. 이선을 갖고 싶어 제 몸을 바치는 여자.

형철은 비릿하게 웃으며 여자의 몸을 훑었다. 적당한 볼륨감에 균형 잡힌 체형이 시선을 끌었다. 하지만 그럴수록 서재희의 몸이 생각났다. 그 옛날 드레스로 훑은 게 다인데 형철은 아직도 그녀의 몸을 잊을 수가 없었다. 그만큼 서재희의 몸매는 독보적이었다.

"난 적극적인 여자를 원해."

그 말에 하연은 형철의 입에 키스를 했다. 물컹한 혀가 들어오자 태세를 전환한 형철은 하연의 머리를 당겼다. 그리고 그녀의 스커트를 들어올렸다. 스타킹을 벗기는 손이 거칠어 제대로 내려오지 못하고 찢어졌다. 그리고 속옷을 벗기고 드러난 가슴을 입안으로 흡입했다. 화가 난 듯 그는 하연의 가슴을 물어뜯을 듯 거칠게 괴롭혔다.

그녀의 입에서 귀를 찌르는 음성이 들렸다. 형철은 하연은 소파에 눕히고 제 바지 버클을 풀어 남성을 꺼냈다.

"자. 빨아 봐."

하연은 제 앞에 위용을 드러내며 서 있는 형철을 올려다보았다. 그러더니 그의 것을 제 입으로 넣었다. 그녀는 목구멍 깊숙이 찔러 넣는 그의 것을 맛있게 빨았다. 형철의 입에서 신음 소리가 흘러나왔다.

"으, 좋아."

형철은 제 손을 여자의 머리에 넣어 당기며 더 깊이 박았다. 허전했다.

그는 하연의 몸을 세우고 팬티를 힘주어 내려 제 것을 밀어 넣었다.

"하앗!"

하연은 준비도 없이 들어온 탓에 교성을 내질렀다. 그는 여자를 생각하는 남자가 아니었다. 그저 제 욕구를 채우기 위할 뿐이었다. 그러니 아무 여자나 취하는 거겠지만 상대방을 전혀 배려하지 않았다.

형철은 제 것을 조여 오는 느낌에 만족하며 피스톤질을 계속했다. 허전함. 여자를 수도 없이 취하고 원하는 대로 하는데도 이 끝 모를 허전함은 계속되었다. 아마도 갖지 못한 것에 대한 갈망이 그를 허기지게 만드는 것 같았다. 형철은 제 허전함을 지우려 더 거칠게 박았다.

하연은 고통에 미간을 찡그렸다. 나름 남자를 잘 안다고 생각했는데 형철은 그것을 뛰어넘었다. 잘한다는 느낌이 아니라 전혀 다른 쪽의 능숙함이었다.

수치심. 하연이 느끼고 있는 감정은 그것이었다. 서로 원하여 성교를 하는데 여자는 수치심을 느꼈다. 그의 성행위가 폭력적인 양상을 띠기 때문이다.

마지막 움직임 끝에 형철은 하연의 배 위로 사정하며 정액을 흘려보냈다. 그리고 잠깐의 여운도 없이 일어서 걸어갔다. 하연의 귓가에 문이 열리는 소리가 나더니 잠시 후 물소리가 들렸다.

하연은 사정을 하고 곧바로 가 버린 형철을 생각하자 허탈한 웃음이 나왔다. 그리고 제 얼굴을 쓸어내렸다.

악마와의 계약. 처음부터 손을 내밀면 안 되었는데 유혹에 휩쓸려 손을 잡았다. 악마와 계약하면 되돌릴 수가 없다. 되돌리기 위해서는 그에 따르는 대가를 지불해야 한다. 눈을 가린 손에 물기가 스며들었다.

"이렇게 된 이상 나도 뒤로 물러날 수 없어. 이선, 당신을 내 남자로 만들 거야."

❄ ❄ ❄

"그래서 이선 부모님을 다 봤단 말이지?"

식탁에 앉아 재희가 마카롱 만드는 것을 보던 세나가 소리를 높였다. 주말이라 제집으로 택배가 온 것을 들고 선의 집으로 온 세나는 그가 출세했다는 말을 연신 내뱉으며 집을 구경하고 다녔다.

방마다 구경을 하던 그녀는 그 기세가 한풀 꺾였는지 재희가 마카롱 만드는 것을 얌전히 지켜보기로 했다. 선은 볼일이 있다며 집을 나갔다.

"다 됐다."

마지막 크림을 뿌려 꼬끄를 덮은 재희가 접시에 놓인 마카롱을 식탁에 올려놓았다.

"잠깐."

세나는 휴대폰을 들어 인증샷을 남겼다.

"출시 전 첫 작품이잖아. 기념으로 남겨야지."

"먹어 봐."

세나는 카키색 마카롱을 집었다.

"우와, 이거 시금치야?"

"시금치인 줄 알겠어?"

"당연하지. 그런데 시금치의 쌉쌀함은 없고 향내만 나. 맛있다!"

세나는 놀라워하며 하나 더 집었다. 그녀는 맛있다며 연신 엄지를 치켜세웠다. 재희의 얼굴에도 미소가 피었다. 마주 보고 앉았다.

"내일부터 출시해. 선이가 아침에 운동하러 가면서 카페에 주고 간대."

"카페 나가는 건 아직 힘들어?"

재희는 머뭇거리다 고개를 저었다.

"모르겠어. 지금은 아무 감정이 안 들어. 솔직히 무섭지도 않아."

그녀의 입에서 무섭지 않다는 말은 처음 들은 것 같다. 세나는 선이 가져다준 변화인가 싶어 침을 꿀꺽 삼켰다.

"맞아. 선이랑 같이 있으면서 내 마음이 변화하고 있는 것 같아. 오죽했으면 선의 아버님께 그런 소리를 했겠어."

"사실 말을 안 해서 그렇지 너 고등학생 때 꽤나 싸가지 없었어."

세나는 흘겨보는 재희의 어깨를 툭툭 두드렸다.

"몰라? 너 좋다고 고백하는 남자애들한테 촌철살인으로 절망감을 심어 줬잖아. 이선도 그중 하나고."

"내가 언제 그랬어."

"얘 좀 봐. 이선 얼굴이라도 보면 제발 꺼져! 그랬잖아."

재희의 얼굴이 붉어졌다. 세나는 그만 놀려야겠다고 생각하며 까르르 웃었다.

"좀 강하게 나가도 돼. 넌 그래도 돼."

"그날 아버님의 표정이 뭐 이런 정신 나간 여자가 있나, 그 느낌이었어."

"이제 어떡할 거야?"

"마음에 드실 때까지 계속 다가가야지. 날 인간적으로 대해 주는 분들인데 내가 어떻게 함부로 해."

"널 반대하는 게 인간적인 거야?"

"인간적이지. 어떤 부모가 자기 아들을 그 지경으로 만들어 놓은 여자를 허락해 주겠어. 죽이고 싶을 걸? 그런데도 그 정도에서 멈춘 게 대단한 거야."

"난 그렇게 생각하는 네가 더 대단하다. 가끔 너 무서울 때가 있어."

세나는 제 팔을 쓰다듬었다.

"우리 집안에서 난 사람 취급도 받지 못하고 자랐어. 자기들 기분 나쁠 때마다 내게 분풀이를 하고 쓰다 버리면 그만인 물건처럼 대했어. 그런 사람들만 보고 자라다 보니 자식 때문에 속상해하는 그 모습이 너무 부럽더라."

"재희야."

"난 왜 그런 부모님이 없을까. 나도 분명 누군가의 자식이고 딸인데."

재희는 굳었던 표정을 들며 활짝 웃었다.

"선이 부모님에게 정말 잘할 거야. 내 부모님처럼."

"이선은 좋겠네. 이렇게 예쁜 여자가 자기만 바라보고, 부모한테도 잘한다고 다짐까지 하고."

"내가 복 받은 거지. 그런 사람을 만날 수 있어서."

재희는 마카롱을 상자에 담아 식탁 위에 살포시 올려놓았다.

"자. 이제 또 다른 일을 해 볼까?"

재희는 거실로 나가 테이블 위에 놓인 택배 상자를 풀었다.

"짜잔. 나도 샀다."

세나가 제 가방에서 재희가 새로 출간한 시집을 꺼내 내밀었다.

"내가 그냥 줄 건데 왜 샀어."

"너 진짜 괘씸해. 글 쓰는 걸 여태 비밀로 해서 내가 이제야 알게 해? 집으로 택배가 오지 않았다면 두 번째 책인 줄도 몰랐을 거 아냐."

"자랑할 일이 아니라서."

"그게 아니지. 그건 친구에 대한 예의야. 넌 친구에게 책을 홍보할 의무가 있어."

"미안해."

"사인."

재희는 멋쩍게 웃으며 표지를 넘겼다. 그리고 펜을 들어 썼다.

"집에 가서 봐."

재희가 책을 덮고 건넸다. 세나는 고개를 끄덕이며 가방에 넣었다. 택배 상자에서 수많은 봉투와 카드가 쏟아졌다. 봉투엔 추첨에서 뽑힌 독자 주소가 적혀 있었다.

"우와. 서재희 팬들 많네. 이게 다 몇 장이야."

"50명 한정이야."

"그걸 다 친필로 써?"

"그래야지. 내 책을 사 준 분들인데."

재희는 엽서에 한 명, 한 명의 이름을 넣고 편지를 썼다.

"아, 양철나무꾼도 있나? 그분도 뽑혔으면 좋을 텐데."

"양철나무꾼?"

"응. 매번 팬레터를 보낸 사람인데 꼭 답장을 하고 싶어서."

세나는 봉투의 겉면을 보며 양철나무꾼 이름을 찾았다.

"없는 것 같은데."

"그래?"

재희는 엽서들을 둘러보며 아쉬워했다.

"어! 있다!"

봉투 주소에 양철나무꾼 이름이 적혀 있었다. 재희는 봉투에 적힌 '양철나무꾼' 이름을 보았다. 괜스레 설레어 카드를 썼다.

양철나무꾼 님.

인연이 닿아 카드를 보내게 됩니다.

그리워하는 분과는 어떻게 되었는지 궁금합니다.

제 마음에 봄이 찾아오길 빌어 주셨는데

정말 봄이 찾아왔습니다. 감사합니다.

양철나무꾼 님께도 꼭 봄이 찾아오기를 바랍니다.

소중한 이야기 들려주셔서 힘이 되었습니다.

항상 좋은 일만 가득하길 빌어요.

—희

"이 사람 미국에 사나 봐."

재희는 세나가 건네주는 봉투에 카드를 넣고 주소를 보았다.
미국 맨해튼이었다.

"미국에 사는 사람도 네 시집을 알고 있다니. 너 진짜 대단하
다."

재희는 살며시 웃으며 봉투를 쓰다듬었다.

"장담해. 이 사람 남자야."

"뭐?"

"너 만약 이 사람이 만나자고 하면 만날 거야?"

"글쎄. 궁금하긴 한데 난 얼굴 드러내긴 싫어."

"너 지금 얼굴색이 달라졌거든? 이거 잘하면 이선을 능가하
는 남자가 나타나겠는데."

"무슨 소리야. 그냥 내 시를 보고 감동 받아 편지를 써 준 사
람이야. 난 고마움을 표시한 거고."

세나는 가자미눈을 뜨며 재희를 보았다. 그녀의 얼굴이 점점
더 붉어졌다.

"내가 선을 두고 누굴 만나겠어. 너 이상한 생각 하지 마."

재희는 봉투를 내려다보았다. 세나의 말이 과장되었지만 처
음으로 낯선 사람을 만나고 싶은 생각이 들었다. 이렇게 편지로
나마 마음을 전하게 되어 재희는 마음이 한결 편해졌다.

옆에다 카드를 쌓아 두고 재희는 그 뒤로 독자들에게 편지를
계속 썼다. 그녀가 하는 양을 지켜보던 세나는 폰이 울려 받았
다.

"나 재희랑 같이 있어요. 지금요?"

재희가 세나를 보며 손을 움직였다. 모처럼 휴일이라 재희와 같이 있다가 함께 저녁을 먹고 집에 가려고 했는데 태주의 전화가 오자 세나는 잠시 망설였다.

"얼른 가. 보고 싶어 했잖아. 저녁은 다음에 먹자."

재희의 배려에 민망한 듯 고개를 끄덕인 세나가 말을 이었다.

"그래요. 이따 봐요."

"태주 씨가 너 보고 싶은가 보다."

전화를 끊은 세나가 어깨를 으쓱했다.

"그것도 그건데 조형철, 그 인간 때문에."

재희의 얼굴이 굳어졌다. 이름만 들어도 소름이 돋았다.

"태주 씨한테 얼마 전에 서재현이 카페에 나타났다고 말했거든. 그랬더니 서재현이 얼굴 들고 다닐 처지가 아닌데 어떻게 모습을 드러내는지 의아해하더라고. 그래서 알아봤나 봐. 조형철이 뒤를 봐주고 있었대."

재희는 머리가 지끈거려 손을 얹었다.

"너도 알겠지만 서재현은 사교계에서 매장 당한 거나 마찬가지였잖아. 그런데 요즘 사람들 앞에서 으스대며 다닌다고 하더라."

"놀랍지도 않아. 이젠."

"괜찮아?"

얼굴이 잔뜩 굳은 재희를 보던 세나가 그녀의 어깨를 토닥였다. 재희는 작게 고개를 끄덕였다. 왜 서재현은 그렇게 살아야만 하는지 안타까웠다. 잘난 부모 밑에서 나고 자랐으면 제대로 살아도 되는 것을 왜 그렇게 엉망으로 살까. 대체 뭐가 부족해서.

세나가 가고 나서 소파에 앉아 몸을 기댄 재희는 창밖을 하염없이 바라보았다.

사람들 앞에 나가는 건 여전히 어려운 일이었다. 모습을 드러내고 싶지 않고 집안 식구들에게 제 모습을 보이고 싶지 않았다. 특히 조형철을 다시 보는 건 견딜 수 없었다.

하지만 언제까지고 이렇게 숨어 있을 수만은 없었다. 선의 아내가 된다면 어디서든 기사가 날 것이고 얼굴이 알려질 것이다. 그때 자신을 평가하는 시선이 좋을 수 없다는 걸 알고 있다. 제 존재를 적극적으로 홍보할 이유는 없지만 그에게 피해를 주고 싶지는 않다. 하지만 형철을 극복하지 못하면 자신은 영영 이렇게 숨어 지내야 했다.

"하아."

소파에서 일어서 창밖을 보았다. 앉아서 볼 때와는 또 다른 전경이 눈에 들어왔다. 마음의 위치를 어디에 두는지에 따라 생각하는 관점이 달라진다는 걸, 알면서도 알려고 하지 않았다.

왜 자신이 이렇게 살아야 하는지, 왜 이런 아픔을 갖게 되었는지 사람들이 알 필요가 있다. 그 사람을 수면 위로 끌어내야 한다. 온 세상이 그 사람을 알아야 한다. 그 사람이 한 짓을 봐야 한다. 집안을 두둔하고 싶지도 않고 옹호하고 싶지도 않지만 여자 때문에 회사를 뒤흔드는 사람을 그냥 두고 싶지 않다.

이건 무척이나 큰 용기가 필요하다. 그 사람에 대한 이야기를 쓴다는 건 제게도 매번 죽을 만큼의 고통을 줘야 한다는 뜻이다.

원수 같은 서재현을 도와주고 싶진 않지만 그가 조형철과 지내면서 더 망가지는 건 보고 싶지 않다. 최소한 사람으로서, 반쪽 피를 나눠 가진 사람으로서 그가 아버지에겐 인정받기를, 나중에 제 인생을 고통스러워하지 않기를.

재희는 마음을 굳히고 선의 서재로 들어가 컴퓨터를 켰다. 그리고 타자를 두드렸다. 그녀의 손이 빨라졌다.

✳ ✳ ✳

운동을 하고 나온 선은 강우의 전화를 받았다.

"응."

—너 지금 기사 좀 봐라.

"왜."

—일단 봐.

선은 전화를 끊고 인터넷을 접속했다. 메인 기사에 '채하연의 남자, 이선'이라는 헤드라인이 보였다. 메인 사진에 함께 광고를 찍은 컷이 잡혔다. 기사 내용은 이선과 채하연이 광고 촬영 후 급격히 가까워져 만나고 있는 사이라는 것이었다. 거기다 더하여 하연의 소속사는 열애를 인정한다는 입장을 발표했다.

"후우."

선은 거칠게 숨을 쉬고 강우에게 전화를 걸었다.

"이거 뭐야?"

—난들 아냐. 어디서 이런 기사가 떴어. 나한테 입장 발표하라는 문의가 빗발친다. 뭐라고 해?

"당연히 아니라고 해야지! 말도 안 되는 기사잖아. 허위 사실 유포로 법정 대응하겠다고 해."

전화를 끊은 선은 하연에게 전화를 걸었다. 신호가 얼마 안

가 그녀가 받았다.

　—어머, 오빠도 소식 들었어요? 그런 기사가 났더라고요.

　"하연 씨. 열애를 인정한다고 했다는데 이게 무슨 말입니까."

　—전화로 할 게 아니라 만나요. 저도 보여 드리고 싶은 게 있어요. 마침 여기 저희 소속사 대표님도 있어요.

　"좋습니다. 만나죠."

　선은 하연의 소속사로 향했다. 건물 앞에 차를 댄 그는 치밀어 오르는 화를 애써 누르며 숨을 내쉬었다. 하연의 의도를 모르는 것이 아니기에 더욱 분노가 치밀었다. 이렇게까지 하면서 왜 자신을 가지고 싶은 건지 선은 이해되지 않았다. 애초에 광고 때문에 안면을 튼 것이 다가 아닌가.

　서둘러 건물로 들어가 회의실로 걸음을 재촉했다. 문을 열고 들어가니 회의실에는 하연과 대표로 보이는 사람이 앉아 있었다. 하연은 선이 들어오자 대표에게 눈짓했다.

　"그래. 난 나가 있을게."

　대표는 선의 눈치를 보며 허둥지둥 밖으로 나갔다. 하연은 눈웃음을 지으며 손을 앞으로 내밀어 의자를 가리켰다.

　"앉으세요."

　굳은 얼굴로 의자에 앉는 선을 물끄러미 보던 하연이 입술 끝을 깨물었다. 잘생긴 얼굴이 날카롭게 굳어지자 더 치명적이었다. 그녀의 심장이 그를 보며 쿵쿵 뛰었다. 갖고 싶다.

　양심? 그런 걸 생각했다면 애초에 시작하지도 않았다.

　"어떻게 된 일인지 설명을 들어 보죠."

　"말 그대로예요. 열애를 인정해요. 전 계속해서 이 입장으로 밀고 나갈 거예요."

"채하연 씨!"

"오빠. 제가 괜히 이러겠어요? 오빠가 너무 좋으니까, 그런데도 오빠 눈길 한 번을 안 주니까 이러잖아요."

"이건 서로에게 좋은 영향을 주지 않습니다. 난 하연 씨를 좋은 배우로 생각하고 싶어요. 이 이상 실망하고 싶지 않습니다."

"더 실망할 게 남았나요? 이미 오빠는 제가 안중에도 없잖아요."

"함께 광고 촬영을 하고, 오랜 팬이었다는 이유로 내가 하연 씨를 만나야 하나요. 왜 내가 하연 씨를 안중에 둬야 합니까."

"오빠!"

하연의 눈에 눈물이 글썽였다. 그가 하는 말이 그녀의 심장을 찌르며 아프게 했다.

"사람을 사람답게 만드는 건 그 사람의 말과 행동입니다. 말과 행동이 올바르지 못하면 아무리 예쁜 가면을 쓰고 있다고 해도 추할 뿐입니다. 난 사랑하는 여자가 있다고 분명히 말했고 더 이상 다가오지 말라고 경고도 했습니다. 안중에 없는 이유를 더 말해야 합니까?"

하연이 테이블에 사진을 올려놓았다. 선의 얼굴이 급격히 굳었다. 여기저기에 재희와 자신의 사진이 떠도는 게 불쾌했다.

"이분이요. 서재희 씨. 오빠가 그렇게 좋아하던 여자. 누군가 했어요. 처음엔 몰라봤죠. 얼굴에 심하게 흉터가 생겨서."

"하연 씨."

"어렵지 않게 찾을 수 있었어요. 오빠는 SNS를 안 해서 모르겠지만 이미 블로그나 카페에 많이 올라왔어요. 오빠가 이분과 호텔에 들어가고 비싼 옷을 사 주고 끌어안으며 즐거워하는 모습이요."

사진은 강우의 사무실에서 봤던 사진과 비슷한 모습이었다. 조형철. 또 그가 생각났다.

"채하연 씨. 조형철과 어울립니까?"

선의 얼굴이 무섭게 굳어졌다. 시리도록 날카로운 눈매에 하연은 제 주먹을 꽉 쥐었다. 그가 어떻게 조형철을 아는지 모르겠지만 이것만은 알게 하고 싶지 않았다. 그녀 스스로도 조형철이 어떤 인간인지 잘 알기 때문이었다. 하지만 그 남자의 손을 잡고 일을 벌이는 만큼 제발 선만큼은 그걸 모르길 바랐다.

"누굴 말하는 건지 모르겠어요."

그녀의 얼굴을 본 선은 허탈하게 웃었다.

"스스로를 갉아먹지 말아요. 난 하연 씨가 망가지는 걸 원하지 않습니다. 그 남자에게서 떨어지세요. 더 할 말 없군요."

선이 의자에서 일어서자 하연도 벌떡 일어서며 소리쳤다.

"서재희 씨가 아플 거예요! 이분이 다치든 말든 전 몰라요. 세상 사람들에게 몰매를 맞아도 전 책임지지 않아요. 오빠가 이대로 사무실을 나가 버리면. 저의 마음을 계속 무시하면 전 더한 짓도 할 거예요."

하연을 바라보는 선의 눈빛이 차가웠다. 경멸. 그랬다. 인상 좋던 이선의 얼굴에서 처음으로 사람을 증오하는 눈빛을 읽었다. 그게 자신이라는 사실에 하연은 몸을 떨었다.

회의실을 나간 선을 보다 털썩 주저앉았다. 눈물이 고였다. 대표가 허겁지겁 안으로 들어왔다.

"이제 어쩔 거야. 네 뜻대로 하긴 했다만 너 이번에 잘못하면 그동안 쌓아 올린 거 무용지물 된다."

"기사 내 주세요. 이 여자, 소설 잘 쓰는 기자 섭외해서 이야기 만들라고 하세요."

"도대체 무슨 생각인지 모르겠다."

처음에 하연이 열애설을 제안했을 때 대표는 반대했다. 이제 막 뜨는 배우가 열애설이 나는 걸 원치 않았기 때문이다. 그런데 대신그룹 조형철 부회장이 그녀의 스폰을 제안하며 거액의 자금을 투자했다. 순식간에 은행 계좌로 수익의 돈이 들어오자 대표도 마음이 약해졌다.

거기에 드라마 제작자들로부터 굵직한 캐스팅 제안과 대본들이 들어왔다. 라이징 스타라는 이미지에 적절한 드라마를 만나면 톱 배우로 성장하는 건 순간이었다. 그래서 위험을 감수하고 그녀의 말대로 일을 벌였다. 대표는 자신도 어쩌면 좋을지 모르겠다는 생각에 한숨을 내쉬고 회의실을 나갔다.

"이젠 되돌릴 수 없어."

하연은 의자에서 일어서 제 몸을 내려다보았다. 그녀의 얼굴이 절망으로 일그러졌다.

✳ ✳ ✳

차에 탄 선은 핸들에 얼굴을 파묻었다. 아무 잘못도 없는 재희가 사람들의 입맛대로 흘러가는 게 미칠 것 같았다. 사람들 앞에 얼굴 드러내길 무엇보다 무서워하는 여잔데 이런 일로 사람들이 손가락질을 할까 봐 등골이 오싹했다.

선은 등을 펴고 휴대폰을 들어 전화를 걸었다.

—여보세요.

"접니다. 이선."

—그래. 기사 봤네.

"거짓입니다."

—알아. 이제 어쩌려고.

"지난번에 말씀드렸지만 조형철 그 인간이 저와 재희를 또다시 힘들게 할 생각인가 봅니다."

상대편에선 말이 없었다.

"아버님이 나서 주실 일이라 생각합니다. 이제껏 딸을 내버려 두셨으니 이제 만회할 기회입니다."

—내가 어떡하면 되겠나.

"조형철 그 인간을 끌어내릴 자료를 알아봐 주세요. 여자를 거래의 도구로 쓰는 인간이 깨끗하게 사업을 했을 리가 없습니다. 아버님 회사도 그런 식으로 운영했을 겁니다. 제가 알아보는 건 한계가 있으니까 아버님께서 도와주세요."

—자료라…….

"도와주세요. 오직 재희를 위해서만 생각해 주십시오."

선은 전화를 끊고 다시 몸을 숙였다.

지난 주, 아버지를 만나고 온 다음 날 재희의 아버지, 문도에게서 전화가 왔다. 어떻게 번호를 알았는지보다 그가 왜 제게 전화를 했는지가 더 궁금했다.

재희가 집에 있을 때 밖에서 따로 그를 만났다. 처음 보지만 재희와 닮았다는 걸 느낄 수 있었다.

그는 서재현이 허튼 짓을 하고 다니는 것 같아서 알아보다가 그가 재희의 카페에서 난동을 부린 것을 보고받았다고 했다. 그동안 그는 딸이 뭘 하고 다니는지 찾아보지도 못했나 보다.

10년 전, 집을 팔고 자취를 감춘 재희를 차마 찾지 못하고 묻어 두었는데 서재현이 들추는 바람에 다시 알아보기 시작했고 그녀가 선을 만난다는 것을 알았다.

"자네가 그때 다쳤던 남자란 말인가."

그날 문도는 한참을 괴로워했다. 그리고 조형철이 또다시 손을 뻗친다는 말을 듣고 한탄을 했다. 화가 나면서도 선뜻 나설 수 없는 문도의 심정이 선에게도 느껴졌다.

학대를 방관하고 딸을 거래의 도구로 썼던 서문도란 사람을 생각하면 선은 자다가도 벌떡 일어날 것 같지만, 그녀를 태어나게 해 준 사람이었다. 그녀의 아버지는 한참이 지나서야 깨달았던 것 같다. 가여운 딸, 사랑 한 번 받지 못하고 자란 딸을 사실은 너무나 사랑했다는 걸.

선은 괴로워하는 문도의 손을 꼭 잡고 자리를 마련하겠다고 했다. 지금 당장은 힘들지만 그녀의 마음이 조금 편안해질 때 데려오겠다고 했다.

문도와의 만남을 회상하는데 다시 폰이 울렸다. 이번엔 세나다. 또 혼나겠다.

"응. 세나야."

—야! 너 일을 어떻게 하고 다니는 거야!

"나도 황당하다."

—그 여자 뭐야. 미친 거 아냐?

분에 못 이긴 세나의 목소리가 전화기를 뚫고 왔다.

—재희가 작정하고 애인 있는 널 꼬셔서 네가 여자에 미친

거란다! 기사 또 났어. 재희 얼굴도 떴다고!

"재희 좀 바꿔 봐. 놀랐을 텐데."

―나 지금 밖이야. 약속 있어서 나왔다가 기사 보고 놀라서 전화하는 거야. 재희, 이 계집애 전화도 안 받아.

"뭐?"

―아. 그냥 같이 집에 있을걸. 나오지 말걸.

"끊어."

다시 포털 사이트에 들어가니 여러 건의 기사가 올라왔다. 하나같이 재희의 행실에 대해 꼬집는 기사였다. 그리고 꽃뱀 짓에 놀아난 이선을 비난하고, 운동만 하던 남자라 세상 물정을 모른다고 참견하는 내용도 있었다.

재희에게 전화를 걸었다. 받지 않는다. 기사를 봤나. 보지 않길 바랐는데. 자기에 대해 이런 저런 말을 내뱉는 글을 보고 좌절할 게 뻔했다. 또 도망가려고 하면 어쩌지.

선은 마음이 급해져 스타트 버튼을 눌렀다. 집까지 가는 동안 별생각이 다 들었다. 현관문을 벌컥 열었다.

"서재희!"

집이 썰렁했다. 선은 침실로 향하던 발을 멈추고 서재로 갔다. 재희는 역시나 책상에서 컴퓨터를 들여다보고 있었다.

후, 선은 숨을 길게 내쉬며 성큼성큼 걸어가 앉아 있는 재희를 품에 안았다. 그제야 알아챈다.

"언제 왔어?"

"전화 좀 받아, 제발."

"전화했어?"

재희가 책상에 놓인 휴대폰을 집으려 하자 선이 그녀의 폰을 빼앗아 가져갔다. 그러면서 팔을 풀지 않았다.

"무슨 일 있어?"

"아니."

"무슨 일 있구나."

재희가 선의 몸을 일으켜 마주 보았다. 자신을 보는 그의 눈빛이 일렁였다. 눈동자가 흔들렸다.

"왜 그래. 너 지금 걱정 있잖아."

재희가 선의 눈가를 쓰다듬으며 올려다보았다. 입을 맞췄다.

"조형철 때문이야?"

"뭐?"

선이 놀란 눈으로 재희를 보았다. 그녀는 살며시 미소 지었다.

"네가 이렇게 걱정할 일이 그거 말고 더 있어?"

"알고 있어?"

"서재현이 조형철 만나고 다니는 거? 아까 세나한테 들었어."

"너 괜찮아?"

하아, 재희는 그의 목을 끌어안으며 한숨을 내쉬었다. 숨을 내쉬는 소리가 선을 아프게 했다.

"괜찮진 않아. 그래도 노력하려고."

"그래."

"선아. 우리 내일모레 크리스마스에 여행 가자."

"그러자."

"계속 함께 있자."

"그러자."

"내일 마카롱 갖다 줘."

"알겠습니다, 마님."

재희는 컴퓨터를 끄고 선의 손에 들린 폰을 가져갔다.

"저녁 안 먹었지?"

"응."

"기다려. 같이 먹자."

계속 의자를 막고 비켜 주지 않는 선을 물끄러미 보았다.

"비켜 줄래?"

"싫어. 저녁 안 먹어도 돼."

재희가 그를 살짝 흘겨보며 밀치고 일어섰다. 그리고 그의 엉덩이를 톡톡 두드렸다.

"운동하는 사람은 세 끼 잘 챙겨 먹어야 돼. 나보다도 몰라."

빙그레 웃고 서재를 나가는 재희를 바라보던 선은 옅은 숨을 내쉬었다. 모르는 것 같다. 그럼 굳이 알게 하고 싶지 않다.

욕실로 온 재희는 물을 틀었다. 선이 오기 전에 기사를 보았다. 검색할 일이 있어서 인터넷을 클릭했는데 제 기사가 실린 것을 보았다.

이선을 유혹해서 돈을 뜯어내는 꽃뱀이었다, 저는. 세상은 자신을 이렇게 바라보는구나. 언젠가 알게 될 거라 생각했지만 이렇게 빨리, 또 과장되어서 나온 기사에 허탈해졌다.

자신보다 더 힘들어 보이는 선의 얼굴을 본 재희는 애써 이 사실을 모르는 척했다. 여기서 알고 있다고 말해서 그의 얼굴이 나아지는 것도 아니었다.

그가 아니라는 것을 누구보다 잘 알고 있고, 그를 좋아하는 여배우가 꾸민 일이라는 것도 알 수 있었다. 자신을 시기해서 말도 안 되는 이야기를 만들어 냈다는 생각이 들었다. 마음이 포기가 안 되어 일을 만들었나 보다. 화도 나지만 얼마나 좋으면 그럴까 하는 생각도 들었다.

그보단 댓글에 재희의 마음이 시렸다. 잘나가는 선수를 유혹해 한 몫 챙기려 한다는 건 차라리 견딜 수 있었다. 그런데 이런 얼굴과 몸으로 선에게 접근해서 성적인 관계를 맺으며 그가 정신을 차리지 못한다는 글은 보기 힘들었다.

그뿐만 아니었다. 선을 이 여자, 저 여자를 만나며 성적으로 문란한 남자라고 표현한 글이 재희를 더 아프게 했다. 그는 아무 잘못 없는데 여론이 선을 나쁜 남자로 몰고 가는 게 너무 가슴 아팠다. 이런 일은 일어나지 않길 바랐는데 나쁜 예감은 어김없이 찾아왔다.

재희는 세면대에 손을 기대고 연신 숨을 내쉬며 욱신거리는 제 가슴을 톡톡 두드렸다.

❄ ❄ ❄

"아훗! 그만해요……!"

남자의 피스톤질에 정신을 차리지 못하는 여자의 음성이 허공에 흐트러졌다. 남자는 여자의 몸 위에 사정을 하고 일어섰다. 곧 욕실로 가서 몸을 씻는 남자를 뒤로하고 하연은 침대에서 일어나 앉았다.

"하아."

형철의 거친 손길 탓에 블라우스 단추는 이미 어딘가로 사라져 있었고 스타킹은 지난번처럼 여지없이 찢어졌다. 헝클어진 머리를 정돈하고 일어선 하연은 거울을 보며 제 옷을 최대한 정돈했다.

만남은 이 별장에서만 이루어졌다. 그가 보낸 차를 타고 오면 형철은 정해진 순서가 있는 것처럼 하연을 취했고 관계가 끝나면 그녀는 아무 일도 없던 것처럼 별장을 나왔다. 어느새 욕실에서 나온 그를 보며 옷매무새를 다 정돈한 하연이 살짝 고개를 숙였다.

"이만 가 봐도 되죠?"

"말도 안 되는 기사를 올렸는데도 이선이 꿈쩍을 안 하네."

형철은 소파로 와 앉으며 담배를 꺼냈다. 매캐한 담배 향이 방에 퍼졌다. 하연의 미간이 구겨졌다.

"이쯤 되면 발악을 하고 쳐들어올 줄 알았는데 말이야."

"오빠가 당신 같진 않으니까요."

형철이 눈을 들어 꼿꼿하게 서 있는 하연을 보았다.

"여자들은 말이야. 상황 파악이 너무 늦어."

형철이 서서히 일어서 하연의 앞으로 걸어왔다. 그가 험악한 표정으로 다가오자 하연은 저절로 뒷걸음질을 쳤다. 순식간에 하연의 앞으로 온 형철은 그녀의 뺨을 힘껏 내리쳤다.

"내 도움 받고 사는 주제에 꼴값을 떨거든."

하연은 덜덜 떨리는 손을 제 뺨에 댔다. 저절로 눈물이 솟았다.

"넌 그저 이선을 어떻게 하면 그 여자에게서 떨어뜨릴지만 생각하면 돼. 그 정도로 기자들을 매수하고 이야기를 꾸몄는데도 여론이 잠잠하다는 건, 네게도 문제가 있다고 밖에 생각할 수 없군."

"그만해요."

"잘 들어. 이선을 그 여자에게서 떼어 내야 그 자식이 흔들려. 네 것으로 만들고 싶다며. 그렇다면 분발해야지."

형철은 싸늘하게 웃고 방을 나갔다. 덜덜 떨리는 몸을 일으킨 하연이 그가 나간 문을 노려보았다.

"당신은 절대 이선을 못 이길 거야."

방을 나가 드레스룸으로 간 형철은 옷을 갈아입고 휴대폰을 들었다.

"이선 매니저 좀 불러. 투자 건으로 할 말 있다고."

—네. 알겠습니다.

형철은 좀 전에 방에서 자신을 보며 이선을 두둔하는 하연이 떠올랐다. 여자들이 하나같이 이선에게 정신을 못 차리는 꼴이 그의 신경을 거슬렸다. 형철은 시트를 주먹으로 내리쳤다. 쉽게 끝날 줄 알았는데, 선동당한 대중이 비난할 줄 알았는데 이선을 옹호하는 여론이 생각보다 많았다. 그 자식이 뭐기에. 대체 그놈이 뭐라고.

형철의 호출을 받고 클럽으로 들어간 강우는 그곳에서도 VIP만 허용하는 출입 공간으로 안내 받았다.

룸 안으로 들어가자 이미 형철이 와 있었다. 테이블엔 고급 양주와 과일들이 가득했고 한 여자가 형철의 몸 아래 깔려 있었다.

여자의 옷은 이미 반 이상이 벗겨져 젖가슴이 다 드러난 상태였다. 형철의 몸놀림에 출렁거리는 여자의 몸을 보고 강우는 고개를 돌릴 수밖에 없었다.

강우를 보자 형철은 허허 웃으며 손을 들었다. 그리고 제 바지춤을 올렸다. 여자의 눈빛은 초점을 잃은 듯 흐트러졌다. 형철의 손짓에 밖에 있던 김 실장이 안으로 들어와 늘어져 있는 여자를 부추겨 밖으로 나갔다. 여자는 다리에 힘이 실리지 않는지 질질 끌려 나갔다.

문이 닫히고 형철은 어느 틈에 술잔을 따르고 있었다.

"와서 앉아요, 대표님. 아, 오늘 기분 나쁜 일이 있어서 몸 좀 풀었습니다."

"네."

형철은 허허 웃으며 술을 따르고 제 것에도 따랐다.

"같은 남자니까 무슨 뜻인지 알 거라고 생각합니다. 난 이상하게 여자를 취해야 기분이 풀립디다."

형철은 제 잔에 놓인 양주를 스트레이트로 마셨다. 테이블엔 입구가 열린 약봉지가 가루를 흘린 채 놓여 있었다.

"요즘 정신없겠어요. 이선 선수 연일 기사에 오르내리던데."

"아, 네. 그 자식이 왜 자꾸 그러는지 모르겠습니다. 그런 여자는 왜 만나는지."

"대표님이 고생이 많으시군요. 그래서 말인데 지난번에 제가 제안한 사업 말입니다. 생각해 봤습니까?"

강우는 형철을 보며 고개를 끄덕였다. 어리숙해 보이는 강우를 보자 형철의 입꼬리가 올라갔다.

"역시. 정말 잘 생각하셨습니다. 이선 선수 더 키워야죠."

"그럼 앞으로 어떻게 하면 되겠습니까."

"내 투자금은 영광투자신탁을 통해 차용할 겁니다. 내 이름이 들어가면 이선 선수가 싫어할 게 뻔하니 다른 이름으로 들어갈 겁니다."

"네. 감사합니다. 큰 도움 주시니 힘이 됩니다."

형철은 테이블에 놓인 서류를 강우에게 내밀었다.

"계약서입니다."

서류를 펼친 강우는 계약서를 훑어보았다.

"위약금이 있네요?"

"네. 난 이선 선수를 신뢰하지만 최근에 기사에 나오는 것처럼 불미스러운 일도 생길 수 있잖습니까."

"그렇군요."

"그래서 말인데."

형철은 몸을 앞으로 기울이며 강우에게 다가갔다.

"언론에 계속 이선 선수의 기사가 올라와 신경이 쓰입니다. 이참에 그 여자를 떼어 내면 좋겠어요. 우리 이선 선수가 그런 가십에 휘말리는 걸 원치 않습니다."

"네. 저도 마찬가지입니다. 선이를 방해하는 건 되도록 만들지 말아야죠."

강우는 사람 좋은 웃음을 지으며 제 앞에 놓인 술을 마셨다.

"골치 아픈 일은 제게 맡기시면 어떨까요. 대표님은 이선 선수 케어에만 집중해 주시고."

"어떻게 하시려는지……."

"뭐. 이선 선수를 위해 이벤트를 준비해 보려고 합니다. 대표님께선 그저 구경만 하시면 됩니다. 내가 이렇게나 이선 선수를 생각한다니까요."

기분 좋게 웃는 형철이 한잔 더 들이켰다.

"아아, 이렇게까지 신경 써 주시니 몸 둘 바를 모르겠네요."

강우는 형철의 무서운 눈동자를 보고 고개를 끄덕였다. 눈빛만큼이나 거칠게 올라간 입술은 탐욕스러웠다. 강우는 침을 꿀꺽 삼켰다.

　"우리 선이에게 도움이 되는 일이라면 저도 당연히 도와드려야죠. 제가 뭐 도울 일이라도."

　강우를 힐끔 내려다보던 형철이 하드 케이스를 열어 가루가 든 약봉지를 꺼냈다.

　"요즘 언론에 기사가 나서 심적으로 많이 힘들 것 같습니다. 마음을 편안하게 해 주는 약이지요."

　"네?"

　"물론 이선 선수에게 주고 안 주고는 대표님 마음입니다. 하지만 이게 밝혀지면 저와 대표님에 대한 신뢰가 깨지게 되는 것이니 참 안타까울 겁니다. 투자에 대한 위약금을 써 놓은 것도 그 때문입니다. 제 말 무슨 뜻인지 알겠습니까?"

　눈을 동그랗게 뜨고 형철의 눈치를 보던 강우가 고개를 숙이며 계약서에 사인을 하자 그가 비릿하게 웃었다. 모든 사람들이 제 말대로 따르는 이 쾌감이 최고였다. 제 발 아래 인간들을 두는 느낌. 권력의 힘이란 이런 것이다.

　햇살에 눈을 뜬 선은 옆자리가 비어 있어 벌떡 일어났다. 부리나케 침실을 나가자 부엌께서 달콤한 냄새가 흘러나왔다.

　"뭐 해?"

　성치 못한 다리로 바쁘게 오가는 재희를 보며 선이 나지막이 내뱉었다. 목소리가 잠겨 허스키한 그의 목소리에 그녀는 저절로 발끝을 꼼지락거렸다. 귓가에 울리는 섹시한 소리가 재희를 간지럽혔다.

　"마카롱 만들어."

　"아, 맞다. 오늘부터 갖다 주기로 했지."

　재희는 오븐에서 나는 소리에 문을 열고 꼬끄를 꺼냈다. 선은 식탁으로 와 앉아서 그녀가 하는 양을 지켜보았다. 크림을 뿌리고 바쁘게 오가던 손이 멈추자 접시에 삼색 마카롱이 세 줄로 놓여 있었다.

　"이걸 아침에 다 한 거야?"

"응. 어제 미리 만든 거랑 오늘 만든 거 다 가져갈 거야. 먹어
봐."

선은 마카롱을 집어 베어 물었다.

"어때?"

"너보단 맛없어."

천연덕스럽게 말을 하는 선을 보자 저절로 웃음이 나왔다. 지
난밤에도 애정을 쏟아 사랑을 나눴는데 그는 시도 때도 없이 사
랑을 요구했다. 그가 씩 웃었다.

"맛있어. 너처럼 달콤하다."

"고마워. 칭찬으로 들을게."

"물론이지. 그럼 나 씻을 테니까 상자에 넣어 놔. 카페 갔다
가 놀러 가자."

"아직 크리스마스 안 됐는데?"

"아무 때나 가면 어때. 오늘도 가고 크리스마스에도 가자."

재희는 싱긋 웃으며 고개를 끄덕였다. 선은 그녀의 머리를 흐
트러뜨리며 얼굴을 매만졌다.

"갈수록 더 예뻐지니 큰일이야."

"넌 갈수록 더 멋져지니까 걱정 마."

"오오, 제법인데? 그런 예쁜 말은 누가 가르쳤어?"

"변강쇠가. 마님, 그러면서 날 모시는 몸종이 하나 있어."

"이름만 들어도 세다. 변강쇠. 대체 어떤 놈이야."

"어떤 놈? 몸도 단단하고 얼굴도 잘생긴 내 앞에 있는 놈."

선이 그녀의 머리를 당겨 입술에 키스했다. 한동안 입술을 섞
던 그가 입을 열었다.

"한 번 더 하자."

"짐승아. 마카롱 갖다 줘야 해."

"금방 하고 가져가면 돼."

말을 하던 선은 다짜고짜 재희를 안아 들고 침실로 갔다. 그녀의 몸에서 달콤한 냄새가 풍겼다. 선은 그녀의 목덜미에 얼굴을 묻었다.

"너에게 자꾸만 취한다."

지난 밤 내내 시달렸지만 재희는 그가 사랑을 주는 그 순간이 아찔하게 좋아서 벗어나지 못했다. 온 힘을 다 써서 기진맥진할 게 뻔하지만 그를 거부할 수 없었다. 전신을 훑고 애무하는 남자의 묵직한 무게와 피부에 와 닿는 서로의 체온, 그와 함께 젖어 들어가는 체향, 몸의 쾌락. 몸을 섞을 때마다 깊어지는 사랑. 그게 너무 좋아서 그가 원하면 그게 곧 저가 원하는 일이었다.

조수석에 탄 재희의 얼굴이 오늘따라 더 예뻐 보였다. 선은 보드라운 얼굴을 만지며 그녀에게서 손을 떼지 못했다.

"이선 씨. 계속 이러면 오늘 안에 마카롱 못 가져다줘요."

"알아. 그런데 네가 너무 예쁘잖아."

선은 끝내 아쉬워하다 차에 시동을 걸었다. 예쁘다, 예쁘다 해 주니까 정말로 더 예뻐지는 것 같다. 그의 말이 영양분이 되어 뿌리내려서 자신을 키우는 것 같다. 재희는 그의 옆모습을 보았다. 자신을 기분 좋게 해 주려 쉼도 없이 움직이는 선을 계속 바라보았다.

카페에 마카롱을 건네주고 나온 재희는 선이 주차해 놓은 차로 갔다. 같이 가겠다는 걸 한사코 말리고 혼자 카페에 다녀왔다. 아무래도 그가 성준을 자주 마주치는 게 불편했다.

선은 시트에 머리를 기댄 채 눈을 감고 있었다. 그의 모습을 보는 재희의 눈동자가 살며시 떨렸다.

지난 밤, 침대에 누워서 그녀가 잠들 때까지 토닥거린 선은 그 뒤로도 쉽게 잠들지 못하고 뒤척이다가 침실을 나갔다. 그가 나갈 때 잠이 깬 재희도 일어나 앉았다.

그의 마음을 위로해 주고 싶은데 방법이 떠오르지 않았다. 지금 너무 힘들고 지칠 텐데 조금이라도 웃게 해 주고 싶었다. 그런데 제가 할 수 있는 일이 없어서 마음이 아팠다.

가만히 늘여다보던 재희가 차 문을 열었다. 문소리에 선이 눈을 떴다.

"다녀왔어?"

"응."

"그럼 놀러가 볼까?"

제게만은 항상 밝게 웃어 주는 선이 그녀의 심장을 울렸다.

"선아. 나 제과 · 제빵 학원에 계속 못 갔어. 오늘은 가고 싶은데 같이 가 줄래?"

"그럼 너 끝날 때까지 주차장에서 기다릴게."

"너도 같이 하자. 내가 하는 시간에는 수강생이 많지 않아서 일일 수강도 가능해. 물론 하기 싫으면 안 해도 돼."

"왜 싫겠어. 네가 하자면 하는 거지."

재희의 얼굴이 밝아졌다.

"그럼 오늘 일정은 내게 맡기고 넌 그대로 따라오면 어때? 오늘만큼은 넌 그저 내가 하자는 대로 하는 거야."

"오늘 좀 이상한데?"

"그래서 싫어?"

"아니. 좋아."

바보처럼 웃는 그의 볼에 살짝 입을 맞춘 재희가 손가락을 앞
으로 내밀었다.

"그럼 출발."

싱긋 웃는 재희를 눈이 멀게 바라보던 선이 그녀의 머리를 흐
트러뜨렸다. 사랑스럽게 종알거리는 그녀가 아찔하게 좋았다.

재희가 다니는 학원은 꽤 큰 규모임에도 한 클래스당 여섯 명
이상이 넘지 않는 소수 정원으로 운영했다. 재희가 들어오자 강
사가 쪼르르 달려왔다.

"어머, 재희 씨! 왜 그동안 안 나왔어요."

"잘 지내셨어요? 일이 좀 있었어요. 오늘은 같이 배우고 싶은
사람이 있어서 데려왔는데 괜찮으세요?"

"물론이죠."

강사의 눈이 재희의 뒤에 들어오는 남자에게 쏠렸다.

"어머! 이선 선수!"

호들갑을 떠는 강사는 부리나케 안쪽으로 들어가 종이를 들
고 왔다.

"우리 강사님이 조금 많이 쾌활하셔. 네가 이해해."

재희가 속삭이자 선이 고개를 끄덕였다.

"저 사인 좀 해 주세요. 완전 팬이에요!"

"감사합니다."

종이를 받아 든 선이 사인을 하는 동안 다른 수강생들도 하나
둘 다가왔다.

"그럼 기사에 난 사람이 재희 씨예요?"

"아, 네."

재희가 생긋 웃자 사람들이 어색하게 고개를 끄덕였다. 대놓

고 말은 못 하지만 기사 내용이 좋은 것은 아니라 사람들의 시선이 곱지 못했다.

"돈 많고 잘생긴 남자 꼬셔서 한 몫 챙기려 한다는 꽃뱀이 바로 저예요."

선의 고개가 급히 돌아가 재희를 내려다보았다.

"재희야, 너."

재희는 가만히 선의 등에 손을 얹고 토닥였다. 그리고 다른 수강생을 보며 말했다.

"물론 돈 많고 잘생긴 남자는 사실인데요. 꼬신 건 제가 아니라 이 남자예요. 기사가 잘못 났어요."

"아아, 어쩐지. 좀 이상하더라. 기사 내용이 좀 작위적이라는 느낌을 받았어요. 재희 씨라면 기사가 잘못 난 게 맞네요. 어떻게 그런 기사가 났대."

"맞아요. 재희 씨가 얼마나 참하고 도도한데."

"제가 그런 사람이었군요."

재희는 자신에 대한 이들의 평가에 살며시 웃음이 나왔다.

"그럼 이선 씨, 채하연하고 사귀는 사이가 아니에요?"

"네. 아닙니다."

"어머머, 채하연 소속사에서 열애 인정했잖아요. 뭐 어떻게 된 거예요?"

"그건 법적 대응을 고려하고 있습니다."

수강생들은 이참에 궁금한 것을 묻고자 여기저기서 선에게 질문 세례가 쏟아졌다. 그들은 선에게 모두 사인을 받고 자신들의 자리로 갔다. 그들이 가자 선이 재희의 얼굴을 돌려 자신을 보게 했다.

"알았으면서 왜 모르는 척했어."

"그냥."

재희는 웃어 보이며 선의 손을 끌어 자리로 이동했다. 그리고 주섬주섬 겉옷을 벗어 옷걸이에 걸고 선의 패딩도 손수 벗겨 걸었다. 소매를 걷은 그녀는 세면대의 물을 틀어 손을 닦았다.

"너도 얼른 준비해. 이제 시작할 거야."

그녀가 하는 것을 보고 있던 선도 얼떨결에 소매를 걷었다. 이따 다시 물어보자.

강사는 다른 날보다 더 열정적으로 수업을 시작했다. 오늘은 다양한 디저트 요리였다.

머랭을 만드는 동안 선은 팔을 걷어붙이고 있었는데 흔히 볼 수 없는 근육들 때문에 클래스 안 수강생들의 시선을 한 몸에 받았다.

재희는 갑작스럽게 듣게 된 수업에 열심히 참여하는 선이 귀여웠다. 재희는 저도 모르게 얼굴에 밀가루가 묻은 그의 얼굴을 닦아 주었다. 그리고 또 밝게 웃는다.

크림을 빵 위에 올리고 아몬드 가루를 뿌리거나, 시럽을 바른 후 과일을 꽂았다. 어느 정도 완성되자 재희가 등을 폈다. 선은 기지개를 켜며 어깨 운동을 했다.

"이거 굉장히 힘드네. 시간도 걸리고."

"그래도 잘하는데? 처음 하는데도 밀리지 않고. 난 처음할 때 순서를 따라가지 못해서 굉장히 허둥댔어."

"내가 또 못하는 게 없잖아."

선의 넉살에 재희는 살짝 흘기며 그의 볼에 크림을 묻혔다.

"잘난 척 하지 마."

"서재희."

선이 곧바로 손가락에 크림을 묻혀 다가왔다. 재희의 눈이 커졌다.

"설마 내 예쁜 얼굴에 바르려는 건 아니지?"

"못 할 것 같아?"

"어어."

선은 재희의 콧등에 크림을 묻혔다. 그리고 만족한 듯 웃었다. 볼을 부풀리며 부은 얼굴을 한 재희에게서 눈을 떼지 못한 그가 그녀의 얼굴을 잡아 콧등에 묻은 크림을 혀로 핥았다. 달콤함이 입안에 퍼졌다.

그녀의 얼굴이 순식간에 붉어졌고 서둘러 주변으로 눈을 돌렸다. 다들 두 사람만 바라보고 있었는지 모두의 시선이 제게 쏠렸다. 재희의 얼굴이 더욱 새빨개졌다. 선은 그녀의 머리를 당겨 제 품에 안았다. 그리고 귓가에 속삭였다.

"이런. 또 SNS에 올라가겠네. 그렇고 그런 사이라고."

"너 노렸어."

"아니야. 네가 도발한 거야."

재희는 한참이나 그의 품에 안겨 있어야 했다. 얼굴이 제 색깔로 돌아오지 않은 것도 있지만 선이 놔주지 않았다. 이러려고 데려온 건 아니었다. 그런데 결과적으로 연애한다고 공공연히 떠든 것이나 마찬가지가 되었다.

차에 탄 재희는 학원에서 선이 한 돌발 행동을 이야기하며 잔소리 중이었다.

"아무 데서나 그러지 말라고. 약속해."

"좋은 걸 어떡해."

"애도 아니고 정말."

재희는 그의 어깨를 퍽 때렸다. 곧 그의 손에 잡힌 팔이 당겨져 몸이 그에게 쏠렸다. 쪽. 머리를 당겨 입을 맞춘 그가 씩 웃었다.

"키스하지 않은 걸 다행으로 알아. 내가 지금 너한테 미쳐서 다른 건 눈에 보이지도 않거든. 자꾸 자극하면 진짜 짐승이 되는 수가 있어."

또 흘겨본다. 쪽. 그가 입을 맞췄다. 얼굴이 또 붉어진다. 쪽. 그가 입을 맞췄다. 그런데 이번엔 거기서 끝나지 않았다.

재희의 목덜미를 잡아 깊이 파고든 그는 물컹한 혀를 그녀의 안으로 넣어 도망 다니는 재희의 혀를 옭아맸다. 집어삼킬 듯 빨아들이는 키스에 재희의 아랫배가 다시 묵직해졌다.

그의 손이 어느 틈에 재희의 옷 속으로 들어와 젖가슴 위의 천을 어루만졌다. 재희가 급히 그의 손을 잡았다. 선이 한껏 물어뜯던 그녀의 입술에서 떨어졌다.

"그만."

가쁜 숨을 내쉬면서도 눈을 피하지 않은 재희가 그의 손을 꽉 잡고 놓질 않았다.

"여기서 더 나가면 그냥 집으로 가야 돼. 너도 멈출 수 없겠지만 나 역시도 힘이 다 빠져서 돌아다닐 수가 없단 말이야."

"뭐 하려고?"

"오늘은 나한테 맡긴다고 했잖아."

"알았어."

선은 싫은 티가 팍팍 나는 얼굴로 느리게 손을 빼냈다. 재희는 숨을 후, 길게 내쉬었다. 한껏 달아오른 몸을 식히는 건 남자만 해당되는 게 아니었다. 여자도 시간이 필요했다.

"그럼 또 출발할까?"

재희가 가자고 한 곳은 예술의 전당에서 공연하는 클래식 연주회였다. 당황해하는 그를 끌어 미리 예매한 티켓을 내고 자리에 앉았다. 그들을 힐끔거리는 사람들의 시선이 느껴졌지만 그녀는 아랑곳하지 않았다.

"나 원래 클래식 음악 듣는 거 좋아하거든. 그런데 사고 당한 뒤로는 한 번도 못 갔어. 10년 만에 보는 거야."

재희는 그의 어깨에 머리를 기대며 오케스트라 단원의 연주를 들었다. 선은 클래식 음악이 익숙하지 않아 힘겨웠지만 그녀가 빠져들며 보고 있어서 아무 말도 하지 못했다. 그저 어깨를 대주는 일을 하며 어깨걸이로서의 역할을 충실히 해냈다. 그래도 그녀가 좋아하니까 지루한 클래식도 나름 괜찮았다.

연주회가 끝나고 나온 재희는 그의 손을 잡아 깜깜해진 밤하늘을 올려다보았다. 날씨는 추웠지만 그의 손이 따뜻했다.

"우리 조금만 걷다 가자."

"다리 괜찮아?"

"당연히 괜찮지."

재희가 이끄는 대로 선도 따라갔다. 어쩌면 재희는 사람들이 보게 하려고 일부러 그러는 것 같았다. 선은 그녀의 마음에 변화가 일어난다는 것을 느꼈다. 사람들이 보는 걸 힘들어하고 그저 숨고만 싶어 하던 그녀가 조금씩 세상 밖으로 나오려 한다는 걸.

괜히 울컥한 마음에 선은 그녀의 손을 꼭 잡는 것으로 대신했다.

"춥지 않아?"

"추워."

"집에 갈까?"

"아니."

절뚝거리며 걸으면서도 재희의 표정은 어둡지 않았다. 뭔가 들뜨고 신나는 얼굴이었다. 당연히 사람들의 시선은 그들을 향했고, 선을 향했고, 재희를 향했다. 그녀는 고개를 숙이지 않고 얼굴을 들어 앞을 바라봤다.

"어묵 먹을래?"

그녀의 말에 그제야 선의 시선이 주변으로 돌아갔다. 길거리 포차가 보였고 벌써 앞으로 가고 있는 그녀를 뒤따라갔다.

"이거 진짜 오랜만에 먹는다. 그때 이후로 처음이야."

어묵 하나를 집은 재희는 입으로 가져가 불더니 선에게 주었다. 선이 손을 들자 재희가 고개를 저으며 손을 뺐다.

"아."

선은 시키는 대로 했다. 그제야 밝게 웃은 재희가 그의 입에 쏙 넣어 주었다. 제 것을 호호 불며 입을 오물거리는 모습이 계속 그의 시선을 잡아끌었다. 마침내 그녀가 눈을 들어 선을 보았다.

"왜 자꾸 쳐다봐. 그만 좀 볼래?"

"네가 자꾸 안 하던 짓을 하니까."

또 흘겨본다. 그러더니 싱긋 웃는다. 값을 계산한 재희는 또 그의 손을 잡고 걸었다. 이번엔 또 뭘 하려나.

그들을 알아본 사람들은 여기저기서 사진을 찍고 소곤거리기 바빴다. 그의 손을 잡은 그녀의 손에도 힘이 들어갔다. 한참 걸던 재희는 귀금속 가게를 보고 그를 끌었다.

"우리 커플링 맞추자."

진열대에 놓인 다양한 반지들을 보던 재희가 마음에 드는 것을 발견했는지 밝아졌다.

"이거 보여 주세요."

로즈골드 링 가운데에 꽃모양의 다이아몬드가 세공되어 있었다.

"이 디자인으로 된 커플링은 없나요?"

재희의 물음에 직원은 커플링을 가져다주었다. 같은 로즈골드 색깔이었지만 꽃모양이 아닌 둥글게 세공한 다이아몬드가 박혀 있는 심플한 디자인의 반지였다. 재희는 그 반지를 들어 선의 손가락에 끼워 주었다.

"와. 딱 맞네. 너 손가락이 진짜 예쁘다."

수술의 흔적이 남아 있어 손가락에 흉터와 스크래치가 보였지만 길고 곧게 뻗은 손가락이 돋보였다. 반지를 낀 그의 손을 들어 요리조리 보았다.

"마음에 들어?"

활짝 웃는 그녀를 보며 선은 자꾸만 얼굴이 굳어졌다. 욕구를 애써 참으려다 보니 일어나는 현상이었다. 심장이 두근거리는 건 둘째 치고 데리고 다니는 것마다 그의 예상을 벗어나는 행동을 하여 정신을 차리기 힘들었다.

"응."

"나도 끼워 줘."

선은 여자 반지를 들어 그녀의 네 번째 손가락에 끼워 주었다. 갑자기 눈물이 차오른 재희가 손을 들어 얼른 눈물을 닦아 냈다.

"이걸로 결혼반지 하자. 난 이거면 돼. 그리고 이건 내가 사 줄 거야."

"내가 낼게."

"아니야. 내가 사 주고 싶어."

재희는 카드를 내밀었다. 다이아몬드를 넣은 터라 두 사람의 반지를 합친 금액이 꽤 높았지만 그에게 작은 것이라도 선물할 수 있다는 사실이 그저 기뻤다. 카드를 받아 든 직원이 재희를 보며 조심스럽게 말을 꺼냈다.

"저, 실례지만 기사에 난 거 어떻게 된 거예요?"

"네?"

"아니요. 사실 기사가 났을 땐 두 사람 욕 많이 했는데요. 지금 보니까 기사랑 전혀 다른 것 같아서요."

"아아."

"두 분 굉장히 잘 어울려요. 저 이선 선수 팬인데 깜짝 놀랐어요. 그런 기사가 나서. 그런데 여자분 보니까 좋아할 만하다는 생각이 들어요. 너무 아름다우신데요?"

"아, 그렇게 말해 주셔서 감사합니다."

재희가 생긋 웃자 직원의 얼굴이 저절로 붉어졌다. 급히 시선을 내린 직원은 카드기에 카드를 꽂았다. 직원이 결제하는 사이 재희는 제 손을 들어 보이며 연신 환한 웃음을 지었다.

"너무 예뻐. 나 반지 처음 껴 봐. 액세서리 욕심은 없는데 세나가 커플링 낀 모습이 부럽더라고."

직원이 카드를 내밀었다. 카드를 받아 들고 인사를 한 재희는 밖으로 발을 돌렸다.

"그래서 나도 하고 싶었어."

재희는 괜히 선의 손도 들어보았다.

"예쁘다."

그의 손과 깍지를 낀 재희는 만족한 듯 다시 거리를 걸었다. 그때 선이 재희를 안아 들고 왔던 길을 되돌아갔다.

놀란 그녀가 내려다보았다. 그의 얼굴이 굳어 있었다. 그저 기분 좋게 해 주려고 한 것인데 재희는 어쩐지 실수를 한 것 같아 저절로 긴장했다.

"너 그거 알아?"

"응?"

"네가 오늘 무슨 행동을 했는지."

"글쎄."

재희의 목소리가 점점 작아졌다. 정말로 큰 실수를 한 것처럼 그의 표정은 살얼음이었다. 짐승의 것이면 좋겠는데 그의 얼굴은 무슨 일이 난 것처럼 심각했다.

"내가 뭐 잘못한 거야?"

그와 눈이 마주쳤다. 빤히 재희를 내려다보던 선이 짧게 숨을 내쉬었다.

"모르면 됐어."

그녀를 차에 태운 선은 거칠게 차를 몰았다. 집까지 아무 말도 하지 않고 오는 그를 재희도 긴장하며 바라봤다.

"내가 하자는 대로 따라오기로 해 놓고선. 싫었어?"

"……."

"앞으론 안 할게. 네가 싫어하는 줄 몰랐어."

"……."

"난 그냥 네가 힘들어 보이길래 위로해 주려고 그랬어. 너도 좋아하는 줄 알았는데."

"서재희."

어느덧 집에 도착한 그가 시동을 끄고 나서야 그녀의 이름을 불렀다.

"사고 나지 않으려고 앞만 보고 운전했어. 널 보면 그 자리에서 안게 될까 봐."

"선아."

"일단 집에 가. 더 이상 여기서 자제하기 힘드니까."

선은 말을 하고 곧 문을 열었다. 그러더니 곧 조수석으로 와 문을 열었다. 그를 따라 내린 재희는 엘리베이터를 타고 올라가면서 그가 말한 의도를 깨달았다. 그래서 슬쩍 그를 올려다보았다. 선은 굳은 듯 앞만 보고 있었다.

재희는 가만히 그의 손을 잡았다. 그리곤 고개를 돌린 그를 올려다보며 빙그레 웃었다.

"고마워. 자제해 줘서."

"서재희."

그의 손아귀에 힘이 들어갔다. 재희가 가까이 다가와 그의 어깨에 양손을 얹었다.

"네가 날 소중하게 생각해 주는 거 알아. 그래서 더 고맙고. 그러니까 그렇게 굳은 표정 짓지 마."

무서워, 란 다음 말은 그의 입술에 묻혔다. 커다란 힘의 무게에 재희의 허리가 휘청거렸지만 곧 그의 팔에 의지하여 넘어가지 않았다.

땡―

승강기가 멈추는 소리에도 그는 입술을 떼지 않았다. 그녀를 안아 들고 집으로 가는 중에도 선의 입술이 떨어지지 않았다. 재희도 떨어지지 않으려고 그의 목을 꽉 끌어안았다.

집 안으로 들어오자마자 선은 재희의 코트를 벗길 새도 없이 그녀의 옷 안으로 손을 밀어넣었다. 차 안에서 천에 아쉽게 머물던 손이 금세 그녀의 속옷을 위로 올리고 젖가슴을 움켜쥐었다.

"아앗."

침대로 밀린 재희의 몸이 풀썩 떨어졌다. 현관에서 침실로 가는 동안 서로의 몸에 붙어 있던 옷이 허물처럼 동선을 따라 벗겨졌다. 그의 묵직한 무게가 재희를 눌렀다. 기다란 머리카락이 부채꼴을 그리며 그녀의 주변에 흐트러졌다. 보드라운 젖가슴. 언제 만져도 해소되지 않는 부드러움은 선의 감각을 마비시켰다. 그녀를 가둔 채 내려다보는 그의 눈동자에 많은 뜻이 담겨 있었다.

"그런 깜찍한 짓은 어떻게 생각한 거야?"

"생각이 아니라……."

"그런 계획은 정말 날 위해서야?"

"그야 당연히……."

"너 죽었어."

그는 재희의 말을 들을 생각이 없었다. 자기 스스로 묻고 혼자 답을 했다. 그가 재희의 귓불을 할짝거렸다. 그녀의 젖꼭지가 금세 굳어졌다. 커다랗고 기다란 손이 풍만한 젖가슴을 움켜쥐어 끝을 어루만졌다. 다른 한 손은 그녀의 머리카락을 쓸어내렸다.

"넌 가만히 있어도 날 위로해 주는 여자야. 그런데 날 위해 계획을 세웠으니 내가 어떻게 감당해. 숨이 넘어가. 네가 한 번 웃을 때마다, 네가 뜻밖의 행동을 할 때마다, 정신을 못 차리겠어."

그는 제 손놀림에 벌써부터 숨을 헐떡이는 재희의 입술에 키스했다.

"매일 너를 안았어. 그렇게 밤낮으로 안아도 갈증이 해소되지 않아. 오늘은 봐줘야지, 내일은 조금만 해야지, 매일 다짐을 해도 지키지 못해. 내가 정말 미쳤나 봐. 통제가 안 돼."

"선아."

재희가 흐트러진 눈동자로 그를 보았다. 자신을 내려다보고 있는 선의 얼굴을 양손으로 잡아 제 젖가슴에 댔다. 풍만한 가슴이 그의 머리에 눌렸다.

"그럼 안으면 돼. 나도 네게 미쳤으니 서로 비긴 거야. 매일 안아도 좋아. 밤낮으로 해도 괜찮아. 그러니까 나 때문에 힘들어 하지 마. 난 정말 괜찮아."

"재희야."

제 가슴에 머리를 기댄 선이 숨을 길게 내쉬었다.

"사람들이 날 비난하는 거 이겨 낼 거야. 그럴수록 널 더 많이 사랑할 거야. 내 전부야, 넌."

"서재희."

"사랑해, 선아. 내 목숨보다도 더 널 사랑해."

그의 눈가가 촉촉해졌다. 짙은 짐승의 눈빛을 하면서도 눈시울을 붉혔다. 그녀의 마음을 얻기 전부터 지금까지 그 긴 세월을 다 보상받는 느낌이었다. 그녀의 마음이 온전히 제게로 쏠린

이 순간이 영원처럼 아득했다.

젖가슴은 이미 그의 손과 입술에 여러 번 유린당했지만 또다시 활짝 피어났다. 탐스런 열매처럼 먹고 싶게 익었다. 그래서 과즙의 달콤함을 여러 번 탐미해도 뇌리에서는 더 보충해 달라고 전달을 했다.

남자의 숨결이 가슴에서 아래로 내려왔다. 앙증맞은 엉덩이를 움켜쥐어 터질 듯 부드러운 촉감을 양손 가득 느꼈다. 그리고 그녀의 다리 사이에 골을 따라 할짝거렸다. 선은 이미 흥건히 젖은 그녀의 몸 안에 제 혀를 넣어 모두 먹어 버릴 듯 빨았다.

"아웃……."

재희는 흥분에 몸부림을 쳤다. 이렇게 시작도 하기 전에 느껴 버리면 그 뒤엔 도저히 체력이 버텨 주지 못했다. 숨을 내쉬기 바쁘고 그의 애무에 정신이 나락으로 떨어지는 아찔함을 느끼고 나면 온몸이 땀으로 젖었다.

온몸을 탐험하는 듯 선은 그녀의 발끝까지 구석구석 자국을 남겼다. 손가락을 그녀의 입안으로 넣자 재희는 정신이 없는 와중에도 무의식적으로 그의 것을 빨았다. 손을 애무했을 뿐인데 선은 그녀의 따뜻한 입안 때문에 피가 솟는 것 같았다. 반지가 그의 손에서 빛났다.

"반지, 너처럼 예뻐. 고맙다."

"으응."

서로의 눈빛이 마주쳤다. 그녀의 눈동자는 이미 촉촉이 젖었고 쾌락에 빠져 초점을 잃었다. 남성이 그녀의 안으로 물밀듯이 치고 들어오자 또 한 번 그녀의 숨이 가빠졌다. 뜨겁게 조이는 그녀의 안에 선도 낮은 음성이 흘러나왔다.

몸을 한 번 흔드는데도 재희는 야릇한 소리를 내며 흐느꼈다. 출렁이는 젖가슴을 어루만지며 몸을 움직이다 그녀를 일으켜 안 았다. 뒤로 무너지려는 그녀의 몸을 잡고 머리카락 사이로 손을 넣어 제게로 밀착시켰다. 찰랑거리는 머리카락 사이에 손을 넣 어 촉감을 느꼈다.

"이 정도로 벌써 끝내자는 거야? 아니. 난 아직 풀지도 못했 어. 네가 참아."

그의 거친 몸짓에 재희의 몸도 함께 들썩였다. 커다란 침대가 움직일 정도로 그의 무게와 속도가 거칠어 침실이 울렸다. 남녀 의 교태 섞인 음성과 살이 맞부딪치는 소리, 질퍽한 끈적임이 공간을 가득 메워 귓가로 들어왔다.

"흐흑, 선아……. 나, 나……."

그녀의 눈꼬리를 타고 흐르는 눈물을 닦아 주면서도 움직임 을 멈추지 않는다. 그녀의 몸을 반으로 가를 것처럼 그는 깊이 파고들고 파고들기를 여러 번 반복했다. 그런데도 항복하지 않 고 그를 가두는 그녀의 세포가 정복하고자 하는 욕구를 더욱 부 추겼다.

죽을 것처럼 헐떡이던 재희는 선이 사정을 하며 흩뿌려지자 서서히 정신을 잃었다.

❄ ❄ ❄

포트에 물이 끓는 걸 지켜보는 재희는 아랫배의 알싸한 아픔 에 몸을 싱크대에 기댔다. 지난 밤 격렬했던 그를 온몸으로 받아들이다 정신을 놓아 한참이 지나서야 깼다. 걸을 때마다 찌릿한 통증이 생겼지만 아찔하게 기분이 좋았다. 사랑받는 여자의 몸이라는 걸 증명하는 것 같았다. 저절로 입가에 미소가 피었다. 그리고 부끄러움에 손을 들어 얼굴을 가렸다.

물은 진작 끓었다. 포트를 들어 머그잔에 따랐다. 마른 국화잎에 뜨거운 물이 닿자 활짝 피어났다.

선은 그렇게 몸을 움직였으면서도 아침에 전화를 받고 나갔다. 언제 힘을 쏟았는지 모를 정도로 멀쩡했다. 재희가 늘어져서 한참을 일어나지 못할 때에도 옷을 다 갖춰 입더니 나갔다 올게 쉬고 있어, 귓가에 속삭이고 침실을 나갔다. 정말 강철 체력이 맞나 보다.

크리스마스가 내일이었다. 태어나 처음으로 크리스마스가 기다려졌다. 별것 없지만 그와 함께하는 기념일이라서 재희는 괜스레 설 다. 매일 살을 맞대고 얼굴을 보며 지내는데도 재희는 그와 같이 있는 시간이 꿈같고 소중했다.

매일 아침에 규칙적으로 치르는 의식처럼 재희는 시계를 보고 휴대폰을 들었다. 그리고 전화를 걸었다.

"아버님, 저 재희예요."

주환은 아직도 그녀의 전화를 달가워하지 않지만 재희는 꾸준히 전화를 걸었다. 그가 전화를 받아 주는 것만으로도 감사한 마음이 들어 하루도 놓치지 않고 연락을 했다.

"어제 선이랑 제과·제빵 학원도 가고 연주회도 갔다가 커플링도 맞췄어요. 사람들이 많이 쳐다봐서 또 어딘가에 기사로 실릴 것 같지만 너무 좋았어요. 선이도 좋아했어요."

—그 자식이 싫어할 리가 있겠냐.

"다행이에요. 싫어하지 않아서."

—알았다.

"아버님, 내일 크리스마스예요. 찾아뵙고 싶은데 시간 괜찮으세요?"

—바쁘다.

"네. 그럼 시간 되실 때 언제든 연락 주세요. 대기하고 있다가 달려갈게요."

—니들끼리 놀기도 바쁠 것 아니냐. 나 신경 쓰지 말고 오지도 마.

"선이랑은 자주 놀 수 있지만 아버님은 자주 못 뵙잖아요. 전아버님 전화 기다려요, 매일."

—정 오고 싶으면 마지막 날 와. 선이 엄마가 저녁 차린다고 한다.

"정말요? 네네. 꼭 갈게요. 아버님 그날 뵈어요!"

주환은 답하지 않고 전화를 끊었다. 그런데도 재희는 한동안 휴대폰을 내려놓지 못했다. 얼굴이 붉어지더니 곧 눈물이 맺혔다. 주환이 집으로 오라고 한 건 처음이었다. 매번 단답식으로 짧게 통화를 끝냈는데 오늘 처음으로 그가 제안을 했다.

선의 본가에 다녀온 후 일주일가량을 매일같이 전화했는데 드디어 그가 마음을 여는 것 같아 눈물이 쏟아졌다. 제 노력이 조금씩 빛을 발하는 것 같아 가슴이 벅차올랐다.

"아버님, 감사해요. 감사합니다."

제 손을 한 번 더 바라보았다. 반지가 반짝이며 빛났다. 아까부터 5분 간격으로 보고 있지만 볼 때마다 새로웠다. 저도 모르게 웃음이 나왔다. 울다가 웃다가 제 모습이 요상하게 보일 테지만, 이상한 여자가 된다고 해도 할 말이 없지만 제 감정을 제일 솔직히 드러내는 표정이었다.

머그컵을 들고 거실을 이동하는데 휴대폰이 울렸다. 모르는 번호.

"여보세요."

—서재희 씨 휴대폰인가요?

"그런데요."

—저 채하연이에요.

"아아, 안녕하세요."

—만나고 싶어요.

"저를 만나야 할 이유가 있을까요?"

—네. 이선 오빠 일이니까요.

잠시 고민하던 재희는 고개를 끄덕였다.

"어디서 만날까요."

—제가 공인이다 보니 탁 트인 공간에서 보는 건 좀 힘들어요. 자주 가는 카페가 있는데 조용히 얘기하기 좋아요. 주소 보내 드릴게요.

"알겠어요."

전화를 끊은 재희는 한참을 제자리에 서서 생각했다. 그녀가 만나자고 하는 이유. 이유는 뻔했다. 이렇게 직접 얼굴을 보며 이야기하겠다는 건 재희에 대한 선전포고를 하겠다는 뜻 같았다.

재희는 거실을 서성이다가 마음을 굳히고 드레스 룸으로 가 옷을 갈아입었다. 물러설 이유도, 그녀를 만나길 꺼려 할 이유도 전혀 없었다. 그리고 오늘은 주환에게 감동을 받아 마음에 여유가 생긴 터라 자신감도 상승했다.

시간이 되어 택시를 타고 약속 장소로 이동했다. 카페는 평범했지만 고급스러운 느낌에 개별 룸이 있는 곳이었다. 안내 받은 곳으로 들어가자 하연은 미리 와서 앉아 있었다.

재희가 들어오자 창밖을 보던 하연이 눈을 돌려 그녀를 올려다보았다. 하연의 얼굴이 굳었다. 기억난다. 어릴 때 재희의 모습을 본 기억이 있다. 그때 정말 예뻤는데 지금은 성숙미와 기품이 느껴졌다. 사실 얼굴에 흉터는 흠이 되지 않았다. 얼굴의 큰 부분을 차지하므로 눈에 잘 띄지만 범접할 수 없는 외모라 그건 티끌에 지나지 않았다.

차려입은 것도 아니고 단조로운 검정색 원피스에 브라운 코트를 걸쳤을 뿐인데도 고급스러웠다. 그녀가 걸치고 있는 옷은 이름만 들어도 모두가 안다는 고가의 브랜드였다. 왜일까. 자꾸만 자신이 초라해 보여 하연의 미간이 구겨졌다.

재희는 맞은편에 앉아 하연을 마주 보았다. TV에서 본 것과 같이 예쁘고 젊고 발랄함이 느껴지는 여자였다. 눈매가 치켜 올라간 것이 고양이를 연상시켰다. 인기가 많겠다는 생각이 들었다. 사람에게서 느껴지는 에너지는 그 사람의 매력을 배가시키는 힘이 있었다. 선이 만약 자신에게 마음 주지 않았다면 그는 이 여자와 만났을까.

"처음 뵙겠습니다. 채하연이라고 해요."

"서재희예요."

"우리가 서로의 안부를 물을 사이는 아니니까 생략할게요."

"그러세요."

"단도직입적으로 말할게요. 오빠와 헤어지세요."

예상했지만 그 예상을 한 치도 벗어나지 않는 말에 재희는 허탈한 숨이 나왔다.

"너무 밑도 끝도 없는 얘기네요."

"오빠와 헤어져야 하는 이유, 누구보다 잘 아실 거예요. 세계적인 야구 선수가 질 낮은 여자와 어울린다는 소릴 더 이상 듣고 싶지 않아요. 그리고 오빠에 대한 모욕적인 비난도요."

"하연 씨."

하연을 부르는 목소리가 부드럽게 들렸다. 그래서 하연은 더욱 미간을 찌푸렸다. 단지 자신보다 3살이나 많아서 여유가 느껴지는 건 아니었다. 타이르듯 매끄러운 타고난 말투에 감히 다가가기 힘든 분위기가 있었다.

"제가 질 낮은 여자라는 건 어디서 나온 말인가요."

"그럼 이선 오빠가 그쪽을 왜 좋아하겠어요. 얼굴로 홀리는 게 아니면 대체 왜 정신을 차리지 못하는 거냐고요! 좋아할 이유가 없잖아요. 걷는 것도 힘들고 뭐 하나 내세울 것 없잖아요!"

하연의 목소리가 격앙되었다. 재희는 물끄러미 그녀를 바라보다 살짝 미소를 지었다.

"사람을 좋아하는 건 단지 외모가 전부는 아니에요. 선을 사랑하지만 잘생겼으니까 좋아하는 건 아닌 것처럼. 전 하연 씨도 선의 외모만 보고 마음을 주는 건 아니라고 생각해요."

"뭘 안다고 그래요. 잘난 척 하지 말아요."

주먹을 꽉 쥔 하연은 부르르 몸을 떨었다.

"이선 오빠에게서 떨어지지 않으면 악의적인 기사는 계속 나올 거고 그럼 오빠의 이미지도 타격을 입게 돼요. 사람들은 팩트보단 자극적인 소문에 흥미를 가지니까요."

"그렇다면 하연 씨가 적극 나서 주면 좋겠어요. 그가 꽃뱀을 만나는 게 아니라 그저 연애를 하는 것이라고요."

"난 이선 오빠를 사랑해요! 그쪽이 제발 헤어져 줬으면 좋겠다고요. 왜 말귀를 못 알아들어요! 제발 오빠에게서 떨어져 달라고요!"

"제가 선과 헤어져도 그 사람은 하연 씨에게 가지 않아요. 그건 하연 씨가 더 잘 알 거라고 생각해요."

"서재희!"

하연이 벌떡 일어서서 재희를 노려보았다. 치부를 들킨 사람처럼 눈가가 붉어졌다. 재희는 하연이 딱했다. 남자를 사랑하는 것뿐인데 하필 그 남자가 선이라서 애타는 심정을 이해했다. 그래서 제 이름을 거칠게 부르는 그녀에게 화가 나기보단 안타까운 마음이 컸다.

"하연 씨는 우리가 그저 쉽게 만나고 정을 나눴다고 생각하겠지만 우리 쉽지 않았어요. 저야 말로 그가 다가오지 않게 하려고 애를 썼어요. 누구보다 그가 잘되길 바라고 나 같은 여자를 만나지 않길 바랐어요."

"……."

"매일 기도했어요. 그가 날 떠나기를. 제발 날 잊기를."

"……."

"선이는 매일 나를 안고 말해요. 다른 사람은 눈에 들어오지 않는다고. 제발 바라봐 달라고."

하연의 눈가에 눈물이 차올랐다. 발악을 하는데 꿈적도 않는 재희가 부러웠다. 두 사람을 파고들 틈이 없다는 걸 그녀도 알고 있었지만 직접 마주친 그녀는 생각보다 더 깊이 선을 사랑하고 있었다. 그래서 허망하고 절망적인 마음에 눈물이 흘렀다.

재희가 서서히 일어서서 하연의 앞으로 와 섰다. 그리고 그녀의 손을 끌어 잡았다. 뿌리치려는 그녀의 손을 힘주어 잡았다. 재희의 손이 하연을 놓지 않고 꼭 잡았다.

"전 하연 씨가 모진 사람이 아니라고 생각해요. 배우로써 더 많은 사람들의 사랑을 받고 좋은 연기를 하고, 멋진 사람을 만났으면 좋겠어요. 꼭 그랬으면 좋겠어요. 지금처럼 아프지 않길 바라요."

재희가 손을 놓자 하연은 그제야 손으로 시선을 내렸다. 그녀의 손가락에 반지가 돋보였다.

"이선 오빠와 헤어지지 않으면 그쪽이 위험할 수 있어요. 목숨이 여러 개가 아니라면 몸 사리며 살아요. 지금도 상태가 온전치 못하잖아요. 필요도 없는 자존심 내세우지 말라고. 충고예요."

"아아, 목숨."

재희의 눈동자에 쓸쓸함이 묻어났다. 그러더니 흐린 미소를 지었다.

"그럴 순 없어요. 제 목숨보다 선을 더 사랑해서 제 목숨 보전하자고 그를 포기하진 않을 거예요. 목숨을 잃더라도."

재희는 살짝 고개를 숙이고 문을 열고 나갔다. 그녀가 나간 문을 노려보던 하연이 의자에 털썩 주저앉았다. 협박을 하면 수그러들 줄 알았다. 대체 뭐가 그리 잘났다고 그리 당당한지 모르겠지만 그녀는 조금도 흔들리지 않았다. 오히려 자신만 너덜너덜해진 마음에 허덕이고 있었다. 그녀가 밉고 원망스러워 하연의 눈에 눈물이 주르륵 흘렀다.

카페를 나온 재희는 안으로 몸을 돌렸다. 감정을 조절하지 못해서 힘들어하는 하연이 마음에 밟혀 쉽사리 발을 떼지 못했다. 자신을 시기하는 마음은 이해하고도 남지만 그를 원하는 마음속에 고통이 느껴졌다. 단지 그를 원해서 생기는 마음이 아닌, 깊은 절망과 두려움이 느껴졌다. 무슨 일이 있다는 느낌을 지울 수 없었다. 그저 제 감이 틀렸다는 걸 믿고 싶을 뿐이다.

재희는 사람들이 오고가는 거리를 걸었다. 날씨는 추웠지만 내일이 크리스마스라서 그런지 곳곳에 트리가 놓여 있고 큰 건물 앞에는 구세군 자선냄비도 보였다. 특별할 것 없는 매년의 모습이 재희에게는 너무나 새로웠다. 그래서 자선냄비 앞에 서서 지갑에 있는 현금을 모두 꺼냈다.

"아이고, 감사합니다. 새해 복 많이 받으십시오."

재희는 꾸벅 인사를 하는 사람에게 미소로 화답했다. 별것 아닌데 과할 정도로 인사를 받아 그녀가 민망할 지경이었다.

또 길을 걸었다. 선 없이 혼자 걷는 길이 오랜만이라 묘한 감정이 들었다. 그를 만나고 한 달이 채 되지 않았는데 제 감정이 곱절로 커졌다.

어느새 목발을 짚지 않고 거리를 걸을 수 있게 되었다. 집에서야 혼자 걸었지만 바깥에 나올 때는 항상 목발을 사용했는데 어느 순간 자연스럽게 멀어졌다. 꼭 사랑의 힘은 아니지만 제 마음이 한 달 사이에 괄목할 만하게 바뀐 건 그의 영향이 컸다. 살고 싶은 마음이 생겼다. 그는 마지못해 살던 삶에 숨을 불어넣어 주었다.

갑자기 선이 보고 싶어져서 그에게 문자를 보냈다.

〈선아 뭐 해?〉

그에게서 곧 답이 왔다.

〈회사야. 일어났어?〉

〈그럼. 일어났지. 언제 와?〉

〈그새 내가 보고 싶구나. 금방 갈 거야. 처리할 게 있는데 이
것만 마무리하고 들어갈게.〉

〈응. 보고 싶어. 맛있는 음식 해 놓을게.〉

〈기대되네. 참, 내일 뭐 하고 싶은지 생각해 놔.〉

〈너만 있으면 돼.〉

〈기다리고 있어. 내가 오늘도 재밌게 해 줄게.〉

문자를 보낸 선의 미소가 깊어졌다. 맞은편에 앉아 있던 성준
의 눈동자가 흔들렸다. 도와주기로 하고, 포기하려고 해도 재희
에 대한 마음이 갑자기 사라지는 것은 아니었다.

"재희입니까?"

"네."

선은 성준이 보고 있다는 것을 인식하고 금세 입꼬리를 내렸
다. 아무래도 그녀를 마음에 두고 있는 남자 앞에선 자제해야
했다. 그런데 도통 조절이 안 되니 선도 미칠 노릇이었다.

선은 휴대폰을 주머니에 넣고 다시 책상에 놓인 서류를 내려
다보았다.

"이게 다 조형철의 차명 계좌로 들어온 비자금입니까?"

"네. 그 사람이 일하는 방식이 늘 그렇더군요. 투자 신탁을 통해 타인의 이름을 쓰고 거기서 벌어들인 수익은 오롯이 그의 비밀 계좌로 들어갑니다. 그래서 꼬리를 잡기가 힘들어요."

"많이도 벌어들였네요. 이렇게 범죄를 저지르는데도 잡아가질 않으니 세상이 얼마나 쉽겠어요."

"이선 씨 부탁 받고 알아보긴 한데 이제 어쩔 생각입니까?"

성준은 서류를 보고 있는 선을 내려다보았다. 재희와 함께 카페로 찾아왔을 때 따로 불러낸 그는 제게 부탁을 했다. 조형철에 대한 조사 좀 해 달라고.

선은 성준의 집안이 대대로 법조계와 국회의원을 지닌 곳이라는 걸 알게 되었다. 그의 집안은 인터넷을 조금만 검색하면 다 나올 정도로 유명했다. 특히 그의 아버지는 현재 법무부 차관보 자리에 있다는 것도 알았다. 그래서 작은 단서라도 잡을 생각으로 그에게 부탁했다. 다른 누구도 아닌 재희에 관한 일이니까 도와 달라고.

성준이 집안의 뜻을 잇지 않고 바리스타 쪽으로 빠지면서 어른들과 갈등을 빚고 연을 끊다시피 했는데 아버지에게 부탁을 하는 일이 쉽지는 않았을 것이다. 그럼에도 이렇게 조사를 해 준 건 재희가 그에게 큰 의미라는 걸 느꼈다. 그리고 참 고마웠다.

"무너뜨려야죠. 그 인간 절대 그냥 놔둬선 안 돼요. 이곳저곳에 마수를 뿌리는데 재희와 저뿐 아니라 다른 사람도 다칠 수 있어요. 사회에 돌아다니게 두지 않을 겁니다."

"그럼 난 10년 전에 당신과 재희 사건이 묻힌 걸 더 알아보겠습니다. 어렵사리 아버지께 부탁한 거니 시작한 김에 끝을 봐야죠. 나도 그땐 찾아볼 생각조차 못 했는데 이선 씨 보고 나니까 정신이 번쩍 드는군요."

성준이 자리에서 일어서자 선도 따라 섰다. 할 말을 끝내면 미련 없이 돌아서는 성준을 바라보았다.

"고맙습니다. 도와주셔서."

발을 떼던 그가 선을 돌아봤다.

"재희가 위험한 상황인데 당연히 발 벗고 나서야죠. 당신 때문 아닙니다."

"알아요. 그래도 정말 감사합니다."

성준은 선에게 살짝 미소를 보이고 회의실을 나갔다. 재희를 마음에 두는 건 불편하지만 좋은 사람이라는 건 선도 느낄 수 있었다. 그래서 10년 동안 그녀를 따뜻하고 다정하게 보살펴 준 것 같다. 저 대신 그녀를 위로해 준 것 같다.

선은 의자에 걸었던 패딩을 들고 회의실을 나갔다. 집에서 기다리고 있을 재희에게 얼른 가고 싶었다. 조금 전 문자가 그를 더욱 부추겼다.

대표실을 지나가던 선은 안을 들여다보았다. 강우는 없었다. 전화해 보려고 휴대폰을 들다가 다시 넣었다.

"형은 계속해서 조형철을 만나며 그 인간이 무얼 하는지, 어딜 가는지 알아봐. 내 정보도 흘리고."

"네 정보?"

"꽃뱀이라고 취급하는 여자와 어떻게 지내는지 시시콜콜 알리라고. 이선이 그 여자에게 너무 푹 빠져 있어서 도저히 제 힘으로 어찌할 수가 없다고."

"그래도 되겠어?"

"어차피 조형철은 투자를 핑계로 어떻게든 날 흠집 내고 싶어서 그러는 거야. 투자는 명목상일 뿐 사실은 형에게 나에 대한 소식을 듣고 싶어서 그런 거라고. 아마 자주 부를 거야. 다 응하고 그 인간이 뭘 하는지 빼놓지 않고 나한테 알려 줘. 증거 자료도 꼭 남기고."

조형철을 만나기 전 강우에게 부탁했던 바가 있었다. 지금까지 진행 상황을 시시콜콜 보고하지 않았지만 그거 말고도 결혼 발표 기자회견 준비와 허위 사실 유포에 대한 법적 대응 문제로 한창 바쁠 텐데 방해하고 싶지 않았다.

결혼 발표는 내년, 그러니까 새해를 맞이하고 그다음 날인 2일에 바로 할 생각이었다. 더 미룰 일이 아니었다. 발표를 해야 하는지 의문이 들기도 했지만 헛소문에 사로잡힌 사람들의 인식을 바꾸기 위해서라도 필요했다. 지금이라면 재희를 바깥 세상에 내보여도 된다는 판단이 들었다. 그녀의 마음이 변화했기 때문이다.

엘리베이터에 탄 선은 문도의 전화를 받았다.

—자네가 부탁했던 것 알아봤네.

"네. 자료가 꽤 있던가요?"

—그래. 그런데 정말 터트릴 생각인가.

"당연하죠. 이것뿐만이 아닙니다. 걸 수 있는 건 모두 걸어서 사회에서 격리시킬 겁니다."

—조형철을 너무 얕보지 말게.

"그러니 이렇게 아버님께 부탁하는 거죠. 저 혼자의 힘으로 무너뜨릴 수 없는 존재라는 걸 저도 잘 아니까요."

—고맙네. 재희에게 자네가 있어서 다행이야.

"별말씀을요. 저에게 재희가 있어서 다행이죠. 이만 끊겠습니다. 기다려서요."

빠르게 차를 몰아 집으로 왔다. 잠시라도 눈에서 보이지 않으면 금단 현상처럼 손발이 떨렸다. 얼른 가서 그녀를 품에 안고 싶었다. 팔불출이라는 표현이 그렇게 좋을 수가 없다.

현관문을 열자 또다시 집 안이 허전했다. 서재에 있나 보네.

선은 곧장 서재로 가서 문을 열었다. 없다. 집 안 곳곳 문을 열었지만 재희가 없었다.

"뭐야. 어디 갔지?"

가까운 곳이라도 나갔나 싶었지만 여태 혼자 바깥을 나간 적이 없는데 가까운 곳이라도 갔다면 연락을 했을 것이다. 선은 차가운 한기가 들어 재희에게 전화를 걸었다.

—고객님의 전화기가 꺼져 있어 음성 사서함으로 넘어갑니다.

"서재희."

선은 머리를 쓸어 올리며 다시 전화를 걸었다. 역시 같은 음성이 들렸다. 불과 한 시간 전만 해도 문자를 주고받았는데 갑자기 전화가 꺼졌다는 게 이상했다. 세나에게 전화를 걸었다.

—재희? 연락 없었는데? 왜. 무슨 일 있어?

"재희가 집에 없어서. 알았다."

—뭐? 어디 갈 데도 없을 텐데. 집에 간 거 아냐?

"알았어. 끊는다."

선은 곧장 현관을 나와 주차장으로 내려갔다. 불길한 예감이 자꾸만 머릿속을 휘감았다. 손끝이 떨려와 주먹을 쥐었다.

　무슨 정신으로 왔는지 모를 정도로 차를 급히 몰고 온 선은 재희의 집으로 뛰어 올라갔다.

　딩동―

　여러 번 벨을 눌렀지만 답이 없어 비번을 누르고 들어갔다. 집 안은 사람이 여러 날 동안 없었다는 것을 증명하듯 서늘한 냉기가 돌았고 고요했다.

　"서재희. 너 어디 있어."

　선은 거친 숨을 내쉬며 집 안을 서성였다. 주변 사람 모두에게 전화를 걸었지만 재희의 소재를 아는 사람은 없었다. 그녀의 집을 나오며 선은 경찰에 실종 신고를 했다. 그리고 문도에게 다시 전화를 걸었다.

　"아버님. 재희가 없어졌습니다."

　―뭐?

　"혹시 서재현 집에 있습니까?"

　―확인하고 연락 주마.

　"네. 꼭 좀 연락 주세요."

　차에 탄 선은 핸들에 고개를 파묻었다. 나쁜 예감. 머릿속을 관통하는 예감. 절대 아니길 바라는데도 떠오르는 불길한 생각.

　"제발. 재희야. 아니라고 말해 줘. 제발 무사하다고. 제발."

　잠시 후 문도에게서 전화가 왔다.

　―이 자식 지금 집에 없네. 전화도 안 받고.

　"후우, 아버님. 놀라지 말고 들으세요. 아무래도 재희가 납치된 것 같습니다."

　―뭐라고!

"이런 말씀까진 드리고 싶지 않은데 서재현이 관련되어 있는 것 같아요. 예전에도 가게에 찾아와서 여러 번 재희를 찾았다고 합니다. 저도 아니길 바라는데 만약 서재현이 연관되어 있다면 전 그 자식 도저히 용서할 수 없습니다."

—하아.

"아버님이 아들이라서 막는다고 해도 전 봐줄 수 없습니다. 재희 건드리는 놈은 다 죽여 버릴 겁니다."

전화를 끊은 선은 휴대폰을 시트에 던졌다. 마음속 불길함. 이 모든 일의 끝 조형철.

선은 형철의 회사로 차를 몰았다. 순식간에 건물로 들어선 차가 주차장에 들이박듯 주차됐다.

엘리베이터에 오른 선은 막아서는 관리인들을 뿌리치고 형철의 사무실로 들어갔다. 쾅, 문이 부서질 정도로 거칠게 연 선은 집무를 보고 있는 형철에게 곧장 달려가 그의 멱살을 잡아 올렸다.

"너 이 자식. 재희 어디 있어."

눈동자에 핏기가 서릴 정도로 붉어진 선이 형철을 노려보았다. 형철은 그가 흥분한 모습을 보면서 태연히 그의 손을 잡아 내렸다.

"이봐. 지금 어디서 누굴 찾는 거야. 서재희? 그 여자를 왜 여기서 찾아."

"네가 아니면 누군데. 네가 아니면 누가 재희를 데려가!"

"밖에 아무도 없어!"

형철이 고함을 치자 대기하고 있던 관리인들이 달려들어 선을 떼어놓았다. 선의 힘이 강해서 여럿이 달라붙어야 겨우 뗄 수 있었다.

"놔!"

선은 제 팔을 잡고 끌어내는 남자들을 뿌리쳤다. 형철은 제 옷매무새를 다잡고 툭툭 털었다. 그러더니 선에게로 다가왔다. 죽일 듯이 노려보는 선을 보자 형철의 입꼬리가 올라갔다. 무너진 모습을 보고 싶었는데 지금이 딱 그때일까. 흥분하여 눈이 빨개진 선이 흥미로웠다.

"그렇게 싸고돌던 년이 없어지니까 열 받는 건 알겠는데 아무 데서나 흥분하고 그러면 안 되지. 사람 봐 가면서 까불라고."

형철이 남자들한테 손짓하자 남자들은 다시 선의 팔을 잡아 끌었다.

"죽을 각오해. 내 앞에 무릎 꿇게 만들 거니까. 놔!"

선은 남자들을 뿌리치고 사무실을 나갔다. 관리인들이 형철에게 인사하고 선을 따라 나갔다.

"재밌네. 아주 흥미진진해."

형철은 휴대폰 소리에 책상으로 가 열었다. 문자가 와 있었다.

〈임무 완수했습니다.〉

입꼬리가 올라갔다. 제 계획대로 일이 진행되어 기분이 좋아졌다. 형철은 문자에 답을 보내고 선이 나간 문으로 고개를 돌렸다.

"넌 나한테 안 돼. 기어오르지 말거라. 꼬마야."

차에 탄 선은 핸들을 팡팡 내리치며 울분을 토해 내었다. 재희가 너무 걱정되어 속이 문드러지는 느낌이었다. 어딘가 뻥 뚫린 것처럼 심장이 조여 왔다. 그녀가 매번 가슴을 졸이던 그 느낌을 선이 느끼게 되었다. 전화가 울려 급히 받았다. 혹시 재희일까 싶어서.

—야! 어떻게 된 거야! 재희 어디 있어!

세나가 흥분하여 소리를 질렀다. 그녀도 진정이 되지 않는지 호흡이 거칠었다.

"모르겠어. 어디로 갔는지 보이지 않아."

—너 재희 지킨다며! 이게 지키는 거야? 너 대체 뭐 하고 다니는 거야!

"미안하다."

—재희한테 무슨 일 생기면 너도 용서 안 해. 너 진짜 용서 안 해!

그게 어떻게 이선 씨 책임이야, 전화기 저편에서 세나를 타이르는 남자 목소리가 들렸지만 세나는 흥분을 감추지 않았다. 목소리에 물기가 묻었다.

—너 우리 재희 찾아내. 가만 안 둬.

끊습니다, 남자의 목소리에 전화가 끊겼다. 울부짖는 세나의 목소리를 듣자 정말로 재희가 옆에 없다는 사실이 느껴졌다. 온몸이 덜덜 떨려 선은 운전하기를 포기하고 강우에게 전화를 걸었다.

얼마나 지났을까. 정신을 반 놓은 상태로 멍하니 있던 선은 차 문을 두드리는 소리에 고개를 돌렸다. 강우가 차 문을 열었다.

"야. 어떻게 된 거야?"

"형."

선이 눈물을 주르륵 흘렸다. 힘을 다 뺐는지 그는 자리에서 꼼작하지 못했다.

"일단 일어나. 내가 운전할게."

힘겹게 몸을 일으키던 선의 다리가 휘청거렸다. 강우가 곧 팔을 뻗어 그를 지탱해 주었다. 그는 몸을 파르르 떨고 있었다.

"차라리 재희가 날 버리고 가 버린 거라면 좋겠어. 내가 싫어서 날 벗어나려고 도망간 거라면. 그럼 내가 이렇게 무섭진 않을 거야."

"선아."

"나 같은 놈 만나서 이상한 여자 취급받고 사람들의 눈초리를 받는 게 도저히 견디기 힘들어서, 그래서 날 버린 거면 좋겠어. 형. 어떡해. 나 어떡해. 심장이 너무 아파. 형. 나 너무 무서워."

"야. 정신 차려!"

이성을 잃은 사람처럼 허공으로 시선을 내리며 혼잣말을 하는 선을 뒷좌석에 눕혔다. 그는 완전히 힘을 잃고 정신을 놓았다.

12.

PLEASE : 제발

재희는 지끈거리는 머리를 부여잡으며 눈을 떴다. 그리고 벌떡 일어나 앉아 주변을 둘러보았다. 화려한 인테리어와 호화로운 자재가 눈에 띄었다. 재희는 좀 전의 일이 떠올라 다시금 머리가 울렸다.

선에게 문자를 보낸 후 미소를 숨기지 않으며 택시를 기다리고 서 있던 재희는 제 앞에 다가오는 차를 보고 한 걸음 물러났다. 곧이어 창문이 열렸다.

"서재희, 타."

뒷좌석에 있는 남자의 얼굴을 확인한 재희의 얼굴이 순식간에 굳어졌다. 발을 떼야 하는데 움직일 수 없었다. 재희가 급히 몸을 돌려 도망가려는데 차에서 남자 둘이 내려서 그녀를 붙잡았다.

벗어나려고 몸부림치는 그녀의 입에 젖은 수건을 대자 힘이
빠진 재희가 축 늘어졌다. 아득해지는 정신 너머로 남자의 목소
리가 들렸다.

"그러게 타랄 때 타지. 괜히 힘쓰게 만들어. 우리 집안을 위해
네가 좀 희생해라."

"서재현."
재희는 덜덜 떨리는 몸을 일으켜 침대에서 내려섰다. 그리고
문으로 가 열었다. 문이 잠겨 있었다. 철컥철컥 아무리 돌려 봐
도 문은 열리지 않았다. 하아, 방 안에 휴대폰이 있을까 싶어 찾
아봤지만 아무 데도 보이지 않았다.
손발이 떨려오고 자꾸만 소름이 돋았지만 정신을 차리기 위
해 애를 썼다. 응접 소파에 앉은 재희는 이곳에서 나갈 방법을
찾아봤다. 어딘지는 모르겠지만 누구의 소유인지는 알 것 같았
다. 이런 짓을 할 사람은 제 주변에 단 한 명이었다. 방 안에 시
계도 걸려 있지 않아 시간을 파악할 수 없지만 창밖이 어둡지
않을 걸 봐서 아직 밤이 되기 전인 것 같았다.
"걱정할 텐데. 지금쯤 내가 없다는 걸 알았을 텐데."
재희는 선이 걱정되어 연신 숨을 내쉬었다. 그를 생각하자 금
방 눈물이 차올랐다. 이런 일이 생기지 않게 하려고 그의 곁에
서 은신하다시피 숨어 있었는데 잠깐 그가 없는 사이에 일이 벌
어졌다.
채하연. 그녀의 전화를 받고 나갔고 그 뒤에 납치가 되었다.
하연이 이들과 관련이 되었다는 걸 느꼈다. 그래서 그때 그녀에

게서 두려움이 느껴졌구나. 불안정한 마음이 보였구나.

왜 약속에 응해서 이런 일이 벌어지게 했는지 자책감이 몰려왔지만 한편으로 생각해 보면 짐작할 수 있는 일이었다. 어차피 언젠가 겪을 일이라는 걸 마음속 저편에서는 알고 있었는지도 모르겠다.

조금 더 자신을 보호했더라면 이런 일이 아예 생기지 않았을까. 그럴지도 모르지만 조형철의 탐욕을 뿌리치지 못해 결국엔 이렇게 되었을 것 같다.

"하아."

선이 걱정되어 심장이 욱신거렸다. 그를 생각하면 자동으로 심장이 반응을 했다. 자꾸만 나약해지려는 마음을 다잡았다. 그에게 의존할 수 없었다. 정신을 바짝 차려야 했다. 이젠 여기서 빠져나갈 방법을 생각해야 했다. 그가 기다리니까. 지금 많이 아파하고 있을 테니까. 얼른 가서 위로해 줘야 했다.

방문이 열려 재희의 시선이 급히 돌아갔다. 재현이 들어왔다.

신기했다. 그를 보면 오금이 저려 오고 무서울 것 같았는데 지금 마주친 그는 전혀 두렵지 않았다. 저에게 용기가 생긴 건지, 정신에 이상이 생긴 건지는 모르겠지만 재현을 똑바로 마주 볼 수 있었다.

"네가 이해해라. 나도 이렇게까지 하고 싶지는 않았어."

"서재현."

재희의 부름에 재현이 눈을 맞추지 못하고 시선을 피했다.

"우리 나름 피를 나눈 남매야. 넌 인정하고 싶지 않겠지만. 난 네가 더 이상 망가지는 걸 원하지 않아."

재희가 소파에서 일어서 그를 보았다. 그리고 절뚝거리며 그에게 다가왔다.

"날 봐. 이런 얼굴과 몸을 대가로 그 남자에게서 벗어났어. 이젠 또 뭘 포기해야 그 남자에게서 벗어날 수 있을까."

"쉬워. 그냥 네 마음을 비워. 네 자존심이 널 망가뜨리는 거야. 인정해."

"그 남자와 무슨 거래를 했는지는 모르겠지만 제발 정신 차려. 내 마지막 부탁이야."

"닥쳐. 네가 뭘 안다고 그래. 나? 더 이상 떨어질 곳도 없어. 나도 너 이용해서 다시 위로 올라가려고. 그게 잘못이야?"

"재현아. 사람답게 사는 게 더 중요한 거야. 넌 지금 이 행동만으로도 이미 선을 넘었어. 그래도 용서해 줄 테니까 날 풀어줘. 제발."

"그래. 나 너한테 못할 짓 했다. 그런데 너도 너무하잖아. 그깟 자존심이 뭐라고 그렇게 버텨. 그냥 한번만 눈 감으면 우리 집안도 편해지고 너도 편하게 살 텐데 왜 그러고 궁상맞게 살아."

재희는 점점 지쳤지만 여기서 무너질 순 없었다. 스스로 정신을 차려야 했다.

"도와주길 기대한 건 아니지만 그래도 네가 마음 한편으로는 죄책감을 갖길 바랐어. 아버지가 이렇게 해서 그 자릴 되찾는다고 하면 과연 좋아하실까?"

"닥쳐! 시발!"

재현은 금방 흥분해서 얼굴이 벌겋게 소리를 질렀다. 금방이라도 그녀에게 손찌검을 할 정도로 위협적인 태도를 취했다.

"여기서 나갈 방법은 하나야. 네가 지금이라도 조형철의 여자가 되겠다고 하면 돼."

"하아."

재희는 제 눈가를 손으로 가리고 답답한 마음을 풀어냈다. 그리고 천천히 손을 내렸다.

"잘 들어. 날 죽인다고 해도 그 남자의 여자가 될 일은 없을 거야. 그러느니 내 스스로 목숨을 끊겠어. 가서 전해. 당신은 살아서도 죽어서도 지옥을 느낄 거라고. 세상이 모두 다 당신 뜻대로 되는 건 아니라고."

재현을 바라보는 재희의 눈동자가 또렷했다. 쉽지 않다는 건 알았지만 이 여자는 생각보다 강하고 무서움을 몰랐다. 그래서 조형철이 이렇게 집착을 하는 건가. 뜻대로 되지 않는 여자라서.

"너도 다시 생각해. 무엇이 진짜 널 위한 일인지. 내가 아니라 널 위해 생각해."

"계속 갇혀 있고 싶나 보네. 알았다. 계속 있어라."

재현은 금세 문을 닫았다. 그리고 바깥에서 문을 잠갔다. 다리가 후들거렸지만 초인적인 힘으로 버텨 냈다. 절대 무너지지 말아야 했다. 여기서는 눈물 바람하는 것조차 사치였다.

증거를 남겨야 했다. 재희는 방 안을 두리번거리며 돌아보았다. 그 흔한 펜도 보이지 않았다. 거울을 보고 선 그녀는 제 머리카락을 매만졌다. 얼굴을 가릴 용도로 기른 건 아니지만 드러내고 싶지 않은 제 마음을 감추려는 심리가 컸다.

선은 제 머리카락을 만지는 것을 참 좋아했다. 부드럽게 쓰다듬고 머리카락에 정성스럽게 입을 맞추기도 했으니까.

고개를 저어 보인 재희는 진열대에 놓인 갖가지 장식품 중 투명 유리문을 보았다. 그녀는 그 위에 놓인 크리스털 장식품을 들어 유리에 힘껏 던졌다.

한 번으로 깨지지 않았다. 두 번, 세 번 깨질 때까지 던졌다. 금이 가기 시작한 유리는 마지막 자극에 일정한 간격으로 갈라지며 깨졌다. 길쭉한 유리 조각을 집어 든 재희는 귀밑에 갖다 댔다. 날카로운 면은 재희의 머리카락을 쉽게 갈랐다. 그리고 힘을 준 손에도 피가 뱄다.

예전이라면 쉽게 죽음을 택했을 것이다. 이런 상황에서 제가 선택할 일은 그거 하나뿐이었다. 그런데 지금은 살고 싶었다. 약속했으니까. 머리가 하얗게 될 때까지 살기로 했으니까. 그가 보고 싶으니까.

재희는 귀밑까지 잘린 제 머리를 거울을 통해 보았다. 손바닥의 쓰라림 때문에 오래 보지는 못했지만 자신의 모습을 눈에 담았다. 어색하게 짧아진 머리는 그녀를 더욱 가늘고 슬프게 만들었다. 혹시 자신이 잘못되면, 조형철을 잡을 단서나 증거가 없으면, 그 남자는 아무 일도 없었다는 듯이 살아갈 게 뻔했다.

재희는 잘린 머리카락을 서랍에, 침대 밑에 넣었다. 손바닥이 유리 조각에 베여 피가 손목을 타고 흘러내렸다. 화려한 장식장과 진열대, 소품들로 온전한 벽이 없었지만 조그마한 틈이 있는 공간에 흘러내린 피로 날짜를 썼다. 2018년 12월 24일.

재희의 손이 떨렸다. 크리스마스. 그와 여행을 가기로 했다. 말일엔 그의 아버지에게 찾아가려고 했다. 이제 물거품이 된 일에 그녀는 가슴이 먹먹해졌다. 심장을 찌르는 고통에 제 가슴을 내리쳤다.

"구해 줘. 아냐. 찾지 마. 그냥 평생 날 찾지 마. 이대로 날 잊어버려. 제발 아프지 마."

재희의 볼을 타고 눈물이 흘러내렸다.

"미안. 내가 정말 미안해. 이런 여자를 만나서 너무 미안."

결국 주저앉았다. 그를 생각하면 가슴이 미어졌다. 똑같이 아
파할 그가 떠올라 재희는 눈물을 쏟았다. 이런 상황을 만든 그
남자를 절대 용서할 수가 없다. 10년 전처럼 지금도 똑같이 그
남자에게 아픔을 당해야 하는 현실이 재희를 미치게 만들었다.
벗어나려고 그리 발버둥을 치고 숨었는데 다시 목을 죄어 오는
마수의 그늘이 그녀를 미치게 했다.

❄ ❄ ❄

실종 신고를 내고 백방으로 찾았는데도 나흘 동안 재희의 흔
적은 어디에도 없었다. 경찰에서는 공개수사를 요청하는 선을
대수롭지 않게 여기며 거절했다. 명목상은 재희의 안전이 위험
할 수 있기 때문이라고 하지만 선은 형철의 입김이 작용했다는
느낌을 지울 수 없었다.

선은 언론에 정보를 풀어 재희가 실종된 사실을 알렸다. 그러
자 이선이 만나는 여자가 실종이 됐다는 뉴스가 온 기사에 도배
되었고 결국 경찰도 언론 때문에 공개수사로 방향을 돌렸다. 배
후가 누구냐. 돈을 갖고 사라진 것 아니냐. 죽었을 것 같다 등
갖가지 추측과 소문이 돌았다.

재희의 휴대폰은 꺼져 있어 위치 추적도 불가했다. 마지막으
로 기록을 남긴 것이 선에게 문자를 보낸 장소였다. 그 뒤에는
행적을 알 수가 없었다. 도곡동에 사는 여자가 강북에 있는 한

적한 도로에 있었다는 것도 이상했다.

공개수사로 전환은 했지만 경찰에서는 여전히 적극적으로 찾지 않는 느낌이 들었다. 고민하던 선은 준호에게 전화를 했다.

—뉴스 봤어. 어떻게 된 거야.

"긴 말할 시간 없으니까 자세한 건 나중에 말해 줄게. 재희 실종 수사가 좀 이상해. 네가 좀 알아봐 줘."

—그거야 어렵지 않지. 그런데 아직까지 소식이 없다는 건 신변에 문제가 있다는 뜻일 수도 있어. 그래서 관할서도 조심하는 것일지 몰라.

"그러니까 더욱 손 놓고 있을 수 없어. 한시라도 빨리 찾아야 한다고. 넌 광역수사대에 있으니까 관할서랑은 별개로 움직일 수 있지?"

—대부분 관할서의 협조를 받아야 움직이긴 한데 사안이 큰 건 독립적으로 움직이지.

"혹시 도움 받을 일 있으면 연락할 테니까 바로 움직여 줘. 아무래도 관할서를 믿긴 힘들 것 같아."

—그래. 그건 염려 마. 그나저나 너 목소리가 안 좋은데 괜찮은 거냐?

선은 말없이 전화를 끊었다. 괜찮으냐고. 괜찮으냐는 말은 어디가 불편하거나 아플 때 상태가 어떤지 물어보려고 쓰는 말이다. 지금 자신에게는 해당되지 않았다.

죽지 못해 사는 것. 재희를 보기 전엔 죽을 수 없어 사는 게 전부였다. 물 한 모금도 넘어가지 않았다. 먹는 즉시 구토가 나왔다. 아무것도 먹을 수가 없었다. 얼굴엔 면도를 하지 않아 거뭇거뭇 수염이 자랐다. 있는 힘을 다해 참아 내려고 눈을 부릅

떴더니 눈동자는 빨개지고 눈가가 부었다.

비밀번호를 누르는 소리가 나더니 문이 열렸다. 강우가 들어오다가 소파에 앉아 고개를 숙이고 있는 선을 발견했다. 어두운데 불도 켜지 않아 그가 대신 켰다. 빛의 반사에도 그는 돌아보지 않았다.

"뭐 좀 먹었어?"

"……."

"이 자식아. 네가 기운을 차려야 재희 씨를 찾을 거 아냐."

그 말에는 반응을 하여 강우를 올려다보았다. 그의 초췌한 모습을 본 강우는 저절로 한숨이 나왔다.

"네가 준비하라고 한 건 다 끝냈어. 이제 터트리기만 하면 돼. 방송사에도 자료 보냈고. 그리고 이거."

강우가 내민 종이를 보던 선이 급히 그를 올려다보았다. 강우의 얼굴도 굳었다.

"재희 씨가 너한테 문자 보내기 전에 마지막으로 통화한 사람이 채하연이야."

선의 눈동자가 거칠게 흔들렸다.

"어떻게 구했어? 나도 재희 보호자가 아니라서 주지 않았는데."

"내 지인들 통해 백방으로 알아봤지. 다행이 내 친구 놈 선배가 여기 회사 다녀서 얻어다 준 거야. 들키면 안 된다고 신신당부했어."

선은 다시 종이로 시선을 내렸다. 모르는 번호와 통화했지만 그 번호는 제 휴대폰에도 있는 같은 것이었다. 재희가 하연을 만났을까. 그래서 모르는 장소에 있었던 걸까.

선은 당장 휴대폰을 들었다. 신호가 가고 조금 뒤 하연이 받았다.

—기사 봤어요. 오빠 괜찮아요?

"재희 만났습니까?"

—뭐라고요?

"재희 만났냐고."

—무슨 소리를 하는 거예요. 제가 그 여자를 왜 만나요.

"발뺌을 할 생각이라면 그만둬. 다시 묻는다. 재희 만났어?"

—아니요. 만나지 않았어요.

"널 믿는 건 아니지만 최소한 정직한 사람이길 바랐어. 사람처럼 살아. 괴물처럼 살지 말고."

—말이 심한 거 아니에요?

"심해? 거짓을 말하는 너보다 내가 심할까. 너와 통화한 기록은 있는데 만나진 않았다고? 네 스스로 양심을 되찾길 바란다. 내가 인간으로서 충고해 주는 마지막 말이야."

전화를 끊은 선은 휴대폰을 힘주어 잡았다. 부들부들 떨리는 손에 금방이라도 부술 정도로 힘줄이 솟았다.

"조형철은 움직이지 않아?"

"응. 계속 지키고 관찰하는데 자기 집이랑 회사만 오가던데? 정말 조형철이 한 짓 맞아?"

선이 무섭게 강우를 노려보았다. 강우는 괜히 움찔하여 손을 내저었다.

"말도 못 하냐. 너무 평온하니까 이상하다는 거지."

"함부로 움직이지 못하겠지. 내가 주시하고 있다는 걸 그놈도 잘 알 테니까."

"이러다 네가 먼저 죽겠다. 기운 차리고 뭐라도 먹어."

"조형철 움직이면 바로 나한테 말해 줘."

강우가 가고 나서 다시 고요함이 찾아왔다. 재희가 있을 땐 집 안이 꽉 들어차고 그녀의 웃음소리에 귀가 호강했는데, 아무 소리도 들리지 않았다. 분명 재희를 다시 만나기 전에도 지금처럼 똑같은 생활을 하며 지냈을 텐데 그때가 생각나지 않았다. 어떻게 이 집에서 혼자 지냈는지 상상도 되지 않았다.

단 한 달 만에 재희는 많은 것을 바꾸었다. 그의 생활 습관과 수면, 하루가 그녀에게 맞춰져서 톱니바퀴처럼 굴러갔는데 지금은 바퀴 하나가 빠져서 전부가 구르지 못하고 있었다.

고개를 숙이고 제 얼굴을 두 손으로 감쌌다. 시간이 흐를수록 걱정이 무서움으로, 절망으로, 좌절로 이어졌다. 그녀가 혹시라도 잘못되었을까 봐, 혹시 예전처럼 제 스스로 목숨을 버리려 할까 봐 겁이 났다. 재희를 믿지 못하는 건 아니지만 트라우마가 그녀를 옭아매고 전부 집어 삼킬까 봐 숨 쉬기도 힘들어졌다. 그 생각만으로도 머리가 쭈뼛 서고 온몸이 떨렸다.

벨이 울려 휴대폰을 내려다보았다. 성준이다.

"네."

—10년 전에 당신과 재희의 사건이 제대로 밝혀지지 않은 이유를 알아냈습니다.

"뭔가요."

—지금 경찰청 차장이 예전에 사건을 조용히 처리했어요. 그 땐 청주 경찰서 서장으로 있었는데 이선 씨 부모님이 제기한 의혹과 사건들에 대해 부실하게 결론을 내렸더군요. 그 뒤 그 사람은 서울 경찰청으로 옮겼고 승진했습니다.

"아아."

조형철과 얽히지 않은 사람이 없었다. 선은 답답함에 제 머리를 쓸어 올렸다.

―대체 조형철 이 인간 뭡니까. 어떻게 이런 짓을 벌이고도.

"대표님. 온 세상이 저와 재희를 막고 있는 것 같습니다. 왜 우린 사랑 한 번 편하게 못 하는 겁니까. 무슨 잘못을 했다고, 얼마나 큰 잘못을 저질렀다고 이런 일을 겪어야 하냔 말입니다."

―이선 씨.

"너무 가슴이 아픕니다. 힘없는 약자가 당하는 게. 재희는 또 얼마나 참담합니까. 집안의 사랑도 받지 못하고 자랐는데, 악마 같은 남자에게 팔릴 뻔했는데 이젠 납치까지. 재희가 너무 아파서 슬퍼요. 그 여자가 너무 불쌍해서……."

선의 목소리에 물기가 묻었다.

―기운 차리고 백방으로 찾아봅시다. 우리가 할 수 있는 일은 그것뿐이지 않소. 지금은 재희를 무사히 찾는 거. 그거만 생각합시다. 그 뒤에 응징하면 되니까.

"네. 고맙습니다. 대표님이 안 계셨다면 전 아마 못 버텼을 겁니다."

―자꾸 그렇게 처져 있으면 내가 재희 가질 거니까 그리 알아요.

전화가 끊긴 휴대폰을 바라보던 선은 소파에서 일어섰다. 그래. 지칠 시간도 없다. 어서 빨리 재희를 찾는 게 급했다. 다른 생각조차 사치였다.

선은 욕실로 가 면도를 하고 깔끔하게 정돈했다. 지금까지 조사한 것과 모은 자료로도 충분히 조형철을 잡을 수 있었다. 생각보다 조형철에게 당한 사람들이 많아 증거 자료와 증언도 쏟아졌다.

"재희야. 조금만 기다려. 곧 데리러 갈게."

❅ ❅ ❅

갇힌 뒤로 닷새가 지났다. 첫날 저에게 냉정하게 퍼붓고 나간 재현은 그 뒤로 보이지 않았다. 간혹 별장을 지키고 있는 남자들이 들어와 재희가 무사한지 살피는 정도였다.

변화라고는 깨진 장식장의 유리들을 치운 것뿐이었다. 그녀가 이렇게 해 놓은 걸 알 텐데 그들은 아무런 말을 하지 않고 그것들을 조용히 치웠다.

처음에는 죽지 말라는 듯 음식을 넣어 줬지만 그녀가 입에도 대지 않자 그마저도 끊겼다. 어떻게 5일을 지냈는지 모르겠다. 날짜를 놓치지 않으려고 매일 벽에 기록하고 날짜를 셌다. 이것조차 하지 않으면 정신을 놓을 것 같았다.

소파에 앉아 있다가 가끔 방 안을 서성이다가 불투명한 창문을 들여다보며 시간을 체크하는 게 전부였다. 먹을 생각도 없었지만 먹지 않고 5일이 지나니 몸에 힘도 빠지고 기운을 차리기 힘들었다. 하지만 그들이 보내 준 음식은 먹지 않았다. 그걸 먹느니 굶어죽는 게 나았다.

철컥—

문이 열리고 재현이 들어왔다. 그동안 계속 집을 지키고 있었을까. 소파에 앉아 무릎을 모은 채 고개를 숙이고 있는 재희를 보던 재현이 욕설을 내뱉었다.

"너도 진짜 징그럽다. 그 정도 버텼으면 이제 받아들여!"

재희가 눈을 들어 허리에 손을 두르고 씩씩대고 있는 재현을 올려보았다.

"왜 들어왔어."

"마지막 기회 주려고. 오늘까진 나름 인간적으로 대우해 줬다고 생각해. 이젠 안 그럴 거야."

"하, 안 그러면 어쩔 건데."

"조형철한테 죽고 싶지 않으면 잘 선택해."

재희는 시선을 허공으로 돌려 허탈한 미소를 지었다.

"그 남자는 절대 나 못 죽여. 날 자기 걸로 만들기 전까진 못 죽일 거야."

"그러니까 강제로 취하는 사태가 오기 전에 네 몸 사리라고! 왜 말귀를 못 알아 듣냐, 정말!"

재희는 시선을 다시 재현에게로 돌렸다. 제가 무슨 일을 당하든 상관하지 않으면 되는데 그는 꽤나 흥분했다.

"할 말 다 했으면 나가. 여기서 꺼내 줄 거 아니면 얼굴 치워. 보고 싶지 않아."

차가운 그녀의 말에 재현은 거칠게 욕설을 내뱉더니 다시 문을 열고 나갔다. 쾅, 문 닫히는 소리에 재희의 심장도 쿵 떨어졌다.

"하아."

무서운 마음을 드러내지 않으려고 재현에게 차갑게 대했지만 사실 손발이 떨리고 너무 두려웠다. 죽고 싶지 않은데 자꾸만 죽음이 드리워지는 것 같아 애가 탔다. 그를 보기 전엔 죽기 싫은데, 죽더라도 마지막으로 한번만 그를 보고 싶은데 제 뜻대로 되지 않을 것 같아 가슴이 미어졌다.

소파에 앉은 채로 잠이 든 재희는 불현듯 눈을 떴다. 창밖으로 검은 어둠이 내려앉아 방 안이 온통 어두워졌다. 불을 켜고 싶지 않았다. 재희는 무릎을 구부려 제 팔로 감싸 안았다. 재현이 나가고 시간이 얼마나 지났는지 모르겠다.

갑자기 불이 켜져서 재희는 감았던 눈을 떴다. 그리고 문을 돌아보았다. 그녀의 눈동자가 흔들렸다. 남자는 검정색 코트를 벗은 후 응접용 소파로 다가왔다. 그녀의 몸이 떨려왔다. 넓적한 소파에 팔을 기대어 앉은 그는 재희를 보고는 입꼬리를 올렸다. 그건 먹잇감을 보는 눈빛이었다. 그 웃음은 호랑이 앞에 잡혀 간 강아지를 내려다보는 위선이었다.

"아무것도 먹지 않았다고? 역시 서재희다워."

재희는 그의 시선을 피해 고개를 돌렸다. 떨리는 몸을 감추려고 주먹을 꽉 쥐었다.

"너 하나 없어졌다고 아주 난리더군. 남자 잘못 만나 대한민국이 네 얼굴로 도배되겠어. 너 찾느라 별 지랄을 다 하더라."

"비꼬지 말아요."

"네가 그토록 기다리는 이선은 안 와. 여긴 찾을 수 없거든. 도움 받을 수도 없는데 어쩌려고 버텨?"

"절 내보내 주세요. 부탁이에요. 이 이상 당신을 경멸하고 싶지 않아요."

형철은 덜덜 떨면서도 눈을 마주 보고 제 할 말을 다하는 재희를 보며 웃음을 터트렸다. 역시, 제 허기짐의 원인은 이것이었다. 이 여자를 갖지 못해서 생긴 분노로 계속 허기가 지는 것이었다.

"너나 그년이나 상황 파악 못 하는 건 알아주지. 꼴에 자존심은 높아서 곧 죽어도 내려놓을 생각이 없나 봐?"

재희는 이성을 찾고자 힘을 다해 정신을 부여잡았다. 형철은 재희의 검정 원피스로 눈을 내렸다. 그 안에 자리한 몸이 탐났다.

"내가 내민 제안을 잘 생각해. 내 여자가 된다면 정식으로 널 아내로 맞이하고, 이후 너희 회사에서 손을 떼고 일체 관여하지 않도록 하지. 물론 네 가족들도 원래 자리로 돌아갈 거야."

"하아."

"만약 거부한다면 넌 여기서 내게 유린당하고 짓밟힌 후 어디 버려지게 될 거고. 선택은 네가 해."

형철의 말을 듣는 것만으로도 뱀이 온몸을 파고드는 것처럼 소름이 돋고 치욕스러웠다.

"대답할 가치가 없군요. 제 대답은 정해져 있어요. 당신이 어떤 협박을 해도 그건 바뀌지 않아요. 여기서 더 험한 일을 당한다고 해서 제 대답이 바뀌는 것도 아니고, 죽는 것도 두렵지 않아요."

"그래. 넌 예전부터 그렇게 도도했지. 그래서 더 갖고 싶은지도 모르지만. 네가 과연 나한테 짓밟히고도 그런 소리가 나올까? 제발 살려 달라고 소리 지르는 모습이 보고 싶군."

형철이 소파에서 일어서 순식간에 재희가 앉은 소파로 다가와 그녀를 가뒀다. 얼굴을 쓰다듬는 그의 손길에 재희는 눈을 질끈 감았다. 혹시 몰라 제 등 뒤에 유리 조각을 숨겨 두었다. 손에 유리 조각이 닿았다. 재희는 제 원피스로 손을 내리는 그를 내려다보았다. 손이 덜덜 떨렸다.

그는 재희의 등에 지퍼를 내려 원피스를 끌어내렸다. 반항하지 않는 재희가 뜻밖이라 형철이 호탕하게 웃었다.

"죽기로 결심해서 그러나. 그럼 재미없지."

형철의 손이 그녀의 원피스를 거칠게 끌어내리고 속옷을 위로 올린 후 젖가슴을 움켜쥐었다.

"역시 죽이는 몸이야. 이걸 원했거든."

형철은 계속해서 재희의 원피스 아래로 손을 넣어 치마를 올렸다. 남자의 얼굴이 재희의 가슴으로 파고들었다. 제 젖가슴에 얼굴을 묻은 그를 내려 본 재희가 유리 조각을 힘주어 잡고 그의 목에 찔렀다.

"아악!"

재희의 힘이 강하지 않아 유리 조각은 완전히 박히지 못하고 그의 뒷목을 긁고 살점과 함께 떨어졌다. 제 뒷목을 잡고 피를 흘리는 형철을 힘껏 밀치고 일어서 벗어났다. 아니, 벗어나려고 했지만 먹은 게 없어 힘이 나지 않아 금방 다리가 꺾였다. 형철이 재희를 내동댕이쳤기 때문이다. 재희는 바닥에 엎어져 피를 흘리며 다가오는 남자를 올려보았다.

"어쩐지 가만히 있다고 생각했어. 네까짓 게 감히 내 몸에 피를 내?"

형철은 비릿하게 웃으며 다가왔다. 일어날 생각도 없이 엉덩이로 뒷걸음질 치던 재희는 주변을 두리번거렸다. 이제 더는 기회가 없었다. 이젠 제 목으로 가져가야 했다.

재희는 형철의 목을 긁어 피가 묻은 유리 조각이 바닥에 떨어져 있는 것을 보았다. 저것이 유일했다. 그녀는 몸을 바닥에 끌며 다가가 유리 조각을 집어 제 목에 댔다.

"한 발만 더 다가오면 죽어 버릴 거야. 넌 끝끝내 원하는 여자를 갖지 못해 말라 죽겠지. 그래. 그것도 좋은 방법이네. 내가 죽어 버리면 넌 더 이상 내게 집착하지 못하고 평생 목마르게 살 거야."

형철의 얼굴이 무섭게 굳어졌다. 정곡을 찌르는 말과 끝까지 저를 거부하는 여자에 대한 분노로 눈동자가 짙어졌다. 살점이 떨어져 나간 뒷목에서 계속 피가 흘러내렸다. 그래서 그가 더욱 괴물처럼 느껴졌다.

형철은 아랑곳하지 않고 재희에게 다가왔다. 무슨 수를 써서라도 이 여자를 취해야겠다는 생각뿐이었다. 정신을 빼놓고서라도. 그가 다가올 때마다 재희의 목에 붉은 생채기가 생겼다. 그 면적이 점점 더 넓어지며 피가 주르륵 흘렀다. 손인지 목인지 구분할 수 없을 곳에서 피가 흘러내렸다.

형철은 재희가 제 목을 찌르고 있는 유리 조각을 힘주어 잡아 뺏었다. 그의 손에도 피가 배었다. 그는 다른 손으로 가느다란 목을 움켜쥐고 조였다. 남자의 힘에 재희의 몸이 바닥으로 쏠렸다. 등에 닿는 차가운 바닥의 딱딱함이 그녀를 가뒀다. 위에서 누르는 힘은 강했다.

"그렇게 죽고 싶다면 원대로 해 주지."

손아귀에 힘이 들어갈수록 재희의 숨도 가빠졌다. 점점 정신이 아득해졌다. 죽어 버리자.

하지만 그가 마음에 걸려. 이렇게 떠나 버리면 남겨진 그가 아파할 거라 그게 속상해. 그에게 말해 주고 싶었어. 정말 사랑했고 고마웠다고. 널 만나 행복했다고. 그러니까 슬퍼하지 말라고.

재희의 눈에 눈물이 흘러내렸다.

"선아."

착한 일을 하면 복을 받는다고 했다. 어쩌면 크리스마스 전날 구세군 냄비에 제 지갑에 있던 현금을 모두 넣어서, 아니면 어릴 때 엄마를 잃어서 울고 있던 아이를 보살펴 주어서, 그것도 아니면 죽지 않고 살아 있어서 신이 복을 내려 주었다고 생각하는 게 빨랐다.

제 목을 움켜쥐는 손을 거둬간 다른 손이 형철에게 주먹을 날렸다. 그 사람은 균형을 잃어 쓰러진 형철에게 연달아 주먹을 꽂았다. 맞는 소리가 귓가에 들렸지만 재희는 쉽게 눈을 뜰 수 없었다. 거친 숨을 몰아 내쉬며 제 정신이 들기까지 시간이 걸렸다.

정신을 차린 그녀의 시야에 점점 주변의 사물이 들어왔다. 그리고 맞는 소리에 시선을 돌렸다. 환영인가. 이름을 불렀더니 그가 나타났다. 도무지 현실 같지 않아 재희는 아득해지려는 정신을 붙잡고 눈을 비볐다. 그리고 점점 더 확신이 들었다. 이게 꿈이 아니라는 걸. 진짜 그가, 선이 왔다는 걸.

재희는 이미 선에게 무차별적으로 맞아 피투성이가 된 형철의 얼굴을 보았다. 그리고 선이 유리 조각을 들어 그에게 꽂으려고 하는 것을 보았다.

"선아."

재희는 급히 다가가 그의 허리를 꼭 끌어안았다. 제 몸에 와닿는 재희의 음성에 선은 정신을 차린 듯 동작을 멈췄다. 그의 몸이 파르르 떨렸다.

어떡해.

몸을 덜덜 떨던 재희가 힘을 주어 그를 안았다. 선은 손에 든 유리 조각을 떨어뜨렸다. 그가 서서히 재희를 돌아보았다. 이성을 잃은 남자의 눈빛이 서서히 돌아오고 있었다. 눈물 가득 그를 머금은 재희가 그의 목을 끌어안았다. 덜덜 떨리는 손이 그녀의 몸을 감았다. 그리고 힘주어 안았다.

밖에서 경찰차 소리가 들려왔다. 그리고 곧 형사들이 우르르 들어와 방 안 상황을 보았다. 그리고 피투성이가 되어 의식을 잃은 형철에게 다가와 목에 손을 댔다. 휴우, 준호가 선을 보고 소리쳤다.

"사람 죽이면 감방 가 이 자식아!"

준호는 선의 품에 안긴 여자에게로 시선을 돌렸다. 목에서 피가 꽤 흘러서 상태를 파악해야 했다.

"병원으로 갈까?"

"아니. 내가 데리고 갈게. 넌 저 자식 끌고 가."

"알았다. 염려 마."

선의 어깨를 툭툭 두드린 준호는 의식을 잃은 형철에게 수갑을 채우고 들것에 실어갔다. 형사들이 바쁘게 방 안을 오갔다. 재희가 남긴 흔적이 곳곳에서 발견되었고 그들은 여기저기 사진을 찍으며 폴리스 라인을 설치했다.

"너…… 누가 나 몰래 나가래."

"미안해."

"내가 정말…… 얼마나 무서웠는 줄 알아? 조금만 늦었으면, 너."

"미안해 선아. 미안해."

흐느끼는 재희를 더욱 꼭 끌어안았다. 뭐라고 말한다고 해서 그 아픔과 고통이 사라지는 건 아니었다. 짧게 잘린 머리카락이 재희의 처절함을 느끼게 해 주었다.

"다신 내 옆에서 벗어나지 마. 다신 날 두고 가지 마."

"응."

그의 가슴에 기대어 눈을 감은 재희의 눈에서 눈물이 쏟아졌다. 그의 가슴을 적시는 건 눈물만이 아니었다. 그녀의 아픔이 그를 적셨다.

"이제 걱정하지 마. 내가 있으니까 괜찮아. 다 괜찮아. 재희야. 마음 놔."

"꿈일까 봐. 지금 이게 꿈일까 봐 무서워. 네가 허상일까 봐."

선은 반쯤 벗겨진 재희의 원피스를 다시 올려 입혔다.

"이제 시작이야. 꿈이 아니라는 걸 알게 해 줄게."

"응. 선아. 나 졸려."

"자. 자도 돼. 이제 푹 자."

그 말에 재희는 정신을 놓았다. 끝까지 버티던 끈을 드디어 편하게 놓았다. 이제 편히 잘 수 있다.

13.

CONCLUSION : 결론은해

줘

병실 문이 벌컥 열리고 세나가 뛰어 들어왔다.

"재희야!"

선이 뒤돌아 숨을 헐떡이는 세나를 보았다.

"왔어?"

"재희야."

침상에 누워 눈을 감고 있는 재희에게 다가온 세나는 흔들리는 눈동자로 그 모습을 바라보다가 선에게로 시선을 올렸다.

"왜 안 깨?"

"의식을 잃었대. 기력도 완전히 소진된 상태라 깨는데 며칠 걸릴 거래."

"얼마나 아팠으면."

세나는 눈물을 흘리며 재희의 손을 잡았다. 목에 휘감은 붕대가 눈에 띄었다.

"조형철, 그 새끼 어떻게 됐어?"

"경찰 조사 받는데 변호인단 불러서 진술을 거부하나 봐. 그리고 나한테 두들겨 맞아서 지금 제대로 말하지도 못해."

선이 세나를 바라보며 쓸쓸하게 웃었다.

"반 죽여 놨거든."

가만히 보고 있던 세나가 선의 등을 툭툭 두드렸다.

"잘했어. 속 시원하다. 그 새낀 매가 답이야. 아예 죽여 버렸으면 좋았겠지만 우린 문명인이니까."

세나의 목소리를 들으니 선은 비로소 재희가 제 곁에 있다는 실감이 들었다. 내내 같이 있으면서도 그녀가 같이 있는 게 현실이 맞는지, 꿈인 건 아닌지 헷갈렸는데 세나가 옆에서 맞장구를 쳐 주니까 이건 꿈이 아니라는 걸 느꼈다.

"조형철 그대로 놔둘 건 아니지?"

선은 고개를 끄덕이며 그녀의 어깨를 툭툭 다독였다.

"걱정 마. 다신 세상에 발 내딛지 못하게 할 거니까."

"워낙 미꾸라지 같은 놈이라서."

"이번엔 그렇게 못 해. 네 남자 친구도 도와줘서 일이 훨씬 수월해졌어."

"그거야 뭐, 대신그룹 평소에 눈엣가시였는데 잘됐다나 봐. 위에서 노는 사람들끼리도 먹이사슬 관계에 있다는 게 참 재밌지?"

세나가 쓸쓸한 미소를 지었다. 그리고 재희에게 고개를 돌렸다.

"태주 씨는 그렇지 않으면 좋겠어. 권력 위에 군림하는 거."

"그렇지 않을 거야. 나 사람 보는 눈 있어."

세나는 빙그레 웃으며 고개를 끄덕였다.

"참. 서재현이 무슨 바람이 불어서 자수를 했을까?"

용서해 주고 싶은 생각은 없었다. 서재현은 분명 재희를 납치한 장본인이니까. 하지만 아주 작게라도 스스로의 마음에 변화가 일어난 건 재희 덕분인 것 같았다.

형철의 별장에 갔을 때 재현은 선을 보고 자리를 비켜 주었다. 마치 올 걸 알고 있었던 것처럼.

지키고 있는 경호원들과 무력 충돌을 예상했는데 재현이 길을 만들어 주어 안으로 빠르게 들어갈 수 있었다.

"사람이라면."

선은 재희에게로 시선을 내리며 그녀의 손을 잡았다.

"당연히 그래야지."

"너도 얼굴이 말이 아니다. 기운 내."

세나가 가고 나서도 한참을 재희의 손을 잡고 바라보던 선이 휴대폰을 들었다.

"형. 방송국에 내일 오전 뉴스에 내보내 달라고 해 줘."

─알았어.

"이제 시작하자."

─오케이.

전화를 끊은 선은 주먹을 그러쥐었다.

"조형철 넌 이제 끝났어."

❄ ❄ ❄

─어제 밤 납치되었던 야구 선수 이선 씨의 여자 친구 서재희

씨가 구출되었습니다. 유력한 용의자로 대신그룹 조형철 부회장이 지목되고 있습니다. 지금까지 외부에 알려지지 않은 그의 비밀 별장에 감금되었던 서 씨는 이선 씨의 추적으로 발견되었습니다. 조 부회장은 서 씨에 대한 성추행 및 살인 미수 혐의로 경찰 조사를 받고 있습니다. 조 부회장의 비밀 별장에는 고가의 가구와 장식품, 불법 경매로 얻은 미술품들이 소장되어 있었습니다. 경찰은 조 씨가 어떻게 물건을 매입했는지 경위를 조사하고 있습니다.

서울 지방 경찰청으로 간 선은 수많은 기자들이 진을 치고 있는 것을 보았다. 선이 강우와 함께 나타나자 기자들이 몰려왔다.

"서재희 씨를 납치한 인물이 이복 오빠 서재현 씨라는 것이 사실입니까?"

"채하연 씨도 연관되어 있다고 하는데 조금만 말씀해 주십시오!"

"조 부회장이 10년 전에도 이선 씨를 폭행하고 사건을 무마했다는 것이 사실입니까?"

"그때도 서재희 씨를 구하려다 그렇게 되었다고 하는데요. 애초에 그 사건을 밝히지 않은 이유가 있습니까?"

계단을 오르던 선이 기자들을 보며 돌아섰다.

"재희를 납치한 사건은 곧 검찰에 넘겨질 겁니다. 그리고 10년 전에 왜 사건이 무마됐는지 조금만 생각하면 금방 답이 나옵니다. 오늘부터 방송국, 신문사, 검찰에 증거 자료를 보내 드릴 겁니다. 조형철이 지금까지 무슨 나쁜 짓을 저질렀는지 곧 밝혀질 겁니다."

간단하게 답한 선은 서둘러 움직여 실내로 들어갔다. 그는 멈추지 않고 걸음을 재촉해 진술실 안으로 향했다.

형철은 거만하게 앉아 입을 다물고 있었고 변호사들만 형사들에게 말했다. 형철의 얼굴은 선에게 맞아 얼굴 곳곳이 울긋불긋 멍들어 있었고 눈두덩이가 두꺼비처럼 부었다. 입술은 터져서 찢어졌고 턱은 붕대로 감은 상태였다.

선은 아직도 정신을 차리지 못하고 힘을 주고 있는 형철을 보자 허탈한 웃음이 나왔다.

"사람을 이 정도로 팬 건 살인 미수입니다. 살인 미수 혐의로 걸겠습니다."

한 변호사가 흥분하여 말하자 선이 그를 내려다보며 싸늘하게 웃었다.

"걸어요. 이 인간 팼다고 살인 미수로 잡혀간다면 기꺼이. 그전에 감당할 수 있겠습니까?"

"죄가 있고 없고는 직접 조사해 봐야 아는 겁니다. 지금까지 말한 의혹들 모두 물증이 없는 심증뿐이고 조형철 씨가 납치했다는 결정적 증거는 어디에도 없습니다."

"서재현 씨가 이미 증언한 걸로 압니다. 사주했다고."

"그것도 완벽한 증거가 될 수 없습니다. 진술만으로 완벽한 증거가 된다고 생각합니까?"

"물증, 물증 하는데 내 여자가 잡혀 있던 별장이 바로 조형철 씨의 별장입니다, 변호사님들. 그리고 이 사람에게 험한 일을 당할 뻔한 것도 사실이고요. 자꾸만 진실을 가리려고 하지 말고 제발 정신들 차리세요. 이 사람은 이제 끝났습니다."

"말이 심하군요. 납치해서 사람을 죽이기라도 했습니까?"

변호사는 그저 사람을 변호하는 게 전부일 뿐인데도 이들은 형철의 심복처럼 눈을 가리고 귀를 닫았다. 아직도 쉽게 풀려날 줄 아는가 보다.

"아, 믿는 구석이 있어서 그런가 보네요. 그런데 이젠 소용없을 겁니다."

선은 제 호주머니에서 가루가 담긴 약봉지와 녹음기를 꺼냈다. 앞에 앉아 있던 경찰도 놀란 눈으로 선을 보았다.

"얼마나 약을 하면 자기가 무슨 일을 저지르는지도 모를까. 그러면서 스스로 생각하겠지. 자길 잡을 사람은 아무도 없다고. 환각에 찌들어 현실과 환상을 구분하지도 못하는 저능한 인간."

"이보세요!"

"아, 혹시 비밀리에 녹음한 건 증거 효력이 없다고 할까 봐 이건 증거로 생각하지도 않습니다. 그거 말고도 엄청나거든요. 채하연 씨에게 협박하여 재희를 불러내고 그 대가로 성상납을 요구했다는 것도. 언론을 조작하여 가짜 기사를 쓰게 하고 그 대가로 소속사에 거액의 돈을 보내 주고. 아, 맞다. 형. 우리 회사에도 돈을 줬다지? 어디 투자 신탁이라고?"

"영광투자신탁."

"어딘지 알아봤더니 바로 여기 계신 조형철 부회장이 대주주로 있는, 바지사장 걸어 둔 곳이더군요. 거기서 거둔 수익금은 모두 세탁하여 비자금으로 쓰고 별장에 모셔 둔 거겠죠. 이것 말고도 더 있는데 들어 보시겠습니까?"

변호사들의 안색이 굳어졌다.

"증거 있습니까? 증거도 없이 이러는 건 명예 훼손입니다."

"증거 물론 있죠. 기다리십시오. 곧 알게 될 테니까."

선은 차가운 얼굴로 쏘아보고 형사로 눈을 돌렸다.

"조형철 마약 검사해 보십시오. 제 말이 맞는지 틀린지는 그게 제일 정확하겠죠. 제발 이번에는 제대로 조사가 이뤄지길 바랍니다. 만약 여기서 혐의 없음으로 풀려나거나 미심쩍게 움직이시면 전 바로 윗선으로 올라가겠습니다. 검찰도 못 믿어서 그 윗선에도 말을 해 놨습니다."

선은 책상 위에 서류를 탁 소리가 나게 내려놓으며 형철 쪽으로 고개를 돌렸다. 선을 노려보고 있는 듯했지만 얼굴이 부어서 잘 들어나지 않았다.

"조형철, 당신 날 너무 쉽게 봤어. 내 눈만 따돌리면 숨을 수 있을 줄 알았나 본데 세상엔 그래도 착한 사람들이 더 많거든. 이제 지옥에서 살아."

선은 형철을 싸늘하게 바라보다가 조사실을 나갔다. 강우가 따라 나오며 흥분한 듯 말했다.

"그런데 너 진짜 어떻게 재희 씨가 있는 곳을 알았어?"

"형은 내가 어떻게 조형철 별장을 찾아갔다고 생각해. 형이 잠시 자리 비운 사이에 귀신같이 사라졌다고 했잖아."

"설마 채하연이 알려 줬다는 거야?"

선은 말없이 걸었다.

"널 갖고 싶어서 가짜 기사까지 올리며 선동하던 여자가 갑자기?"

"더 이상 악마에게 휘둘리면 안 되니까. 이 이상 망가지게 되면 그 사람도 손쓸 수 없게 되니까."

"이야, 결국 널 사랑해서 그렇게 했다는 말이야?"

갑자기 선이 걸음을 멈추고 강우를 바라봤다. 그러더니 살짝 고개를 저었다. 그의 입가에 잔잔한 미소가 스며들었다.

"재희가 그 여자의 마음을 바꾸게 했어. 나도 몰랐는데 재희가 나 모르는 새 사람들의 마음을 울리고 있었더라고. 재희를 만나고 채하연도 알았겠지. 사람에게 하면 안 되는 짓을 했다는 걸."

"그래도 자기 연예인 생명이 걸린 일인데, 그건 대단하네."

"난 용서할 생각은 없어. 형은 원래대로 법정 대응하고, 채하연 소속사에 명예 훼손으로 걸어."

"알았다. 이럴 때 보면 진짜 냉정해."

"형. 이번엔 10년 전처럼 손 놓고 있지 않을 거야. 이제 진짜 끝내고 싶어. 더는 저 인간에게 휘둘리기 싫어."

강우는 슬프게 웃는 선의 등을 툭툭 치며 다독였다.

"그래. 쓰레기는 쓰레기통에 넣어야지. 너랑 재희 씨 더는 아프지 않아야지. 고생했어."

눈물이 차오르려고 하는 걸 초인적인 인내로 참으며 선은 경찰청을 걸어 나갔다

❄ ❄ ❄

─경찰은 그동안 조형철 대신그룹 부회장의 비리와 각종 범죄를 눈감아 준 경찰청 문준호 차장과 중앙지검 구동철 부장 검사의 직위를 해제하고 검찰에 넘겼습니다. 이번 사건은 과거 이선 선수가 고등학생 시절 조형철 부회장에게서 무차별 폭력을 받고 의식을 잃었음에도 제대로 수사가 진행되지 않은 점과 조 부회장에게 성폭력 혐의가 내려졌는데도 피해자 진술을 허위로 만들어 무죄

판결을 낸 점 등이 중점 사안입니다.

재희는 리모컨을 들어 TV 화면을 돌렸다. 그곳에서도 조형철에 대한 뉴스가 흘러나왔다.

—조형철 대신그룹 부회장의 각종 횡령과 배임 및 자금 세탁, 부정 납세 및 청탁 혐의가 방송국 보도 자료로 나간 후 검찰은 조 부회장을 구속 수감하였습니다. 조 부회장은 그동안 다양한 방법으로 자금을 투자한 후 그 수익을 차명 계좌로 넣어 돈을 축적한 혐의가 있습니다. 뿐만 아니라, 회사 자금을 빼돌려 개인 비밀 별장을 짓는데 사용하고 고가의 장식품들을 사들여 보관한 혐의도 추가되었습니다. 이번에 야구 선수 이선 씨의 제보로 마약 소지 및 투약 혐의도 조사가 진행되고 있습니다. 검찰은 이번 주 관계자를 불러 조사할 예정입니다.
사회적으로 물의를 일으킨 조형철 부회장에 대한 비난 여론이 거셉니다. 우리 사회의 어두운 면이 드러나 국민들의 좌절감을 부추깁니다.
지금까지 DBS 김진욱 기자였습니다.

병실 안으로 빛이 들어왔다. 재희는 다시 리모컨을 들어 돌렸다.

—배우 채하연 씨가 조형철 부회장과 모의를 하고 납치에 동조했다는 게 사실인가요?
—네. 밝고 에너지 넘치는 연기로 차세대 배우로 이름을 날리던

채하연 씨에게는 치명상이 될 것 같습니다. 지금 계약에 들어간 드라마 작품들과 영화사들도 계약을 철회했고 광고주들도 명예 훼손으로 고소하고 있는 실정입니다.

—참, 잘나가는 배우가 뭐가 아쉬워서 그런 일을 벌였을까요.

—채하연 씨가 예전부터 야구 선수 이선 씨에 대한 호감을 감추지 않고 드러냈습니다. 그에게 다른 여자가 있는 걸 받아들이지 못해 일을 벌인 것 같습니다.

—소속사는 허위 사실 유포로 법적 소송에도 들어갔다고요?

—네. 사실상 소속사가 주장했던 내용들이 전부 거짓으로 드러났기에 법적 소송은 불가피해 보입니다.

—이선 선수의 여자 친구인 서재희 씨에게 다시 관심이 집중되고 있는데요. 서재희 씨는 어떤 인물인가요.

—예전부터 SNS나 블로그에서 유명했다고 합니다. 카페를 운영하는 서재희 씨에게 관심을 갖는 블로거들과 직장인들이 대다수인데요. 이번에 얼굴이 드러나면서 외모가 뛰어나다는…….

재희는 TV를 껐다. 후우, 숨을 내쉬며 창으로 시선을 돌렸다.

조형철의 별장에서 정신을 잃은 후 다시 깨어났을 땐 병실이었다. 목에는 붕대가 감겨 있었다. 이틀이나 의식을 잃은 그녀는 31일에 눈을 떴다. 세상은 이미 조형철이 한 짓에 대한 분노와 혐오로 들끓었고 납치와 더불어 그동안 벌어졌던 모든 일이 수면 위로 올라왔다.

선과 성준이 자신 모르게 조사를 하고 증거를 찾아 빼도 박도 못하는 조형철은 사실상 무기 징역을 받을 거라는 여론이 우세했다. 이 모든 일이 제가 잠들었던 이틀 사이에 일어났다.

그리고 오늘은 1월 1일. 새해였다. 두려움과 빽빽한 긴장이 풀어지자 힘이 나지 않았다. 영양제와 각종 검사를 마쳐 이상이 없다는 결론이 났는데도 온몸에 힘이 빠져나가는 기분이 없어지지 않았다. 이것도 시간이 필요할 것 같다.

이 남자는 혼자 놔두고 어디 간 거야. 옆에서 사라지지 말라더니 코빼기도 보이지 않는다.

"재희야."

문이 열렸다. 재희가 자동으로 몸을 일으켰다.

"어머니. 아버님."

재희의 눈가에 금세 눈물이 맺혔다. 영숙이 급히 다가와 재희의 손을 맞잡았다.

"아이고, 이것아. 얼마나 고생이 많았어. 이게 다 무슨 일이야."

"제가 부덕한가 봐요. 걱정 많으셨죠?"

"우리 걱정을 왜 해. 너만 생각해. 얼마나 무서웠을까."

영숙은 끝내 눈물을 숨기기 힘들어 재희를 끌어안았다. 재희의 눈꼬리를 타고 눈물이 흘러내렸다.

"당신도 이리 와서 재희 좀 위로해 줘요!"

영숙이 멀뚱히 서 있는 주환의 손을 끌어 침상 가까이 데려왔다. 말은 하지 않지만 그의 눈빛에 걱정이 묻어 있었다. 재희는 울다 웃는 얼굴로 그를 보았다.

"아버님, 저 괜찮아요. 선이 구해 줬어요. 예전처럼 이번에도 선이 절 구했어요."

그녀의 시선이 아래로 떨어졌다. 선의 부모에게 자신은 참으로 못할 짓을 많이 한다는 생각이 들어 저절로 고개가 숙여졌다. 그녀의 어깨를 토닥이는 손길에 재희가 고개를 들었다.

"선이가 널 구한 게 아니라 네 스스로가 널 지킨 거다. 그래서 네가 그런 아수라장 속에서도 바르게 자라고 생각이 올바른 거야."

"아버님."

"오래된 체증은 그 인간이 잡히니까 쑥 내려가더라. 배후가 누구인지 정확히 알지도 못했고 아들에 대한 수사가 지지부진해서 도저히 화가 가라앉지 않았는데 그놈이 했다는 걸 알게 됐더니 거짓말처럼 분노가 가라앉았어."

다시 눈시울이 붉어진 재희가 울먹였다.

"네 탓이 아니다. 누구보다 잘 알고 있었는데 인정하기 싫었다. 우리 아들이 그렇게 다친 걸 다 네 탓으로 하고만 싶었나 보다. 그렇게 해서라도 원망할 대상이 필요했던 것 같다. 사과하마."

"아니에요 아버님. 제가 죄송해요. 그러지 마세요."

손을 내젓는 재희의 손을 잡아 내렸다.

"이제는 그렇게 기죽어 있지 말고 당당히 어깨 펴고 다녀. 선이랑 잘 살고."

"감사해요. 정말 감사해요."

울지 않으려고 해도 자꾸만 눈물이 솟았다. 어떻게 울지 않을 수 있을까. 자신을 이해해 주는 사람들이 생겨서 재희는 하염없이 울었다.

그들이 가고 침상에서 발을 내린 재희는 조금씩 걸어 창밖을 보았다. 병원 밖의 건물들이 보였다. 어둑어둑해지는 걸 보니 해가 지려나 보다.

"그때 해돋이 멋졌는데."

소원을 빌었었다. 그가 행복해지기를. 그와 계속 행복하기를.

"뭐 해?"

어느새 왔는지 그녀의 허리를 끌어안은 남자의 향기에 재희가 아찔하니 눈을 감았다. 또 넋 놓고 내다 본 탓에 그가 온 줄도 몰랐다.

"하루 종일 뭐 했어? 나 혼자 심심했단 말이야."

"음, 바빴어."

"정초에 바쁠 게 뭐 있어?"

재희가 몸을 돌려 선을 보았다. 그는 소중하게 재희의 머리카락을 넘겼다. 그리고 짧게 잘린 머리카락을 쓸었다.

"짧은 머리도 잘 어울린다. 더 예쁘고 미치도록 아름다워."

가느다란 목선이 더 잘 보였다. 그는 희고 기다란 목덜미에 손을 대었다. 붕대가 감긴 부분을 손가락으로 쓸었다.

"모시고 온 분이 있어."

데리고도 아니고 모시고. 어른인가. 재희의 시선이 자연스럽게 문가로 향했다.

"들어오세요."

선의 목소리에 문이 열렸다. 그녀의 눈이 커졌다. 그리고 흔들렸다.

"아버지."

문도는 선뜻 들어오지 못하고 재희를 바라보았다. 보다 못한 선이 그의 팔을 잡아 재희에게 끌었다. 못 본 사이에 문도의 머리가 많이 희었고 이마에 주름이 자잘하게 생겼다.

"난 나가 있을게."

선은 둘이 대화를 나누도록 병실을 나갔다. 그가 나가고서도 한참 동안 정적이 흘렀다.

"잘 지냈냐."

"네."

재희의 시선이 아래로 향했다. 재현도 납치 혐의로 구속된 상태였다. 그녀를 납치한 사람은 표면적으로 서재현이었기에 도망갈 구석이 없었다. 그리고 그는 순순히 자기 죄를 인정했다.

별장에서도 밖을 지키고 서 있는 경호원들을 물리고 선을 들어갈 수 있게 해 준 사람이 재현이었다. 경찰이 들이닥쳤을 때도 도망가지 않고 순순히 수갑을 찼다.

"미안하다."

그녀가 다시 눈을 들어 문도를 보았다. 한 번도 제게 감정을 드러낸 적이 없던 아버지였다. 남처럼 쌀쌀맞고 방관하던 아버지, 다른 남자에게 팔아 버리려고 했던 아버지. 용서할 수 있는 것들은 아니었다. 하지만…… 아버지였다. 제게 피를 준 사람.

"너에겐 정말 미안해. 처음부터 널 데려오지 않았다면 네가 이렇게 고통을 받았을까 생각해 보았다."

"……."

"처음엔 그저 의무감이었다. 내 피가 섞인 자식이니 거둬야 한다는 생각으로 데려왔다. 네 감정이나 상태는 신경 쓸 사안이 아니었어."

"네."

"나도 널 학대한 인간 중 하나이니 할 말이 없다. 지금도 네 얼굴 보는 게 불편하고 어색하니까."

"왜 오셨어요."

재희가 문도를 바라보며 외쳤다. 원망하는 목소리는 아니었지만 그녀의 음성은 차가웠다. 문도는 재희를 보다가 무릎을 구부려 앉았다. 그녀는 너무 놀라 뒷걸음을 쳤다.

"지금 뭐 하시는 거예요!"

"미안하다, 재희야. 아비가 정말 미안해."

"일어나세요! 이런다고, 이제 와서 용서를 빈다고 제 마음이 달라질 줄 아세요!"

재희가 소리를 지르며 몸을 떨었다. 눈물이 그렁그렁 맺혔다.

"선이에게 왜 연락하셨어요! 그때 다 죽어 가던 사람 들여다보지도 않았으면서 무슨 염치로 그 사람을 찾아요!"

문도는 말도 하지 못하고 고개를 숙였다.

"일어나시라고요!"

눈물이 쏟아지는 재희가 소리를 버럭 지르자 선이 문을 열고 들어왔다. 아프게 자신을 바라보는 재희의 눈동자가 힘겨웠다.

"어서 데리고 나가. 보기 싫어."

재희는 몸을 돌리고 눈물을 닦았다. 선이 문도에게 다가와 그를 부축했다. 문도는 선의 팔을 잡고 일어섰다. 그리고 등을 돌리고 서 있는 재희를 바라보았다.

"용서를 바라고 찾아온 건 아니다. 평생 날 보지 않아도 돼. 여태 그랬으니까. 그래도 혹시라도 네 마음에 변화가 생긴다면 언제든 와. 네 자리는 항상 비워 두마."

문도가 선과 함께 병실을 나가자 재희는 주저앉아 오열했다.

"이제 와서. 무슨 염치로. 그런다고 용서할 줄 알아. 절대 용서 안 해. 내가 어떻게 살았는데. 내가 그 집에서 얼마나 병들었는데. 내가 얼마나 죽고 싶었는데!"

가슴이 썩어 문드러지는 기분이었다. 그간의 세월이 한스러워 눈물이 그치지 않았다.

"울어. 재희야. 마음껏 울어."

병실에 들어온 선은 바닥에 앉아 울고 있는 재희를 보고 다가가 끌어안았다. 제 품에 그녀의 머리를 묻고 등을 토닥였다. 아이처럼 우는 그녀를 소중하게 안아 다독였다. 우는 아이 달래는 엄마처럼.

같이 바닥에 앉아 그녀를 위로해 주는 선은 쉽게 눈물을 그치지 않는 재희가 안쓰러워 숨을 길게 내쉬었다.

"난 아버님이 고마워."

선은 울고 있는 재희를 계속 토닥이며 나직이 읊조렸다.

"자기 잘못을 알고 인정하셨으니까. 그리고 미안해하시니까. 그분도 10년의 세월 동안 편히 지내지 못하셨어. 널 많이 사랑하시더라고."

재희가 그의 허리를 꼭 끌어안았다.

"내 말은 네 마음대로 해도 된다는 거야."

"넌 밉지도 않아? 너 다쳤을 때 방관한 사람인데."

"그건 이제 극복했어. 잘나가는 야구 선수가 됐는데 아직도 속상해하고 있을 순 없잖아. 그보다."

선이 재희의 어깨를 잡아 눈을 마주 보았다. 울어서 퉁퉁 부은 그녀의 눈가를 손가락으로 쓸었다.

"널 태어나게 해 주셨으니까 그것만으로도 난 고마워. 네가 없었다면 난 평생 혼자 살았을 거야."

"거짓말."

"앗, 들켰다."

재희가 살짝 흘겨보자 그는 빙그레 웃으며 그녀의 이마에 입을 맞췄다.

"네가 없다는 건 아예 생각해 보지 않아서 사실 잘 모르겠어. 하지만 네가 태어나 버렸으니까 난 그저 너만 보면 되거든."

재희의 시선이 아래로 떨어졌다.

"모르겠어. 미운 건지, 화가 나는 건지, 괜찮은 건지. 네 말대로 널 만날 수 있게 해 준 아버지인데. 그냥 이대로 모르는 채로 살고 싶어."

"그래. 너 편한 대로 해. 아무도 뭐라 안 해. 네 마음대로 해."

"응."

재희가 다시 그의 가슴에 기대며 허리를 안았다.

"아, 맞다!"

선이 갑자기 깜짝 놀란 목소리로 소리치자 재희가 몸을 들어 그를 보았다.

"큰일 날 뻔했어."

선은 급히 일어서 옷장으로 가 재희의 코트를 꺼냈다. 그리고 그녀에게 다가와 덮어 주었다.

"잠깐 나가자."

부드럽게 웃는 그가 아찔하게 좋아 재희는 고개를 끄덕였다. 선이 재희를 부축하여 끌었다. 천천히 발폭을 맞춰 걷는 이 시간이 느리게 지나갔다. 밖은 그새 어둠이 내려앉아 불을 밝혔다.

"정문 쪽은 기자들이 진을 치고 있어서 말이야. 뒤쪽에 산책하는 데 있더라. 거기로 가자."

재희는 그저 선이 이끄는 대로 갔다. 산책로 입구에 사람들이

옹기종기 모여서 구경하고 있었다. 산책로라고 해 봤자 나무 몇 그루 있고 걸을 수 있게 길을 닦아 놓은 것이 전부였다. 길이도 짧아 마당에 가까웠다.

선은 손목시계를 보더니 재희를 데리고 걸었다. 그들이 가자 웅성대던 사람들이 반으로 갈라지며 길을 내주었다.

"어머! 이선 선수다!"

"완전 멋지잖아!"

깍깍대는 사람들을 훑으며 지나가는 재희는 막혀 있던 공간이 뚫리자 드러난 모습에 눈이 커졌다. 작은 컵에 담긴 색색의 촛불마다 불을 밝혀졌고, 겹겹이 겹쳐진 하트의 한가운데는 '결혼해 줘'라는 글씨가 불빛을 따라 보였다. 그리고 옆에서 대기하고 있다가 바람이 불어 꺼진 초에 열심히 불을 붙이는 강우를 보았다.

"선아."

"이리 와."

선이 재희의 팔을 이끌고 가자 그녀도 따라갔다. 하트 사이에도 길이 있어서 지나갈 수 있었다. 그리고 그때마다 판넬에 글이 써 있었다.

"지금 러브 액츄얼리 따라하는 거야?"

"조금 패러디 했어."

선은 씩 웃으며 계속 그녀를 끌었다.

우리가 처음 눈을 맞대고 대화한 날 기억해?

또 걸었다.

428

비 오는 날 등교 버스에서 내릴 때.

어느새 재희는 혼자 걷고 있었다.

빨간 우산을 펼치고 내린 너를 따라가다가,
네 옆으로 지나가는 차에 튀긴 물을 몽땅 뒤집어썼는데.
네가 손수건을 내밀고 말했잖아.
'나 대신 물 맞지 마, 세탁비 안 줄 거야'
그때 처음 든 생각이 있었어.
네가 세탁비 줄 때까지 귀찮게 굴어야지.
어린애한테는 눈을 떼지 않고 웃으며 끝까지 있어 줬으면서 내겐
매몰차네.
괜씸해, 내게 눈을 떼지 못하게 만들 거야.
날 사랑하게 만들 거야.
그때가 되면 말해야지.

글이 끝났다. 그리고 재희는 어느새 하트의 끝에 가 서 있었
다. 뒤돌아 봤는데 그가 보이지 않았다.
"사랑해."
어디선가 목소리가 울렸다. 고개를 이리저리 돌린 재희는 반
대편 끝에 서서 마이크를 들고 있는 선을 보았다. 촛불과 밤하
늘의 음영에 그의 얼굴이 일렁였다.
"서재희, 사랑해!"

마이크에 대고 소리치는 선의 목소리가 공간을 가득 울렸다. 재희가 한 걸음 다가가자 선은 양팔을 벌렸다. 눈부시게 웃는 그의 모습이 그녀의 심장을 일렁이게 만들었다. 천천히 내딛던 재희는 어느새 발을 빠르게 움직였다. 마음과 달리 다리가 꺾이려는 찰나 그가 뛰어와 재희를 끌어안았다. 제 품 안에 쏙 안긴 그녀의 몸을 힘주어 안았다.

"나와 결혼해 줘."

선의 목소리가 재희의 귓가에 울렸다. 그녀는 그의 목을 꼭 끌어안으며 고개를 끄덕였다.

"사랑해, 선아."

❄ ❄ ❄

단정한 원피스로 옷을 갖춰 입은 재희는 선의 손길을 느끼며 눈을 감았다 떴다.

"오늘 너무 예쁜 거 아냐?"

"정말?"

"온 세상이 다 알고 있지만 그래도 여기저기에 알리고 싶은 내 욕심에 마련했는데 지금은 솔직히 후회된다."

재희가 그의 허리에 팔을 둘렀다.

"내 여자를 다른 놈들이 보는 거 싫단 말이야."

"선아."

재희의 부름에 선이 고개를 끄덕였다.

"알아. 넌 나밖에 없는 거. 긴장 풀라고 농담한 거야."

"그러니까 나한테 잘해."

"당연하죠. 마님. 평생 모시겠습니다."

그가 빙그레 웃었다. 재희가 쿡쿡 웃었다.

"변강쇠야. 기분이 좋구나. 같이 있어 줘서. 긴장이 풀리는구나."

"좋습니다요. 그럼. 들어가시죠?"

선과 재희는 관계자들이 열어 주는 문 안으로 들어갔다. 카메라 세례가 쏟아졌다. 그들이 향한 회장의 안쪽으로 큰 현수막이 보였다.

1월 2일. 이선과 서재희 결혼 발표.

—good morning. The weather in manhattan's refreshing and clear. Today…….

청소기를 돌리는 재희의 귓가에 라디오가 흘러나왔다. 바쁘게 움직이던 재희는 햇살에 반짝이는 넓은 바다로 눈을 옮겼다. 열린 창으로 하얀 커튼과 함께 바람이 살랑살랑 불어왔다.

"예쁘다."

하염없이 바라보던 재희는 문득 정신을 차리고 시계를 바라보았다.

"헉, 늦겠다."

부지런히 청소를 끝낸 재희는 빨래를 세탁기에 넣었다.

날이 점점 더워져서 재희는 나시 위에 스포티한 후드 재킷을 걸치고 청바지를 입었다. 그사이에 토스트 기계에서 식빵이 솟아올라 빵에 잼을 발랐다. 서둘러 화장을 하고 나와 토스트를

435

한입 베어 먹었다.

휴대폰을 확인하고 가방을 들고 허겁지겁 나온 재희는 고층 빌딩의 승강기를 타고 내려왔다. 그리고 버스를 탔다.

바쁘게 도착한 곳은 SAT 준비 학원이었다. 한국뿐만 아니라 미국도 교육 기관은 차고 넘쳤다. 요즘처럼 글로벌한 세기에는 다양한 입학 프로그램들이 있었다.

선을 따라 미국으로 와서 편안한 생활을 했지만 그가 경기 일정에 따라 주중엔 팀 숙소에서 머무는 시간이 많아지자 혼자 있는 시간에 뭔가 해 보고 싶다는 생각이 들었다. 10년 넘게 공부에서 손을 뗐기 때문에 오랜 시간 고민했지만 선이 적극적으로 용기를 주고, 응원해 줘서 도전하게 되었다.

"난 네가 무얼 하든지 상관없어. 하지만 하고 싶은 건 다 했으면 좋겠어. 난 그걸 해 줄 수 있는 힘이 있고 넌 할 수 있는 능력이 있어. 그러니까 주저하지 말고 해 봐."

그래도 전교 1등을 놓치지 않았던 과거 이력이 허상은 아니었는지 초반 언어의 장벽으로 헤매던 것도 금방 해결되었다. 그렇게 공부해서 미국 대학을 들어가 무엇을 하고 싶으냐고 물어본다면 정해진 건 아니었다.

하지만 한국에서 제과 · 제빵 학원을 다니던 것이 자꾸만 생각났다. 커피며, 마카롱을 만들던 시간들도 그리웠다. 그래서 좀 더 전문적으로 배워 보고 싶다는 욕심이 들었다.

시험을 치르지 않고 스쿨 형식의 교육 기관도 있었지만 그녀는 이미 마음속으로 다짐한 부분을 생각했다.

기왕이면, 어차피 할 거라면 제대로 하고 싶었다. 그냥 배우고 써먹는 게 아니라 기본 이론부터 다양한 학문의 철학도 접하고, 그 속에서 전공을 심화시키고 싶었다. 그러려면 시험이 필요했다.

이번 6월에 SAT 시험을 목표로 공부하다 보니 하루하루가 빠듯했다. 학원 끝나면 맨해튼 공립 도서관에서 공부하고 집으로 와서도 밤늦게 책을 놓지 않았다. 공부하면서 점점 더 의지가 다져졌다.

재미가 있었다. 어릴 땐 집에서 벗어나고자 필사적으로 한 것이라면 지금은 배우는 그 자체가 흥미로웠다. 영어로 된 원서를 읽고 어려운 어휘나 문맥들, 이론들에 한참을 고민하고 생각에 잠기는 시간이 아찔하게 좋았다.

수업을 듣고 학원에서 나오던 재희는 도서관으로 발을 옮기다 세나의 전화를 받았다.

"이게 얼마만이야. 잘 지내지?"

—재희야, 나 미국이다.

"뭐? 무슨 일 있는 건 아니지? 지금 어디야."

—JFK공항.

"지금 갈게."

재희는 택시를 잡아타고 JFK공항으로 갔다. 차가 많이 밀려 두 시간이 지나 겨우 도착했다.

"세나야!"

공항 로비 의자에 앉아 있던 세나는 재희를 보자 울먹이며 다가왔다. 그녀의 등을 토닥여 주던 재희는 그녀의 어깨를 잡고 눈을 마주쳤다.

"오면 온다고 미리 말하지. 그럼 일찍 와서 기다렸잖아. 한참 기다렸겠네."

"아니야. 생각할 게 많아서 시간 가는 줄도 몰랐어."

항상 자신감 넘치고 밝던 세나의 얼굴이 어두워 재희도 마음이 아팠다.

"우리 집으로 가자."

"나 숙소 정하고 온 거야. 깨 볶는 집에서 민폐 끼치고 싶지 않다."

"선이 지금 없어. 내일 경기 끝나고 집에 왔다가 그다음 날 다시 복귀해야 돼. 한창 바쁠 시즌이라 집에 자주 없어."

"심심하겠다."

"일단 가자. 여기 맛집 많이 알아놨어. 나한테 맡겨."

재희는 세나를 보며 싱긋 웃었다. 그녀를 본 세나는 마음이 한결 편해졌다. 그녀의 얼굴을 가로지르던 흉터도 말끔하게 없어졌다.

선과 재희가 결혼 발표를 하던 날, 그녀의 얼굴을 보고 흉터를 제거해 주겠다는 문의가 쇄도하여 재희는 흉터 제거 수술을 받게 되었다.

깊은 흉터라 완전히 없애는 건 불가능했지만 화장으로 가릴 수 있을 정도로 옅어졌다.

단지 그것이 얼굴의 흉터가 아닌, 마음의 상처가 옅어진 것이란 걸 알기에 세나는 제 친구의 모습을 바라보는 것이 그저 행복했다.

"역시 이선에게 주기 아까워."

"응?"

"너 말이야. 이 외모는 이선도 아깝다고."

경쾌하게 웃는 재희가 세나의 어깨에 팔을 둘렀다.

"선이 기사 못 봤어? 더 잘생겨지고 날렵해져서 올해 미남으로 꼽힌 거. 최고의 남자를 가진 서재희가 누군지 궁금해하잖아."

"하여튼 둘 다 닭살 인증이다."

세나는 제 팔을 쓸어내리며 재희를 흘겨보았다.

두 사람은 뉴욕 유명 레스토랑에서 끊임없이 수다를 떨었다.

"그래서 이렇게 온 거야?"

"응. 모르겠어. 다 포기하려고. 내가 그렇게 하면서 얻는 게 뭔가 싶다."

"태주 씨 사랑하잖아."

세나는 금방 우울한 얼굴로 테이블에 턱을 괴고 눈을 감았다.

"나보다 훨씬 똑똑하고 현명한 넌 분명 좋은 결론을 낼 거야. 널 믿어."

재희는 세나의 손을 잡으며 톡톡 두드렸다. 세나는 고개를 저으며 활짝 웃었다.

"그래. 내 일은 내가 알아서 하고, 넌 행복해?"

"응. 너무 행복해."

"혼자 미국에서 생활하는데 심심하지 않아?"

"나 공부해."

"정말?"

"응. 미국 대학에 입학해 보려고. 전공을 아직 정하진 않았는데 카페에서 일하던 거랑 제과·제빵 배우던 것도 생각해서 결정하려고."

"우와, 서재희 대단하다. 나 같으면 그냥 놀고먹을 텐데."

재희가 빙그레 웃었다.

"결혼하고 나니까 나도 책임이 생기더라. 그 사람이 좋아서 하는 야구를 보면 나도 의욕이 생기고, 그 사람처럼 치열하게 살아야겠다는 바람이 들어. 잘 될지는 몰라. 그래도 공부하는 지금이 너무 재밌어."

"너라면 분명 좋은 결과가 있을 거야. 예전에도 너 수능도 보지 않고 사라져서 얼마나 안타까웠는데. 그 정도 실력이면 만점도 가능했어."

"그땐 어렸잖아. 지금은 나도 많이 늙었는지 외우기 힘들더라. 한 번에 외우던 걸 지금은 여러 날 걸려서 외우거든."

"아니야. 내 감을 믿어."

"그렇게 말해 줘서 고마워."

"난 여기저기 여행 다닐 거야. 그렇게 여행을 좋아했는데 회사 다니면서 가까운 곳 한 번을 못 다녔지 뭐야. 그래서 이번 기회에 가고 싶었던 곳, 다 가 보려고. 적금 들었던 거 다 털어서 왔어."

마음이 불편하여 도망치듯 떠나온 그녀인 걸 알지만 길은 얼마든지 있었다. 재희는 세나가 금세 괜찮아지리라 확신했다.

거리를 걷던 세나는 타임스퀘어 전광판에 이선의 소속팀과 함께 그의 얼굴이 대문짝만하게 찍힌 광고를 보았다. 저렇게 보면 선이 다른 세계 사람 같았다. 그 사람처럼.

택시 승강장에 선 세나는 캐리어를 끌어당기고 재희를 보았다.

"우리 집으로 가자니까."

"됐거든. 나도 자유를 느낄 거야. 너한테 민폐 끼치기 싫어."

"민폐라니. 말도 안 돼."

"아! 이번에 네 책 출간됐더라. 〈겨울을 그리다〉 네 실화를 바탕으로 쓴 거라 그런지 주문량이 폭발적이래. 나도 하나 샀지."

"다행이네. 개인사를 밝히는 거라 조금 걱정했거든."

"조형철은 무기 징역 확정 받았어. 그 자식이 항소장을 냈는데 증거가 워낙 많아서 법원에서 항소를 거부했단다. 네 이야기 속에 조형철, 그 인간이 벌인 추악한 짓이 낱낱이 드러나 있으니까 이건 도저히 빠져나갈 수가 없지. 세상에 그런 일도 다 있어."

세나는 고소하다는 듯 웃었다.

"그렇게 일사철리로 형이 확정되는 것도 처음 봤어. 속이 다 후련하다."

갑자기 자신을 끌어안는 재희를 보던 세나가 그녀의 등을 톡톡 두드렸다.

"무슨 일 있으면 바로 연락해. 달려갈게."

"알았어."

곧이어 온 택시에 캐리어를 실은 세나는 차에 타며 손을 흔들었다.

그녀가 가는 모습을 지켜보던 재희는 숨을 길게 내쉬었다. 그리고 하늘로 고개를 젖혔다. 번쩍이는 불빛들 사이로 뉴욕의 하늘이 검은색을 드러내며 뽐냈다.

"보고 싶다."

내일이면 그를 볼 수 있지만 재희는 그 하루를 견디기가 힘들 었다.

집으로 들어오던 재희는 우편함에 놓인 우편물들을 한꺼번에 집어 집으로 올라왔다. 테이블에 우편물을 내려놓은 그녀는 옷을 벗으며 욕실로 가 씻었다. 내일은 선이 홈에서 선발을 뛰는 날이었다.

"가 볼까?"

실내복으로 갈아입고 거실로 온 재희는 소파에 앉아 우편물들을 살펴보았다. 이선에게 보내는 팬레터도 많았다. 그리고 각종 공과금도 있었다.

"어?"

한참 우편물을 분류하던 재희는 손을 멈칫하고 테이블에 놓인 낯이 익은 봉투를 집었다. 그리고 앞으로 돌려 주소를 보았다.

"양철나무꾼."

급히 편지 봉투를 뜯어 연 재희는 엽서에 적힌 제 필체를 보았다.

"하아."

이럴 수도 있을까. 처음으로 이선 이외의 사람에게 호감을 느낀 게 양철나무꾼이었는데, 그 사람이 다시 이선이었다.

왜 눈치채지 못했는지, 그의 서재에서 봤던 시집과 멘트들, 낯익던 글씨체, 그와 나눴던 대화에서 충분히 유추할 수 있었는데 그가 왜 양철나무꾼인 걸 몰랐을까.

단전 밑부터 슬슬 차오르는 감정은 곧 전신을 휘감고 감쌌다. 재희는 곧 휴대폰을 들어 그에게 전화했다. 여러 번 신호가 갔지만 받지 않았다.

"아, 지금 경기 시간이지."

재희는 휴대폰을 내리고 다시 편지를 보았다. 세나가 양철나무꾼이 만나자고 하면 어쩔 거냐고 했을 때 제 마음에 좀 더 여유가 있었다면 양철나무꾼을 봤을 것이다. 그럼 좀 더 일찍 그가 선이라는 걸 알았을 거다.

어쩜 선과 자신은 오래 전부터, 태어나기 전부터 하늘에서 정해 준 운명이었는지도 모르겠다. 그래서 이렇게 서로에게 여러 번 반하고 사랑하나 보다. 언젠가는 만나게 될 운명.

그에게서 전화가 왔다.

—전화했었네?

"응. 경기 끝났어?"

—좀 전에. 옷 갈아입고 전화한 거야.

"내일 선발 출전이지?"

—응. 오늘은 컨디션 조절하고 일찍 자려고.

"선아. 나 내일 보러 가도 돼?"

—정말? 당연하지. 그런데 갑자기 왜 그런 생각을 했어? 너 경기장 오는 거 안 좋아하잖아. 한창 공부하느라 바쁠 테고.

"그냥. 머리도 식힐 겸. 보고 싶기도 하고. 우리 신랑 경기하는 것도 보려고."

—그럼 내일은 죽을 각오로 던져야겠네. 네 앞에서 두들겨 맞으면 안 되잖아.

"그래. 선아, 내일 잘해."

—사랑해.

전화를 끊은 재희는 편지에 입을 맞추고 그의 서재 안으로 가 책상 위에 올려놓았다.

❄ ❄ ❄

—이선 선수의 손에 경기 결과가 달렸습니다. 지금까지 무실점으로 방어하고 있는데요.

중계석에서 울려 퍼지는 목소리가 경기장을 뒤흔들었다.

선은 마운드에서 상대편 4번 타자를 마주했다. 8회까지 무실점 투구를 했고 오늘 경기를 이기면 완봉승의 기록을 세웠다.

9회 초 투아웃에 주자 삼루 상황. 여기서 4번 타자가 안타를 치면 점수를 잃게 될 수 있었다.

경기장은 이선을 응원하는 홈팀 팬들의 함성 소리로 가득 찼다.

—팬들은 이선 선수의 경기를 보기 위해 며칠 전부터 예매 경쟁을 벌였다고 합니다. 이미 유명하죠. 이선 선수가 가는 곳에는 늘 그런 진풍경이 연출됩니다. 특히 오늘은 그의 아내가 직관을 와서 응원하고 있습니다. 경기 내내 그의 아내를 잡아주느라 카메라맨의 손이 바빴죠. 굉장한 미인이에요.

—네. 그녀가 야구장에 직관을 올 때마다 실트 검색어 상위에 올라서 잘 오지 않는다고 하죠. 예전에 이선 선수 인터뷰에서 아내를 언급한 적이 있었는데요. 그때 간단히 러브 스토리를 밝혔는데 이선 선수가 엄청 쫓아다녀서 만나게 된 거라더군요. 대단해요. 일과 사랑 둘 다 놓치지 않는 선수입니다.

—던졌습니다. 초구. 헛스윙. 스트라이크! 지금 보셨나요? 9회까지 던지는데 순간 속도 91마일이 나옵니다. 이선 선수의 장기

인 직구의 위력이죠. 이 공에 타자들은 배트를 휘두르는데 공은 늘 포수의 글러브로 향하니 대단한 거죠. 어떨 때 보면 일부러 그러나 싶어요. 포수는 변화구 사인을 주네요. 당연하겠죠. 긴장 상황이니 안전하게 가는 길을 택하고 싶을 겁니다.

—쳤습니다. 어어어, 아! 공이 라인 밖으로 날아갔습니다. 파 울. 지금 위험했네요. 전 홈런인 줄 알았습니다. 이번에도 직구 였죠?

—네. 지금 속도가 떨어졌어요. 85마일 나왔습니다. 아무래도 연속해서 던지는 게 부담이 될 수 있겠네요. 상대팀 타자도 그 걸 노리는 거죠. 이선 선수의 직구를 제대로 쳐보자. 맞으면 홈 런도 가능하니까요. 어쨌거나 두 스트라이크 상황이 되었습니 다. 이제 끝을 내느냐, 아님 역전을 당하느냐! 지금 삼루 주자는 홈 승부를 하려고 많이 나와 있습니다.

손에 땀을 쥘 만큼 긴박한 상황이었다. 선은 여러 번 포수의 사인을 거부했다. 포수는 계속해서 변화구를 던지라는 사인을 줬다.

지금 상황에서는 안정적으로 가는 게 누가 보더라도 맞았다. 투 스트라이크를 잡은 상황이니 투수가 우세한 만큼 모험을 하 지 않는 편이 나았다. 다행히 파울라인으로 떨어졌지만 좀 전에 공도 넘어갈 뻔했으니까.

하지만 선은 정했다. 직구. 한 번에 끝내기로.

결국 포수가 한숨을 쉬며 직구 사인을 주었다. 위력적인 속도 를 가졌지만 9회까지 던졌으니 구속이 떨어졌다.

정신력으로 제구를 흐트러지지 않게 하고 있지만 마지막 직구 는 위험할 수 있었다. 더군다나 상대는 4번 타자였다. 영웅이 되느냐 아님 완봉승 실패로 기록을 세우지 못하느냐의 상황이었다.

선은 잠시 재희를 보았다. 그가 던지는 곳에서는 그녀가 잘 보였다. 일부러 그 자리에 앉혔고 매회 공을 던질 때마다 그녀의 얼굴을 확인하고 던졌다. 재희는 선의 시선을 의식했는지 손을 들어 엄지를 세웠다.

"너도 직구야? 알았어."

선은 중얼거리더니 폼을 잡았다. 그리고 공을 던졌다.

—헛스윙! 삼진!

장내가 함성 소리로 가득했다. 여기저기서 나팔 소리가 들리고 불꽃이 터졌다.

선은 조금 늦게 경기 결과를 파악했다. 있는 힘껏 직구를 던진 후 몸의 균형을 잃고 주저앉았기 때문이다.

곧 동료 선수들이 그에게 다가와 얼싸안고 매달리며 환호하는 것을 보고 이겼다는 것을 알았다.

그의 모자와 엉덩이, 등을 두드리던 동료들은 샴페인을 터트려 그의 몸에 뿌렸다. 완봉승. 한국 선수로서 또 한 번 역사적인 기록을 세운 날이었다.

축제 분위기는 쉽게 가라앉지 않았다. 소속팀 내에서도 완봉승은 손에 꼽을 정도이니 선의 선방은 팀의 자존감과 동기를 부여한 일이 되었다.

팬들도 선을 축하해 주며 쉽게 경기장을 떠나지 못했다. 관중석에서 차마 내려오지 못한 재희는 그가 축하받는 모습을 보며 눈물을 흘렸다.

"너무 멋지잖아. 내 남편."

눈물을 닦는데 재희의 귓가에 웅성거림이 커졌다. 그리고 환호 소리가 가까이 들렸다.

고개를 들자 그가 어느 틈에 관중석으로 넘어서 제 앞으로 뛰어오고 있었다. 숨이 닿도록 달려온 그는 주저 없이 재희를 끌어안았다. 땀 냄새가 아찔하니 좋았다. 그녀의 마음을 울렸다. 재희가 손을 들어 그의 허리를 꼭 안았다.

"나 이겼어."

"축하해. 너 정말 최고야."

"너한테 보여 주려고 이 악물고 던졌어."

"진짜 멋져. 이따 집에 가서 안마해 줄게."

"각오해. 나 내일 휴가 받았어. 쉬지 않고 할 거야."

"사랑해. 양철나무꾼."

"어?"

선이 재희의 어깨를 떼 눈을 맞췄다. 그녀의 미소가 아스라이 눈부셔서 선은 잠시 눈을 감았다 떴다.

"작가님의 마음에도 봄이 찾아왔기를 바랍니다. 오랜 팬으로서 작가님을 응원합니다."

재희의 잔잔한 음성에 잠시 멍해 있던 선의 눈동자가 급격히 커졌다.

"설마 네가……."

"응. 내가 희야, 선아."

"서재희, 너."

"제 마음에도 봄이 찾아왔어요."

양철나무꾼, 소리는 그의 입술에 묻혔다. 재희의 얼굴을 붙잡고 키스하는 그의 눈가에 눈물이 맺혔다.

이겨서 기쁜 날.

기록을 세워서 자랑스러운 날.

그리고 강철 심장을 얻은 양철나무꾼이어서 고마운 날.

그녀의 남자라 행복한 날.

우리들에게 봄이 찾아왔다.

— *fin*